张剑光 著

徘徊在学术边缘

上海书店出版社

目 录

1 | 前言

读 书 有 识

3 | 朱瑞熙对万绳楠著《文天祥传》的评价
14 | 制度视野下的自然灾害研究
　　——读周琼《清前期重大自然灾害与救灾机制研究》的一些感想
28 | 读《洛阳地区流散墓志续编》等书
33 | 读《陈寅恪新研究：新史料与新问题》杂感
39 | 读《王安石全集》
42 | 读李文才《隋唐五代扬州地区石刻文献集成》
44 | 《大宋开国》等书推荐语

学 术 散 论

49 | 古代的疫病流行及其当代启示
66 | 新时期上海农村建设的内在动力

72 | 唐五代江南东北部沿海地区的开发
　　　　——以华亭县的设立为例
82 | 赵赞与唐德宗建中年间的财政扩源
90 | 唐五代江南和岭南的联系
100 | 王圻的生平与学术成就
110 | 中国优秀传统文化中的廉洁文化
127 | 颜真卿的坚贞
140 | 水部真没有"水"？
142 | 恶钱、好钱与旧币、新币
145 | 《矗云》上的文章

学 有 规 范

151 | 整理点校易出问题
155 | 写作论文要讲规范
160 | 两篇关于《城墙》的文章
163 | 怎样判断抄袭
171 | 要尊重作者讲究规范
175 | 抄袭官司
178 | 主编
181 | 讲座费
184 | 保持一致的印象
187 | 用稿要讲规范

序 记 前 言

193 | 丁四云等《清代名儒谢墉》序言

197 | 戴建国《都市民俗与云间记忆》序
202 | 《上海师范大学研究生优秀学位论文摘要汇编（2022年度）》序言
206 | 《大唐王朝之谜》前言
210 | 《中国建筑之谜》前言
214 | 《唐五代农业经济与农业思想》绪言
222 | 《唐代经济与社会研究》自序
226 | 六朝隋唐五代江南城市发展的基本特点
233 | 《江南城镇通史·六朝隋唐五代卷》后记
236 | 上海地区（751—1291年）的社会发展与变化
249 | 《中古时期江南经济与文化论稿》绪言
263 | 《宋人笔记视域下的唐五代社会》后记
267 | 《浙东唐诗之路之唐代越州经济研究》后记
271 | 《中国抗疫简史》导读
274 | 《上海：兼收并蓄的活力之都》前言
282 | 《上海史文献资料丛刊》编纂出版缘起
287 | 《真如里志》整理说明
290 | 《二十六保志》标点说明
293 | 《四朝闻见录》的作者与价值

言之有据

305 | 推进新时代古籍整理的纲领性文件
309 | 推进上海古籍整理工作的有力措施
313 | 传达全国古籍工作会议后的两点想法
315 | "海洋文明与城市变迁"会议上的发言
318 | "东学西渐与法国汉学"研讨会上的发言

321 | 在安徽历史学会 2019 年会上的发言
324 | 田洪敏教授外译项目推进会上的发言
327 | "出土文献和数字史学"工作坊上的致辞
329 | "AIGC 时代的历史学家：角色、使命与责任"会议上的发言
332 | 外行对内行的总结
336 | "多元视角下的两宋政治与社会"会议上的发言
339 | 琅嬛学海勤作舟
　　　——近年来上海师范大学古籍所与古典文献学专业的发展
345 | 代学院拟祝贺陕西师范大学唐文明研究院成立的信

斯 人 斯 事

349 | 孙逊先生
353 | 我给王校长的信
362 | 我认识的刘修明先生
368 | 李伟国老师的新书座谈会
373 | 父亲的同学
376 | 高姓果农
380 | 米老板
385 | 与学生拍张毕业照
387 | 图书馆馆长
390 | 领导的电话
393 | 估分
397 | 被朋友取消关注
401 | 表演秀

404 | 附　录
404 | 唐五代江南史研究的广阔天地
　　　——张剑光教授访谈录

前 言

闷着头过日子，不知今夕是何年。没想到某天碰到一个朋友，直通通地对我说："事不过三，以前出了两本小集子，为啥不想出第三本？"这句话，把我问得愣了一下，是啊，为啥不赶紧找几篇小文章出第三本？于是东拼西凑，把这几年写的一些文章集中起来，大致分类，勉强编成二十多万字，算是对得起自己了。当然，我也知道这些文章的可读性越来越低了。

本书是近年来写作的一些小文章的结集。写这些文章，原因有多方面，有些是为了开会发言，有些是自己或别人的书写完后需要有个前言、后记陪衬一下，有些是冷不丁来个灵感而抒发几句，有些纯粹是自娱自乐，只想给三五同好看看，并没有什么特殊的目的。这些年来，学校科研工作有点压力，我张罗了不少事情，尽管也没有出多少成果，但总觉得自己是在忙忙碌碌，很充实的样子。单位的行政事务也比较多，势必会影响自己静下心来写几句，不过占了个位子，总要认真把事情做好。这样，大的论文写不了，因为要大块的时间，所以只能不太动脑子地随便涂鸦一下，就写成了这些文章。也许是上了年纪的缘故，我发现自己的思路不活跃，一是文章写不出来，二是勉强写出的文章不值得一读，切入的角度不佳，也就不会有几个人来喝彩点赞，弄得自己对自己的表现十分不满意。状态不佳，应该是这几年的总体状况。当然为自己狡辩的千言万语，其实大多是废话。

集子中的文章，分成以下几部分。"读书有识"是几篇读他人书后的感想，前面两篇学术气息浓一点，后几篇写作时随意一点。"学术散论"是自己这两三年内写的小文章，有些是学术性的，有些则比较简单，但不管怎样都是自以为有一得之见的。"学有规范"谈的是学术规范，既有自己的一些感触，又有对自己碰到的事例进行的评论。"序记前言"，一部分是我为朋友的书写的序言，更多的是我为自己的书写的前言后记，其中大部分书已经出版，但也有几部即将出版，还有几部因为只是前言的一部分，所以另起了一个题目。"言之有据"是自己在一些会议上的发言，由于个人一贯的风格，发言总有点想标新立异，所以这部分文字基本上反映出我个人的风格。"斯人斯事"是我对一些人和事的看法，构不成系统，但有自己的观点和情绪在。最后的"附录"是记者对我的采访，因为涉及我的一些学术观点，所以附在全文之末。

编好这些文章，就想起个书名。起什么好呢？一时间脑子短路，说不清个所以然。想想我的这些文章，大多是写个小事情，有些带有点学术味，有些没啥学术味，但自己还是想努力去寻找学术，于是起了书名叫"徘徊在学术边缘"。意谓文章虽不全是在谈学术，但或多或少带有点学术性，而自己一直想往学术堆里跑，说到底是想表个态而已。也许，这种"跑学术"没有一点技术含量，不可能取得什么成果，但我想说的是我尽心尽力了，也想做个学术人，结果怎样并不重要。

写这个序言的时候，已是春天。昨天下午上课，在教学楼里朝窗外看，柳树已绿，虽然绿叶只是冒出个嫩头，但春天已不请自来。"野渡花正发，春塘水乱流"，虽然有点凌乱，但到处弥漫着春天的气息。春天，一个令人生出无限遐想的季节，手捧一杯绿茶，万般皆美好。

今天和朋友感叹几句春天和茶叶，没想到这位老兄问："你还啃红枣吗？"啃啊，呵，新疆的红枣真好！

六十岁的人，啃着红枣喝着茶，终于有了第三本杂书，内心还是微微开心的。

读书有识

朱瑞熙对万绳楠著《文天祥传》的评价

2019年下半年，我编辑《朱瑞熙文集》，在第八册"序跋书评"中，收入了朱瑞熙先生撰写的《宋人传记的佳作——评〈文天祥传〉》。从文集后附录的由我编撰的《朱瑞熙论著编年》可知，朱瑞熙大概从1985年起开始写书评。目前我能知道他的第一篇书评是发表在《上海出版工作》1985年第10期上的《宋史研究傲视群雄的佳作——〈岳飞新传〉》。大概由于这本杂志是内部发行的，所以朱先生将此文又刊印于《宋史研究通讯》1986年第1期，题为《宋史研究的佳作——〈岳飞新传〉》。不过，由于中国宋史研究会当时设在我校，秘书处主编的《宋史研究通讯》是本校编纂的学会内部刊物，这个书评实际上并没有正式发表。而同期发表的评《文天祥传》的文章，因为同年发表在《中州学刊》1986年第3期，是在重要刊物上正式发表的，因而我当时考虑，虽然两文都曾发表在同一期的《通讯》上，但还是应以正式发表为先后，所以把这篇书评放在文集第八册的第一篇。如此，可以确认，《评〈文天祥传〉》是朱瑞熙先生第一篇正式发表的书评。

朱瑞熙先生于1984年从中国社会科学院近代史所调到上海师

范大学工作,在宋史研究领域是中青年学者的代表人物。他和万绳楠先生在工作上似乎没有交集,但是否有私人友好关系,并不太清楚,之前也没有向他了解过。这一时期,朱瑞熙先生对宋代政治人物的研究颇感兴趣,他写过关于寇准、王安石、宋江、方腊、岳飞、王小波和李顺、洪迈、朱熹、贾似道的论文,因而对上面谈到的两本著作的书评,应该是他这段时期内研究比较感兴趣的一部分。由于20世纪80年代学术著作的出版十分稀少,在宋史领域出现两本研究宋代政治人物的著作,他自然是十分关注的。就这一点而言,他之所以写《文天祥传》的书评,完全是因为这本著作在宋史学界产生了影响,引起了宋史学者的注意。

《文天祥传》是万绳楠先生在1985年3月出版的重要人物评传。之前,万先生在文天祥研究上是有积累的。20世纪50年代末,为普及历史知识,吴晗倡议组织过一套"中国历史小丛书",从1958年开始出版。万绳楠参加了这项工作,他撰写的《文天祥》于1959年由中华书局出版。全书共三十二页,分列七个标题,分别为"热情爱国的青年时代""举起反抗侵略的大旗""对投降分子的斗争""冒险进敌营,虎口脱风险""再次举起反抗侵略的大旗""被俘不屈""正气长存",对文天祥抗元事迹"作了简明通俗的叙述"。也就是说,作为"小丛书"中的一种,该书自然是以知识性和通俗性为主,不是严格意义上的学术著作,但这本小册子的写作肯定使万绳楠积累了资料,对文天祥的认识有了深入的看法。我们一般都认为,万先生是魏晋南北朝史和隋唐史的大家,有点意料之外的是看到他写了《文天祥传》,实际上他在文天祥研究上是有积累和想法的。因此,1984年《文天祥传》的正式出版,自然在宋史学界产生了重大的影响，宋史的研究者会关注这本书，并且迅速作出评价，而朱瑞熙就是其中一位。由于书是河南人民出版社出版的，而朱先生的书评发表在《中州学刊》，我认为这两者并不是巧合，而是朱先生故意将书评发表在河南的重要杂志上，是为了让他的评价被更多人关注。

一、书评中的主要观点

朱瑞熙先生的书评并不长，大约三千字左右，对《文天祥传》的评价，主要有以下观点：

（一）南宋时期出现了中国历史上两位杰出的民族英雄，一是岳飞，一是文天祥。近年来对岳飞的研究较前深入了一大步，取得了可喜成绩，对文天祥的研究还欠深入和系统，而《文天祥传》的问世，"终于弥补了这一不足"。与同类著作相比，《文天祥传》别开生面，具有一些新的特色。以往文天祥相关著作最多字数十三万字，而《文天祥传》用近三十万字介绍文天祥一生，提出了自己独特的见解。这是第一个特色。

（二）采用了纪传、评论和考证三者相互结合的方法，对文天祥的生平事迹做全面的介绍，又对有关事实进行一些必要的考证。如史实考证，肯定文天祥是吉州庐陵县富川镇人。论述，不赞成南宋必亡论：1. 南宋只要改革导致社会危机和民族危机的守内虚外之法，"就不会是元兵南进，而是宋旗北指"。2. 元世祖兴兵伐宋时部队只有二十万人，而宋兵达到七十余万人。3. 蒙古兵南犯时"胜利中也有困难"。看到了南宋本来不会灭亡的道理，就更可以理解文天祥所进行的斗争之意义重大。因此,"这一深刻的见解发前人之所未发,是颇有价值的"。由此还对南宋后期的历史做了必要的清理。这是特色之二。

(三)对文天祥的哲学思想、政治思想和文学成就作了比较深入的研究。《文天祥传》认为文的爱国思想不是儒家思想和理学熏陶的结果,而是扎根于唯物思想中,具有强烈的反理学意义。思想上的唯物论和无神论,引申到政治上就必然要得出"法天地之不息"的结论,对宋朝祖宗之制进行改革。高度评价了文天祥的文学成就,认为比之唐宋各大名家,毫不逊色。"作者的以上这些独特的见解是否恰当,有诗文、史学界的专家根据史实加以判断,但是,他的研究成果确实弥补了前人的不足,甚至可以说是填补了某些空白。"这是特色之三。

(四)在生平史实的考证和有关学术的论述上,也存在一些缺点。1.宋代是否设过富川镇,"未免不够严密"。2.关于文天祥之父文仪病逝于临安客寓期集所,其实是文仪父子居住在客寓,而不是期集所(作为登第士人举行庆祝活动的场所,不可能允许士人家属居住)。3.认定文天祥是一个唯物论者,但作者没有列出必要的论据,同时又忽略了一些重要的资料和事实。4.认为文天祥是反理学的,但论述中根据仍不充分,引用的有些反理学的观点,其实不是文天祥独创,而只是重复了朱熹的一些语句(没有具体举出例子)。

从书评的总体看,朱瑞熙是全面作了肯定,无论是《文天祥传》在学术史上的地位,还是概括出的三个特色,他的结论认为这是一本"宋人传记的佳作",认为在对宋代政治人物作传记的著作中,《文天祥传》是特别出色的一种。同时,他也指出了书中的一些缺点,不过都是一些具体细节问题,并不是全书立论基础上的根本性问题。

二、对《文天祥传》贡献和特色的进一步阐述

朱瑞熙先生的书评,显然受限于文字数,有些观点没有讲得很透彻。在重新阅读了《文天祥传》后,结合朱瑞熙先生的观点,我认为如果将此书放在 20 世纪 80 年代的学术史中的位置来看,万绳楠先生对南宋历史研究是作出了重要贡献的。

(一)朱瑞熙认为至《文天祥传》出版时,南宋两大民族英雄中,关于岳飞的研究较多,而针对文天祥的研究较少。事实的确如此。我们发现,如果只是就著作而言,20 世纪 80 年代以前关于岳飞的著作的确是远多于关于文天祥的。关于岳飞的研究不但开展得早,而且学术研究的著作数量较多。如 1913 年商务印书馆就出版了孙毓修的《岳飞》,此后,如钱汝雯《宋岳鄂王年谱》(1924 年)、管雪斋《岳武穆》(1933 年)先后刊印。20 世纪三四十年代,相关著作出现了十多部,如无梦和易正纲的《中国军神岳武穆》(上海汗血书店 1935 年)、范作乘《岳飞》(中华书局 1935 年)、白动生《岳飞》(重庆正中书局 1943 年)、章衣萍《岳飞》(上海儿童书局 1936 年)、褚应瑞《岳飞抗金救国》(上海民众书店 1939 年)、褚应瑞《精忠报国的岳飞》(上海民众书店 1943 年)、孔繁霖《岳飞》(南京青年出版社 1945 年)。至于邓广铭《岳飞》(重庆胜利出版社 1945 年)、彭国栋《岳飞评传》(重庆商务印书馆

1945年)、李汉魂《岳武穆年谱》(上海商务印馆1947年)已是三本学术性较强的著作。1954年邓广铭的《岳飞传》(生活·读书·新知三联书店),1959年何竹淇《岳飞抗金史略》(生活·读书·新知三联书店),是两部深入研究岳飞的巨著,对岳飞是割据军阀还是爱国将领等一系列问题展开了讨论。至1980年龚延明出版《岳飞》(浙江人民出版社),1982年邓广铭出版《岳飞传(增订本)》(人民出版社,全文三十四万五千字),王曾瑜出版《岳飞新传》(上海人民出版社),把岳飞研究推向了新的高度。可见,关于岳飞研究的时间长,著作多,特别是新中国成立后仍然是研究热点,到了20世纪80年代大部头的研究著作涌现,研究岳飞的热潮滚滚而来。

研究文天祥的著作,远少于研究岳飞的著作。新中国成立前仅出版过六七部小型著作,如1933年易君左有《文天祥》(新生命书局)、1937年欧阳渐《文天祥正气歌》(中华书局)、1938年章衣萍《文天祥》(上海儿童书局)、1940年傅抱石《文天祥年述》(青年书店)、1941年彭子仪《文天祥》(国民书店)、1946年王梦鸥《文天祥》(胜利出版公司)、1947年杨德恩《文天祥年谱》(商务印书馆)。1949年后,主要有1958年江先等《文天祥从容就义》(广东人民出版社)、1962年沈起炜《文天祥》(中华书局)、1976年李安《文天祥史迹考》(台湾正中书局)、1980年庄真《文天祥》(中国少年儿童出版社)、1982年陈清泉《文天祥》(上海人民出版社)等,这些著作大多是通俗读物,不像关于岳飞的著作中有大量严谨的学术研究。沈起炜等历史学家的著作,尽管出版于中华书局,但内容总体上以通俗介绍为主,陈清泉著作在格局上与沈起炜书相仿，并不是学术研究著作。沈书有一百六十二页、七万八千字，陈书有一百九十八页、十二万四千字，这与岳飞研究动辄二三十万字的体量，是不能比拟的。

因此无论是从著作的数量和学术性，还是从字数而言，在万绳楠《文天祥传》正式出版前，研究文天祥的著作呈现出数量少、学术性不强、字数不多的局面。朱瑞熙指的最多十三万字的著作应是陈清泉的《文天祥》，而当一部三十多万字的严肃的人物传记研究著作横空出世，自然可以说是文天祥研究领域中的巨大成果，弥补了以往研究的不足。

（二）与以往的著作带有明显政治色彩的标题式写法不同，《文天祥传》是以章节体撰写的严格的学术著作，描写了文天祥的诞生与成长、殿试、出任地方官、入朝为经筵官、两次起兵抗元、被俘逃脱、大都殉国、爱国思想的哲学基础和政治思想、文学上的成就、传记和祠祀等，既对文天祥的生平进行了系统的考察，对史事进行了严密的甄别和考辨，同时全面论证了文天祥的思想基础和其在文学上的成就，并且提出了自己的见解。在20世纪80年代，能以学术研究式的写法具体研究一个政治人物，也即把文天祥重新放回南宋历史中进行客观的研究，而不用政治的标贴来感性地文学创作，《文天祥传》是第一本。作者在序言中说："本传是作为史学传记来写的，不同于文学传记。"这就是作者真实的写作意图，在这种目的指导下的写作，使文天祥回归到了一个历史人物而不纯粹是一个政治人物。

作者在序言中说："本传力求做到传、论、考相结合。"全书十章，其中前七章是文天祥生平的传，这是本书的基础。从整书写作手法来看，作者是使用史学文章的写法，大量引用具体的资料，有根有据，不管什么观点都有明确的出处，这是本书和以前的著作所不同的地方。但同时我们也可以看到，作者的文字表达力很强，与一般死板的史学文章完全不同，读起来十分清新。每一件事情的表述，先讲什么后谈什么，都是精心设计的。写作中注意到时间先后的变换，不少地方采用的是双线索写作，用了很多问句，既增加了可读性，又使问题意识不断突现。在传的这部分，给人最大的感觉是文笔的成熟，表达色彩浓烈。

书中谈到文天祥生平时，大量使用考证，朱瑞熙只是枚举了其中的几个事例。其他的如《宋史》说文天祥"性豪华""声伎满前"，相信的人很多，但作者认为不可靠（第20页），接着就有具体的考证。作者也详细考证了文天祥父亲文仪的为人、治学态度、治学宗旨和思想（第21—23页）、文天祥游乡校的时间（第23页）、殿试时间（第34页）、以家产为军费（第75页）、德祐二年出使元营的时间（第98页）、部将的去向（第106页）等。对这些问题的考辨，既使文天祥的事迹更加丰满，同时也纠正了以前很多不正确的看法。特别是在各章的写作过程中，作者将文天祥的诗文进行编年，按时间先后插入文章之中对应来谈论史事，既讲清了史实，又丰富了史料，实际上也采用考辨的手法。在作者的考证中，他既采用正史，又使用各种文集、后人编的年谱以及墓志铭等，引用的资料范围较广，因而他的考证有相当的说服力。

书中评论的地方很多，评论中往往显示出作者的独特见解。朱瑞熙提到作者不赞成南宋必亡论，认为发前人未发，这是很有价值的。因为根据双方的形势和军事实力，南宋本来不必灭亡，因而文天祥的抗元斗争是有重大意义的。类似这样的评论，在书中有很多。比如作者认为在太皇太后谢氏带了宋恭帝投降后，南宋仍有中兴的可能性。其理由有这样几点：1. 太皇太后的投降在于未将全国人民调动起来勤王抗元，文天祥回台州后，调动人民抗元的可能性就有了。2. 太皇太后的投降在于政策是守、遁、和、降，不是攻与战。按文天祥的意见，天下事仍大有可为。3. 太皇太后的投降在于谢氏和专制朝政的大吏都是妥协投降派。如果朝廷都换了文天祥这样的主战派，团结抗元，中兴就有可能。4. 投降，不在于宋军不能打，而是在于上级有意识地叫他们困守，最后驱使他们投降。他认为根据这几条，南宋的中兴就有可能，当然最后是没有转向现实。这样的分析，的确显示出作者对历史大势的判断和以往的学者有较大的不同，让读者有眼前一亮的感觉，值得后人关注。

（三）作者提到，以往的学界忽略了文天祥的哲学思想、政治思想、文学成就，而实际上文天祥是个有哲学家、政治家和文学家属性的民族英雄，因而在第八章和第九章中对这几种思想和成就作了深入的研究。朱瑞熙关注到了作者对文天祥爱国思想基础的看法，因为作者认为文天祥具有反理学的思想，这种思想是以无神论和唯物论为基础，提出自强不息和法天不息等思想。作者认为文天祥殿试时的《御试策一道》的中心就是"法天不息"，他对天、道作了唯物主义的解释，从而站到了理学的对立面（第30页）。作者这方面的思想比较丰富，还有很多观点，我们可以试举一二例。

如作者认为文天祥的思想来自《易经》及以后的唯物论哲学家，指出文天祥探讨了事物的本原，而且他的哲学思想中没有天命和鬼神。作者按照马克思主义哲学的内容对照文天祥的思想，认为他说到了事物发展、发生的必然性和偶然性,论述了物质与道之间的相互关系,强调文天祥思想中最富有时代气息的是自强不息,思想的出发点是物质世界的运动不息。因此他的哲学唯物论思想,实践的意义很大。作者认为这种思想不可多得,但被埋没了七百多年,哲学史上从没提到。这样的论述在以前的学术界是从来没有过的。

政治思想方面,作者指出文天祥不仅要求改革,而且要求改革不息(第275页)。不仅要求改革宋朝的祖宗之制,而且要求一直改下去,直到实现天下为公。他的爱国思想和政治思想息息相通,就是"法天地之不息",就是自强不息。

朱瑞熙谈到了作者对文天祥文学作品的研究,这方面比较详细,我们不再作进一步阐述。作者在分析文天祥的诗文后,认为他在文学上的成就,不亚于唐宋诸位名家。他的诗歌,动乎情、性,重乎气、力。他的《指南录》,标志着他进入了"自传式的史诗时代"。作者认为单从艺术水平而言,已赶上唐代第一流诗歌水平(第320页),是南宋后期的代表。他振起过一代文风,是"现实主义文学巨匠之一","揭开了我国文学史的新的一页"(第316页)。

三、结论:《文天祥传》的地位

朱瑞熙先生认为《文天祥传》是一部佳作,弥补了研究中的不足,事实确是如此。固然我们认为书中有一些考证还有可以商量的余地,一些评论不一定准确,20世纪80年代初期政治对史学影响的痕迹还是十分明显,但这部著作对文天祥研究起的作用是巨大的。比如有了书中第十章《文天祥的传记和祠祀》的资料搜集的影响,后人就编成《文天祥研究资料集》(刘文源,中国社会科学出版社 1991 年),有了传、论相结合的写法和观点的启发,后人就掀起了文天祥研究的热潮,如《文天祥传》(胡志亮,百花洲文艺出版社 1997 年)、《文天祥评传》(修晓波,南京大学出版社 2002 年)、《文天祥研究》(俞兆鹏、俞辉,人民出版社 2008 年)等学术著作先后出版。从这个意义上说,20 世纪 80 年代的《文天祥传》起到了学术引领的作用,是文天祥学术研究的新起点。总之,放在历史的时间纵轴上作客观的评价,万绳楠《文天祥传》的地位十分重要,朱瑞熙的书评十分恰当。

本文系 2023 年 12 月在安徽师范大学"新时代历史学科建设发展研讨会暨《万绳楠文集》首发式"上的发言。

制度视野下的自然灾害研究
——读周琼《清前期重大自然灾害与救灾机制研究》的一些感想

最近二十多年来，灾害史是研究热点，有大量研究成果相继出版，如灾害的种类、灾害的影响、灾害的救济应对、灾害地理、灾害资料的编纂等方面的成果十分集中。相反，以前历史研究中的一些热点，这些年变得十分冷落。

但灾害史的研究，包括我自己做的一些工作，不仅粗浅，而且在研究思路上存在着不少问题。首先，研究以线条勾勒式为主，以表象的描述为基本方式。勾勒和描述如果是拓荒性的工作，在一个问题的早期研究上是十分有必要的，也具有创造性的学术意义，但如果研究长期在这种层次上徘徊，只是在数量上有一些增加，那这样的研究就显得比较苍白。最近几年，灾害史研究在总体方式方法上的推进并不是很大，研究事实上陷于瓶颈，"大多数研究都是就灾害说灾害，集中在灾害个案及赈济史实梳理的层域，主要对灾害背景（原因）及影响、官民救灾及其机制和措施、思想、灾后重建进行论述，或在断代、区域、特别案例的探讨中，对具体路径及方法等问题修修补补，研究思路及叙事框架在无意识中形成了固有的路径和模式，重要创新及突破成果不多，理论及跨学科视域的创新性研究也极为不够。"（周琼：《灾害史研究的文化转向》，《史学集刊》2021年第2期。）对灾害研究的路径和模式如果相差不多，只是换一个灾害种类，换一个朝代，换一个区域，得出的结论并不会有很大的不同，而这对整个灾害的研究缺乏一种突破性的变化。

其次，近年来灾害史的研究往往是由现实中发生的一些大的自然灾害推动的，由这些灾害触发了学者的研究兴趣。灾害史的研究成果往往能反馈到现实中，促进灾害预防和灾害赈济工作更加完善，这是非常有现实意义的。但如果学者的研究只是由现实问题推动着往前走，而不是研究者本身对灾害史研究作基础性的深入工作，对灾害史研究并不见得是好事，反而会产生急功近利性的心态，有些学者会过度追求社会效应，缺乏学术研究的正常思维。比如从"非典"到今天的"新冠"发生后，大量的学者从不同的角度切入疫病史研究，对推动疫病史研究作出了重要的贡献，对现实中的抗疫救灾也有意义。但我们同样也可以看到，目前疫病研究出现了一些乱象，很多学科、很多学者都卷入研究中，于是文学、民俗学、神话学、宗教学、考古学、历史学、语言学、政治学、文学人类学等纷纷在研究疫病，有些人提出了要融汇中西、贯通古今来研究疫情。这样的疫病史研究，到底有哪些学术意义？恐怕学界还是要用理性的思维进行深入的思考。

对环境史学者而言，如何将灾害史研究从理论和研究路径上往前推动，如何将灾害史研究中得出的经验为现实社会中预防灾害所借鉴，这可能是目前需要解决的一些问题。灾害史研究既是一种学术研究，需要在学理上向前迈进，同时由于研究领域的特殊性，需要学者总结出一些研究成果为社会所用。笔者最近用了相当一段时间阅读了"国家哲学社会科学成果文库"中周琼教授的《清前期重大自然灾害与救灾机制研究》一书（以下简称《救灾机制研究》），洋洋九十五万字，一个直观的感触是，也许我在灾害史研究上的一些疑惑纯属多余，因为这本著作对灾害史研究的探索有很多值得我们重视和肯定的地方。

一、构架的宏阔

这本由科学出版社出版的著作，给人的第一印象是十分厚实，从里到外、从内容到形态，装帧版式简洁大方，完美和谐，是典型的学术著作的风格。不过这个只是外在表现，并不是本文想探讨的方面，还是让我们回到著作的内容上来谈论。

全书由绪论、八章正文和结论组成。八章正文，作者是这样安排的：第一章是清前期重大自然灾害及其特点，第二章是清前期官赈制度的建设及发展的基础，第三章至第五章分别是清前期的赈前机制、赈中机制和赈后机制，第六章是清前期官方的灾赈物资，第七章是清前期民间灾赈机制，第八章是清前期灾赈机制的社会效应。

从著作结构来看，约占三分之一的篇幅是对清前期重大灾害的研究，包括灾害发生的背景、灾害划分的标准和灾害的具体情况、灾害的特点。通过对清前期灾害发生的具体情况的梳理，灾害等级的准确划分，从而提炼出灾害的阶段性特点，是本研究赖以依据的前提，因而作者用了大量的笔墨来分析与思考。

在对灾害全面研究的基础上，全书大部分的篇幅主要是谈论清前期对灾害的应对，这种应对分为官方和民间两个方面，作者将重点放在官方的应对上。

官方的应对主要是清前期的官赈制度，这是本著作的核心议题，是作者考察清前期灾害史的重要视角。官赈制度是怎样建立的，又是怎样建设和发展的，这种制度有怎样的一套程序，官赈制度在乾隆时期达到顶峰后怎样呈现衰落，官赈制度是由什么机构来承担具体工作的，这个机构的功能有哪些，有哪些人员……书里都有详细的探索，这些是研究官赈制度最为基本的内容。

官赈机制如何发挥作用，这是作者研究官赈制度的核心，足足用了三章篇幅加以详细探索。赈前，遭受了重大灾害后是如何报灾的，制度性的报灾机制在清前期是如何从建立到调整再到完善。政府是怎样勘灾定级，确立要救灾的实际人群数和经济受损数。赈中，最主要的是如何来解决受灾人们的生活问题，说到底最为基本的一点是不让灾民饿死，因而官方的钱粮赈济和粥赈制度、以工代赈制度成了研究的重点。赈后，蠲免机制和缓征机制是如何确立、定型和完善，真正在灾后起作用；这两种机制又是怎样配合着发生作用，这是作者研究的重要内容。当然，研究官赈机制必然会涉及官方筹措救灾物资，这些救灾物资的来源，是怎样运到灾区，又是怎样分配到灾民手中。在灾害特别严重的时候，灾赈物资对救灾的重要性是不言而喻的，合理分配物资反映出政府的应对机制是否有效，作者的研究自然是十分有意义的。

此外，作者对官赈机制的社会效应进行了讨论。一种制度设立和起作用后，必然会有积极的影响和消极的影响，我们衡量这一制度是否符合社会要求,必然会在这两种影响中进行比较,如是积极的影响超过了消极影响,那说明制度的存在有比较合理的一面,从作者的主要笔墨放在积极一面来看,官赈机制的存在是有较大的合理性,是符合社会需求的。

这是一个全面而又完整的论述体系,议题十分明确和集中。具体来说,作者一是展开了对灾害的研究,但更是注意到了社会的救灾机制;二是对社会的救灾机制从制度性上作分析,主要从纵向的制度设立的各个时段的变化特色,到横向的制度本身的几个层面,都进行了详尽的探索;三是对救灾制度的各个机制都进行了专门性的研究,如勘不成灾、赈粥、以工代赈、缓赈、借贷、流民收容等;四是议题十分明确,重大自然灾害的制度性赈灾是成果的主线,最后从制度的社会效应上对救灾措施进行评价。

因此,这样扎实的工作,构成一个合理的研究体系,是相当具有学术意义的,这是我们最希望看到的学术著作应有的体量。

二、重点议题的突破性探讨

一部著作的质量,关键是看其在具体问题研究上是否有突破性的成果。任何著作,不可能每章每节都是个人的发明创造,但如果每章每节中都没有一些深入推进,那这样的著作就不会有多少价值。令人欣喜的是,《救灾机制研究》在很多议题上都有较大的突破,对推进清朝灾害史研究有相当大的促进作用。

一个灾荒,因为记录上没有统一标准,不同地域、不同视角的著作,详略差异很大,后人在研究时很难有一个统计上的把握。以往的研究有灾次统计、州县数统计、受灾人口数统计等多种计量方法，但这些统计都存在着不少问题。因为中国历代对具体的数字记载并不严谨，更多的是一种程度上的表达，并不是实际上的准确数字，不可能真正反映出历史灾荒的全貌，这就常常会使研究失真。然而，研究清朝前期灾荒史，对自然灾害首先必须要作出定量分析。

《救灾机制研究》认为，清朝是以受灾地亩收成分数为标准来判定灾情的等级，乾隆以前对灾荒的划分基本上是六分以上算成灾，即受灾六分至十分者为成灾，五分以下为不成灾（73—74页）。据此，把清代的灾荒分为巨灾、重灾、大灾、常灾、轻灾、微灾六等，分别与收成分数大致对应，指出轻灾和微灾无须赈济，属勘不成灾。尽管作者自己说"灾情等级划分标准的不尽完善"（80页），但实际上这样的划分对具体的研究而言是非常有意义的。如果我们以通常的灾次为统计标准来研究灾害，就会发现在详细的资料记载下，清朝各个地区各个时间段有着数不清的灾害，然后灾害的救济方式却各不相同，政府在灾害面前是一片混乱。但如果只对大灾以上的灾害进行统计，对典型的灾情进行案例呈现，就能对清前期的灾害特点做出很准确的分析，就能对清朝灾害在时间上、空间上、类型上进行总结，方便对政府救灾机制上的规律性措施进行探索。这样的分类研究，以往的学界往往是没有注意到，或者说是忽略掉了，对自然灾害的研究也就不够科学，对灾害应对的方式也难以有准确的把握。

上述这样的新见，翻阅全书，可以说到处都是。具体表现在，一是在以往研究不够或缺乏的领域有开拓性的讨论，二是在同样一个问题上的讨论能往深处推进。比如书中探讨了灾荒对传统社会道德及心理的影响（254页），指出灾荒对民心及伦理道德会造成冲击，如会使人们的心理及精神极端变态、行为极度扭曲，出现人相食、卖妻鬻子、弃子、人口买卖等情况；灾荒滋生了劣根性和惰性，一些人小灾即流亡，甚至无灾时也定期流亡、逃荒；灾荒造成很多人极度冷漠和麻木，对社会及他人缺乏同情心和爱心，对灾后的生活变得消极；灾荒造成一些人产生了依赖心理，往往坐等官府救济。这些在我们以往的研究中极少有人提到，而灾害对社会影响特别重大的地方，恰恰是灾害史研究中极为重要的一个方面。

对于勘灾制度具体的程序和措施，由于受到资料等的影响，明清以前一般只能粗线条地概括，而清代的制度，特别是到了乾隆朝，已十分完善。著作中提到了八道程序（348页），确定勘灾人员、划定勘灾区域、查造草册、造报舆图、勘定灾情分数、造报灾区舆图、审户（区别贫富等级）、确认各家损毁及人口伤亡数、填报赈簿、发放赈粟，处置勘灾结果。这样细致而具体的八道工作程序，让后人大吃一惊，清前期的勘灾制竟然如此完备，显然如果灾害来临，有关部门只要按部就班地执行就可以了。从这里可以看出清政府的组织能力是相当强大，其救灾效率令人十分赞叹。再者，由于清政府的制度性措施主要是应对大灾以上级别的自然灾害，而对一般的常灾、小灾，作者认为清朝有"勘不成灾"制度，提出了制度外化的观点（385页）。对常灾、小灾，并不是说政府不予以赈济，而是实施和大灾以上的灾荒不同的救济方式，如就地抚恤、酌量给银米，赋税上实施缓征、分年带征、折征，也会蠲免赋税或积欠钱粮，甚至若灾荒对灾民生活产生影响，政府就借贷口粮和种子，实施以工代赈。

如审户、赈粥、以工代赈、灾赈中的借贷和缓征、灾赈物资的筹集和运输等问题，在书中都是作为专题展开专门性的探讨，作者的认识十分深刻，既对各个制度从建立到完善的具体时间和标志梳理清晰，又对这些制度的具体实施及其社会效应铺开进行讨论。

由于篇幅的关系，我们不再一一举例。这些重点议题，都是清代救灾中的重要制度，是清代整个救灾体系中的一部分。作者在这些问题上新论迭现，有很多独特的见解，是值得以后的研究者加以参考的。

三、研究时段的典型性

初看到著作，我是略略有点疑问的，作者为什么选择了清前期作为研究的对象？如果研究清后期的救灾制度，既可以向下延伸至民国，又可以看出古代向近现代变迁时期一个制度的变化，岂不是更为科学？

不过，仔细看了作者对清代灾荒史的学术回顾，以及她对一些具体制度的研究，我认为研究时段的选择是十分有道理的，是作者精心考量的。

一是因为清代灾荒制度的成果，目前主要集中在荒政制度的发展、变迁及其弊端，某类灾种的危害和应对，区域灾荒等方面，但对一个荒政制度的全方位研究还很缺乏。清代的荒政制度大多数形成建立、完善、起作用于清前期，制度的好坏在这一时期的表现十分全面。二是清代灾荒时段的研究不均匀。学术界研究灾荒史的成果主要集中在清代中后期，顺治、康熙、雍正、乾隆朝的灾荒史研究相对比较少。

而更为主要的，恐怕就像作者说的那样，有以下几点：

一是清前期的自然灾害在中国灾害史上的普遍性和代表性。中国古代的自然灾害有千千万万，但史书记载比较清晰比较详细的灾害并不是太多，一方面是人们对灾荒的认识不够，另一方面是灾荒在传统史书中的地位决定了史家书写时往往三言两语就打发了，并没有把灾荒和古代政治、经济之间的关系紧密联系起来。历史发展到清前期，灾荒类型、灾荒的后果及影响，都是中国古代灾荒的缩影及代表。如果能真实、客观地反映清前期灾荒的全貌和特点，实际上对中国古代的灾荒就能有清晰的了解，就能了解中国古代灾荒的一般特点。清代前期的灾荒类型在中国古代都曾经有过，灾荒等级在中国古代都发生过，灾荒的特点及后果、影响在中国古代都有完整的体现。清代前期的灾荒既是清代的缩影，也是整个中国古代历史时期灾荒的缩影。

二是清代前期的灾赈机制有着典型的特点。大部分的清朝赈济机制是在明代的基础上，在康雍乾三朝发展、完善，最终确立下来。到乾隆年间，这些机制都达到实践的巅峰状态。对这样比较完善的制度进行解剖，当然是可以清晰地看到这些机制是怎样运作的，包括机构的组成、人员的构成，运作的程序和步骤，就很容易把这些制度最鼎盛时期的模样展现出来。比如清朝的赈济，有正赈（摘赈、普赈、续赈、加赈、大赈），以及展赈、抽赈、补赈、散赈、粥赈、以工代赈等形式（742页），这些赈济，是中国历史上传统灾赈的集大成，将中国传统灾赈推向巅峰。

三是清前期的灾赈机制是清王朝政治智慧的体现。清前期的灾赈具有承前启后的特点，灾赈机制由初建、修正补充，再走向完善，是中国历史上最完备的一种灾赈机制，是清朝统治者在统治合法化后的政治智慧的体现。入主中原后的清政府吸收了汉文化，统治方式汉化，在不断的灾赈实践后，逐步建立了一整套机制，这是清朝中后期的统治所无法比拟的。

从这些简要的罗列中，我们可以看到谈论清以前中国古代的灾赈机制，由于资料记载稀少，并不能很充分地展现出中国古代政治的智慧，而谈论清中期以后的灾赈机制，由于清代的政治和社会发生了重大变动，这些机制往往被破坏、不完备，因此，研究最完善的灾赈机制非清代前期不可。就这一点而言，作者的选择是十分合适的，充满着学术的智慧。

五、灾害史研究的新模式

在阅读这本著作时，笔者最初也是有一些疑问的，清朝真的有这么完善的灾赈机制？为什么我们在清以前的资料里看到的各个朝代的赈济大多是临时性的，而不是制度性的救灾呢？

《新唐书》卷五一《食货志一》引唐高祖武德七年令云："水、旱、霜、蝗耗十四者，免其租；桑麻尽者，免其调；田耗十之六者，免租调；耗七者，课役皆免。"（中华书局1975年版，第1343页。）以往我们读到这段材料时，并不会太在意，总是认为这是中央政府宏观性的意见，地方政府会相应折免租赋。但问题是，这种规定，是否在唐代就有一套专门的制度？耗十之四、十之六、十之七，这是怎样认定的？各地有没有专门的人员来做这方面的工作？如果老百姓认为受灾比较严重，而官员认为受灾没那样严重，那么租调的折免数量就会不同，一旦发生矛盾，该怎样处理呢？

唐代史料中没有具体描写的内容，到了宋代，就比较具体。如李叔周曾经奉命视察华亭县水灾，乘船行走在老百姓的土地中，具体观察哪些土地受了灾，毁坏到怎样的程度，再决定免多少税。他看到了监司的圭田，同样是受了灾，但有关的官吏不敢向上奏报，就说："水潦为患，上供且应复，况圭田乎？"于是全部免掉了赋税。（谢庭薰：《乾隆娄县志》卷一九《名宦传》，上海古籍出版社2011年版，第451页。）章岵为两浙转运使时，"会暴风，湖海涌沸。民之近湖滨海者，如海盐、华亭、吴江多遭漂溺。岵遣吏所在巡视赈恤，请蠲田租，人不失所"。（方岳贡：《崇祯松江府志》卷二九《宦绩二》，上海古籍出版社2011年版，第583页。）而谈公绰受宪司命"简灾田于松江"。晚上他住在华亭一位富人家里，富人"欲冒作虚数"，因而"厚款之，宿之密室"。（《崇祯松江府志》卷五七《志余》，第1124页。）说明在宋代勘灾是有相关的制度规定，受灾的等级是由各级官员逐块田地视察后定下的，有些人想上下其手还真不容易做到。

由唐至宋，史书上没有描写的，并不是说这种制度不存在，但将唐至宋的资料联系起来看，显然在中国古代是有勘灾制度的。这种制度到了清代，应该是十分完善。各地受灾的信息如何上报，勘灾的程序是怎样的，救灾的制度有哪些，与前代相比在哪些方面更加丰富和完善，这些是研究中国古代灾害史的重要内容。报灾勘灾制度如此，赈济制度又何尝不是这样？因此，通过制度的视角来观察自然灾害和国家行政措施之间的关系,自然是一种很有效的研究模式。

周琼认为灾荒史的研究,"亟需路径、范式的突破及创新"(45页)。事实上目前的灾害史研究模式比较单一,大家的着眼点都相差不多,研究的成果有很多相似性,因此需要我们用不同的眼光作一些突破性的研究。灾荒史的研究需要宏观、整体视域的研究,"把灾荒放在一个时代的整体发展脉络中,看到灾荒的社会属性、国家属性及其在国家治理层面的宏观维度,通过对灾赈机制的探讨去透视历史时期的社会、政治乃至传统政治合法性、正统性获取的深层意蕴",也即通过国家灾赈制度,不但可以看到国家抗灾救灾的能力、后果和影响,同时也可以看到国家政权如何通过赈济伸向社会的各个层面。从这一点说,通过制度来研究灾害,不但在方法上是创新,而且在研究成果上也会有较大的突破。如果将一个制度的研究,放在中国古代整个发展脉络里来观察,是可以推进各个朝代的灾害史研究的。作为一种新研究模式,周琼的尝试是有益的,取得了较重大的成绩。

这种以制度为核心的研究模式或许也有一些局限。如当国家政权的力量并不强劲,对整个国家的控制还有欠缺时,制度要么还没有完全建立,要么有制度也没有能力去加强执行。特别是在一些朝代的末期,有灾赈制度但不一定真的在抗灾救灾时使用,也就是说,制度很完整但不一定说明灾赈很有力。其次,自然灾害的形式是多种多样的,常规的水、旱、蝗等灾害的赈济制度肯定是比较完善,但有些灾害的各种预防和救济制度就不一定很完善。比如疫病流行时,对疫病的抗灾和救灾机制就比较缺乏,因为疫病最主要的是医药治疗,但这方面并没有完善的制度,一般都是临时的措施,国家对救疫的制度性措施极少。

六、研究中的几处不同理解

我们在肯定《救灾机制研究》是近年来非常有学术价值的灾害史研究著作的同时,认为任何研究都不可能滴水不漏,各人对问题的理解不同,在研究思路上也会有所差异,因此书中也有一些地方是可以讨论的。

如本书主要是讨论"重大自然灾害",但涉及一般灾害,理论上不是本书讨论的内容。书中安排了在第三章第三节专门谈"'勘不成灾'制度与制度外化",对一般灾害的赈济进行讨论。所谓勘不成灾,就是遭受了一般灾害,政府是如何来进行救助。但如果这节能单独成章,在逻辑上可能更为通顺。或者这节不在正文中探讨,作为附录放在最后,可能更加符合书名的论述范围。

又如作者认为清前期的赈济,是以政府的制度灾赈为主,民间灾赈为辅,著作主要围绕着政府的制度灾赈为中心而展开。第七章专门安排一章谈民间灾赈,从写法上显然没有像其他章节一样铺开,只是谈了民间灾赈兴起的原因、灾赈制度的建立与发展、灾赈的奖惩与成效三个大问题。其实民间灾赈是一个大问题,在政府制度灾赈最盛的时期,民间灾赈的空间相对比较小,反之则民间灾赈可以比较兴盛。民间灾赈一般是自发的、临时性的、阶段性的救灾比较多,制度性的救灾比较淡薄。如果这一章并不是放在政府制度性灾赈构成的写作体系中,是否可能更为合适?

一些表述上，可能前后照应有点欠缺。如第一章的第四节是谈清前期重大自然灾害的特点，在谈到"空间上的普遍性、相对集中性、延伸性和复杂性的特点"（211页）及"灾荒类型上的共存性、并发性和群发性特点"（216页），分析时用了"乾隆朝"的资料，实际上这里应是谈整个清前期的。在具体的资料上，有的使用了道光十一年安徽巡抚邓廷桢和湖广总督卢坤的奏章，以及第二年道光的上谕（213—214页），在时间段上与界定的范围并不契合。

指出这些，对体量这么大的一本著作来说，的确是有点吹毛求疵，而且这些问题只是各人理解的角度不同而已。

总之，《救灾机制研究》作为一本十分重要的灾荒史著作，其学术成就在今后大家都会感受得到。我们希望作者在以后能继续出版清代灾荒史研究方面的著作，一如既往地为学术界作出贡献。

文章的全文发表于《保山学院学报》2023年第3期，之前本文的部分内容以《评周琼〈清前期重大自然灾害与救灾机制研究〉》为题，发表于《中国史研究动态》2023年第1期，并以《清代灾赈制度史研究的新视域》为题，发表于《中华读书报》2023年4月19日第8版。

读《洛阳地区流散墓志续编》等书

暑假坐在家里，熬大热天，实在没事可以做，就上网买几本书，想看看闲书。京东送快递挺给力，上午下单，当天下午就到了两箱子，第二天又来一箱子。三个箱子叠在一起，隔了好几天，直到今天早晨自己心情比较好，才打开看看自己买的这些宝贝。抚摸这些书，连着翻了几天，感受挺多。

一

买了毛阳光的《洛阳地区流散墓志续编》，厚重的三册精装，十分气派。与毛阳光兄早就认识，开会碰到很多次，在广告上看到这书。不过阳光从没说要送我一本，估计是这书价格很高，只拿到没几套样书的作者是送不起的。对阳光这几年的工作成就，我们唐史学界都很肯定。这几年他专注于洛阳地区的墓志，编了一本又一本著作嘉惠学林，在资料上作出的贡献学术界都会受益。这本《续编》同样是十分有用，有拓片有文字标点，是他精心挑选的墓志。墓志是古代史研究的基本资料，对唐史研究更加重要，入门学习理应通读，以便能更多地发现问题。不过我自己就做不到，因为杂务太多，现在总感到没有长段时间来细读这类资料书。毛阳光兄今年又中了一个国家哲社项目，我有幸看到过他的标书，的确名副其实，相信他会不断地将河南地区新发现的墓志编出来，继续对唐史研究作出巨大贡献。

国家图书馆出版社的印刷是不计成本的，纸张好，装帧美，开本很大，封面厚实，不过马上感觉出几个问题。一是我手捧三本书，在家里走来走去，该让它们安身在哪里？放在哪个书架呢？当年做的书架高度厚度都没这三本书大。二是读书人想的主要是资料实用，在文章中引用，但这样精美的印刷，感觉出版社把我们当成不识几个字的生意场上的老板，放在家里只是图个好看，但老板恐怕是不要墓志书的，做生意好像并不是太吉利。三是价格有点贵，太贵，真的有必要出这样精美的书吗？

当然，话反过来说，只要有人出版，对我们学术界还是一件大好事，还是要感谢毛阳光兄和出版社的。

二

喜欢一本浙江某出版社的书，书名挺吸引人的。书的内容不错，七章七个专题，也许是一些论文合在一起成为章节的，但不少内容我极有兴趣。两百页的书售价四十二元，我还是能接受的。作者有两人，都不认识，于是八卦地看了封面勒口上的作者介绍。第二作者是个美女，虽然以前不认识，但还是想认识一下。只可惜美女拍的是侧面照，不肯正面示人。其实何必呢，既然是放了照片有介绍，大方一点就是。

因为美女是个侧面像，介绍里只说她是某个学校毕业的硕士，在某个学校工作，"致力于地方文化传播研究"，所以我挺想知道美女写过什么文章，于是翻看了"后记"。我这个人实在是八卦，有点研究历史的职业病，总想发现点什么，喜欢寻找文字背后的事实。

后记是第一作者写的，说他从读博开始就对相关问题有兴趣，"发现问题、思考问题、解决问题，将相关心得与收获诉诸文字，写成文章"。书肯定主要是第一作者的功劳，这是没有异议的。不过，我更是极力想了解第二作者写了哪些部分，看看这位侧面像的美女作者学术兴趣是什么，遗憾地发现竟然一句也没交待，哪怕是抄写打印文稿也可以啊。

按我的常规想法，既然是有第二作者，总得写点她的贡献，更何况她是个美女，美女总得对第一作者有点鼓励、有点鞭策。如果换了我，我肯定不会这样。我当年读硕士的时候，写了文章就独立署了女朋友的名字，目的是为了在女朋友面前露一手，当然后来女朋友成了老婆，老婆是不搞我们这一行的，不用我的文章去评职称，我还全部送给了她。所以这位第一作者还不如大大方方地写第几章第几节是第二作者写的。

尽管现在学界时有发生，但这样操作，符合学术规范吗？

三

翻翻某国家级出版社的一本书，本来是冲了书名买的，没想到是一位老友指导的女博士的博士论文。老友写了"序言"，对作者和书稿有介绍，评价很高。我大致翻了下目录，读了部分内容，老朋友的确是没有自夸自卖，书的内容真不错，用的资料很充实，写的角度也挺好，就一篇博士论文来说，是有很高质量的。

由于老友对作者有介绍，看后记的兴趣是没有了，但我还是看了书后的"参考文献"。这倒不是八卦思想作祟，而是想看看人家用了些什么书，我是否有从没看到过的。如果有兴趣，按着人家的指引去翻阅，会省心省力。这也就是"参考文献"对社会作出的应有贡献吧。

不看没什么，一看就发现了些问题。如参考文献里有《文昌杂录》，引的是《全宋笔记》第二编，说是大象出版社2012年出版，我有点楞了。再一看《杨公笔录》，引的是《全宋笔记》第一编，也说是2012年出版。我们的《全宋笔记》，第一辑是2003年出版，之后2006、2008、2010、2012年不断逐辑出版，2012年的是第五辑，作者不该搞错啊，每一本书后都有版权页。

这样一来，干脆就仔细看几条，但认真的事咱不能多做，一做就真能发现几个问题。比如全书引的《四库全书》，全是说"景印文渊阁四库全书"，但出版社信息却是"台北商务印书馆1983年影印书"，1983年还是1986年，另当别论，但"景印"摇身一变成为"影印"，总有点怪怪的。相似的情况还有，如某本书写明是"某某某点校"，但写出版信息时成了"某某出版社1986年标点本"，这"点校"和"标点"，总是有些细微差别的，不知为何都统一成了"标点本"。

随手往前再翻翻，竟然发现一些文章的篇名都不用书名号的，是出版社的要求？如"《苏轼文集》卷30《奏议》，论高丽进奉状，孔凡礼点校，中华书局1986年标点本，第847页"。一些书的二级篇目也不用书名号了，如"《宣和奉使高丽图经》，馆舍，客馆，第59页"。读着这样的格式，总有点怪怪的。不知是作者的问题还是出版社的新要求，但看上去总有点不舒服。

说这些小问题，有点吹毛求疵了，但这是我的职业病。我看书，习惯一看书名二看目录三看后记四看参考文献，再接着看感兴趣的正文。不过这篇博士论文质量是没有问题的，只是皮毛上有点小病，但不影响我对整本书的评价。

读《陈寅恪新研究：新史料与新问题》杂感

《陈寅恪新研究：新史料与新问题》，我是在网上购买的这本书，一直没读。

前些日买这本书，到现在读这本书，都是冲着三个"新"字，看看新在哪里。写这篇小札记的时候，只看了一个导言和其中的几篇文章，以后会接着慢慢看，读完全部的。

一

九州出版社 2014 年出版的这本书，让我有点疑惑的是作者。封面上写着："郭长城等著，周言编"。我们自己写书稿，或指导学生写硕、博士论文排列"参考文献"时会发现一个问题，这署了名的作者到底是著、撰、纂，还是编、主编，有时搞得人很头晕，而这本书让我更是有点不清楚了。翻版权页，写成"郭长城等著"，到底是怎么一回事？

看了目录，方才明白。

这是一本由周言编的论文集。书中一共收录十八篇论文，其中周言先生有两篇论文,还写了一篇导言。和郭长城先生有什么关系呢?原来郭长城的一篇文章是导言后的第一篇。

总算学习了一回,第一篇文章的作者郭长城成了版权页上的主人,当然后面是加了个"等"字。于是我想,周言先生不就亏了啊?书是他主编的,但因为有十六篇文章是别人的,他就谦虚地让出了"著"的权利。要是他自己的文章收在第一篇,那这个"著"岂不就是他的了?

出版社弄个著、编,好像是有套路的。不由得想起了十多年前我碰到的一件事。

某年,一出版社编辑找到我,要我编一书,还说同时要配一点图。于是我答应下来,我写文字,图让一位同事帮忙配,两人合作。不久,编辑说他们觉得图书的内容不能全是中国的,还要有全世界的。我说我写不了,于是编辑找人写,这样图书变成三人合作。负责配图的老师到这个出版社代我签了出版合同,签名顺序为我是第一,他第二,写世界内容的作者排第三。

交稿、审看校样后,出版社换了个编辑。编辑来电告知封面上作者排序:写世界内容的作者排第一,他的学生第二(写世界内容的作者还让研究生写了点,所以要带上他),我第三,我们三人是著;而配图的老师单列,并询问我有没有意见。

"可我为什么成了第三作者呢?"我问。

出版社编辑回答:"是多人合作的,惯例是按内容先后。世界部分的内容放在前面,中国部分的放后面,所以你们是并列作者,你当然是第三。"

我说,那也得按内容多少吧。说好后我自己也有点心虚,理由不够充分，因为两个部分内容差不多，我也沾不了光。

我说，我是合同上第一个人，这书也是因我而起，现今我怎么变成"小三"了呢？

编辑说这是并列，并列就意味排名不分先后。

可谁都明白文科的作者排第三是什么意思，毕竟我已经是个教授，懂得在家里正牌原配和"小三"是有很大区别的，于是我说，我退出，我的稿子我自己处理。

原来的编辑来找我，说当初答应人家这样署名，现在缩回去也难了。要么他第一，我第二，学生第三。我说合同上没学生的名字，到了现在怎么会有名字了呢？

编辑说那学生也是写了一点，想要一个名字而已，现在也找到了一个出版社工作。他让我成全人家一下嘛。

隔两天，编辑说出版社商量了一下，书的版权页是我排第一，现在全是以版权页为准；书的封面对方排第一，我第二，学生第三。

还可以这样操作啊？我听了有点惊呆。配图的老师说："算了，你也不是靠这书升什么职称。"想想也是，这事就这样算了。

看来，图书的署名还真有点学问。这都是思维跳跃的题外话，我写读书杂记都没有正经的。

二

周言先生为这本书写的导言的第二段是介绍郭长城的文章，也是这本书中我最感兴趣的文章。周言先生说："郭长城 1980 年代曾有机缘一睹陈寅恪在1949年寄到台湾的若干物件,当时便拍摄下了许多照片……这些资料弥足珍贵,足以证明时代变幻之际陈寅恪有意来台。"

我吃惊的是最后一句话,陈寅恪1949年想到台湾去,而且还作了准备?

说出来,我这个人有点恬不知耻,按学缘我算是陈寅恪先生的再传弟子,尽管没有学到陈先生一丝一毫的东西。以前听导师王永兴说起他和陈先生的往事,特别是最后离开北京前的一刻,王先生讲得很动情。他说陈先生要离开北京,王先生去和他见面,陈师母说了些什么话,师生之间依依不舍。此后看了一些书,也没看到谁说陈先生是想要到台湾去。依我的理解,假如这一年陈先生真的要作准备到台湾,即使到了广州,他仍是有机会可以再飞台湾的,可陈先生还是留在了大陆。

于是翻阅郭长城先生的文章,看到是这样说的:"此编所陈列的都是陈寅恪先生或其家人,于民国三十七年(1948年)托寄台湾的文物。"

众所周知,国共战争从1948年秋天进入决战。辽沈战役在1948年9月开始,11月结束。此后才有平津和淮海战役。三大战役尚未开打,有谁会认为国民党会失去大陆就往台湾跑呢?恐怕蒋介石也不会早早认为自己必输无疑,更何况是一个读书人陈寅恪?陈寅恪为什么寄这批文物到台湾,这个我的确不清楚,但想必也不可能是为他到台湾留后路的。陈寅恪是否真有到台湾的打算,至少只是以这批东西,还难以推断出来。

郭长城的文章说这批文物是1948年寄的,但周言先生的导言里说的是 1949 年，历史在关节点上，到底是哪一年显然很关键，这对我们理解历史是很有用处的。

三

郭长城先生的文章里提到邓广铭先生（44 页），看罢我有点感叹。

这批文物中有陈寅恪托邓广铭代为誊写的《大唐创业起居注》，是史语所的"藕香零拾本"，共二十八页，上有陈先生私章多枚。

郭长城提到陈先生为邓广铭《宋史职官志考正》作的序中，赞誉邓氏"虽不异前贤，独佣书养亲，自甘寂寞，乃迥不相同"。郭先生说这里的佣书就是计酬代人抄写。也就是说，邓先生为养亲一直帮人抄写图书得到报酬。

邓广铭"书写工整，备受先生器重"。《大唐创业起居注》是 1944 年邓广铭为陈寅恪抄录的。陈寅恪题识说："今年来成都，请邓恭三借李庄中央研究院历史语言研究所所藏本钞录一遍，于是复重读一遍。甲申旧历八月十一日，陈寅恪识。"估计邓广铭抄于这年的六七月。

1944 年，陈寅恪《隋唐制度渊源略论稿》要出版，"系由史语所友人所凑成交重庆商务重印"，也就是说，这是由史语所各位同仁抄写的一个誊写本。其中该书"首位抄写者为例，显然较为专业细心，除字体工整外，错误率相对较低，在十九页当中，与原稿有出入处大约四十处，且大多是原稿字迹难辨所致"。那么这首位抄写者是谁？郭长城先生推断："首位誊写者，以个人判断，应系邓广铭氏。试与其代寅恪先生誊写的《大唐创业起居注》笔迹对照，即可辨识，与其他誊写者相比，错误率明显少很多，无怪乎会受到先生特别器重。"（52页）

之所以大段地引了这些，主要是当知道早年的邓广铭还在干抄书这活，真有点吃惊。邓氏1907年出生，1936年大学毕业，留在北大任助教。几年后完成《稼轩年谱》《稼轩词编年笺注》，早已经名声在外。1942年，他发表了《〈宋史·职官志〉抉原匡谬》。1943年，内迁重庆北碚之复旦大学史地系，任副教授，1945年为教授。也就是说，在他大学毕业后，一直到1944年，他常常在为人抄写，既是为了报酬要养家人，又是为了学术在自甘寂寞。前辈学者，之所以能取得杰出成绩，养成脚踏实地的良好作风，看来是十分关键的。这种作风，今天的我们得认真学习。认真抄书这一招，我认为是十分有必要的，无论是做学问还是做人。

四

郭长城先生在文章的末尾写道："谨以此文，为先生伟大人格的一生，留存一点余晖，一丝悸动。"

看到这行漂亮的句子，眼睛突然一亮。是啊，学界应该感谢陈寅恪，因为他给了我们美好的念想！

读《王安石全集》

新出版的《王安石全集》,是集大成的王安石文献搜集。我因为不研究这一段,只知道王安石有几种著作,但没想到有这么多,所以拿到出版社寄来的书特别开心。将王安石的所有著作收在一起,十分方便读者的研究。

说这个文献是集大成的搜集,并不过分,我主要觉得有几个方面做得特别好:一是收录了多种辑本。辑本本来分散在各种图书中,在不同的时间出版,而现在全部集中起来,看的时候就十分方便。如《熙宁奏对日录》,本来是散佚的书,顾宏义教授后来辑了,这一次收进《全集》,对读者来说特别方便。第二是第十册的《全集附录》。里面的年谱、王安石的传记,时人和后人谈到的王安石祭文、挽辞、诏制、奏议、记、题跋,包括王安石轶事、诗文评,以及最后高克勤社长的著述考,都是研究王安石的重要参考资料。这些附录中收集的内容,再加上王安石自己的著作,可以说构成王安石研究的核心材料,大大有益于后人的研究。从这两个方面来看,《全集》所做的工作贡献巨大。

《全集》第五册是《唐百家诗选》,有学者提出收了是否有意思，因为晁公武说是宋敏求编的，王安石只是"再有所去取"，因此是谁定的有不同看法，但我认为收这部书还是比较有学术意义的。就像叶德辉说的，王安石选的诗"多取苍老一格，意其时西昆盛行，欲矫其失，仍有此举耶？"。不管他说的是否有道理，最起码可以看出王安石选诗的眼光，是研究王安石文学方面的重要资料。而且从实际来看，这书在文字上与《文苑英华》有很大的差异，与其他的宋刻唐人别集也有文字上的不同。这次点校者做了详细的工作，一条条列出。从这几个方面来说，这本诗选的收入，对研究王安石文学上的观点和唐代诗歌来说是有意义的。

因为是古籍整理，从这个今人整理角度来观察这本书，在具体的整理校勘上，《全集》的《凡例》定得比较好。我比较赞同校改的几个原则：比如底本有问题的，据校本补正删改；底本文字与校本两异的，文义两可的，出异同校；底本不误，校本有误的，一般不出校。这三条原则是我们点校时应该遵守的。因为底本选择了比较好的版本，因而这样的话校勘记最主要就是以异同校为主，既提供给读者不同版本的信息，又没有轻易地改动底本。对于异同校，有些人认为点校者要有态度判断，我认为目前如《临川先生文集》这样的做法比较好，指出相异，但不轻易判断，可以避免很多不必要的麻烦。文字上，《凡例》提出古今字、通假字不改，异体字、俗体字改为正体，避讳字回改，也是比较妥当合理的。

由于看了部分《临川集》的内容，对该集的校点有一些不太成熟的评价：

一、《临川集》后有佚文，作为附录，前面是龙舒本多出的内容，后面是其他散佚的诗词文。在第十册最后附了高克勤社长的

《王安石著述考》，在第384至385页提到了1918年罗振玉有《临川集拾遗》，之后1959年出版《临川先生文集》，在罗振玉的基础上编了《临川集补遗》一卷附于书末，之后又有人辑出王安石散佚诗文。我没有进行核对，但我相信这次的佚文肯定是超出前两本书的。我主要是说，如果我们在《临川集》的整理说明里面把这个前因后果能简要地说一下，也就是说能够突出今天做的这个附录中的《佚文》是远超出前人的，是覆盖了前人的工作，那样就更好，把今天整理的成就突出出来。否则如果人家真要找罗振玉的书，还以为《全集》没有收录这本书呢。

二、《临川集》有一种改法似乎可以探讨，如1395页《答熊伯通书二》，这个"二"字原本是没有的，这个题目下面的确是收了两篇文章，所以整理中根据底本卷首的目录作了增补。一个题目下有好几篇文章，而正文的题目里是没有这个"二"或"三"字的，但目录里是没有的，现今的集子里都作了增补。如第七册第一页（1335）卷75《与王逢原书七》，这个"七"字也是没有的，现在是据卷首目录增补。这样的情况不少，我总感到心里没底，到底是正文跟目录走，还是目录按正文走？

边读边记，不成系统，只是有感而发。

本文系复旦大学《王安石全集》新书发布会上的发言，不过当时的发言比较简单，并没有照本宣科。

读李文才《隋唐五代扬州地区石刻文献集成》

《隋唐五代扬州地区石刻文献集成》（凤凰出版社 2021 年版，下文简称《集成》）是编纂者李文才教授花费了巨量功夫完成的一项独创性成果，他在石刻资料的搜集、疏证和注释上，显示出了十分高超的学术素养。此书的出版，对隋唐五代江淮地区历史的研究有巨大的贡献。

该书是我近来查阅和核对比较频繁的一本工具书，总体感觉此书有这样几点特别应该得到肯定：

一是对隋唐五代时期扬州地区的石刻文献进行了全面搜集。编纂者运用的参考资料十分丰富，不仅使用了上百种的历史文献，内容上包括各种碑刻合集、总集、别集、方志，而且参考了很多当代人的论文和著作、图书馆和博物馆收藏的拓片，还包括现存扬州地区的石刻。该书对扬州地区的石刻文献收录十分全面，基本没有遗漏。我自己在扬州发现的一些唐五代石刻文字，经翻阅，《集成》中均有收录。

二是石刻文献的文字校勘、考订十分仔细精审。作为一本文献集成，本书最主要的特点之一是文字上的精确度。扬州地区的一些石刻文献已经被众多文献收录,《集成》收录时一一注明出处。不过,各书记述的文字有不少并不完全一致,《集成》编纂者进行了详尽的考订,通过出注释的方式加以说明。我在阅读一些塔铭、墓志时曾和其他书收录的材料进行核对,发现文字上《集成》的准确率远超过以前出过的一些石刻合集。

三是在体例上《集成》除了收录石刻原文外,对文字通过注释的方式进行考辨,接着又有"疏证"和"著录"两个部分。疏证部分往往是对石刻的来源、作者,以及相关的人物、史事和制度内容进行考述,显示出编纂者较高的学术见解。这部分往往是对读者阅读石刻原文有很大的帮助和理解,是对石刻原文进行的深入研究。著录部分对石刻的各种出处一一加以罗列,十分完备。

对一本工具书而言,我觉得《集成》最大的优点是读者可以大胆放心地引用书中的录文,可以放心地参考编纂者的疏证和文献出处。这是一本达到了很高学术水平的著作,是近年来不多见的疏证类石刻合集。李文才先生在六朝隋唐五代史研究上取得了不少成绩,近十几年来我特别关注他的一些成果,而《集成》是体现出他深厚学养的一本著作,既有工具书的功用,又有研究类的功用。既希望他在以后能继续这类课题的研究,也希望出版社今后继续出版这样的好书满足读者的需要。

《大宋开国》等书推荐语

范学辉《大宋开国》

历史学工作者除了推进学术研究,另一个重要的工作就是要将严肃、准确的最新学术成果用通俗的语言向全社会介绍。当今图书出版中,通俗性的历史读物铺天盖地,但通俗而不媚俗,通俗而又有准确的史实观,这样的著作并不是太多。将北宋前期六十年的历史,以赵匡胤建宋为时间线索,条理清晰地用深入浅出的语言,展现给读者,是这本《大宋开国》给人的基本印象。一旦开始阅读,你就会发现具有传统学术研究扎实功底、有创新观念从不落前人窠臼、富有学术聪明智慧的学辉兄,他往往是用十分生动的笔触来刻画宋代初年的事件和人物,既展现出北宋初年风起云涌的社会面貌,又描绘出一个个栩栩如生的人物形象。与他的为人一样,平朴的外表结构下,时时有智慧的涌现,读着读着,你会发现这书带给我们太多的不一样感觉,你会对作者产生一股股的钦佩之情。

杨晓宜《唐代司法官员的法律秩序观》

《唐律》是中国古代最早、最完整的一部法典，对东亚国家的法律体系产生了重大的影响。那些训练有素的唐代司法官员，他们如何在司法实践中运用法典？他们拥有的司法知识和司法权威形象如何体现？他们积累了哪些司法经验从而来准确判案？晓宜的大著对此作了精彩的研究，相信读者读后会对唐代司法官员这一群体有一个全面、深刻的认识。将看起来铁面无私的法律官员写活成一个个具体的人，是本书令我感触至深的地方。

杜文玉《夜宴：浮华背后的五代十国》（增订本）

杜文玉先生的《夜宴》，从历史悲凉命运中的偷闲一刻展开，描写了五代十国帝王高官们享尽荣华的背后，从雄心勃勃的起兵，到成为一个个割据小国闭门称王的现实，故国旧事，不堪回首。生活在这个时代的人们，谁都逃脱不了命运的捉弄。春花秋月，《夜宴》告诉了我们太多的往事。

（因版面协调的原因，正式出版的文本上有一些删改。）

《嘉定报》复刊二十周年寄语

嘉定自古物华天宝，人杰地灵，文脉相承。《嘉定报》根植沃土，承袭文化血统，二十年来一路豪情，披星戴月，风雨兼程，流光激荡,紧扣时代脉搏,弘扬主旋律,传播正能量,用真心描绘嘉定发展,用真情关注社会人生,记录嘉定的人和事,营造良好氛围,为建设和谐嘉定作出了应有的贡献。衷心祝愿贵报能继续书写嘉定发展的辉煌,展现嘉定丰富深厚的文化资源,传递更多的科学知识,承担社会教育的重任,与时俱进,再创佳绩。祝《嘉定报》越办越好!

《嘉定报》2016 年 2 月 21 日

学术散论

古代的疫病流行及其当代启示

中国历史上，曾经遭受过无数疫病的侵袭。不但疫病的种类多，疫病流行频繁，一年四季都有各种各样的疫情出现，而且受灾区域广泛，人员伤亡严重。中华民族的成长，伴随着和疫病的不断抗争。

一、无休止的疫病冲击

我国有明确文字记载的是商朝甲骨文，学者发现里面就有关于疫病的记载。甲骨文有疠、蛊、疫、祸风、疥等字，就是指的各种传染病。尤其令人注意的是，有关于"疾年"的说法，大概就是指疫病流行。春秋战国时期，疾病流行已很多见。《周礼》中已经认识到"四时皆有疠疫"，疫病一年四季都会出现。至于疫病怎么来的，当时认为是"气不和之疾"。因此常常会出现"民大疾疫""民多疾疫"，大规模的传染病感染可能时常会发生。人们已能辨别出伤寒、疟疾、麻风等多种传染病。

一般来说，中古以前，我国的疫病往往是社会动乱和战争的产物。越是混乱时期,疾疫流行率就越高,为害时间较长。相反,政治清明,社会安定,有正确得当的救灾抗疫措施,疫病流行的频率就低,规模有限。两汉时期,疫病流行频率很高,西汉几乎每个皇帝统治时期都出现过大疫病。而东汉时期,疫病更加猖獗。特别是到东汉末年,大疫一场接一场,恒、灵、献帝在位的七十年间,全国性的大疫流行有十六次。如建安二十二年(217年),"疠气流行,家家有僵尸之痛,室室有号泣之哀。或阖门而殪,或覆族而丧"。

在三国长达六十年的时间里,见于记载的疫病有十多次,常常出现"疫死者,十有八九"的景象。会稽永兴人夏方十四年那年,家遭疠疫,死了十三人,家里人去世了一大半。两晋南北朝时期,政权更迭频繁,大小战争不断,社会动荡不稳,更是形成了我国历史上的第一个疫病高发期。两晋立国时间不长,有疫病二十五次,常常出现"死疫过半""多绝户者""因以饥疫,人相食"的现象。南朝有疫情十六次,其中多次是"普天大疫"。北朝情况稍微好一些,共有疫情十一次,但"死者过半"的大疫有好几次。这时的疫病常与战争动乱相伴随,政府组织抗击疫病的次数不多,疫病的流行肆无忌惮,人民在无助痛苦中生活。

唐宋以后,除了传统发生疫病的因素外,经济日渐发达,人口流动频繁,聚集了数万乃至数十万人口的城市越来越多,使疫病的流行又出现了新的可能。唐五代时期,共有疫病三十多次。唐前期,由于社会安定,政府救灾防疫措施得当,疫病对社会的影响控制在最小范围之内,一般都是在一二州之中流行。我曾经作过研究,单唐朝后期的江南地区,发生过十二次疫病。如代宗宝应元年

（762年）的大疫，"死者十七八，城郭邑居为之空虚，而存者无食，亡者无棺殡悲哀之送"，很多人死了，只能将尸体抛在路边。北宋前期，是疫病的高发期，南方疫情不断，共有二十三次流行。南宋流行的次数超过北宋，共有二十九次，流传密度较高，每隔五年就有一次流行。在人口最为密集、流动人口较多的首都地区，疫病流行明显增多，南宋大部分的疫病发生在以临安府为中心的浙西地区。宁宗庆元元年（1195年），临安的大疫引起众多人死亡，很多人死后无处安葬，暴尸街头。太湖周围数州疠疫大作，湖州有个七百多户的村庄，死绝的有三百多户。大城市人口密度过高，有利于滋生疫病，更方便疾病的流行。南宋末的德祐二年（1276年），元人围困临安，"城中疫气蒸蒸，人之病死者不可以数计"。而元人围困金朝汴京城，大疫五十多天，前后死了九十万人。

　　明清疫病的流行达到高峰，不但新疫病出现，如白喉、梅毒、鼠疫、真性霍乱等，而且发生的次数多，流行地区较广。明朝共二百七十七年，疫病流行的年份有一百一十八年，发生疫病约一百八十多次，平均每2.34年中有一年疫病流行，每年发生1.54次疫病。明朝末期鼠疫流行，传染性较强，流行地区广阔，如万历十六年（1588年），瘟疫波及黄河和长江流域，受灾十三省九十二个县；崇祯十四年（1641年），瘟疫受灾地区达十省七十九县。清朝共二百六十七年，单据《清史稿》记载，出现疫病的年份有一百三十四年，约2年就有一场疫病，江浙、安徽、湖北、山东、广东都是疫病的高发区。明清时期大疫病较多，常常跨州跨省流行，对人类生命危害严重。

　　大多数的疫病流传，带来的后果较为严重。特别是每次当一种新疫病刚流行时，由于认识不足，医治不得力，往往为害深重。明清时期的鼠疫和霍乱，就是其中最为剧烈的两种。明朝开始暴发的鼠疫，"人死如圻堵""人见死鼠如见虎"，有的地区一条街巷或一个县城死掉一大半，"巷染户绝"。如山西兴县，崇祯间"天行瘟疫"，"百姓惊逃，城为之空"。有专家估计，单万历七年至十六年（1579—1588年）的鼠疫就引起山西、河北五百万人的死亡。其次疫病流行，对人民的生活影响很大。在传统社会中吃饭是最重要的问题，古人认识到，"百姓困乏，疾疫夭命"，就会引起"比岁不登""谷贵人饥"。严重的话，对一个国家的国民经济和政治稳定都会有所影响。此外，疫病流行，也会对人们的心理产生很大的影响。西汉淮南王刘安谈到当时遭到疫病侵袭，病死者的家属涕泣不已，"破产散业，迎尸千里之外"，"悲哀之气数年不息"。东安顺帝时的京师大疫，"民多病死，死有灭户，人人恐惧"，结果还造成"朝廷焦心，以为至忧"。一场大疫，不仅仅是死了多少人，而留给活着的人们心理上的恐惧，几年里也无法磨灭。就连魏文帝时，"氛疠大起时，人凋伤，帝深感叹"，连帝王的心理也会受到影响。

二、影响政治格局的一场大疫

赤壁之战是人所皆知的一场著名战役，但影响这场战争胜负的诸多因素中，有一个却不一定尽人皆知。

建安十三年（208年），曹操初步统一北方后，率兵二十余万南下，孙权和刘备联军五万，共同抵抗。曹兵进到赤壁，在江北与孙刘联军隔江对峙。最后孙刘联军用火攻击败曹操水师，周瑜与刘备水陆并进，大破曹军。曹操兵败赤壁，造成了天下三分，三国鼎立局面的出现。

那么我们要问，既然曹操人多势众，却为何兵败于赤壁呢？在众多的解释中，有一种重要的观点，即认为是曹军发生了大疫，部队战斗力大大下降，最后导致了失败。这种观点有一定的根据，不应该被忽略。

《三国志·魏志·武帝纪》对赤壁之战中的疫疾作了详尽描述。说曹公至赤壁，与刘备初战不利。这个时候部队中出现了大疫，吏士死掉了很多人，于是决定撤军退兵。刘备遂乘机占有了荆州江南各郡。在《三国志》中还有一则记述，在曹操给孙权的书信中，曹操说承认赤壁之役时，恰好军中碰到了疾病，为减少人员的伤亡，曹操自己下令烧船撤退，这样使周瑜虚获此名，好像是他打了大胜仗。曹操说火是他下令自己人放的，放火烧船的原因在于恰巧部队遭到了疾病的袭击，人们传说的吴蜀联军战败曹军的讲法曹操是不承认的。

在《三国志》《资治通鉴》等史料中对曹军发生大疫还有很多记载。如有一条资料说，孙权派遣周瑜和程普等与刘备并力抗击曹操，两军在赤壁遭遇。当时曹军兵众已有疾病流行，当战争一打，曹操中很多人无力举刀，曹操遂决定马上撤退。

另有一条资料说，建安十四年春三月，曹军进至谯，开始制作轻舟，训练水军。之后曹操曾下令说，近来，他们的军队多次作战征伐，很容易碰上疫气，许多吏士死亡不归，家室怨旷，百姓流离，这是没有办法的事情啊。

将曹操的说法进行推理，赤壁之战所以失败，不是吴蜀联军战法得当，而完全在于疫病流行使曹军不战自败。历史资料上说这是一场大疫，应该不是平常的风寒感冒之类的小毛病，因为这场大疫的结果不光只有几个病号，还有许多死者；曹军中得病的不是个别人，而是大部分；不光士卒死了，还包括文武官员。

这场大疫涉及面十分广泛，就连前来增援的部队也被殃及。《三国志》记载了这场传染力较强的疫病：建安十三年，孙权率军围困合肥。当时魏国大军都到前线去了，在征伐荆州，整支部队遭遇到了疾疫。曹操派遣张喜率领千余骑兵，率领汝南兵去解合肥围。这支增援部队走到半路上，也有很多人染到了疾疫。

曹军兵败赤壁的原因是众多的，但其中较为重要的一个因素是这场大疫极大程度地削弱了军队的战斗力，这是一个无可争议的事实。

那么，在曹军中发生的大疫究竟是什么疾病？

限于当时的医学科学水平，究竟是什么病没有具体文字留下来。但近年来有一些学者根据流行病学理论，对当时发生疾病的种类进行了推测。

有人说是急性血吸虫病流行。这种观点认为马王堆西汉墓发现的女尸肠壁和肝脏组织中已有血吸虫虫卵，这可以说明血吸虫病在我国的流行已有悠久的历史了。西汉女尸这样的贵族家属都得了血吸虫病，地处长江中游的赤壁战场是血吸虫病严重流行区。而且赤壁之战的时间与血吸虫易感季节相符。赤壁之战进行在冬天，但是转移、训练水军却是在秋天，恰是血吸虫病的易感季节。曹军在赤壁之战时被血吸虫感染时间、潜伏期与发病时间的关系及危害是相符的，即在秋天感染后陆续发病，至冬天在赤壁决战时已是疲病交加，软弱到不堪一击的地步。

也有人认为血吸虫病打垮一支部队的可能性很小，推测当时流行的是疟疾。因为疟疾是一种古老的疾病，传播季节长，自4月开始，直至10月，共有七个月。传播媒介是各种蚊子。疟疾是长江流域的常见病，有时还会暴发流行。曹军经豫南越过桐柏山脉，遍走武当山、荆山，进入江汉平原和湖沼地区，都是处在疟疾传播季节。曹操当时实行快速急行军，所以官兵疲乏，抵抗力极差。进入湖北后很有可能感染疟疾，经反复传播在军中造成流行，终致有的人病重，有的人死亡。疟疾在军中容易引起大规模流行，导致军事上的失败。

也有人认为曹军得的是斑疹伤寒。张仲景在《伤寒杂病论序》中说，他的宗族人数很多，一向有二百多人。建安纪年以来，到现在还不满十年，得病死亡的已经达到三分之二，其中得伤寒的人十居其七。可见在赤壁之战的前几年，伤寒病在荆襄临近的南阳等地流行，病死率很高。在《伤寒论》中，张仲景曾谈及阳毒有"斑斑如锦纹"，后人怀疑这可能是斑疹伤寒。如果确是这个病，再结合史料上提及的建安初期中原军阀混战时，有的军队虱虮很严重，那么这个在人类历史上流行很广，被称之为"战争热""饥荒热"的虱媒传染病，在东汉末年战乱、饥荒频繁的时代也有可能出现。

虽然以上各种说法都是后代学者进行的推测，今天仍然无法确定到底是哪一种疫病，但有一点是可以确定的，在赤壁之战中曹军发生的疾疫，是中国当时一种十分可怕、凶猛的传染病中的一次局部性流行，它直接导致了曹军战争的失利。

三、宋朝的呼吸道传染病

从 2019 年起在世界各地流行的新型冠状病毒,是一种传染力较强的呼吸道传染病。感染者会伴有发热、咳嗽、气短及呼吸困难,严重的病例会出现肾功能衰竭乃至死亡。同样,在古代也会有呼吸道的传染病。

北宋末年,宋徽宗的一个宠妃由于感染了病毒,咳嗽不止,喉咙口的痰一口接一口。这位妃子得病严重,晚上连觉也睡不着,脸上出现了浮肿。宋徽宗看着自己心爱的妃子这般受苦,心里实在不是滋味,他下诏让太医李防御用药治疗,给其三天期限,非治好不可,否则脑袋不保。李太医把平生所有本事全部用上,但宠妃还是咳个不停。李太医黔驴技穷,想想这次自己性命要难保了,回到家后与妻子相对而泣,悲伤无比。

忽然,他听到外面大街上有人在叫:"咳嗽药要吗?一文钱一帖,吃了保管今天夜里睡得着。"当时开封城内到处都是感冒咳嗽,所以也出现了叫卖咳嗽药的人。李太医听到后突然好像有所醒悟,奔出大门追上叫卖者,买了十帖药。只见这咳嗽药颜色呈浅碧色,要用淡齑水滴上数点麻油调服。李太医怀疑这种草药药性粗凶,很有可能使人泄泻不止,为求保险,他将三帖药合成一帖,自己以身先试一下。一个晚上过去了,根本没有什么副作用,于是拿出其中三帖合成一帖带进宫内。他将药给了妃子,让她分两次服用。当天晚上,最后期限到来之前,妃子的咳嗽奇迹般地消失了。第二天早上,面上的浮肿也退下了。徽宗大喜,奖给了李太医价值万缗的金帛。

事情到此本该结束了，但李太医心里并不踏实，眼前这妃子的病是好了，万一宫中再有人得感冒，徽宗向他要药方，该如何办？所以他令仆人注意那个卖药人，等到卖药人再次走过他们家门口时，邀他进来喝几杯酒，打算用一百缗钱把那个药方买下来。当卖药人把药方说出时，李太医大吃一惊，那药方竟只是蚌粉一物而已，用新瓦锅子炒，等到炒得差不多时拌上青黛汁少许而已。

李太医问他这药方是从哪儿来的，卖药人说："我年轻时参军，老了被淘汰掉了，临走之前，看到部队长官有这药方，于是就偷偷地抄了下来。因为这药实在是弄起来很容易，所以我就靠卖药为生，来度过我的晚年。"李太医万分感谢卖药人帮了他的大忙，从此以后，他一直供奉卖药人直到老死。

绍兴年间，两浙地区出现流行性感冒。由于两宋的经济中心已经东移，人口密度较高，流感一旦出现，传播迅速。抗金名将岳飞也感染病毒，发热咳嗽不止，身体难受。

宋高宗绍兴十一年（1141年）正月，金军南侵，在兀术的率领下，金军由两淮拥入，首先攻占寿春，并进驻庐州边界。宋高宗惊恐万分，慌忙派出刘锜、杨沂中等率军赴援，同时还要岳飞军东进至江州，以便策应。

躺在病床上的岳飞听到宋高宗要他率兵的命令，"力疾而行"，支撑着起床，上马出发。岳飞忠义报国，一心想北伐收复宋朝失地，认为这次又是一个机会，但又害怕高宗半途中让他收兵退回，所以上奏指出："金兵既南侵淮西，后方必然空虚，如果现在进军中原，直攻开封、洛阳，金军必然从淮西回兵救援，既可坐制其弊,又可解除淮西金军的威胁。"然而宋高宗根本不同意岳飞北伐,只是下诏书催令岳飞火速救淮西。当然在诏书中,高宗忘不了表面上虚假地表扬岳飞几句:"爱卿不顾寒疾的折磨,能够为我带兵出征,为了国家而忘记自己的身体,现在这个社会,有谁能和你相比!"

最后,岳飞只是带了部队前往庐州、濠州,击退金兵后,在朝廷诏书的催促下撤军而回,丧失了收复失地的又一次大好时机。

四、积极有效的抗疫应对

中国古代对传染病肆虐给人类带来危害的认识,有着一个艰辛的过程,应对措施是在认识的深化过程中逐步建立起来。恩格斯说过:"没有哪一次巨大的历史灾难不是以历史的进步为补偿的。"在抗击疫病的过程中,我们的民族和人民应对措施更加成熟,疫病的确是教会了人们如何更好地生存,社会怎样更好地向前发展。

面对疫病,我们的祖先经过不断地总结经验,从实践中摸索出许多有效的应对措施。灾疫面前,他们总是能不慌不乱,树立起必胜的信心,上至中央和各级地方政府,下至平民百姓,他们积极投身到同疫病的斗争中去。常见的一种做法是帝王下"罪己诏"。帝王主动承担责任,认为疫病的流行是自己的政事有问题才导致的。这样做的目的,其实是以退为进。在灾疫面前,帝王承认错误,以求得官吏们和普通百姓的谅解,从而树立抗灾自救的信心。汉代下"罪己诏"的第一个帝王当是汉文帝,此后如西汉元帝、成帝,东汉桓帝等都有因疫病而"罪己"的诏书。一些帝王和官员审时度势，会主动要求减膳、罢游乐活动等，将其费用用于救助染疫的灾民。唐文宗时江南大疫，他"蠲减国用"，下令除宗庙所需比较急切外，"所有旧例市买贮备杂物一事已上，并仰权停，待岁熟时和，则举处分"。

减轻经济负担是政府采取的最普通措施。百姓染上疫病，轻者需要医药救治，重者死亡，甚或一家数人去世，也有满门死绝的。对活着的人来说，在天灾人祸之下，再要按正常年景向国家交纳赋税，实在是力有所不及。疫病常常随着水灾、饥荒、蝗灾等一起到来，会导致农业歉收，农民收入下降，因此免税之类减轻农民负担的措施在一定意义上是有利于人民生活的。汉宣帝元康二年（前64年）疫灾后下诏，染上疫疾之家一年可以不交租税。唐宣宗大中年间，江淮大疫，灾情严重，宣宗令受疫肆虐的淮南、武宁军等节度观察辖区内，自贞元以来拖欠政府的缺额钱物摊派先放免三年，三年以后再行交纳。本年的两税钱物，在上供、留州、留使三份内均摊放免一部分。各地用常平义仓斛斗救济百姓的，由政府在秋熟以后再填纳。各州县要减价出粜粮食给受灾百姓，"以济周贫"。所有放免的租赋贡物，州县必须在乡村要路一一榜示，使闾阎百姓能全部清晰地了解。

历代政府常常会采取一些积极有效的救灾措施，率领人民抗击疫病。如紧急调配物资。唐文宗时大疫，政府马上给疫病严重的山南东道、陈许、郓曹濮等三道各发糙米三万石。疫病流行，医疗应对有效是最为重要的。先秦时，疫病流行，已能做到"乡立巫医，具百药，以备疾灾"，抗击传染病的意识已经形成，应对措施也已出现。此后历朝政府一方面派出医生、调集医药进行医治，另一方面编纂颁行简便易用方书，并录于木版石条上，在村坊要路晓示，提倡百姓开展自救。东汉和帝永元年间，疾疫流行，城门校尉曹褒"巡行病徒，为致医药，经理饘粥，多蒙济活"。城门校尉主管京师的市容与警卫，城内出现疫病，曹褒以官方的名义给药施粥，救活了相当一批人。农村出现疫病，政府也会派出医生到乡村巡视。疫病流行高峰时，人民最需要、最紧迫的是能有人为他们提供针对性很强的抵抗疫病侵袭的医药。隋唐五代时，很多帝王能及时派出使者为疫区人民送医送药，治疗病人。贞观十年（636年），关内、河东疾疫，唐太宗李世民"遣医赍药疗之"，派出医生带了药品到疫区送医上门，进行治疗，见效明显。唐文宗大和六年（832年）春天，长江以南大部分地区流传疫疾，文宗颁诏说："其疫未定处，并委长吏差官巡抚，量给医药，询问救疗之术，各加拯济，事毕条疏奏来。"责成地方官员亲自下乡送药，具体实施情况必须向中央汇报。宋真宗时，河北流行疫病，"诏医官院处方剂药赐河北避疫边民"。首都流行疫病，太医局的熟药所送医上门，"即其家诊视，给散汤药"，和剂局也是煎好药，"医人巡门俵散"。政府大量印行编辑医书，向各州县进行宣传，向老百姓传播预防疫病的知识。

　　切断传染源，对病人进行隔离是最切实有效的一种措施。先秦时期，人们已认识到隔断传染源以防止疫病继续扩大的重要性。秦汉时期，对凡是感染疫病的病人，有一套检查和隔离措施。云梦秦简《封诊式》中，讲述了里典甲向上级报告，发现本里人丙好像是患疠（即麻风病），于是展开了调查，询问患者本人。接着派医生前去检查，医生根据丙的各种特征进行观察，最后诊断他确是犯了麻风病，于是将患疠病的丙送到疠迁所隔离，再进行医治。说明我们的先人，对疫病的诊断有着一套报告、鉴定、隔离的完整制度，并建立起了传染病的隔离医院。古代的隔离场所有两种，一为疫病到来后临时性建立的场所。宋神宗熙宁八年（1075年），杭州饥疫并作，染病百姓不计其数。苏轼在杭州建立了很多病坊，"以处疾病之人"，实际是简陋的隔离医院。他招募僧人到各坊进行管理治疗，每天早晚，僧人们按时准备病人的药物和饮食，"无令失时"。另一种是常设的隔离场所。武则天时期，以前由政府出面主办，有专门官员负责的疠人坊，被改称为悲田养病坊。宋徽宗崇宁初年，设立了专门收养病人的安济坊。坊中医者每人都要建立个人的技术档案（手历），医治病人的技术长短处都要记录下来，作为年终考评的主要依据。

除病人外，接触过病人者也要被隔离，因为他们感染上疫病的可能性最大。《晋书·王彪之传》谈到永和末年，疾疫流传，"朝臣家有时疫，染易三人以上者，身虽无病，百日不得入宫"。如果一户人家有三人得同样的传染病，官员们即使无病，只因可能是带菌带病毒者，也要过百日后才能上朝。这种措施，极为科学，它可以把疫病控制在最小范围之内。秦国还曾就外来宾客入城时，对其乘坐的马车要用火熏燎来防止病菌的传播。1894年鼠疫在中国香港、日本出现时，上海随即对所有进口船只上的旅客进行体格检查，凭"免疫通行证"入境，并建立了一些临时性的医院和熏蒸消毒站。

掩埋尸骨也是切断病源的一种方法，同时又能给疫后人们以心灵上的抚慰。大疫过后，许多百姓家破人亡，已无力为死去的家人安葬，往往会出现白骨露野的悲惨荒凉的景象，许多人死后得不到及时掩埋，抛尸田野，弄得不好还会将病菌传给活人，因此历代政府对尸体的掩埋非常重视。汉平帝元始二年（2年）下诏，凡是在疫病中一家死掉六人的赐给葬钱五千，一家死掉四人以上的赐给葬钱三千，二人以上的赐二千。平帝赐葬钱，既可以给活着的人心灵上安慰，又能帮助他们摆脱困境，树立生活的信心。贞观四年（630年），唐太宗得到消息说突厥各部落疫病之后，"殒丧者多，暴骸中野，前后相属"，马上派出使者于长城以南分道巡行，发现突厥人尸骸，迅速掩埋。天宝元年（742年）三月，唐玄宗听到"江左百姓之间，或家遭疫疠，因此致死，皆弃之中野，无复安葬"，内心十分不安，因而下令郡县长官严加诫约，不允许病家把死人乱抛；以前没有进行安葬的，勒令死者家属给予安葬；如果没有家人的，让地方官将尸体集中到几个地方进行安葬，"无令暴露"。大历年间，杭、越地区发生大疫，唐代宗敕，"其有死绝家无人收葬，仍令州县埋瘗"，断绝尸体传染病菌的可能。

抗击措施及时有效，疫病的为害就可以降到最低的限度。当然，预防措施也应有力到位，疫病流传就能得到有效控制，反复流传的可能性就小。夏商周时期，已经产生了初步的疫病预防思想。《周易》中，一再提到在疫病未发生时，要确立预防疫病发生的思想，在精神上作好准备。《乾卦》的九三爻辞说："终日乾乾，夕惕若厉（疠），无咎。"意谓处于困难时期，要自强不息，不要像见到疫病一样害怕得要命，要有坚决战胜疾疫的信心。

古代的人们在个人卫生方面十分注意，在甲骨卜辞中已有个人洗面、洗澡、洗手、洗脚的记录。汉代人十分重视饮食卫生。《论衡》说："鼠涉饭中，捐而不食。"环境卫生更为人们重视。甲骨卜辞中已表明当时已实行人畜分居，住宅要干净消毒，限制疫病病菌的传播。《周礼》中讲到周秦时期已经建立路厕；汉朝在都市中普遍设立公共厕所，当时称之"都厕"；唐五代时政府专门有管理厕所卫生的官员。一些疫病可以在空气中传播，如鼠疫杆菌经呼吸道排出后可能通过空气飞沫传入他人体内，所以清代《鼠疫抉微》中提醒人们要经常洒扫堂房，厨房沟渠要整理清洁，房间窗户要通风透气。疫势危急时，要避开撤走，找个大树下的荫凉当风处居住，近水当风之处最好，千万不要众人拥杂在一起。

五、丰富的当代启示

三千多年的抗疫历史，充分说明中国人民自古以来就有着勇于并善于抗击疫病的传统，有着战胜各种传染病的勇气。对中国抗疫历史的了解，对古代人们在抗疫中智慧的学习，会给今天的抗疫工作或多或少带来一些当代启示。

首先，历史上的疫病发生、传播的规律，往往是传统的疫病被人们征服时，新的疫病在不久之后还会出现，新疫病在还没有被人们认识之前为害十分惨烈。当这种新疫病成为老疫病后，就会有更新的疫病出现。这显然是自然界对人类的考验和磨炼，是一种自然规律。因此，今天我们要清醒地认识到，随着人口的增加、工业的发达，各种新型的传染病在今后是会不断出现的。2002年发生的急性呼吸困难综合征SARS，至2003年被消灭；2019年底以来出现的新型冠状病毒引发的肺炎，是致死率较高的凶险疫病，至今还在流行，但最终还是会被消灭。我们必须明白，类似的疫病，今后还有可能会突然冒出，当然最终也会被我们消灭。认识到这个疫病发生流传的规律，就需要我们随时警惕今后各种各样新传染病的出现，要警惕还会有我们目前还没有认知的传染病突然的到来。人类和疫病是共生的，防疫抗疫意识决不能放松。当然，对每次疫病流行的时间要有正确的认识，速战速决并不适应每一次疫情；对疫情造成的伤害，包括经济伤害、人员伤害要有正确的判断。

其次，历史上出现的重大疫病，常常会对人们的心理造成巨大恐慌，而且会造成大量的人员死亡和巨大的物质损失。这时，最重要的是各级政府临危不乱，要树立必胜的信心，要实施系统的抗疫措施。官员都要深入第一线，勇于担责，指挥得当，稳定人心。这一点对今天来说仍是有借鉴意义的。当然今天的情况不同，当代生物医学的发达，检查仪器的先进，治疗技术的增强，人类对这些疫病从预防到诊断、治疗，手段也越来越多。因此我们拥有一整套抗击疫病的措施方法，更加不应谈疫色变，在疫病突然出现的时候六神无主，而是应该既要认识到疫病的危险性，但同时要在最短的时间内组织起有效的抗击。任何恐慌和焦虑是没有必要的。

再其次，历史的经验告诉我们，出现疫病，应对措施既要快速，又要得当。其中最主要的一是寻找传染源，二是要毫不犹豫进行人员隔离，尽最大可能和最快速度切断传染源，减少人员死亡。只有快速隔离，才会减少对社会的影响，这是最重要也是最有效的。因此人群隔离是最为见效的方法，我们在执行时要果断有力，绝不能拖泥带水。同时，要对缺乏医学知识的人群加强预防宣传，减少人员流动。抗疫宣传要到位，提高民众的医学素质非常有必要，因而信息传播要到位，要深入每个角落，树立起得病即就医的原则。

此外，从历史上来看，一旦发生疫病，政府一般主要听取医疗机构长官的意见进行抗灾救灾，就能取得相对令人满意的效果。今天，我们同样应该相信科学家的医疗水平和医学专业人员，听取他们的专业意见。不管疫病是多么怪异和变态，我们的科研人员很快就会找到消灭它们的方法，是完全能消灭这种疫病的。

还有一个重要的方面是，每当一场大疫的到来，必然会对经济造成较大的损失，而抗击疫病需要大量的基本生活必需品和医用药材。古代物资的组织供应，一般以中央政府和地方政府的提供为主，但同时也会接受民间的捐助。今天，面对疫病，政府、企业、机构和个人，如何在紧急时期相互合作，建立起有效、稳固和科学的应急机制和体系，为抗疫前线提供充足的物资保障，这是我们今后要认真加以思考的。

最后，历史上每次疫情的应对，其实是对帝王和各级政府的考验。而在新时期，这同样是对政府的领导作风、精神面貌、管理机制、宣传机制的考验，是对公共卫生应急预案的考验。因此，应对疫病措施得当，可以提升政府公信力和公共形象，增强民众的向心力和社会的凝聚力。

中国的抗疫历史，充分说明了任何疫病都不可怕，中华民族是一定能战胜任何病毒的。只要我们集中智慧，发挥潜能，在灾难面前临危不惧，弘扬中华民族在抗击疫病中形成的顽强民族精神，我们一定会战胜各种各样的疫病。今天只要我们众志成城，在政府的领导下，科学地组织抗击，相信我们将在短时间内取得这场斗争的胜利。

本文发表于《上海外滩》2020年第2期

新时期上海农村建设的内在动力

近来翻阅褚半农先生的《东吴志》,感触很深。这是以闵行一个行政村为范围编成的一部志书,搜集的资料十分丰富,涉及村的历史、土地、经济、政治、文化等方面。在最近的几十年里,上海的农村发生着巨大的变化,书中谈到的东吴村,随着莘庄地区的城市化,原有的传统农村的自然村落、自然环境全都消失,土地被征用,居民动迁,新的生产形式、体制和社会结构在重建,旧的行为习惯、生活方式、风俗方言在消亡,村级建制撤销,成立了股份合作公司。这部《东吴志》,就是用常人难以见到的档案资料记录了一个行政村在几十年间变化、发展的大致脉络。

从这部志书,让我们联想到了书外的一些问题。改革开放以来,特别是进入21世纪,是传统农村变化最快的时期,旧的传统在扬弃,新的变化在到来,除了要记录这些变化,把农村传统的一面留给后人外,在激荡的环境中,我们还能如何伸开双臂来迎接农村新变化的到来?

上海的农村,在文化和经济的发展上虽然是属于江南农村的一部分,但随着20世纪50年代划入上海市后,更多地受到了上海大城市的经济和文化的影响，有着独特的韵味。一些学者认为上海的农村，是一种"沪乡文化"，既深受上海海派文化影响但又具有独特传统的文化，在发展上和上海整个经济息息相关，这是相当有道理的。那么，在城市经济对农村的影响不断加剧的前提下，展望上海的新农村建设，内在的发展动力是怎样的？

农村变化主要靠自身的经济发展

就目前大多数郊区农村来说，真正能影响上海农村的动力肯定是经济的发展，农村社会的变化必须随着经济的变动而达到。比如东吴村，因为处在莘庄的附近，有着先天的经济发展便利条件，在很短的时间内实现了乡村城市化的转变。而更多的村庄，离开城镇稍远，有的能得到城镇经济一定的辐射，而有的由于距离更远，经济联系的紧密程度就要相差很多，乡村城市化在目前是很难达到。

眼下的上海农村，特别是远郊，土地的经营状况是决定农村面貌的重要因素。一些乡村目前土地主要由村委集中出租，承租方有的是公司有的是私人，有的有相当大的经济实力，但也有的本身只是外地农户。承租土地的经营者，有的呈公司化经营模式，有的还是传统的承包户模式，最多算是半机械化，发展有快有慢。公司化经营者，改变了农民传统的经营模式，搭起了固定的大棚，种植高附加值的经济作物，而有些外地农户的承包，一般以种植粮食作物为主，一年只种一季水稻，秋天收割后土地荒芜数月。从更长远的眼光来看，上海农村经济发展应该吸收各地的先进经验，经营模式要多种多样，公司化经营的农、商、工混合发展模式是发展方向。

这种农、商、工混合经济模式是一种独特的"模式",是适合当前经济条件限定下的经济形态。

20世纪七八十年代以来,上海农村的经济腾飞,和社队乡镇企业的发展有关,与农民的家庭手工业、养殖业的繁荣有关。今天,农村的经济环境发生了很大变化,农村的社会结构也趋于空心化,农民大多脱离了土地,乡镇企业吸纳劳动力的作用减弱,但在以村为经济核算单位下,有工业的村和没有工业的村,两者在经济上会拉开很大距离。显然,只有更多的制造业和其他工业的出现,即农工模式继续发挥重要的作用,才有真正意义上的乡村现代化,才能真正带来上海郊区农村的迅速发展。费孝通先生当年说解决农村的根本措施是增加农民的收入,"恢复农村企业是根本的措施",在今天看来仍是有一定的意义。市区级城市大企业吸纳劳动力的做法,是以城市带动农村的发展,在靠近城市的那部分农村应该是当前比较有发展前途的。不过在远离城市的地区,这种做法主要解决了农村富余劳动力,但给农村自身的变化并没有产生很大的效果。

宜居农村必须进行环境治理

农村要吸引更多的人居住,必须要有整洁的环境。党的二十大报告中提出要"全面推进乡村振兴","统筹乡村基础设施和公共服务布局,建设宜居宜业和美乡村"。习近平总书记指出:"建设什么样的乡村、怎样建设乡村,是摆在我们面前的一个重要课题。"那么,上海的郊区农村怎样建设宜居宜业的乡村?

上海农村几乎没有青山,但有很多绿水,上海农村的发展要保持传统优势，呈现出江南水乡的风貌，展现宜居的小桥流水式的农村生活环境。上海的河道水网密布，这是农村流动的灵魂。河道自然会影响交通，河道边也会出现脏乱的环境。如何整治好，用什么方式整治，是否花大价钱就一定能整治好，恐怕还是可以讨论的。河道整治中，自然、野性和周围环境协调，这是最重要的，要保持自然的特色，也要保持一定的整洁度，但绝对不是让全部建成水泥河岸、河堤成为我们整治环境的目标。

上海的农舍有着江南的地方特色，虽然现在的农家建筑离美观有一定的差距，但一些地区目前全部以白墙黛瓦为整治目标，千篇一律的外貌，多少令人乏味，应该保持建筑结构和外貌的多样性。上海的农舍大多呈沿河流、道路线型分布，保持一些农舍按原有的分布习俗，形成农村的自然特色。在今日的农民家里，传统的家庭手工业、养殖业日益减少，大多数农村目前只看得到少量鸡鸭，而传统牛、羊、猪、兔等养殖基本绝迹，而在今后，是否可以恢复一些传统，真正出现牛羊圈养、河里有鸭、鸡犬之声相闻的面貌？

当然，农舍过于分散，会占用大量农田，规划相对集中的村落对于整治农村环境也是有必要的。集中规划设计的村落，可以引领农村的现代化建设，把农舍建设得更有现代节律感。农舍建设要符合农村实际，并不是简单的城市居民小区的翻版。从经济角度而言，有些地区距小城镇有足够长的距离，并不能够满足各个分散村组的农产品集散、交换的需要，而村落建设可以起到一定的小商品集散和交换的节点功能，串联起各个单独的村落，可以满足农民实际生活中的需要。

今日的农村，的确需要环境整治，使农村更适宜人们居住，但本质上必须牢牢记住整治的最终目标是使农村更像一个传统意义上的农村，这样的农村才更有韵味。

农村亟需加强文化建设

和美的农村，不只是物质和外表上的发展和变化，还需要内在的文化建设。目前上海的很多地方，路宽水清，晚上有路灯，但仍然缺少文化和娱乐。农村当然不可能和城市一样，建剧院、影院和博物馆，但农村有自己的文化特色，应有文化传统，保持文化特色。

笔者的老家嘉定，作为一个镇和村新农村建设的典型，对一个河道中的小岛进行了整治。有关部门花大价钱对小岛上的野生树草铲除，铺上草皮，建起了凉亭、水榭，运来一块大石，刻上"廉石"两字，亭内的楹框里讲述的是古人廉洁的故事。小岛的整治很到位，但文化上的含义和新农村建设的目标并不匹配，和广大农民想的并不一致。

《东吴志》里大量罗列了一个村从新中国成立后考进大学的人名和专业名称，说明上海农村都比较重视教育，子弟进入大学学习，在此后成名成家的有很多人。如果我们把这些人的事迹陈列出来，对这些成名成家在各自的行业上努力工作并取得成就的事迹进行介绍，这对后人的教育意义可能更大。

农村的文化建设，可以从很多方面展开。如以村为单位建设一批图书馆，提供一些文史哲和科技、农业发展的图书，既有实用价值，又有增进学习文化知识的价值。一些从农村走出去的子弟可以通过捐赠图书和自己成果的形式，帮助村级图书馆建设。也可以建设村史馆，既可以让后人记住本村发展的历史，同时也可以让后人看到在外的本村人在各地作出的贡献。要挖掘本村的名人名事，加强宣传，使本村前辈的事迹流传开来，对农村子弟更有教育意义。

在上海的农村，仍有一些清末和民国的建筑，有些已经破落，要加强维修维护。不少至今仍存的建筑尽管是普通的居宅，但通过它们可以增加各村的历史厚重感，可以保持历史遗存的信息。要尽可能搜集各村的旧器物，包括各种农具和各种生活器具，展现前辈的生活和生产场景。一些村落里仍然有抗日战争和解放战争时期保存下来的碉堡、地堡，要加强维修，进行标识，既保存历史，又可以为前来农村的游人提供考察、旅游的机会。

上海的农村，由于各自的条件和基础不同，村与村之间的发展各有特点，在经济的发展、环境整治和文化建设上，各有侧重，不必用同一标准来要求。不过，随着外部环境的变化，农村的变迁不断加速，其发展毕竟是有着相似的规律，建设一个宜居而又和美农村的最终目标是人们相同的愿望，相信上海的农村必然会有一个灿烂的明天。

本文曾以《建设和美乡村》为题，发表于《解放日报》2023年4月11日，文字上有较大删减。

唐五代江南东北部沿海地区的开发
——以华亭县的设立为例

唐五代时期,江南的开发过程是渐进性的。就苏州地区而言,唐代前期太湖东部地区大都是荒野成片,地广人稀。贞观十三年(639年),苏州人口数只有五万四千人,每平方公里只有3.94人,远低于同时期的杭州、常州。不过,我们也应看到,太湖东部地区毕竟还是在不断推进开发,尽管时间有点漫长。一个重要的标志是唐代天宝十年(751年),苏州在东部靠海地区设立了华亭县。之所以在这一年设县,与沿海地区自然环境的变化有着重要的关系。华亭县的设立,实际上是太湖东部地区逐步发展的结果,是经济兴起的产物。

一、华亭沿海地区陆地环境的变化

关于沿海地区陆地环境的变化,谭其骧等前辈学者已有较为详细的研究,他们认为4世纪以前,海岸线一直停留在纵贯上海南北的宽不过几公里的几条并列的冈身附近,此后海岸线迅速向东伸展。

海塘的修筑对陆地环境的变化带来了很大影响。唐代开元年间在苏州东部地区修筑过一条海塘。《新唐书》谈到杭州盐官"有捍海塘堤，长百二十四里，开元元年重筑"。南宋《绍熙云间志》也谈到捍海塘："旧瀚海塘，西南抵海盐界，东北抵松江，长一百五十里。"两书谈到的捍海塘从长度上看所指应该不是同一条，但有可能是南北相连的。捍海塘的修筑，抵挡了海水的入侵，使海塘内的陆地能成为人们生活劳作的重要场所。谭其骧在《〈上海市大陆部分的海陆变迁和开发过程〉后记》一文中认为"自应始筑于唐以前，可能是在南朝时代，或更在南朝以前"。唐五代时期，今上海市区的大部分已经露出海面，今上海市区西部地区，成陆于8世纪初叶以前。

另一个我们必须注意的是，嘉兴县的北部和昆山县的东部靠海地区，在地理环境上发生了很多变化。苏州以东地区，仍然是湖泊密布，但大小湖泊和各类河道都比较淤浅，泥沙堆积越来越严重。之所以出现这种情况，主要原因可能是海平面升高后，托顶了吴淞江河水的下泄，造成河水裹带的泥沙不断堆积，并与大海顶推过来的海沙相交融合在一起。这种局面的出现，从唐代初年或更早时期就已开始。其结果是苏州东部地区，堆积的泥沙面积越来越大，成陆的地区越来越广阔，并一步步向东推进，使陆地增长的速度变得很快。因此，在海洋和江河的共同作用下，苏州东部地区的海拔持续升高。

隋唐以前，冈身以西的土地已种植粮食作物，但不少民田常会被淹；冈身以东的土地海拔不高，常受海浪的冲击，只有小部分地区有人生活。总体来说，太湖东部地区土地开发的步伐是比较缓慢的。进入隋唐，随着京杭大运河的开凿，太湖东部河堤的兴建，太湖流向下游各河道的湖水被拦挡，湖水不再向四野随意漫泄。随着海塘工程和河堤工程的初步完成，太湖以东低地的农田水利发展尤为突出，乡村聚落逐渐扩展，为政区的增设奠定了基础。在这种情况下，新设立一个县级行政单位的条件基本具备。

二、新设立的华亭县的规模

县级行政单位的析置，大多是该地域开发到一定程度的产物。地域开发是政区变化的基础，虽然两者不是十分明确的因果关系，但地域开发达到一定规模，行政区划必然会作出调整，尽管中间的时间有长有短。可以这么说，华亭县的设立是唐中期以前太湖东部地区农业开发的结果。华亭县设立后，经济发展加快，人口数量有所增加。

《元和郡县图志》卷二五云："华亭县，上，西至州二百七十里。天宝十年，吴郡太守赵居贞奏割昆山、嘉兴、海盐三县置。"华亭县设立时就是一个上县，西距苏州二百七十里。唐代按人口和政治地位，把县分为赤、畿、望、紧及上、中、下几个级别，其中六千户以上为上县。也就是说，从三个县中各划出一部分地区设立的华亭县，其时户数在六千以上。

华亭县的范围相当辽阔。据《绍熙云间志》卷上记载，县境东西长一百六十里，南北阔一百七十三里。《太平寰宇记》谈到新成立的华亭县"旧十乡，今十七乡"，意谓最初成立华亭县时只有十乡，后来随着人口的不断增加，至宋初划为十七乡。不过宋代的《祥符图经》等书说华亭县宋初管辖十三乡，《绍熙云间志》编纂时，仍为十三乡，可能宋初乡的行政区域有所调整。唐代的十乡中，能够知道乡名的，有修竹乡、北平乡、昌唐乡、全吴乡、白砂乡等。乡以下的基层行政单位是里，如顾谦死于唐末咸通十三年（872年），"启手足于苏州华亭县北平乡崧子里之私第"。县、乡、里三级设置，在唐代是有效控制华亭县的基层治理体制。唐代百户为里，五里为乡，里设正一人，《正德华亭县志》推测："据唐华亭一县统乡十三，则里正六十五人也。"如果真的是百户组成一里，那么户口的多少决定了一个乡不一定只有五里，因而里正就肯定不是刻板的六十五人。

三、华亭县的集市与工商业

陆广微《吴地记》谈到苏州七县中，华亭县管乡二十二，有户12 780，平均乡有580.9户。其时华亭管辖的乡数略少于昆山和常熟的二十四个，多于海盐的十五个，而户口数比昆山（13 981户）和常熟（13 820户）少了一千户左右，比海盐的13 200户少了不到五百户。说明华亭县虽创立于天宝年间，但在唐后期的人口数量增涨很快，不但总户数接近了昆山和常熟。如果以每户约六口计，华亭县的总人口已达76 680人。

户口的增长最直接的作用是会促使工商业的兴盛。

(一) 华亭县的集市

华亭境内除县城外，在一些交通便利的地方兴起了集市。集市的出现，一般是以建立寺庙开始的。据《绍熙云间志》记载，中唐以后华亭南部地区，相继在青龙、大盈、亭林、柘林等地兴建了寺院，五代时在赵屯、南桥、北桥、龙华等地建造寺观。寺庙建设，与集市是相互推进的。寺庙一般是建在人流量较大的地方，一些寺庙有可能是特地建在集市上。如松南的亭林市，因为宗教的需要，建造了法云禅寺。沈珹《大唐苏州华亭县顾亭林市新创法云禅寺记》云："院在市西北隅，其地阜，势极秀。……相谓曰：'此市信人极众，僧徒颇多，可以买此地为瞻礼之所。'"《绍熙云间志》卷上也谈道："《唐隰州司仓支令问妻曹夫人墓志》云：'葬之顾亭林市南，烽楼之侧。'今亭林市南冈阜相望，即古者沿边筑台举烽燧之地。"亭林市附近就是唐朝的海防重地，日久人口众多，成市是必然的事情。

华亭县的集市中，关于青龙的记载最为集中。青龙位于吴淞江的南岸，是唐宋间华亭县一个十分重要的商埠。青龙是华亭县最早的对外贸易港和著名市镇。《松事丛说》云："青龙，自唐宋以来为东南重镇。"邹逸麟先生认为"青龙镇的设置年代也不可能在盛唐时期的天宝年间"。(《上海地区最早的对外贸易港口——青龙镇》) 但他认为唐天宝以来，这地方已是一个人口较为集中的聚落。在唐代，青龙已建起了庙宇。如隆福寺、隆平寺，都建于唐长庆元年，"中有宝塔"。近年来考古发现大大丰富了唐代青龙镇地区的发展面貌,"目前已经初步确定了青龙镇遗址的面积,在唐代约为六平方公里"。考古专家发现了一处铸造作坊,是比较早的青龙镇手工业作坊,排列有序的四座火炉。还发现了唐代建造的水井,内中出土了唐鹦鹉衔绶带铜镜、铁釜、铁提梁鼎、铁钩、银发簪等多件器物。此外,还发现了来自越窑、长沙窑的日常生活用瓷。这些都可以证明青龙镇应该是一个对外贸易港口。

(二)华亭县的手工业

华亭县的手工业,除了青龙镇考古挖掘的以外,在文献资料中也有一些记载,虽然零散,但也可以看出一些概貌。比如唐代的华亭县农村,有丝织业存在。苏州沿松江往东,两岸都种植了桑树。《正德松江府志》卷五谈道:"线绫,一名苎丝绫,自唐有之。天宝中吴郡贡方纹绫,大历六年禁吴绫为龙凤、麒麟、天马、辟邪之纹者。"人们认为明朝松江府的线绫,就是唐代的方纹绫。

华亭县最重要的手工业应该是制盐业。大和四年(830年)正月,郑淮"终于苏州华亭县白砂乡徐浦场之官舍"。徐浦场的位置在白砂乡的海边,是政府设立的一个盐场,专门生产食盐。《新唐书·地理志》谈到嘉兴有盐官。估计华亭县的食盐生产是受嘉兴监领导的。《通幽记》记载:"贞元五年,李白子伯禽,充嘉兴监徐浦下场籴盐官,场界有蔡侍郎庙。"徐浦下场可能就是上述徐浦场的一部分。华亭县白砂乡有盐场,受嘉兴监节制,这个盐场直到南宋仍然在生产食盐。

华亭沿海生产的食盐通过船只运向各地。《原化记》云:"苏州华亭县,有陆四官庙。元和初,有盐船数十只于庙前。"盐船可能是政府的运盐船队,从沿海的生产地运向内地,从华亭县转入吴淞江再进入太湖,或折入江南运河。《绍熙云间志》谈到县东南的盐铁塘时说:"长三十里。世传吴越王于此运盐铁,因以为名。"这条三十里长的盐铁塘,从五代到宋都是运输食盐的航道,或许就是《原化记》说的唐代的运道。运盐船通过盐铁塘从海边来到华亭县城南,转入南北向的顾会浦,再进入吴淞江。

四、华亭县的社会治理与大族

唐代中后期,华亭县总体上是比较安宁的,社会在快速发展,动乱较少。《绍熙云间志》卷中谈到的唐代华亭知县共三人,分别是德宗时琅琊人张聿、延陵包某和苏籥。

张聿于德宗建中时登进士第,又中万言科。宰华亭,"治政凛然,民吏有犯,初必恕之,许以自新,书姓名、罪由于籍,名《定命录》,再犯必举籍勘照杖之,非死不已"。赋税征收的数额,他都张榜公布,"事不虚张,期必前办"。老百姓对他这种张榜公布的做法很赞成,"供输络绎,无违拒者",大家称他张贴的榜文是"赤心榜"。包某(一说是包休)是德宗时的华亭令,"初辟秀才,德宗时宰华亭,辟田野,增户口,均赋爱人"。另一位官员苏籥宰华亭,"在官简惠,莅事公正"。三位县令的共同点,都是管理上讲诚信,有惠政,征收赋税讲求公平,他们在华亭县建立了良好的社会新秩序。此外,《太平广记》"曹朗"条,谈到唐文宗时有华亭县令名曹朗,不过没有记载曹县令在华亭县的具体政绩。

唐代中期以后，华亭县出了一些政治和文化名人。比较著名的有陆贽和丁公著。陆贽唐德宗时任中书侍郎、同中书门下平章事。丁公著也是华亭人，二十一岁五经及第，第二年又通开元礼，后官至太常卿。其子孙一直在华亭生活，"尚延其绪也"。

唐代后期，华亭县居住着不少大族。如宋朝就出土的《唐故朝散郎贝州宗城县令顾府君墓志》，详细揭示了顾谦家在华亭地方社会中的地位。顾谦祖上是官宦世家，早岁举明经、三礼二科，通过科举走上仕途，最后官为贝州宗城县令。咸通十三年（872年）死后，葬在华亭县北平乡崧子里。顾谦的儿子有六人，长子顾寰，杭州盐官县尉；次子顾台，常州晋陵县尉；三子顾占，旁州馆驿巡官、试左武卫兵曹参军；四子顾宪，乡贡明经，五、六子还没成人。顾谦自己的官职很低，并不能为儿子们在仕途上带来什么好处，但四个儿子都能出仕，而且第四子还是乡贡明经，说明顾家子弟靠了自己的本事才有这样的前途，大多是读书科举而出仕的。顾谦还有两个女儿，长适吴郡张聿之，明经出身，解褐苏州华亭县尉；次女许嫁吴兴姚安之，登童子、学究二科，再命为东宫舍人。两个女儿已嫁和许嫁的，都是"礼乐名儒，簪缨盛族"，都是走科举出仕的子弟。可知，士人望族世代在政治上有一定的地位，而且为了保持这种地位，家庭中重视文化教育，婚姻上讲究门第。

南宋魏了翁说："吴中族姓人物之盛，……逮魏晋而后，彬彬辈出。……虽通言吴郡，而居华亭者为尤著。盖其地负海枕江，平畴沃野，生民之资用饶衍，得以毕力于所当事，故士奋于学，民兴于仁，代生人才，以给时须。"（《华亭县建学记》）就是说，华亭地区一直生活着众多大族，他们最主要的特点是"奋于学""兴于仁"，刻苦学习，讲究仁义诚信，他们为社会作出了巨大的贡献。

五、五代时期华亭县的农田水利

唐末，华亭地区出现了短暂的混乱。但昭宗龙纪元年（889年），钱镠控制了整个太湖流域，华亭县就成为钱氏吴越国的东部屏障。钱氏实行"保境安民"的基本国策，华亭县迎来了一个安定的时期，社会经济总体呈向前发展的态势。吴越政权统治期间，特别重视海塘修建和农田水利，华亭县是其建设的重要地区之一。

吴越政府对农田水利十分重视，设立官方机构和用军队来开展水利建设。吴越国专门设都水营田司，作为统一规划水利事业的专门机构，由专人负责，号曰撩浅军。这个机构在吴淞江及其支流地区展开了撩浅工作，并且疏浚淀泖、小官浦到海的通道，一方面保证河床的深度，另一方面将疏浚河道的泥土用于筑堤，可以使堤内的土地免于旱涝灾害。

吴越国还在华亭县大规模开展农田建设，在低洼地带采用圩田方式来开垦荒地。在沿吴淞江和各支流地区，华亭县大量兴建圩田。每一圩田方数十里不等，外围以水，内是河堤包围着的农田，如一座城池，中间以小河渠沟通，小河渠通向圩外的大河道，相连处用闸门调接水位。旱时开闸引江水入小河渠灌溉农田，涝时关闭闸门不使江水进入农田区，这样可以有效地确保圩内的农田成为丰产良田。

吴越国的圩田，主要方式是这样的："自二江故道既废，而五湖所受者多，以百谷钟纳之巨浸，而独泄于松陵之一川，势不能无浸溢之患也。观昔人之智亦勤矣，故以塘行水，以泾均水，以塍御水，以埭储水，遇淫潦可泄以去，逢旱岁可引以灌，故吴人遂其生焉。"实际上就是在农田中开挖塘、泾，平时用来灌溉农田，涝时作为排水沟渠。在塘、泾上建设塍和埭，以使水平时不因为水位变低而流失掉，涝时不因为水位变高而排泄不出。

宋朝开始，水利建设蓬勃开展，圩田修建，在吸取了吴越国的经验上，更加小型化、精细化，基本满足了水田农业精耕细作的需要。

从上面的论述中可以看到，华亭县的设立及在政府的有效控制下，社会变化是十分明显的，为北宋以后的发展打下了坚实的基础。从华亭县社会和经济的逐步变化中，我们可以看到江南北部沿海地区开发过程，虽然有点漫长，但社会进步越来越明显。

本文以《华亭何以在天宝十年设县》为题，发表于 2022 年 8 月 17 日《解放日报》文史版，文字有删节。

赵赞与唐德宗建中年间的财政扩源

《新唐书》卷二百《儒学下》说：

> 德宗敝政，税间架、借商钱、宫市为最甚。

其中前两者是财政上的扩源，成为敝政，与赵赞有关。那么赵赞是个什么样的人？他在财政上实施了哪些具体措施？

一、赵 赞 其 人

赵赞是唐代中期政治舞台上短暂出现的人物。两《唐书》没有为赵赞立传，因而既不知他出生于何年，也不知他卒于何时、何地。据林宝《元和姓纂》卷七记载，赵赞的籍贯为河东，最早是从天水迁徙过去的。

赵赞从政仅仅在唐德宗建中数年间。其间赵赞曾官至中书舍人。建中二年（781年）十月，赵赞权知贡举。建中三年（782年），正式知贡举，对科举制度的一些弊端作过改革。大约从这时起，赵赞的才干得到了德宗的赏识。

建中三年五月，判度支杜佑因工作不力被撤职，赵赞接替了他的职务，升为户部侍郎兼判度支，唐王朝的财政主要由他来负责。他主管唐朝财政一年半，对财赋的聚集方式作了一系列的改革，企图尽可能地拓宽财源，但由于战争而造成军费缺额严重，他的努力随着唐王朝与藩镇之间战争的失利而最终失败。

罢官后的赵赞事迹，史书没有记载。

二、建中初年的军事和经济形势

建中二年起，唐王朝的政治、军事形势发生了重大的变化。

建中二年初，成德节度使李宝臣死，其子李惟岳"自为留后"，德宗不允。于是李惟岳联合了魏博田悦、淄青李正己发动武装叛乱。德宗便调兵遣将，大发各路节度使的兵马讨伐叛军，大战打得难解难分。至建中三年，朱滔、王武俊与田悦"合纵而叛"，德宗不得不再次调动兵将东讨。如此庞大的部队频繁调动，战争旷日持久，每月花费度支军费一百多万贯，政府国库中的铜钱已到了"不支数月"的地步。

其时先后主管财政的官员是度支使韩洄和杜佑。

在建中二年战争爆发后，面对国家财政紧张的局面，韩洄于此年五月对商税进行大幅度的调整，"以军兴，增商税为什一"，商税在大历十四年（779年）杨炎上两税法疏时曾规定以三十税一。

建中二年十一月，韩洄被贬，江淮转运使、度支郎中杜佑代判度支户部事。针对财政收少支多的情形，杜佑不得不下令借商和括僦柜质钱。由于政策执行得太过分,京师"如被盗贼",而搜括拷索的结果也才及二百万缗,没有达到预期的"获五百万贯"的目的。此外,杜佑又增收两税、盐榷钱。两税每贯增二百,盐每斗增一百。但这项政策短期效应不大,等于是远水救近火。

于是,宰相卢杞再次换人。建中三年五月,赵赞任度支。

这时的仗仍越打越大,军费缺口继续在扩大。围攻朱滔、王武俊、田悦的战争还未收场,这年十二月,李希烈自称天下都大元帅、太尉,与朱滔勾结起来共同反唐。这一仗,"诸军月费钱一百三十余万贯"。次年政府军失利、长安陷落、德宗出走奉天,使得赵赞在财政上的措施跟着战争的失利一起终结。

三、财政扩源措施之一:借商

记述赵赞主持借商的史料很多。《旧唐书》卷一百三十五《卢杞传》云:"河北、河南连兵不息,度支使杜佑计诸道用军月费一百余万贯,京师帑廪不支数月,目得五百万贯,可支半岁,则用兵济矣。杞乃以户部侍郎赵赞判度支。赞也计无所施,乃与其党太常博士韦都宾等谋行括率。以为泉货所聚,在于富商,钱出万贯者,留万贯为业。有余,官借以给军,冀得五百万贯,上许之。"

《新唐书》卷二百二十三下《奸臣·卢杞传》的记载相近。《旧唐书》卷四十八《食货上》、《新唐书》卷五十二《食货二》、《文献通考》卷十九《征榷六》、《廿二史劄记》卷二十《间架除陌宫市五坊小使之病民》都有类似看法。借商政策使得长安百姓"不胜冤痛,或有自缢而死者,京师嚣然如被贼盗"。如果赵赞确是借商政策的决策、推行者，那么李怀光说他"赋敛过重"并不为过。

不过，《通鉴》对这件事的记载有不同：

> 时两河用兵，月费百余万缗，府库不支数月。太常博士韦都宾、陈京建议，以为："货利所聚，皆在富商，请括富商钱。出万缗者，借其余以供军。计天下不过借一二千商，则数年之用足矣。"上从之。甲子，诏借商人钱，令度支条上。判度支杜佑大索长安中商贾所有货，意其不实，辄加榜捶，人不胜苦，有缢死者，长安嚣然如被寇盗，计所得才八十余万缗。又括僦柜质钱……

司马光关于借商的记录中，竟然没有赵赞，只谈到韦都宾等建议借商，度支杜佑推行政策，"长安嚣然如被寇盗"是杜佑一手造成的。《通鉴》编于两《唐书》之后，两《唐书》的观点司马光不会熟视无睹。其次，司马光在《通鉴考异》中明言此段文字采自《实录》。相对而言，《实录》是较有可信的原始记录，较后人加工的史书精确度要高。

《旧唐书》卷十二《德宗本纪》中也是先述韦都宾、陈京的建议，然后是杜佑的附议。至四月甲子，"诏京兆尹、长安万年令大索京畿富商，刑法严峻"。主持借商的也是杜佑而非赵赞。《旧唐书》本纪宣宗朝以前一般采用各朝实录，因而它和《通鉴》的材料可能源自一途。

从时间上看，借商政策在四月甲子日颁行，而赵赞取代杜佑为度支的时间是五月乙巳日，如此赵赞上任已距离借商政策的实施有四十一天了。在军费一天比一天吃紧的情况之下,借商政策的实施肯定是雷厉风行的,绝不可能拖到数十天后由赵赞来实施。当然,我们也不能否认,借商、括商的残局,最终是由赵赞来收拾的。

从杜佑平时的思想表现来看,他呼应韦都宾的借商建议完全是有可能的。《通典》卷四《食货四·赋税上》云:"其工商虽有技巧之作,行贩之利,是皆浮食,不敦其本,盖欲抑损之义也。"应该"罚其惰务,令归农"。

四、财政扩源措施之二、三:间架法和除陌法

《旧唐书》卷一百三十五《卢杞传》云:"明年(建中四年)六月,赵赞请税间架、算除陌。凡屋两架为一间,分为三等:上等每间二千,中等一千,下等五百。所由吏秉笔执筹,人人第舍而计之。……除陌法,天下公私给与贸易,率一贯旧算二十,益加算为五十,给与物或两换者,约钱为率算之。市主人、牙子各给印纸,人有买卖,随自署记,翌日合算之。……法既行,主人、市牙得专其柄,率多隐盗,公家所入百不得半,怨讟之声,嚣然满于天下。"

间架:"衣冠士族"及其富商,房屋越多,所交的税也越多,房屋级别越高,交的钱就更多了,他们的反对尤其强烈。《唐会要》卷八十四《杂税》关于间架法云:"衣冠士族,或贫无他财,独守故业,坐多屋出算者,动数十万,人不胜其苦。"

除陌法:实际上是商品交易税。由于唐代商业经济发展,商品交易税在涉及面上超过了间架税。赵赞将旧有一贯算二十的标准

提高到一贯算五十，自然大家难以接受。而且让市牙和主人协助官府负责征收交易税，弊病较多。

间架和除陌法，并不能从根本上扭转国家财政的紧张。但这两种税的搜刮，使唐政府此后数月中的军费在一定程度上得到了保证。

五、其他财政扩源措施

赵赞财政扩源措施没有"赋敛烦重"之嫌的也有几条：

（一）设置常平仓。建中三年六月，赵赞奏"请于两都并江陵、成都、扬州、汴、苏、洪等州府各置常平轻重本钱，上至百万贯，下至数十万贯，随其所宜，量定多少，惟置斛斗匹段丝麻等"。"并请诸道津要都会之所，皆置吏阅商人财货，计钱每贯税二十文。天下所出竹木茶漆，皆什一税之，以充常平本"。

赵赞目的有二：一为筹措军费。常平仓形式上是为了"以备时须"，防止可能出现的各种意外情况，但实际上是赵赞变相筹钱的一种措施，他的着眼点主要集中在搜刮常平本钱上。二是控制物价。由于政府财政紧张，各地物价随着战争的加剧可能会失控，设立常平本钱于各州府，是平抑各地物价和"以利疲人"的一个重要手段。

《唐会要》卷八十四说："军须迫蹙，常平利不时集。"可以看出常平仓设立后是有点效果的，只是国家获得钱的速度跟不上战争对军费数量的需求。《旧唐书》也说："时国用稍广，常赋不足，所税亦随时而尽，终不能为常平。"最终的目的实际上没有达到。

（二）管理漕运。建中二年，田悦、李汭起兵后，扼守了江北要冲涡口，致使淮运断绝。梁崇义占领了邓、襄等州后，汉沔运路也告受阻，引起了长安政府一片恐慌。幸亏李洧以徐州归降，江淮运道才得以重新畅通。赵赞判度支后，加强了对漕运的管理："户部侍郎赵赞以钱货出淮迂缓，分置汴州东西水陆运两税盐铁使，以度支总大纲。"保证了江淮货物钱财及时有效运到关中。

（三）大田法、铸白铜大钱。赵赞设想对田赋作改革："天下田计其顷亩，官收十分之一。择其上腴，树桑环之，曰公桑。自王公至于匹庶，差借其力，得谷丝以给国用。"

史书称为"大田法"。因为当时形势比较特殊，赵赞经一番思考后认为不宜实行，就放弃了他的打算。从总体上看，赵赞的这一想法似乎是想将唐代田制模仿西周的井田制，但又不完全雷同。

财政危机势必带来物价失控。建中四年（783年）六月，赵赞请采连州白铜铸大钱，以一当十，权其轻重。不过数月后就发生泾源兵变，德宗出逃，也就无暇顾及铸钱了。

六、简单的评说

对赵赞的财政扩源措施，可以作以下几点评说：

（一）借商政策在赵赞为度支后仍在推行，但借商并不是赵赞提议和具体实施的。

（二）赵赞的财政扩源核心是为国家聚集更多的军费，因而在他的措施中对百姓搜括是难免的。

（三）赵赞的措施有一定的成效。自建中三年五月出任度支始,至次年十月德宗出奔奉天,国家财政的军费支出主要是靠了赵赞的规划、筹措。财政费用的匮乏在赵赞上任以前就已出现,而过了一年又五个月经济仍未崩溃,这实际上就是赵赞理财的结果。

最后,我认为,赵赞迫于形势,财政上扩源措施未能全面展开。倘若在正常时期,那么他的大田法、常平法、铸白铜大钱法实施后,对社会的作用和影响,就可能另当别论,我们对赵赞的评价就有可能不同。

吕思勉曾评论赵赞的常平法:"此实为旷世之高识,且欲行之于艰难之际,其魄力尤不可及。"又曰:"赵赞际艰难之会,顾欲扩充之以及于段匹、丝麻,其魄力可谓甚大。"

这的确是我们应该和旧史的评论有不一样的地方。

本文为2020年11月,在"第四届财税史论坛暨中国财税史研究的概念、理论与方法学术研讨会"上的发言。

唐五代江南和岭南的联系

贞观元年（627年），在将全国行政区划并省后，唐太宗将全国划分为十道，江南和岭南是其中的两道，是全国两个重要的组成部分。江南道的辖境在长江之南，东临海，西抵蜀，南极岭，北带江，即今浙江，江西，湖南及江苏、安徽、湖北之大江以南，四川东南部，贵州东北部之地。而岭南道的治所位于广州，辖境包含今福建全部、广东全部、广西大部、云南东南部、越南北部地区。也就是说，江南和岭南的相当部分在地域上是接壤的，因而两大区域之间的联系必然是紧密的，两地在唐代保持着频繁的对话与交流。

当然，江南道在中唐后划分为江南西道和江南东道，江南西道一般称为江西，而称为江南的主要是指江南东道，即今安徽南部、江苏南部和浙江省。 即使如此，江南东道和岭南仍然是联系紧密。

一、江南和岭南的交通联系

江南与岭南的交通，既有内部的陆路和水路交通，又有海路交通。

（一）内部的交通

江南东道（后分为浙江西道和浙江东道）内部进入岭南的交通线，主要是由衢州经信州进入江西，这一交通路线在唐五代显示出了特别重要的意义。因为这条线路往西南经吉州、虔州越大庾岭可到达岭南，往东南可到达福建的汀州。由于浙江横穿江南西南部地区，乘船可直达衢州常山县，陆行数十里后至玉山，顺信江而下可到达信州，因此这条通道在当时常常作为北方经江南进入南方的主干道在使用。

《元和郡县图志》卷二十六云及衢州"西至信州二百五十里"，卷二十八谈到信州"东至衢州二百五十里，西北至饶州五百里"。信州的交通地位十分重要，从衢州到达信州再转向其他地区就特别方便。当时走这条线路的人特别多，官方人员中的很多人从这条线路上来往。

唐德宗贞元二年（786年），权德舆被任命为江西观察判官。他由润州出发，取道睦、婺、衢、信诸州到达洪州，有《清明日次弋阳》（《权载之文集》卷十）等诗可见其所走线路。

贞元五年（789年），顾况贬授饶州司户参军，夏天，他由苏、杭到达睦州，有刘太真《顾十二况左迁过韦苏州房杭州韦睦州三使君皆有郡中燕集诗》（《全唐诗》卷二百五十二）为证。秋天，他经衢、信到达饶州，在信州作《酬信州刘侍郎兄》诗（《全唐诗》卷二百六十四）。（权德舆、顾况被贬路线的考证，可参傅璇琮主编：《唐五代文学编年史》中唐卷，第415至417页、458

至460页。）可知，时人常从衢州进入信州，然后往西北转道饶州和洪州。

从江南进入江西的信州，其实是到岭南的必经之路。我们可以看李翱从中原来到江南再到岭南的路线。

元和四年（809年），李翱从东都洛阳出发到岭南，沿途经汴州、宋州、泗州、楚州、扬州来到江南，他从润州沿运河到杭州，进入浙江后上溯至衢州常山县，但"自常山上岭至玉山"走的是陆路。接着到了信州、洪州、吉州、虔州，翻越大庾岭后到达韶州，再到达目的地广州。他对所走的路程有过统计："自东京至广州，水道出衢、信七千六百里，……自杭州至常山六百九十有五里，逆流多惊滩，以竹索引船乃可上。自常山至玉山八十里，陆道谓之玉山岭。自玉山至湖七百有一十里，顺流谓之高溪。自湖至洪州一百有一十八里，逆流。自洪州至大庾岭一千有八百里，逆流谓之漳江。自大庾岭至浈昌一百有一十里，陆道谓之大庾岭。自浈昌至广州九百有四十里，顺流谓之浈江，出韶州谓之韶江。"（《李文公集》卷十八《来南录》。）显然，从衢州至信州是中原到岭南的重要交通线上的一段，是当时的必经之路。

此外，走衢、信路还可到达今福建。后梁均王贞明四年（918年），吴国刘信攻虔州，虔州节度使谭全播求救于吴越，吴越派钱传球率兵两万出衢州应援。吴越兵先是攻信州，但疑信州有伏兵，遂"解围去"，"钱传球自信州南屯汀州"。《通鉴》胡注曰："按《九域志》，汀州至虔州四百八十里。移兵屯汀州，示将救虔也。"（《九域志》卷二百七十后梁均王贞明四年七月条。）

(二) 海上的交通

由江南出发,沿东海南下至福建、广州等地的海上交通线路。从当时货物的运输和人员来往来说,这条路线绝不亚于内部的交通线。

江南从海路进入福建地区,从当时的船只技术和海上交通的技术来看,是人们经常采用的,这条线路是江南最为重要的海上交通要道之一。

《元和郡县图志》卷二十六温州条云:"西南至福州水陆路相兼一千八百里。"从温州出发,沿海岸线航行可至福州。

裘甫起义时,有人对他说:"遣刘从简以万人循海而南,袭取福建,如此,则国家贡赋之地尽入于我矣。"(《资治通鉴》卷二百五十唐懿宗咸通元年三月条。)时裘甫占据有明、台地区,可知明、台等浙东地区通过海道与福建紧密相连。

胡三省谈到福建王氏自海上入贡中原时的路线云:"自福州洋过温州洋,取台州洋过天门山入明州象山洋,过浡江,掠洌港……"(《资治通鉴》卷二百六十七后梁太祖开平三年九月胡注。)从胡注中可以看出,江南与福建相互间的通航是十分畅通的,所走路线大多是沿近海而行。

《丁卯集》卷下许浑《送林处士自闽中道越由雪抵两川》云:"高枕海天溟,落帆江雨秋。"这位林处士从福建经海路到达越州,再转而到达湖州,并继续沿长江到达两川。

不只是浙东沿海地区,江南北部地区与福建和广东地区,交通也十分方便。《吴郡图经续记》卷上云:"吴郡东至于海,北至于江,旁青龙、福山,皆海道也……自朝家承平,总一海内,闽粤之贾,乘风航海,不以为险,故珍货远物毕集于吴之市。"江南北部与福建及岭南地区也有航线相通,并一直沿长江进入江南腹地,这儿朱长文所谈的北宋情况其实在唐五代基本上已是如此。

当然,就全国而言,唐代经济和政治重心不在岭南地区,因而岭南和江南之间的官方交通并不显得十分重要,史书记录也不是太多,但实际上,这种交通一直存在着。

唐懿宗咸通三年(862年),南蛮攻陷交趾,朝廷征发南方各道兵赴岭南,部队的军需自湘江经零渠运往前线,但所运有限,前线缺粮严重。润州人陈磻石向朝廷献上奇计:"臣弟听思曾任雷州刺史,家人随海船至福建,往来大船一只,可致千石,自福建装船,不一月至广州。得船数十艘,便可致三五万石至广州矣。"陈磻石"又引刘裕海路进军破卢循故事。执政是之,磻石为盐铁巡官,往扬子院专督海运,于是康承训之军皆不阙供"。(《册府元龟》卷四百九十八《邦计部·漕运》。)从陈磻石的话看,唐代私人船只是江南至岭南间海上交通的主力,至咸通间,官方运粮成了这条海道上的主要力量。咸通五年(864年),唐懿宗制云:"淮南、两浙海运,房隔舟船,访闻商徒,失业颇甚,所由纵舍,为弊实深。也有搬货财委于水次,无人看守,多至散亡,嗟怨之声,盈于道路。宜令三道据所搬米石数,牒报所在盐铁巡院,令和雇人海舟同船,分付所司。通计载米数足外,辄不更有隔夺,妥稳称贮备。其小舸短船到江口,使司自有船,不在更取商人舟船之限。"(《旧唐书》卷十九上《懿宗本纪》。《全唐文》卷八十三将懿宗的这段制文题为《以南蛮用兵特恩优恤制》。）政府往安南运粮，是雇了商船来进行的，所以在海面上行走的其实大部分都是商船。虽然咸通年间江南对岭南的运粮是暂时的，但至少说明这条海道为人们所熟知。

二、江南与岭南的商业联系

江南和岭南，商业联系是十分紧密的，不但有中国商人的来往，更有很多国外商人，学者有很多人探讨过。薛平拴先生在《论唐代的胡商》一文中认为唐代长安的胡商"既有众多的突厥、回纥、昭武九姓等少数民族商人，也有大量的波斯、大食、新罗等外国商人"。扬州等地的商人主要是大食、波斯商人，而来到广州的"主要是南方诸少数民族商人及外国商人，外商则主要有波斯、大食、阿拉伯、狮子国、室利佛逝、诃陵、林邑等商人"。他认为，外商来自何处，与各地的交通状况直接相关。波斯、大食等阿拉伯商人从陆路进入唐朝的，就来到了中原地区的长安和洛阳，一部分从海路来到唐朝的，就来到了广州以及长江北岸的扬州。

《唐语林》云："海舶，外国船也，每岁至广州、安邑。狮子国船最大，梯上下数丈，皆积百货。至则本道辐辏，都邑为喧阗。有番长为主人，市舶使籍其名物，纳舶脚，禁珍异，商有以欺诈入牢狱者。船发海路，必养白鸽为信，船没则鸽归。"（《唐语林》卷八《补遗》，《全宋笔记》第三编第二册，第290页。）唐代有大量的外国船来到广州和安邑，特别是狮子国的船最大。外商的船只一到广州，市面为之沸腾，唐朝派出市舶使和船主人会面，要当面登记抽税。政府要对外贸经营进行有效管理。

那么，这些商人会否从广州到江南，或从江南到广州？

伊本·胡尔达兹比是一位阿拉伯地理学家，著有《道里邦国志》一书。书中谈到阿拉伯船只来到达江南的情景："从广州至杭州为八天程，杭州港物产与广州相同。从杭州至江都为二十天程。江都的物产与广州、杭州两地相同。中国的这几个港口各临一条大河，海舶可在其中航行。"（转引自宋岘：《唐代扬州的大食商人》，《中华文史论丛》1987年第1期。）阿拉伯商人在东南地区的主要聚集地是广州和扬州，但江南也有他们活动的踪影。

吴越国与吴国曾在狼山江面发生激战，吴越军用火油焚烧吴军战舰，《吴越备史》卷二《文穆王》是这样解释的："火油得之海南大食国，以铁筒发之，水沃其焰弥盛。"可知火油必定是阿拉伯商人从海上运来的。阿拉伯地区的火油，由于唐末五代的江南地区从未出现过，其神奇的力量吸引了各国的好战分子，因此纷纷从他们手里争着购买。

契丹神册二年（917年），契丹和后梁在幽州交战，吴王派人送猛火油给契丹主，并说："攻城，以此油然火焚楼橹，敌以水沃之，火愈炽。"胡注引《南蕃志》云："猛火油出占城国，蛮人水战，用之以焚敌舟。"（《资治通鉴》卷二百六十九。）占城国的猛火油或许也来自大食国。之前吃了火油之亏的吴国人，自己也从大食国人的手里购买这有效的武器。

又《江南野史》卷十《朱令赟传》谈到宋军进攻南唐时，南唐军在朱令赟的率领下，"使火油机以御之，属北风势紧，回焰迸星，倏忽自焚，燎及大筏，于是水陆诸军不战自溃"。火油应该是来自大食国的。说明南唐军队也装备了火油，只是使用不当，将火烧到了自己的头上。这些火油，肯定都是通过商人之手，转到了江南政权的手中。

从南方来的外国商人，另一种经营的主要商品是香药。李璟保大七年（949年），宫内出外夷所贡和合煎饮佩带粉囊，共九十二种，都是江南本地不生产的。

《清异录》又云："海舶来有一沉香翁，剡镂若鬼工，高尺余，舶酋以上吴越王，王目为清门处士。"《全唐诗》卷一百一十四徐延寿《南州行》云："金钏越溪女，罗衣胡粉香。"说明外国香药在当时很受越女的欢迎。《云溪友议》卷中"辞雍氏"条云："崔涯者，吴楚之狂生也，与张祜齐名。……嘲妓曰：'谁得苏方木，犹贪玳瑁皮？怀胎十个月，生下昆仑儿。'"苏木是香药的一种，这儿嘲讽妓女身施香药，穿上外国衣服，所以生下了一个外国模样的小孩。可知外国香药在贵族宦门妇女、商女、妓女等有钱人中大量使用，成为当时社会的风气。香药用途如此广泛，但江南生产量不足，多依赖外商携来。

全汉昇《唐代扬州的繁荣》一文对当时外商来中国常经营珠宝和香药进行了探讨，认为"这些商品无论是由外国输入，或是向外输出，都须远涉重洋，从而须负担一笔巨额的运费，而这一大笔运费，只有价值大而体积重量小的奢侈品才能负担得起。"体积小，便于运输，对江南来说也同样是如此。外商的这一经营特色以后各代也都继承，珍宝和香药成为外商经营最主要的商品。（参见孟彭兴：《论两宋进口香药对宋人社会生活的影响》，《史林》1997年第1期。）

沉香亦称沉水香,"林邑国产沉水木,岁久树身朽腐,剥落殆尽,其坚实不变者,劲如金石,是为沉水香"。唐人认为沉香产于林邑、天竺、单于,但至宋朝,情况有所变化,沉香国内产自于"南海琼、管、黎母之地",国外是"占城、真腊、三佛齐、大食等国"。沉香产地虽然发生了一些变化,但还是在岭南和南方的一些国家区域内。

再如苏合香。这种香"如坚木,赤色。又有苏合油,如米离胶,今多用此为苏合香"。刘禹锡的《传信方》,说苏合香"皮薄,子如金色,按之即少,放之即起,良久不定如虫动烈者佳也"(沈括《梦溪笔谈》卷二十六)。苏合香是一种坚硬的红色木头,树上产苏合油。树结籽,金色,亦有深烈的香味。

蔷薇水是一种香水。后唐皇宫龙辉殿中,"安假山水一铺,沉香为山阜,蔷薇水、苏合油为江池,零藿、丁香为林树,熏陆为城郭,黄紫檀为屋宇,白檀为人物,方围一丈三尺,城门小牌曰'灵芳国'。或云平蜀得之者"(陶谷《清异录》卷下《熏燎门》"灵芳国")。关于这种香水,宋人说:"旧说蔷薇水,乃外国采蔷薇花上露水,殆不然。实用白金为甑,采蔷薇花蒸气成水,则屡采屡蒸,积而为香,此所以不败。但异域蔷薇花气,馨烈非常,故大食国蔷薇水虽贮琉璃缶中,蜡密封其外,然香犹透彻,闻数十步,洒着人衣袂,经十数日不歇也。"(《铁围山丛谈》卷五)这种香水应是从大食国传进来,是通过将植物加热蒸馏的方法提取,提取出来的香放在玻璃瓶中。

除了火油这种军事用品外,民间的日常用品两地间也是经常交流的。如广州沿海渔民捉到了"率如蒲扇"的乌鱼,"炸熟,以姜醋食之，极肥美。或入盐浑腌为干，捶如脯，亦美，吴中人好食之"（刘恂：《岭表录异》卷下）。广东沿海的咸乌鱼干，一直可以运到吴越之地的市场上，深受欢迎。做成干鱼的技术，早在隋代就已见到。

以上我们从交通和商业两个方面来阐述江南和岭南的联系，其实这种联系是多方面的，如人员的来往、文化的交融等等，在此不作细述了。

本文为2023年10月在"第二届江南文化·岭南文化论坛"上的发言。

王圻的生平与学术成就

明代,上海境内活跃着很多本地文化名人,他们为学术作出了较大的贡献。

一、生　　平

王圻(1530—1615),号洪洲,明代文献学家和藏书家,出生于上海诸翟。由于诸翟位于嘉定、青浦和上海县的交界处,曾经划归过嘉定、青浦、华亭和上海,因而史书对其出生地有嘉定、青浦、上海多种说法。王家祖上生活在嘉定城,后迁至诸翟,位于今闵行区华漕境内。明嘉靖四十三年(1564年)中举人,次年进士。不久授清江知县,调万安知县。品行端正,勇于担当,一心为民。升为监察御史,敢于直言,刚正不阿。后与宰相张居正等不和,出京为福建按察佥事,又贬为邛州判官。历任进贤、曹县两县知县,开州知州。他平徭均赋,积极推行一条鞭法,既便于输纳,又缓解百姓困苦。张居正去世后,召回。后任神宗傅、师及中顺大夫资治尹,授大宗宪。官至陕西布政司右参议。这差不多是一省教育部门的最高官职,正三品。万历十四年(1586年),五十七岁的王圻奏请归家奉养父母,回上海归隐,朝廷赐建十进九院府第及"文宗柱史"牌坊。

回上海后筑室于吴淞江旁,即今天苏州河之滨。他在外任官只有二十年多一点,因而一生中有六十余年是生活在上海境内。他继承祖父辈遗志,利用自己的学识和影响带领乡亲们兴修水利,用劳动改变村容。加上他本性雅好梅花,就在吴淞江边种植梅花林,用万株梅树打造十里"梅花源",自号梅源居士。是否有十里,当然很难说,但大量的梅花每到花开时节,香飘数里,成为人们的赏梅胜地,被人赞为"梅源市"。王圻与名士何三畏、李庭对、唐汝询、钱龙锡等在梅花树下相互唱和,成为远近闻名的文化活动。明末到清代无数文人墨客慕名前来徜徉赋诗,一边赏梅,一边缅怀王圻。

王圻的梅花种植,与宋代及以后文人对梅花的追求有关。南宋诗人范成大《梅谱》关于赏梅说道:"梅以韵胜,以格高,故以横斜疏瘦与老枝怪石着为贵。"宋代以后,梅诗、梅文、梅书、梅画受文人和艺术家的追捧,梅花就此确立了百花独尊、群芳之首的地位。元末上海文人杨维桢有咏梅名句:"万花敢向雪中出,一树独先天下春。"梅花是中国十大名花之首,与兰花、竹子、菊花一起列为四君子,与松、竹并称为"岁寒三友"。在中国传统文化中,梅以它的高洁、坚强、谦虚的品格,给人以立志奋发的激励。这些对王圻的影响肯定是很大的,在他和儿子编纂的《三才图会》中,有梅花四贵说:"梅有四贵,贵稀不贵繁,贵老不贵嫩,贵瘦不贵肥,贵含不贵开。"

八十五岁时王圻病故,卜葬于家乡十都腾圩,明神宗万历帝派大臣来致祭,显示出朝廷对他的肯定。

二、学　　问

王圻很勤奋,学问做得很好,十分出名,与同时期的苏州王鏊、太仓王锡爵,并称为苏州三杰。他涉猎面广泛,学识渊博,撰述宏富。《明史》将他的事迹放在《文苑传》中,说明后人对他的评价,学问比做官更有名。七十多岁,点灯帐中,彻夜写作。以聚书、著述为事,"犹篝灯帐中,丙夜不辍"。学识广博,有著作共七百多卷。

王圻著作中,篇幅最大的有三种,即《续文献通考》《稗史汇编》和《三才图会》。

《续文献通考》,简称《续通考》,共二百五十四卷。中国古代关于典章制度的史书,来源于正史的志,最早有《三通》一说,即唐代杜佑的《通典》、宋代郑樵的《通志》和马端临的《文献通考》。这种史书专门记录各个朝代的典章制度,后代叫政书,意味和国家政治关系密切,政事治理得好,就是制度建立得好,因而中国古代史家特别注重典章制度的记载。王圻的著作中,以《续文献通考》最为著名。此书成书于万历十四年(1586年),计三十门,年代与《文献通考》相接,上起南宋嘉定间,下至明万历初年,是中国历史上唯一的一部私人撰述的典制体通史。此书兼采《通志》之长,仿《文献通考》体例。王圻认为《通考》搜集的资料很多,但对上下数千年的人物都不记载,有不足的地方,所以又新编了节义、谥法、书院、六书、道统、氏族六门。《续通考》所收资料比较丰富，除采自正史外，还引用了诸家文集、史评、语录和说部的资料，对研究南宋至明中期的经济、政治制度有较大的参考价值。总体来，此书记载上略微有些杂乱，但搜集资料较多，明代部分尤为丰富。王圻父子的编书风格是海量抄录，虽然自己考辨的内容很少，但保存的资料还是有很大价值的。其中明代部分的内容主体是抄录《大明会典》，由于今天明朝会典的正德、万历本都比较容易查找到，因此《续通考》的史料价值略打一些折扣。清乾隆四十七年（1782年）朝廷编《续文献通考》，以王圻的《续文献通考》为基础，加以扩大和充实，记载时间为南宋宝庆元年（1225年）至明崇祯十七年（1644年），比王圻书略作延伸。

《稗史汇编》是王圻编纂的另一部大书，共一百七十五卷。此书以宋代高承《事物纪原》、元代仇远《稗史》和陶宗仪《说郛》等书为蓝本，删除繁芜与诡异，兼采多种"类书"及"典制体"史书，汇编各类稗官野史小说，分为二十八纲、三百二十目，共一万一千八百条。该书在体例上分门析目，以类书的方式来编排小说，便于检索。书中部分条目，原书今天已无法见到，因而有一定的资料价值。

王圻对农业特别重视，编有《东吴水利考》《明农稿》和《吴淞江议》。明代松江地区在经济上处于重要地位，粮食生产和棉布编织闻名全国，赋税在国家财政中的地位越来越重要，因而有识之士对苏松地区水利疏通极为重视，他们都明白水利建设与本地经济发展密切相关。时人有提道："吴中之财赋甲天下，而财赋之源在农田，农田之源在水利。"苏松杭嘉湖六州"地方广阔，田圩低注，钱粮浩大"。士大夫对地区水利重视是普遍的现象。王圻的《东吴水利考》共十卷，这是他个人对太湖地区水利如何疏通的系统看法。此书首列《东吴七郡水利总图》，对苏松常镇四郡水利特别详细，嘉、湖两州稍微简略。前九卷为《图考》，后一卷为《历史名臣奏议》，四库馆臣说"圻以吴人而考吴地水利，应无谬矣"，实际上是对此书的充分肯定。

《青浦县志》，共八卷，编成于万历二十五年（1597年）。这是青浦建县以后的第一部县志。全书分为三十二目，前有王圻序，叙述了纂修原委及分工。该书对地方文献的征集和筛选有一套严格标准，提出"搜罗放失期于必尽，剔抉显幽期于必真"，即搜集在穷尽，选择要求真。

王圻还有《谥法通考》十八卷，罗列各朝至万历年间君臣后妃的谥号。《两浙盐志》二十四卷，根据历代政府的盐规及旧志，分成盐政、诏令、职官、列传、奏议、艺文等门类，详细罗列历史上两浙地区的盐业发展。《王侍御类稿》十六卷，又名《洪洲类稿》，是王圻个人的文、诗集。此外，王圻还有《云间海防志》《周礼全书注》《礼记哀言》《黄庭经解》《长生宝箓》《古今诗话》《兰亭石刻》《古今考》等著作。

三、特殊的类书《三才图会》

王圻编纂的著作中，还有一本比较特别的书，名为《三才图会》，这是一本类书。

众所周知，类书以门类和字韵等为编排方法，将历代文献进行分门别类的编纂，以便后人检索，是"百科全书"兼"资料汇编"。分为综合类（如《艺文类聚》《太平御览》与专门类（如明清时期的商业类书等），其目的主要为了"御览"和装饰文人的用典、辞藻。为历代的学术研究、文学写作、社会生活提供诸多方便。

《三才图会》，又名《三才图说》，共一百零六卷，十四门。前三门为王圻所撰，时令以下十一门，为其子王思义所撰，全书又经王思义以十年之力进行详核，始成就绪。该书被誉为我国第一部图文并茂的百科式图录类书，成书于万历三十五年（1607年）。内容上自天文，下至地理，中及人物，分为天文、地理、人物、时令、宫室、器用、身体、衣服、人事、仪制、珍宝、文史、鸟兽、草木等门。每门之下分卷，条记事物，取材广泛。

今天来看，该书的特点有二：一是博，门类较广，沿袭了以前类书的基本特点，为读者提供海量的知识。二是新，即在体例上有较大的创新。与之前的类书纯是文字记录的不同，《三才图会》所记每件事物，都是先有绘图，后有说明，图文并茂，相互进行印证，图不清晰者可借助文字表达，文字无法说清者可以图作参考。为形象地了解和研究明代的人物、宫室、器用、服制和仪仗制度等提供了大量直观的资料。当然，出现这种图文并茂的前提，是明代版画印刷水平达到了编纂的要求，而宋代以前相对较难。

当然，《三才图会》中的图像，后人发现是有一些问题的，如有人提出中学历史课本中的秦始皇、光武帝、诸葛亮、唐玄宗、颜真卿的插图都长着一副相同的面孔。细心的读者找到了这些人物图像的源头，大都来自《三才图会》。该书中很多肖像画，特别是明代以前的人物，都像一个模板复制的，如夏启和商汤，长得就像孪生兄弟，只是头饰不同，眉毛、胡须有些细微差异而已。其实，肖像画的相像，不但《三才图会》如此，之前如唐代阎立本的《历代帝王图》中的帝王肖像画，也几乎千人一面。有学者研究后指出，古代肖像画受到相术观念的渗透，图绘人体器官时，使用的都是五岳、四渎、兰台、山根、印堂等相学术语。鼻子对应五行中的土，位于五官中央，绘制人物肖像应从鼻端开始。古代的肖像画在一定程度上是程式化的，不同身份和命运的人各有其形貌和气质特征。假如这种说法正确，那么根据人物先进行分类，然后一类人的基本脸相就大体是相似的，只不过外在的头饰、衣着、眉毛、胡须、头发之类作些改变。

比如该书中的夏王启和商王成汤，秦始皇和汉文帝、光武帝，唐太宗和唐玄宗，这些帝王的外貌就会惊人相似，一般均是额高颐丰，龙眉凤目，鼻大口宽，双目有神，相术中称为大贵之相。相术将人的额和颏部比作天地，以圆隆丰厚为贵，帝王就大多是这种相貌。历代的正面政治人物和文化人，如周公、召公、曹操、诸葛亮、司马炎、王羲之、陶渊明、谢安、孔颖达，同样也是这种面相。

《三才图会》的新，还表现在提供的知识的先进性上，这一点上王圻父子是十分令人佩服的。该书出现在上海，并不是偶然的，而是与明代江南地区文化繁荣、学术进步、思想领先有关，王圻与王思义父子在上海地区接受了西方学术近代化的影响，眼光带有世界化的成分。《三才图会》中有一幅《山海舆地全图》，录自利玛窦、李之藻《坤舆万国全图》。在书中，王圻、王思义放弃了中国传统的"天圆地方"观念，接受了西方的"地圆说"，这是在世界观上的突破，在传统的知识界是十分难得的，因而有学者说"王圻是继徐光启之后江南人接受'西学'、'开眼看世界'的第二人"。也许这个评介过高,但一个明代的士大夫能接受西方的观念并引进书里,的确是比较稀少的。

《山海舆地全图》是完全依照意大利传教士利玛窦所绘世界地图翻刻的。利玛窦于万历十年（1582年）来到中国,并在万历十二年（1584年）绘制了《坤舆万国全图》。万历二十九年（1601年）受到明神宗接见时,其中一件贡物就是《万国全图》。太仆寺少卿李之藻看到后,出资刊行该图,始加"坤舆"二字。这幅地图十分清晰地向中国上层知识分子展示了西方人根据地理知识认识的世界地理,与传统中国的世界完全不同。

中国传统一般认为:"地与海本是圆形,而同为一球,居天球之中,如鸡子黄在青内。"利玛窦《坤舆万国全图》的解释:"地与海本是圆形,而合而为一球。诚如鸡子,黄在青内。"即认为地球是圆形的。此后,利玛窦又在南京印刷了此图的第二版。1609年,《三才图会》刻印出版,与利玛窦图的第一次印刷只相差了几年时间,王圻父子就接受了西方人的认识,这在16世纪的中国是非常罕见的。《三才图会》中,王圻地理卷的撰写顺序也几乎接近现代地理的顺序,开篇就是《山海舆地全图》,然后先谈世界再亚洲,先亚洲再中国,然后具体到各省、各府县。在他翻刻的《山海舆地全图》中,已绘有亚细亚（亚洲）、欧罗巴（欧洲）、利未亚（非洲）、亚墨利加（美洲）、大西洋等等。显然,王圻等士人不但接受了西方的地理知识,而且也是积极的传播和鼓吹者。

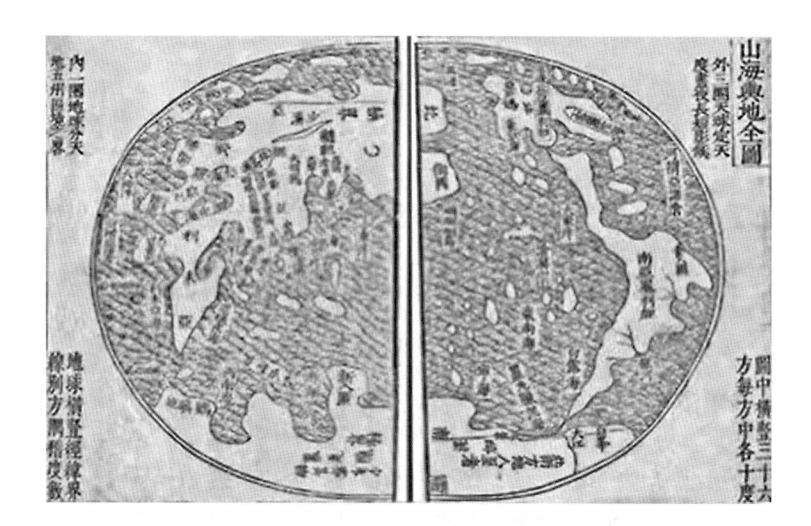

《三才图会》对此后中国古代的类书编纂产生了较大的影响。现存最大的类书是清前期的《古今图书集成》，从《三才图会》里采用大量的资料，如明伦、博物等"汇编"中的人事、艺术、山川"典"，直接照录《三才图会》中的原文、原图。

今天，我们对王圻这位在上海土地上出生、成长的学者要有充分认识，他留给后代的精神财富令人钦佩。

本文为2023年8月30日上海新闻广播《直通990》"走进苏州河第一村,一探王圻故里新风景"活动准备的材料。

中国优秀传统文化中的廉洁文化

习近平总书记在中纪委第六次全体会议上的讲话中,提出了要保持反腐败的政治定力,不断实现不敢腐、不能腐、不想腐这一战略目标。他指出:"领导干部特别是高级干部要带头落实关于加强新时代廉洁文化建设的意见,从思想上固本培元,提高党性觉悟,增强拒腐防变能力。"这里突出了廉洁文化的重要性。

2022年5月27日,中共中央政治局就深化中华文明探源工程进行第三十九次集体学习。习近平总书记在主持学习时指出:"要研究阐释中华文明讲仁爱、重民本、守诚信、崇正义、尚和合、求大同的精神特质和发展形态,阐明中国道路的深厚文化底蕴。"这里提到的"守诚信、崇正义",实际上就是中国古代的廉洁文化传统。

2022年6月17日,中共中央政治局就一体推进不敢腐、不能腐、不想腐进行第四十次集体学习。中共中央总书记习近平强调,反腐败斗争关系民心这个最大的政治,是一场输不起也决不能输的重大政治斗争。要提高一体推进不敢腐、不能腐、不想腐能力和水平,全面打赢反腐败斗争攻坚战、持久战。要"构筑拒腐防变的思想堤坝，用理想信念强基固本，用党的创新理念武装全党，用优秀传统文化正心明德，补足精神之'钙'，铸牢思想之'魂'，筑牢思想道德防线"。这为我们加强新时代廉洁文化建设指明了思路，提供了根本遵循。

那么，中国古代的廉洁文化是怎样的？有哪些内容？古代的廉洁文化怎么实施和推行的？廉洁官员是怎样培养的？对今天有哪些启发？

一、清廉方正：中国古代廉洁文化的内涵

廉洁，作为一个古汉语的词语，最早出现在战国伟大诗人屈原的《楚辞·招魂》中："朕幼清以廉洁兮，身服义而未沫。"就是说我年幼时秉持清廉的德行，献身于道义而从不糊涂。东汉著名学者王逸在《楚辞章句》中注释说："不受曰廉，不污曰洁。"即不接受他人馈赠的钱财礼物，不让自己清白的人品受到玷污，就是廉洁。

屈原是战国时期楚国著名的文学家、政治家，他爱国忧民，品性高洁，不随波逐流，不同流合污。他的思想观念、人格品质、价值追求，代表了一部分士大夫的思想观念：廉是清廉，不贪取不应得的钱财；洁是洁白，即人生光明磊落的态度。他以"众人皆醉我独醒，举世皆浊我独清"的姿态，秉持清廉的品性，保持高洁的人格，赢得后人的敬仰。

在中国古代社会的发展过程中，逐步形成了廉政、廉洁的思想，重视"为政清廉"，倡导"清廉"之风。廉洁从政是对掌握政

治权力的官员的基本要求,没有廉洁的官员,就不可能有廉政时代。

古代的廉洁,主要指三个层面:

(一)思想层面

《尚书》记载皋陶提出的"九德",九德之一是"简而廉"。后人解释:"性简大而有廉隅","乃为德也"。就是为政为宽大、宽厚,但要廉。这本中国最早的书籍,认为廉是一种德。

西周《周礼·天官·冢宰》"弊群吏之治"有六廉:廉善、廉能、廉敬、廉正、廉法、廉辨。孔子说:"政者,正也。其身正,不令而行;其身不正,虽令不从。"先秦诸子提倡廉政廉正,既廉洁又公正。如管子说:"礼义廉耻,国之四维。四维不张,国乃灭亡。"这里的维,指的是纲绳、纲领。说明廉是最珍贵的品质。韩非子云:"所以廉者,以生死之命也,轻恬资财也。"舍生忘死,看轻资财,这就是韩非说的廉。《晏子春秋》云:"廉者,政之本也。"又说:"廉之谓公正。"又说:"行廉而不为苟得。""廉政之道,举贤官能。"因此,先秦诸子说的廉指清廉、廉洁,公正、正直,这是古代思想家的最高标准。

(二)制度层面

指给官员外部的强制性约束准则和规范。这些制度往往分为多个层次,一是具体的政治制度,二是选官任官制度,三是监察监督制度。

政治制度中，比如考课制度，对官员的考核。唐代的文官有四善二十七最。四善是强调官员的道德修养，二十七最是关于能力。这里的四善，指德义有闻、清慎明著、公平可称、恪勤匪懈，实际就是廉。

再如中古时期的比部，魏晋时设为尚书列曹之一，职掌稽核簿籍。后世沿袭。至唐代，为刑部所属四司之一，设有郎中、员外郎等官。对中央和地方的财务收支、百官俸禄等财经事宜审查，相当于今日的审计部门。

二是选官任官制度。汉代开始的举孝廉制度，到隋代的科举制度。都以选拔清正廉洁官员为目标。

三是中国古代的监察制度。从秦朝开始，有御史大夫、御史中丞、侍御史、柱下御史。汉武帝时期有刺史，"察以九条"，这个不是后代的刺史，主要是巡查地方官的。主要工作是对贪官污吏的惩治，即"吏不廉"。

到隋唐，监察制度十分完备，中央有御史台，有监察御史、侍御史、御史大夫、御史中丞。台下设三察：台院、殿院和察院，前二院的长官是侍御史。地方上，唐太宗开始分监察区，叫采访使、巡按使、按察使等。北宋，路设监司（转运司、提点刑狱司、提举常平司），监司之权归中央控制。州设通判，号为"监州"，既不是州里的属官，也不是副长官。监司不但监察州官员，还监察到知县、县令。

(三) 道德层面

道德层面上，中国古代要求官员自律。比如有一种官箴文化，是规劝告诫为官者的一些思想内容和从政原则，也演变为带有自律性的具有自我约束功能的准则和规范。思想道德层面的要求，转化为制度层面上的建设内容。

宋朝中书舍人吕本中编《官箴》，首页就云："为官之道，唯有三事，曰清曰慎曰勤，知此三者，可以保禄位，可以远耻辱，可以得上之知，可以得下之援。"他把"清"放在第一位。康熙皇帝对此很欣赏，把"清、慎、勤"三字发到各地，官府都弄了大匾挂在大堂里，随时提醒官员要恪守尽职。

总之，廉洁主要分为思想层面、制度层面和道德层面，三个层次，是一个整体，并不能割裂。三个层面中，道德层面应该是最重要的。如果用一句话概括，那么所谓廉洁，就是指清廉方正。

二、惩贪旌廉：廉洁官员的培养路径

中国古代为了造就相对廉洁的官场风气，主要通过这样几种办法：一是惩治腐败官员，二是公正选拔人才，三是教育官员个人必须做到廉洁，四是提倡官员应具有的廉洁道德品质。

(一) 惩治腐败官员

各个朝代都制订各种法令，惩治腐败。从《禹刑》《汤刑》和《九刑》，到《唐律》、《宋刑统》、元明清各个朝代的法律，都有相关的法条对贪污有严格的惩治办法。

历代都严惩贪官污吏，还注重发挥教育的作用，达到以儆效尤的目的。被处死的大贪官，有的是在闹市枭首示众，有的被暴尸。唐代宗时期宰相元载，独揽朝政，排除异己，专权跋扈。专营私产，大兴土木建房盖屋。他在京城南北修建两座府邸，豪华宏丽，冠绝百官，而城南的别墅更是规模宏大，仆婢众多，歌姬成群。"膏腴别业，轸域相望"，"名殊异乐，内廷不及"。元载倒台后，家产也被抄没，仅胡椒便被抄出八百石。同年五月，唐代宗下令挖开元载父祖坟墓，劈棺弃尸，抛骨扬灰，拆毁他在大宁里、安仁里以及东都洛阳的府第，焚毁私庙神主。有人计算过，唐时一石重为现在的七万九千三百二十克，那么八百石就是六十四吨。

也有的惩治不是用硬手段，让贪污者自省。长孙顺德，长孙皇后的族叔，唐初打天下及玄武门之变都是唐太宗的亲信，"赐宫女，诏宿内省"。贞观元年（627年），长孙顺德因事受人绢帛，不久事情被人发觉。太宗得知后，对大臣说："长孙顺德地居外戚，功为元勋，位高爵厚，足以富贵，若能勤览古今兴亡之事，以为鉴诫，能对国家做些有益的事情，我可以与他共享国库。而他却这样不顾名节，如此贪冒！"当然太宗念其有功，不忍加罪，遂于殿庭当众赐给他绢帛数十匹，以使他知羞愧。司法官员没懂唐太宗这样的做法。大理寺少卿胡演进言道:"长孙顺德受财枉法,罪不可恕,怎能不加惩罚,反例赐予他绢帛呢?"太宗说:"人生性灵,得绢甚于刑戮;如不知愧,一禽兽耳,杀之何益!"

一般情况下,古代都是重典反腐,甚至运用严刑酷法。《大明律》规定: 监临主守自盗仓库钱粮一贯以下杖八十,至四十贯处斩。洪武十八年(1385年),户部侍郎郭桓利用自己掌管钱粮的职权,曾先后串通浙江、北平、应天等地的官吏,大肆贪污受贿。案发后,朱元璋下令穷究作弊徒党,内外官吏判死刑者竟达数万人,追缴赃银七百万两!

古代还任用反腐官吏——酷吏。古代史书有两种人是对立的,正反角色,良吏是好官,酷吏是遭到贬斥的,但从一定意义上看,酷吏对廉政是有一些积极作用的。因为很多酷吏都是"据法守正""廉洁无资""体识宏远"。他们都是国家监察部门的官员,对国家忠心耿耿,"侍法任术,尊君卑臣"。问题是太过严厉,有时权力扩大化了,但对国家的清正廉洁,他们又是十分必要的一种力量。

古代严厉惩治贪污官员的目的,主要还是想起到一种教育意义,告诉更多的官员不能贪,而且要让他们不敢贪,一贪就有杀头、流贬的可能,其目的是为了让更多的官员成为清廉的官员。

(二) 公正选拔廉洁人才

任用廉洁的官员。汉武帝元光元年(前134年)下诏郡国每年察举孝廉各一人。汉代的察举有常科和特科,孝廉是常科,每年都要举荐的。东汉也有孝廉科。三国时提出二十万户中举孝廉一人。

如司马懿、王导等都是通过举孝廉进入政坛的。选举考官制度确保王朝政权具有一定的公平，有利于廉政建设。

科举制度是开放式的，考试开放政权，把优秀的知识分子吸纳到政权中，不断充实了政权的生命力。通过考试来录用官员，自然有一种廉政意义。宋代宰相王曾说："士人入流（即科举），必顾廉耻，若流外，畏谨者鲜。"

隋唐出现的科举制度，相对于魏晋时期的门阀制度，在当时是一种创举，对于公正选派人才起到重要作用，但也有许多不完善的地方。科举制对于防止吏治腐败，特别是在把好官员"入口关"方面，在当时全世界范围内是比较先进的，对社会发展和时代进步起到重要推动作用。

（三）教育官员保持廉洁

从官员个人角度而言，廉政，指官员要关注民生，顺应民心，从为官执政价值上说就是要先天下之忧而忧。

廉洁对廉政是十分重要的。武则天《仁轨》，有一节《廉洁》："君子虽富贵，不以养伤身；虽贫贱，不以利毁廉。……廉平之德，吏之宝也。"

怎样做到廉？很多人提出要节俭，"好廉自克曰节"。这里的节指的是两个方面：一是经济和消费上的节俭，二是人格修养上的节制。孔子说："礼，与其奢也，宁俭。""奢则不孙，俭则固。与其不孙，宁则固。"说的就是这个意思。

司马光《训俭示康》，对自己家里的小辈说："君子多欲则贪慕富贵，枉道速祸。小人多欲则多求妄用，败家丧身。是以居官必贿，居乡必盗。"康熙皇帝说："若夫为官者，俭则可以养廉。居官居乡，只缘不俭，宅舍欲美，妻妾欲奉，仆隶欲多，交游欲广，不贪何以给之？与其寡廉，孰若寡欲。语曰：'俭以成廉，侈以成贪。'此乃理之必然。"政治家的认识都是差不多的。

大力表扬廉吏，以他们为榜样，为廉吏树碑立传。比如正史中有《循吏传》《良吏传》《良能传》，宋代费枢还编《廉吏传》，使他们青史留名。廉吏一般是廉洁、节俭、公正，是"奉法循理之吏"。清初王命岳《惩贪议》说："致理必在惩贪，惩贪莫先旌廉。"

（四）提倡官员应具有的廉洁道德品质

中国古代的廉洁人物有很多，在各个朝代，廉洁人物对王朝政治起着重要的支撑和引领作用。廉洁人物的思想作风和道德品质，凝聚为宝贵的廉政文化遗产代代相传。真德秀《西山政训》认为廉洁是最大的美德："廉者士之美节，污者士之丑行。""不廉之士，纵有他美，何足道哉。"

我们对古代官员廉洁品德的价值追求，可以归纳为这样几个方面：修身立德、明法审令、尚学崇教、注重操守、为政以德、尽职敬业、慎独守信、清正廉洁、崇德尚廉。在此，可择要谈几个方面。

修身立德，或者叫立身修德，指人人要加强道德修养，最重要的是提高政治道德修养。比如南宋的理学家认为，修身立德是每个人处世立业的出发点和归宿点。朱熹说:"自天子以至于庶人,壹是皆以修身为本。"也就是说,道德要自律,要正心修身,才能齐家治国平天下。

孔子大弟子叫颜回。《论语·先进篇》曾说:"季康子问:'弟子孰为好学?'孔子对曰:'有颜回者好学,不幸短命死矣。今也则亡。'"他一生追随孔子,在实践中不断提升自己的道德修养。《论语·雍也》记载:"贤哉,回也!一箪食,一瓢饮,在陋巷。人不堪其忧,回也不改其乐。"他始终志于求道,乐于求学,修德行仁,以至忘怀自我,最终成为备受后世尊崇的"复圣",是孔门七十二之首。

明法审令,或者说公正廉明,惩恶扬善,这是廉洁官员的基本职守。两《唐书》谈到武则天时期有个徐有功,任司刑寺(大理寺)司刑少聊,三次让人诬陷,但他仍是秉公执法:"皇甫文备,武后时酷吏也,与徐大理论狱,诬徐党逆人,奏成其罪。武后特出之。无何,文备为人所告,有功讯之在宽。或曰:'彼曩时将陷公于死,今公反欲出之,何也?'徐曰:'汝所言者,私忿也;我所守者,公法也。安可以私害公?'"

尚学崇教,就是官员要自律,必须不断学习,才能形成廉洁之风。张咏是北宋初名臣。他批评宰相寇准:"寇公奇才,惜学术不足矣。"寇准罢相后以刑部尚书知陕州,正遇张咏恰好从成都罢官回来,寇准接待他,临别时问:"何以教准?"张咏说:"《霍光传》不可不读也。"寇准不解,找书来读,读至"不学无术"四字,笑着说:"此张公谓我矣。"其实寇准现存作品有《寇莱公集》七卷,《寇忠愍公诗集》三卷,传世诗作有近三百首。

注重操守，也就是干净为官。做到并不容易，要有点技巧。《后汉书·羊续传》："时，权豪之家多尚奢丽，续深疾之，常敝衣薄食，车马羸败。府丞尝献其生鱼，续受而悬于庭；丞后又进之，续乃出前所悬者以杜其意。续妻后与子秘俱往郡舍，续闭门不内，妻自将秘行，其资藏惟有布衾、敝祇裯，盐、麦数斛而已，顾谓秘曰：'吾自奉若此，何以资尔母乎？'使与母俱归。"

为政以德，就是古人的德治思想。老子说："少私而寡欲。"孔子说："为政以德，譬如北辰，居其中而众星共之。"为政以德，就是己所不欲，勿施于人。

尽职敬业，就是指廉政的基本要求，要忠于职守，有敬业精神。曾国藩说："以人事与天争衡，莫大乎忠勤两字。忠不必有过人之才智，尽吾心而已矣。勤不必有过人之精神，竭吾力而已矣。"

慎独守信，就是心存正道，不违正直，是廉洁的根本操守。《大学》《中庸》中提出"慎独"。什么叫慎独？后人说是"暗室不欺"。康熙就解释说这里有两种意思："一在私居独处之时，一在心曲隐微则人不及知。惟君子谓此时指视必严也。"最关键的就是指这个时候。所以说慎独要自重。

崇德尚廉，抵制诱惑，珍惜名节，指要有清廉的节操与品德。康熙、雍正时期的吏部尚书张伯行在自己的家里贴了《禁止馈送檄》："一丝一粒，我之名节；一厘一毫，民之脂膏；宽一分，民得益不止一分；取一分，我为人不值一分。谁云交际之常，廉耻实伤，倘非不义之财，此物何来？务期苞苴（贿赂）永杜，庶几风化日隆。"

中国古代官员的清廉品德还有很多，他们有很多思想、言论和道德的自我约束，这里我们只是举几个重要的方面简单列举。总的来说，廉洁是一种处世态度，是高尚道德的表现。宋人苏东坡有著名的"三养论"：一安分以养福，二宽胃以养气，三省费以养财。即不管是做平民还是做官，都要谨守安分做人，才能踏实处世。一个人，没有廉心，就会无所不取。只有廉洁的人才能洞悉人性本质，防范于细微之中。

三、清费廉取：古代廉洁文化的几点借鉴

中国的传统是重视历史，从史书里看出经验教训。比如《资治通鉴》《册府元龟》，都是希望从历史中得到借鉴。史书里有《奸臣》《忠义》《循吏》《酷吏》《佞幸》等传，其实是提供了史官的价值判断。史官的价值判断就是给读史的人的一种先入为主的印象，都在告诉后人要善于从历史中吸取经验和教训。

中国古代提倡为官要廉洁，不能接受财物，个人品德要高尚洁净，提出要忠君，要忠于职守，这些在今天都是值得肯定，要大力弘扬的。透过这些古代廉洁文化表象，我们今天可以获得什么启发，得到哪些借鉴呢？

（一）古代反腐败的重要手段是教育倡廉，教育醒廉

历朝历代，对为官之人都要进行廉洁教育，让他们从内心产生清廉的观念，最后成为一种价值取向。开明的王朝和统治者，都强

调要为官清廉、为政清明。

我国古代有德治教人的优良传统,西周周公辅政,"导之以德,齐之以礼"。以后历朝都提倡仁义之政,德治天下。西汉有个张汤,办案廉洁,升为御史大夫,后遭构陷自杀。张汤死后其家被抄,结果"家产直不过五百金,皆所得奉赐,无他业。昆弟诸子欲厚葬汤,汤母曰:'汤为天子大臣,被污恶言而死,何厚葬乎!'载以牛车,有棺无椁。"这种廉洁,是家庭的传统,是对国家的忠诚。孟子所谓"天下之本在国,国之本在家,家之本在身"。历史上称之为家国同构,家和国是同命运,一个人对家长孝和对国君忠是一致的,这是中国人从小接受的家国情怀教育。

古代有很多衙门,大厅里有很多楹联,上面的语句都是前任对后任的廉洁教育。河南南阳内乡县衙的楹联写道:"得一官不荣,失一官不辱,勿说一官无用,地方全靠一官;吃百姓之饭,穿百姓之衣,莫道百姓可欺,自己也是百姓。"河北直隶总督署(清)孙嘉淦的《居官八约》:"事君笃而不显,与人共而不骄,势避其所争,功藏于无名,事止于能去,言删其无用,以守独避人,以清费廉取。"他说的清费廉取,意思是清楚和清白的钱财要通过廉洁的方式取得。

再如林则徐写了"十无益",并说,"子孙若如我,留钱做什么?贤而多财,财损其志;子孙不如我,留钱做什么?愚而多财,益增其过"。前面谈到官箴、家训,帝王的任命文书,学校教育,无不充盈着对官员的清廉教育。

（二）监察制度的完善是中国古代官场廉洁的保证

腐败往往是公共权力的滥用，腐败会导致古代社会政治秩序的不稳、经济秩序的无序和社会管理秩序的混乱，因此古代朝廷对地方、地方自己都会通过各种监察制度有效监控官员。

比如古代有"谤言"制度，"补官之不善政"。谤言就是议论批评人家的言论，或者说是毁谤人家。《国语·邹忌讽齐王纳谏》说："能谤讥于市朝，闻寡人之耳者，受下赏。"公开要求大家提意见，讲错也没关系。所以这是一种老百姓的全民监督。

《通鉴》提到唐高宗皇后（武则天）欲周知人间事，鱼保家上书，请铸铜为匦以受天下密奏。其器共为一室，中有四隔，上各有窍，以受表疏。可入不可出。太后善之。大家都可以监督有关部门和部员工作做得怎样。尽管这实际是一种检举，但从另一方面看是一种监督。

（三）中国古代通过严惩腐败以促进加强廉洁建设

对腐败的严惩，就是对廉洁的保护。我国古代一般是重刑惩贪，严刑峻法打击腐败。严惩不是倡廉的主要工具，但却是必备工具

明太祖朱元璋认为"吏治之弊莫甚于贪墨"，若任其蔓延，足以毁灭政权，必须采取非常手段予以遏制。他恩威并用，铁腕反腐，查处了空印案、郭桓案等一批贪腐大案、窝案，甚至不惜律外

用刑，对贪腐者族诛、凌迟，据说朱元璋对贪腐者实行剥皮实草的酷刑。朱元璋高调反腐，铁腕治贪，其目的是很明确的。

（四）加强法制建设，推动廉洁局面的形成

中国古代各个朝代有很多法律，法律上对贪污腐败都有相应规定。以下是保存至今比较完整的《唐律》上的相关条目。

  1. 诸有所请求者，笞五十；（谓从主司求曲法之事。即为人请者，与自请同）主司许者，与同罪。（主司不许及请求者，皆不坐）已施行，各杖一百。
  疏议曰：凡是公事，各依正理。辄有请求，规为曲法者，笞五十。即为人请求，虽非己事，与自请同，亦笞五十。
  2. 诸受人财而为请求者，坐赃论加二等；监临势要，准枉法论。与财者，坐赃论减三等。
  疏议曰：受人财而为请求者，谓非监临之官。
  3. 若官人以所受之财，分求余官，元受者并赃论，余各依已分法。

古代的法令十分细致和完备，至后代这方面的条文更加具体。

（五）一定的物质保证是廉洁局面出现的辅助手段

宋太祖说："俸禄薄而责人以廉，甚无谓也，与其冗员而重费，不若省官以益俸。""禄之制，宜从优异，庶几丰泰，责之廉隅。"把这话解释一下就是政府要保证官员生活比较优异，才能再去要求他廉洁。

中国古代在宋朝、清朝两次大规模改善官员生活，最终都失败了。所以有人说是两次高薪养廉的尝试。

要辩证地看官员的生活高薪与廉洁之间的关系。其实历史上官员的俸禄都不算太低，秦汉时都是按米的数量多少石来结算工资。唐代一部分是米，一部分是钱。唐代有很多官员哭穷，有一位高官在朝廷里做了官后贿赂宦官，要求外放到广州做刺史，三年后回家就有钱了，因为在广州有黑色收入。问题是他一个人的工资要养家里几十口人，那当然是不够的。

中国古代官员的工资不低，为什么还是有很多人贪污？雍正时将地方税额一部分转为官员的养廉银，数量特别高，但还是贪，为什么？清人总结说："人愈丰而累愈重，知有私不知有公。纵倍给薪津，岁增经费，何补若人之挥霍，空益小民之负担。"这是因为"廪入既厚，纵侈随之，酬应则踵事增华，服用则豪奢逾度"。

四、结　　语

中华优秀传统文化积淀着中华民族最深层的精神追求，中华民族有着五千年的悠久历史和博大文化。从传统中，我们一定能汲取更多的历史智慧，来推动构建清正廉明的廉洁文化。

本文写于 2022 年 8 月,曾在多个市、区级单位作相关讲座。

颜真卿的坚贞

颜真卿（709—784），字清臣，琅琊临沂（郡望）人，出生于京兆万年（今西安市）。唐朝名臣、书法家，秘书监颜师古五世从孙、司徒颜杲卿从弟。

一、家学的影响

颜氏家族在唐代以重儒学而出名。贞观四年（630年），太宗命颜师古于秘书省考订《周易》《尚书》《毛诗》《礼记》《左传》五经文字，雠校分歧。这项工作三年后完成，五经在当时有了定本。唐太宗之所以让颜师古来主持这项工作，显然与后者的儒学素养是有关系的。可知颜家在学术上的长处是以儒学思想的传承为特色。

在颜氏的家庭教育中，很重要的一条是忠义。颜真卿称其祖先："其后忠义孝悌，文学才业，布在青史。"也就是说，忠义孝悌是家族要求子弟为人处世的重要目标。颜之推的《颜氏家训》谈到了家庭对子弟全方位的教育，谈如何修身、治家、处世、为学等。如书中提倡子弟要重视应用性知识的学习，反对不学无术；认为学习应以读书为主，要注意工农商贾等方面的知识；主张"学贵能行"，反对空谈高论等。书中把圣贤之书的主旨归纳为"诚孝、慎言、检迹"六字，将读书做人作为家训的核心。

颜真卿三岁时丧父，由母亲殷夫人亲自教育。他长大后，学问渊博，擅长写文章，对母亲非常孝顺。开元九年（721年）七月，颜真卿随殷夫人南下，寄居苏州外祖父家。开元二十一年（733年），他就读于京师长安的福山寺。十月，到吏部应试。于唐玄宗开元二十二年（734年）登进士第，开元二十四年（736年），经吏部诠选，任校书郎。开元二十六年（738年），颜真卿因殷夫人病逝，赴洛阳丁忧三年。天宝元年（742年），颜真卿回到长安，中博学文词秀逸科。

二、在平原郡

颜真卿不久任监察御史。相对而言，对御史台官员在品格操守上的要求是比较高的，颜真卿的人品应该是得到大家的认可。天宝八载（749年），颜真卿升任殿中侍御史。不久，因为宰相杨国忠不喜欢他，被外调为东都采访判官。次年，再任殿中侍御史。天宝十一载（752年），转任武部员外郎。为杨国忠排挤，于第二年被调离京师，出任平原郡太守。后人称他为"颜平原"。

唐代的平原郡，就是今天山东的德州陵县，属平卢、范阳、河东三镇节度使安禄山的辖区。武德初，这里设立德州，后改为平原郡。平原郡的郡治在安德县，就是后来的陵县，即今为德州陵城区。其时安禄山谋反的迹象已显露出来，颜真卿便假托阴雨不断，暗中加高城墙，疏通护城河，招募壮丁，储备粮草。表面上他每天与宾客驾船饮酒，以此麻痹安禄山。安禄山认为颜真卿是个书生，不足忧虑。天宝十四载（755年），安禄山以"忧国之危"奉密诏讨伐杨国忠为借口，在范阳起兵。河北郡县大都被叛军攻陷，只有平原城防守严密，坚决不降，并派出司兵参军李平快马到长安向玄宗报告安禄山的叛乱的真实情况。玄宗最初听闻叛乱后河北各郡一边倒，不太相信，叹息说："河北二十四郡，难道就没有一个忠臣吗？"等到李平到京，玄宗大喜，对左右的官员说："虽然我不了解颜真卿的为人，但总算有太守不叛变的，颜真卿看来真出色！"平原郡原本只有三千兵马，安禄山起兵后，颜真卿增招士兵一万人，派录事参军李择交统领，任用刁万岁、和琳、徐浩、马相如、高抗朗等人为将领，分别统领军队。他在城西门犒劳士兵，实际上作战前动员。颜真卿慷慨陈词，谈到国家，动情落泪，使全军将士十分感动。周围的饶阳太守卢全诚、济南太守李随、清河长史王怀忠等各领军来归附他。

安禄山叛军攻下洛阳，派段子光将李憕、卢奕、蒋清的头颅送到河北各地巡回示众。颜真卿担心大家害怕，就对各位将领说："我一直认识李憕等人，这些人头根本不是他们的。"段子光到平原郡时，颜真卿派人杀了段子光，把三颗头藏起来。过了些时候，他用草编成人的身体，接上三个首级，装殓后祭奠，设灵位哭祭。此时，颜真卿的堂兄颜杲卿任常山（今河北正定）太守，杀了叛军将领李钦凑等人，策动了十七郡同一天归顺朝廷，推举颜真卿为盟主。这样，听命于颜真卿的各郡合计有二十万兵力，截断了叛军的前后的交通联络。朝廷任命颜真卿为户部侍郎，辅佐河东节度使李光弼讨伐叛军。颜真卿任李晖为自己的副手，而任李铣、贾载、沈震为判官。不久，加拜为河北招讨采访使。

太子李亨（唐肃宗）在灵武登基后，颜真卿多次派使者带着用蜡丸封的信向他汇报军政事务。李亨任命他为工部尚书兼御史大夫，复任河北招讨使。当时军费困难，李萼建议颜真卿收取景城的盐资源，让各郡之间互相调济，保证了军费供给。

战场形势多变，后来安禄山乘虚派史思明、尹子奇急攻河北一带，各郡又沦陷，只有平原郡、博平郡、清河郡防守坚固。但人心惶惶，不能再振奋起来。颜真卿与众人商议，于至德元载（756年）十月，放弃平原郡，渡过黄河，走崎岖小路到凤翔拜见李亨，李亨任命他为宪部尚书，又调任御史大夫。

颜真卿在平原郡坚守的贡献，一是十七郡的起义，拖延了安禄山从洛阳向长安的推进，二是颜杲卿打开了土门，唐朝郭子仪、李光弼的部门可以从山西进入河北，最后战胜了史思明的部队，逃跑的史思明只带了一万多人逃到博陵。所以无论是实际上还是在对战争区域内人们的心理上，颜氏兄弟的起兵是有很大价值的，也就是说动摇了安禄山的后方。只不过前方哥舒翰在潼关出了问题，皇帝也跑了，河北的唐军被抽了回去，所以整个河北战场重新失陷。

其次，从河北等地藩镇的角度上来看，割据的藩镇是对大一统王朝的一种叛变，并不是一种新政治现象，总体上这是割据和分裂，并不代表着社会的进步。如果一种代表新鲜血液的政权，不管大小，代表了人民的利益，那他就是先进的，是我们应该肯定的，但中唐割据的藩镇我们是否定的，颜真卿的态度在当时来说代表着正确的一方，得到广大官员和百姓的拥戴，是正义的。

三、在朝廷和各地任官

广平王李俶（后改名李豫，唐代宗）统率二十万军队收复长安，辞行的那天，在行宫门前不敢上马，快步走出栅栏才上马。王府都虞候管崇嗣先于李俶上马，颜真卿予以弹劾。李亨退回他的奏章，慰勉说："朕的儿子每次外出，朕都谆谆教育他，所以不敢失礼。管崇嗣年老腿跛，你暂且宽容他。"百官由此都严肃守礼起来。

长安收复后，李亨派左司郎中李选祭宗庙，在祝词上署名"嗣皇帝"，颜真卿对礼仪使崔器说："太上皇还在川蜀，这样行吗？"崔器立即报告李亨更改，李亨因此赞赏颜真卿的才识。颜真卿又建议在长安郊野筑坛，由李亨向着东方哭祭，然后再派出礼仪使，李亨未采用此建议。宰相厌恶颜真卿直言劝谏，调他出京任冯翊太守。转任蒲州刺史，封丹阳县子。又被御史唐旻诬陷，降为饶州刺史。

乾元二年（759年），颜真卿任浙西节度使。淮西节度副使刘展有反叛的迹象，颜真卿指示预先做好战备，都统李峘认为他无事生非，反而攻击他，李亨因此召颜真卿为刑部侍郎。刘展后起兵反叛，渡过淮河，李峘逃奔江西。权宦李辅国将太上皇李隆基迁居西宫，颜真卿率百官问安，此举招致李辅国的厌恶，被降为蓬州长史。

宝应元年（762年），太子李豫即位，起用颜真卿为利州刺史，还没有下任命书，就改任吏部侍郎。又授荆南节度使，还未赴任,又改拜尚书右丞。

广德元年(763年)十月,为躲避吐蕃入侵,李豫避难陕州,颜真卿请求让自己奉诏召仆固怀恩回朝,李豫不同意。十二月,李豫回京,颜真卿请李豫先参拜陵墓宗庙,后在正殿即位。宰相元载认为他迂腐,颜真卿生气地说:"这意见用不用在您,进言的人有什么罪过?但朝廷规章哪能经受您两次破坏呢?"元载记恨在心。

颜真卿掌管太庙的事务,说祭器没有整治,元载认为他诽谤朝廷,将其贬为峡州别驾,后改任吉州司马。大历三年(768年)四月,颜真卿改任抚州刺史。后任湖州刺史。在抚州任职的五年中,颜真卿关心民众疾苦,注重农业生产,热心公益事业。针对抚河正道淤塞,支港横溢,从而淹没农田的情状,他带领民众在抚河中心小岛扁担洲南建起一条石砌长坝,从而解除了水患,并在旱季引水灌田。抚州百姓为了纪念颜真卿,将石坝命名为千金陂,并建立祠庙,四时致祭。

大历十二年(777年),元载被杀,经宰相杨绾、常衮举荐,颜真卿获召入朝,担任刑部尚书,随后升任吏部尚书。

大历十四年(779年),李豫驾崩,颜真卿重任礼仪使。他上奏说前几朝皇帝追加谥号的礼节繁复,请按初定的礼节为准。颜真卿的意见遭袁傪排斥,无法上报朝廷。

此后,颜真卿因刚正得罪宰相杨炎,被改为太子少师,仍兼礼仪使。

四、与卢杞、李希烈的关系

卢杞出身于隋唐高门范阳卢氏，其祖父在开元年间担任过宰相，父亲卢奕任御史中丞，在安史之乱中死节，靠着他们的荣光，他顺利进入官场。在代宗朝并没有担任朝中要职，故其奸滑的特性没人知悉。

唐德宗继位后，卢杞平步青云，升任御史中丞。一年后，即建中二年（781年），卢杞升为御史大夫、京畿观察使，十天后，成为门下侍郎以及同平章事。走上宰相宝座的卢杞，权力欲望马上膨胀，内心的丑恶面快速展现。他借助自己的权势，打击那些不服从自己的人，以此来维护自己的权威。

同年十月，卢杞诬陷杨炎，使杨炎被贬崖州而死。建中三年（782年）四月，河北、河南连年战争不息，度支使杜佑估计全国用兵每月花费一百多万贯，而京城国库粮仓不能支付数月，只有得到五百万贯，才可以使军队有半年的军费，卢杞就以户部侍郎赵赞为度支。不过赵赞也无计可施，只能与太常博士韦都宾等谋划推行搜刮民财的措施。

建中三年（782年）六月，源休等人抵达京师。由于源休反应迅速，口才流利，卢杞怕他见到唐德宗，会受到重用，便在他返抵京师之前，擢升其任光禄寺卿。次年，因卢杞顾虑唐德宗会重新任用李揆，便派遣他出使西蕃。户部侍郎、判度支杜佑，很受唐德宗恩顾，被卢杞陷害构罪，贬为饶州刺史。卢杞在朝廷里十分厌恶颜真卿的刚正，改授他为太子太师，罢免其礼仪使一职，还准备把他排挤出京师。颜真卿去见卢杞，告诉他说："你先父卢中丞（指卢奕）的头颅送到平原郡，脸上满是血，我不忍心用衣服擦，亲自用舌头舔净，您忍心不容忍我吗？"卢杞装出惊惶的样子伏地下拜，但内心却恨之入骨。

建中四年（783年）十月，唐德宗出逃奉天，卢杞与关播随从。唐德宗在奉天被朱泚围攻，李怀光自魏县支援，有人对王翃、赵赞说："李怀光多次怨愤说，宰相谋议不当，度支赋敛烦重，京兆尹克扣军粮，皇上流亡转徙，这是三个大臣的罪过。现今李怀光功业崇重，皇上必然开诚布公听取意见，假如他听取了李怀光的话，难道你不危险吗？"其时李怀光在咸阳驻军，一再对德宗说卢杞等人的罪状恶行，为安抚李怀光，德宗承诺要将卢杞等人贬官。十二月，卢杞被贬为新州司马。

之前，叛乱的淮西节度使李希烈攻陷汝州。卢杞建议派颜真卿前往李希烈军中，传达朝廷旨意，德宗竟然同意。朝臣为此大惊失色，宰相李勉秘密上奏，"以为失一国老，贻朝廷羞"，坚决要求留下他。河南尹郑叔则也劝他不要去，颜真卿回答说："圣旨能逃避吗？"

再说李希烈，乃唐朝藩镇的一个将领，淮西节度使李忠臣族侄。年轻时参加平卢军，随从李忠臣泛海战河北有功。李忠臣任淮西节度使，要安排将佐，让李希烈试任光禄卿，军中人交口称赞其才华。当时正遇李忠臣贪暴恣肆，不理政事，犯了众怒，众人将李忠臣赶走后上报。代宗诏令忻王李造为节度副使，派李希烈为留后主事，又诏令滑亳节度使李勉兼管汴州。唐德宗即位，加官希烈为御史大夫，委任他为节度使，改淮西军称淮宁军。

德宗建中二年（781年），成德节度使李宝臣之子李惟岳、魏博节度使田悦勾结山南东道节度使梁崇义起兵反叛。皇帝命诸道进讨，淮西节度使李希烈奉诏讨伐。唐德宗以他为南平郡王，兼汉南北兵马招讨处置使，都统诸军。六月，李希烈统帅大军进驻随州。梁崇义企图突围南下江陵，以通黔州和岭南。兵至随州，遭到官军伏击，大败，收兵于襄、邓。李希烈从随州乘胜追击，一路击溃梁崇义部将的抵抗，直捣襄阳，梁崇义兵败自杀，割据荆襄十九年的局面结束。皇帝赏赐功劳，拜检校右仆射、同平章事。不过，李希烈以自己平定梁崇义功劳很大，企图拥兵割据山东。没想到这时唐德宗任命李承为山南东道节度使坐镇襄阳，李希烈不能自己据有其地，于是大掠而去。

建中三年（782年），唐德宗以李希烈为检校司空，兼任淄青节度使，奉命征讨割据淄青的李纳。李希烈拥兵三万驻扎许州，按兵不动。又委派使者串联河北三镇的朱滔和田悦。不久，朱滔等人自相称王，派使者奉上奏笺，愿尊希烈为帝。希烈乃自号建兴王、天下都元帅。这样朱滔、李纳、王武俊、田悦、李希烈五个藩镇一起联合起兵，半个唐朝出现了兵乱。

建中四年（783年）正月，皇帝命各节度使带兵成掎角攻讨五人，失利。叛军西进，大惊东都。德宗听信卢杞的建议，诏令太子太师颜真卿去晓谕顺逆祸福。真卿已行，又派左龙武大将军哥舒曜去讨伐。李希烈见真卿，桀骜无礼，又让左右谩骂侮辱朝政，且北侵汴州，南攻鄂州。

颜真卿到后，李希烈想给他一个下马威，就让自己的部将和养子一千多人都聚集在厅堂内外。颜真卿刚开始宣读圣旨，那些人就冲上来，手里拿着明晃晃的尖刀，围住他又是谩骂，又是威胁。颜真卿面不改色，没有一点点惧怕的样子，李希烈才用身子护着他，命众将退下，让颜真卿住进驿馆。李希烈逼他写信给朝廷，说自己没有什么罪行，颜真卿不听。李希烈借他的名义派他的侄子颜岘与几个随从到朝廷继续请求，德宗没有答复。颜真卿每次给儿子写信，只告诫他们敬奉祖宗，抚养好后代，从未说其他的话。

李希烈派李元平劝说他，颜真卿斥责李元平说："你拿着国家的俸禄，不能报答国家，还好意思来游说我吗？"李希烈让他的同党一起设宴招待颜真卿，席间指使唱戏的在歌词中攻击和侮辱朝廷，颜真卿愤怒地说："您是皇帝的臣子，怎么能这样做！"起身拂衣离去。其时朱滔、王武俊、田悦、李纳等藩镇的使者都在座，对李希烈说："很早就听说颜太师的名望高，品德好，您想当皇帝，现今太师来了，他当宰相是最合适的人选。"颜真卿愤恨地说："你们听说颜常山没有？安禄山反叛时，他首先起义兵抵抗。我现在将近八十岁了，至死都会保持我的名节，怎么会屈服于你们的胁迫！"众人都一脸难堪。

李希烈最终将颜真卿送走，用甲士看守着。他在庭院中挖了一丈见方的坑，对外传言说要活埋他。颜真卿对李希烈说："死生有命，何必搞那些鬼把戏！"荆南节度使张伯仪兵败时，李希烈命令把张伯仪的旌节以及被俘士兵的左耳送给颜真卿看，他痛哭扑地，气绝后又苏醒，从此不再与人说话。恰逢李希烈同伙中的周曾、康秀林想偷袭杀掉李希烈，尊颜真卿为帅，事情泄露，周曾被杀死，李希烈就把颜真卿押送到蔡州的龙兴寺。颜真卿估计自己一定会死，于是给德宗皇帝写了遗书以及自己的墓志和祭文，指着寝室西墙下说:"这是放我尸体的地方啊!"李希烈称帝时,派使者问登帝位的仪式,颜真卿回答说:"老夫年近八十,曾掌管国家礼仪,只记得诸侯朝见皇帝的礼仪!"《通鉴》胡三省注评此语:"辞不迫切而义甚严正。"

后来,唐军攻势渐强,形势发生转变。李希烈派部将辛景臻、安华到颜真卿住所,在院中堆起干柴说:"再不投降,就烧死你!"颜真卿起身跳入火中,辛景臻等人急忙拉住了他。李希烈的弟弟李希倩因与朱泚叛乱被杀,李希烈因而发怒,派宦官前往蔡州杀害颜真卿,说:"有诏书来!"颜真卿拜了两拜。宦官说:"应该赐你死。"颜真卿说:"老臣没有完成使命,有罪该死,但使者是哪一天从长安来的?"宦官说:"从大梁来。"颜真卿骂道:"原来是叛贼,怎敢称诏!"随后他被叛军缢杀,终年七十六岁。

他遇害后,嗣曹王李皋及三军将士皆为之痛哭。身后追赠司徒,谥号"文忠"。

五、评 价

《新唐书·颜真卿传》评价颜氏:"虽千五百岁,其英烈言言,如严霜烈日,可畏而仰哉。"所以欧阳修认为颜真卿留给后人的形象是"英烈"。唐德宗说他:"器质天资,公忠杰出,出入四朝,坚贞一志。"强调的是对朝廷的忠和坚贞。那么,这里说的"坚贞一志",即从头至尾对朝廷的坚贞,主要表现在哪里?

今天来看,颜真卿在当时在这样几个做法值得后人钦佩:

一是他首倡平叛。提出了具体的对抗策略,在敌后坚守了相当长一段时间。

二是他被贬到饶州时,发现扬州长史刘展可能会叛乱,他报告了朝廷,并加强战备。但淮南节度观察处置使李峘认为颜真卿无事生非。结果朝廷召回了颜,但第二年刘展果真叛乱了。

三是他奉诏宣慰李希烈,肯定是没有成功的希望,但七十四岁的老人义无反顾,不考虑自己的性命。

有人说他是愚忠,但实际上并不能这么简单地评价。他的忠是同时代士大夫的传统思想,即忠于国家,忠于国君,国君和国家是一体的,所以社稷兴衰和民族存亡、百姓安定,这是士大夫的责任,凡是分裂和反对中央的举动,他都是不会赞成的。他说:"君子之仕,不以位尊为荣,而以尽职为贵。"什么算尽职?自然就是他的忠君爱民。

在这种思想的指导下,只要为了国家,他是生死置于度外,所表现出的个人气节,实际上就是这种思想的外在体现。所谓富贵不能淫,贫贱不能移,威武不能屈,视死如归,明察事物,刚正不阿,不怀二心,秉难夺之操,这是一个士大夫的基本底线。总体上说,颜真卿接受的是正统的儒家思想。

附带提一下,有人认为他的思想中有不少是儒和道两种思想同时表现出来。如曾巩说:"公之学问文章,往往杂于神仙浮屠之说,不皆合于理。"因为唐代的笔记小说里把他列入神仙类,《太平广记》神仙类里有一篇"颜鲁公",韦绚《戎幕闲谈》、杜光庭《仙传拾遗》、王仁裕《玉堂闲话》也有这一篇,是根据《颜鲁公行状》编写的。到了米芾《颜鲁公仙真记》,把他写成神仙。其实唐代小说中有一种习惯,把很多名人写成神仙,马周、郭子仪、韩溷，包括唐明皇、杨贵妃。但这些并不能得出颜真卿接受的是道家思想。实际上唐代流行道教，因而人们往往会把社会上层人物往道教上靠。颜真卿的确和僧人和道人有在一起的活动，这大多是诗文雅集。

本文为中华文化促进会、中央数字电视书画频道大型历史文化纪录片《颜真卿》的专家采访所作的准备材料。

水部真没有"水"?

今天乱翻手机,看到有人转了公众号"水利史研究"上的一篇《水部员外郎苏轼,到底有多喜欢"水"?》,说是来自《中国三峡》杂志徐海亮、轩辕颜的文章。此篇文章主要是谈苏轼与水的缘分,治了多少水,做了多少好事。其中提到"苏轼曾挂水部员外郎的头衔",元丰二年(1079年)八月,苏轼因"乌台诗案"被罪入狱,十二月"蒙恩泽授检校水部员外郎黄州团练副使","当时左迁降官,授州刺史司马者皆员外置,有如梁朝诗人何逊,唐代张籍皆水部郎,皆非水利部门在职官员"。

苏轼的水部员外郎,的确和水利部门没有关系,因为这是北宋前期的官制决定的。北宋实行官称和实职分离,实职是差遣,而本官阶是沿用了唐代的三省六部二十四司和九寺五监,名义上都是正式的官员,但一般是不管本部的职事。直到元丰改制,这种情况才有了改变。苏轼是元丰二年十二月授水部员外郎,是在元丰三年改制的前夕,当然还是和水部应该管的事情无关。至于他担任了其他职务后特别热衷水利事业,那是之后的事情,和"水部员外郎"这个官无关。

问题是，唐代的水部，与北宋元丰改制前不一样，却是一个实实在在、真真切切的水利部门。唐代的水部，是工部的四个下属部门之一。水部正长官是郎中，三国曹魏时出现，"梁、陈为侍郎"，副长官为员外郎。水部的长官"掌天下川渎、陂池之政令，以导达沟洫，堰决河渠。凡舟楫、溉灌之利，咸总而举之"。也就是说，涉及灌溉的水利工程，从江河大川至陂塘沟渠，水上交通和河道上的津梁，以及堤防斗门和水量分配，都是水部管理的业务范围。因此，何逊和张籍，其实是货真价实的水部行政官员。不过任官时间有长短，水部的官员各有执掌，有的主要是负责水利的政令，不一定会冲在治水的第一线。

唐朝冲在第一线的官员，如一州而言，是各州的士曹和司士参军，他们是直接的管理者，"掌津梁、舟车"，"启塞必从其时，役使不夺其力，通山泽之利以赡贫人"，保证河道通航。但如果要挖一条河道兴修一个水利工程，可能还是要刺史亲自带领才能完成。唐代的刺史要"劝课农桑"，开挖河道工程量较大，必须由刺史来全面负责。就一县而言，县令要管"河堤、道路，虽有专当官，皆县令兼综焉"，具体由官员去应对，但县令是全面掌管者。

因此，根据苏轼的水部员外郎从而推断说何逊和张籍不是水利部门的在职官员，并不准确。原因是作者对唐宋官制缺乏完整的认识。

恶钱、好钱与旧币、新币

昨天的《解放日报》（2023年7月20日）上有篇文章专门谈隋朝司法高官赵绰，中有一段是这样说的："隋文帝杨坚即位后一统南北，结束了近三百年的分裂，随即颁布命令：发行新币，废除旧币。但一开始依旧有人继续使用旧币交易，在都城长安就有两人当场被抓获。隋文帝下令大理寺，对这两人'斩立决'。赵绰则认为不妥，指出'执法应宽有界，严有度。任意严宽，必损法之威严'。"看到这里有点不敢相信，隋文帝发行新币的同时就废除旧币，市场里货币流通够用？

翻翻《隋书》卷六十二《赵绰传》，这段文字是这样写的："时上禁行恶钱，有二人在市，以恶钱易好者，武侯执以闻，上令悉斩之。绰进谏曰：'此人坐当杖，杀之非法。'上曰：'不关卿事。'绰曰：'陛下不以臣愚暗，置在法司，欲妄杀人，岂得不关臣事！'"此事最后治书持御史柳彧"上书切谏，上乃止"。这件事情发生时，赵绰是刑部侍郎，事情主要是有人在市场上用恶钱支付，收进去的是好钱，所以隋文帝下令斩首，赵绰出面阻止，最后似乎成功了。不过这段文字中，赵绰和文帝的矛盾，文帝认为要斩,赵绰认为是杖,斩的话量刑过重。

不过,单单看《赵绰传》,还不能完全说明问题,可同时参看《隋书》卷二十四《食货志》,云隋朝建立后,"以天下钱货轻重不等,乃更铸新钱,背面肉好,皆有周郭,文曰五铢,而重如其文"。新钱颁布后,前朝的旧钱"所在用以贸易不止"。开皇四年(584年),隋文帝下令各地禁止旧钱流通,如果县令不严查的话扣半年禄,不过百姓间一直在用旧钱,难以禁绝。奸狡又"取铜私铸,又杂以锡钱,递相仿效,钱遂轻薄。乃下恶钱之禁,京师及各州邸肆之上,皆令立榜,置样为准,不中样者不入于市"。此后"钱益恶滥,乃令有司括天下邸肆见钱,非官铸者,皆毁之,其铜入官。而京师以恶钱贸易,为吏所执,有死者,数年之间,私铸颇息"。也就是说,隋朝建立之初新建五铢钱,但各地恶钱不断涌现。政府一再禁止,但成效不大。至后来文帝下了死命令,各地市场严禁非官方铸的钱,私铸一律销毁,铜没入官。在长安市里,有人用恶钱,抓后被杀了,私铸才停了下来。

《隋书》卷二十五《刑法志》似乎也记录了这一件事,"帝尝发怒,六月棒杀人,大理少卿赵绰固争"。赵绰主要认为杀人的时间不对,说夏天是"天地成长庶类",隋文帝认为六月"必有雷霆",最后"遂杀之"。

就当时的实际来看,隋文帝上台后开始铸新币,但旧币是废不了的,只是不断地禁恶钱。所谓恶钱,是重量不够号称的五铢,钱变薄变小,中间的方孔越来越大,还有一些是铜里掺杂了锡、铅,成色不对。恶钱一是来自南北朝的"旧钱",特别是江淮地区历来是恶钱出产地区,二是来自私铸,一些人不断在翻铸恶钱谋利。不过，文帝前期，新币开铸后，是不可能同时禁旧币的，因为铜钱的制造量有限，而社会流通量很大，新钱需制造相当长一段时间才能完全占领交易领域，从而满足市场对新钱的需要。所以直到统一全国，隋朝政权建立了很长一段时间，政府仍在为禁恶钱而努力，原因就在于为了满足市场正常的流通，需要新钱和旧钱中的好钱同时使用。但一些人见钱眼开，利益实在太大，各种旧钱中的恶钱不断在翻新出现。后来文帝下了死命令，干脆只准用隋朝的新钱不准用以前的旧钱，形势才发生了转变。为什么文帝这时能下命令废旧钱，主要是隋朝铸造新钱的量达到了一定的数目，而且晋王杨广在扬州立五炉铸钱、在鄂州立十炉铸钱，蜀王秀在益州立五炉铸钱，新钱大体上覆盖了主要的经济地区，因而配合着严法酷刑，才能出现"私铸颇息"的成就。

因此报纸上的这段文字，大体上没错，但说隋文帝"随即颁布命令：发行新币，废除旧币'"，不太妥当，因为发行新币的同时没有废除旧币，废旧币是在十几年以后了。

《翥云》上的文章

闲来会写几篇关于老家历史和生活回忆的文章,纯是没事做的时候玩玩的,有时会抄点方志上的资料,以显得我所说的话是有根有据。随便往博客上一放,不求发表,只是个人的娱乐。

自打认识了嘉定博物馆的徐征伟兄并互加微信,关注着博客、微博,他大概对谈到嘉定的文章是不会放过的,所以对我写的几篇小文章是认真地阅读关注。他在工作繁忙的空闲,还编着一本叫《翥云》的杂志。当然,他编辑着好几本杂志,这只是其中之一,我就曾为他的《科举史论丛》写过一篇挺长的文章。

我曾问出版社的学生讨过一本《嘉定方言词语汇集》,拿来主要是想瞧瞧老家的语言,很多字词只会发音不知怎么写,于是看看人家编书的人是写成怎样的。读了这书后就随手写了一篇读后感,主体是表扬,之外还谈了些自己的看法。征伟兄说想用这篇文章,问我怎样?当然同意啊,承蒙你老兄看得起,开心还来不及呢,更何况后来得知是有稿费的。文章发表后,寄来两本《翥云》,中西书局出版,我的文章发表在第二辑上,这才知道嘉定的安亭镇上有个叫翥云的艺术博物馆,而且是私人办的。征伟说博物馆的老板很有文化，要办一本以书代刊的期刊，组稿和文字编辑是征伟兄在具体负责张罗。一开始还以为这个博物馆就是砖博物馆，征伟说不是同一个，砖博物馆是另一个私人博物馆，这两个都是嘉定最有名的私人博物馆。

　　以后这本一年出一辑的刊物，征伟兄都寄来了。前年出第五辑，征伟收了我两篇文章，一篇是关于嘉定三黄鸡历史的，另一篇是《六陈》，是一个词汇的考证。去年春节前，征伟说想叫作者们聚一聚，于是我一路西进到了昆山的花桥，赴了一次宴。一起吃饭的全是作者和编辑，只有一位老板叫周嘉，就是博物馆的老板。因为那天地方不熟，来不及到安亭博物馆里转一圈，所以直到现在我还没到过馆里饱一下眼福，不过说实话我也不懂竹刻、书画、漆器这类东西。当然，在我看来，有人出钱把这些宝贝集中起来好好地保管着，能免费地给人展览，教育着后一代，这就是对民族作出着最大的贡献，就应该值得肯定。与周嘉的交谈中，知道他早年吃过苦，改革开放后赚到了一些钱，之后做自己喜欢的事情，办起了博物馆。由于喜欢，还想研究，所以办起了杂志。这倒不是钱多了没地方用的举动，而是他对文物的热情和爱好。他是老板，豪爽却不粗俗，跟我说儿子在北大读文博（还是考古？）的博士，原来，他的儿子将来要干的是和我们比较接近的工作，看来周老板是真爱文物和博物馆的。

　　上星期刚拿到的《矗云》是第六辑，原本是去年要出版的，却拖了有点晚。征伟从我博客上挑了两篇关于过年的小文章，开个后门登了上去，和大多数是专门的学术论文相比，我的纯是闲散小文章，征伟冠以《年俗两则》，为我掩盖一下窘境。幸亏其中的一篇我写的时候挺得意的，感到编得像模像样，结构和文字尚可，同事和朋友读了都说不错，还不至于给这本严谨的刊物抹黑。

嘉定是个从宋朝开始设县的文化名城，总有一些地上地下的文物留下来，有了公家的博物馆，再有两个私人的博物馆，将嘉定文化保管起来，这是我们嘉定人的福气，说明嘉定的领导和百姓中有很多人是真懂文化的。幸亏有了这些人，使嘉定的文脉前后联结了起来，我们这些对嘉定历史有兴趣的人应该为此而骄傲。

今天是博物馆日，答应一个朋友要涂几笔，就写上这样几句，同时也算是对老家各类博物馆人的感谢。

学有规范

整理点校易出问题

古籍整理，来不得半点虚假。一虚假，肯定要出问题。这个感悟来自一个我自己犯的错误。

《全宋笔记》里的《四朝闻见录》，是我的博士生周绍华和我标点的。当时用的是知不足斋本作为底本，绍华核对了四库本，然后根据两者比对的结果写了校勘记，以异同校为多。此书中华书局有标点本，底本也是知不足斋本。我将中华标点版核对了一遍，对其中的不少问题作了修改。我们的整理，在中华书局本的基础上作了不少改进。我对绍华撰写的所有校记全部审核了一遍，改动较多。工作完成后，这事也就基本大功告成了。

之后印刷厂来了校对稿，第一次是将原稿发下来的，但比对一下稿子，因为印刷厂作过校对，准确率很高，我觉得全书不太会有太多问题，主要是看校样稿格式和标点上的问题，还可以修改一下。此后不久，还有过二校、三校，继续是文字上核对，但都没发现有啥重大问题。

疫情期间，福建一个出版社也想收这本书，在暑假里一位女编辑打电话给我，让我根据他们的体例再整理一次。由于和编辑加微信认识了很长一段时间，我想想这活不太复杂，就同意了。正式开工，我就让张莹博士去搜集材料，再根据我对她说的体例去标点和写校记。几个月后，张莹完成了点校工作，我看看她交来的稿子质量很高，心想我只要简单再复核一下，这事就可以完成。

上星期复核卷丙时，在一个条目里发现以前标点的《全宋笔记》版《四朝闻见录》有一个地方的文字是底稿里没有的，当时推测为一页至二页。迅即查了电子版的知不足斋本，发现没有这部分内容，再查中华书局标点本，这部分内容也是没有的。怎么会呢？

今天一早，我就去找学院资料室主任张丽，问资料室里的知不足斋本哪里去了。后来张丽来找我，说这套书早几年退还给图书馆了，所以资料室里没这套书。她说帮我到文苑楼三楼学校图书馆古籍部去找。下午她发微信说，图书馆有两个版本的知不足斋，但都没有这一页。于是我自己也到三楼去看一次，果然真是没有的。怎么办？我对张丽说当年的底本好像是我自己复印的，也有可能是刘宇帮着复印的，这事我记不清了。如果是我复印的，知不足斋是资料室里的这一套，如果是刘宇复印的，要么有可能是到上图复印的？

一会儿张丽就回复我，说四库本这一页也缺的。于是我打电话给学校图书馆副馆长赵龙，说了具体情况，赵龙说会让历史文献部主任戴建国配合张丽找一下。我对赵龙说，《中国丛书综录》里记载知不足斋本有刻本和影印本两种，下午看到的是影印本，但刻本在哪里？我将张丽发给我的索书号发给赵龙，赵龙说让戴建国去看一下，这个版本应该在的。

想想这事不妥当，于是我发微信给华东师范大学图书馆的周保明师弟，请他帮忙。保明回复说今天工会搞活动自己在外面，明天回到学校就帮我找。我心中的一块石头放下了，心想保明明天把刻本的照片发过来就行。

张丽又回复我说，和戴建国去翻了另一个版本的知不足斋，也缺这一页。关于《四朝闻见录》的所有版本都找了，《说郛》找了，不全的，要么还有《旧小说》，明天戴建国去找《旧小说》，但其实《旧小说》更不全，不可能找到这一页的。

我坐在办公室继续看丙集，突然发现底稿多出来了两张纸，而中华本是有这两页的内容，奇了怪了，怎么会这样的？把这两页抽出，发现这两页在这里是很适合的，明显《全宋笔记》少了内容，当初怎么没有发觉呢？于是左看右看，前后翻阅，才发现这知不足斋本多出来的两页其实并不是多，而《全宋笔记》前面多出来的两页恰恰就是这里的。这才发现，《全宋笔记》的《四朝闻见录》有两页纸掺到前面去了。

我马上给张丽发微信，让她不要再找，问题出在哪里我知道了，是《全宋笔记》整理上的问题，把两页纸莫名其妙前接了，该有内容的地方却没有了。于是在想，是当初标点时把这两页插错了，还是《全宋笔记》排印的时候出的错？这个我还真不能肯定。既然有可能是复印底本时搞错了，那我后来的清样为啥没一页一页仔细地校呢？问题最有可能出在我们当年标点上，排版工厂排错的可能性我想不是很大的。

折腾了一天多的事情终于搞清楚了，就这样发现了自己以前的一个错误，一个实在不应该发生的错误。张丽说，以后要出个刊误说明，万一让人发现，就麻烦了。唉，发现错误我就认呗！这个十有八九是标点者的错误。

作为一个标点了很多书的人，这事真打脸！

写作论文要讲规范

若干年前,有朋友对我说几十年前我的一篇文章让人抄了,因为他发现这篇文章和我的文章在内容是接近的,于是他打开一看,发现这篇文章太眼熟了。我听后笑了,对朋友说,文章发表在20世纪80年代末,时间太早,说不定人家以为我已经死了,所以就抄一点,没想到这是我写得比较早的一篇文章,我当时也是刚参加工作。我朋友怎么会熟悉我的文章呢?因为当年我写好后先让他看了请他提意见,我再作修改。那篇文章我看了一下,总体上说全文的主题和部分章节是捣鼓了我的文章,个别的地方是整段拷贝。因为要判断这个很方便,根本不要查重,有个段落的第一第二第三第四,全世界就是我唯一发明,是我脑袋拍出来的,他不可能拍出和我一样的东西,要是今天我再写,我也写不出一样的句子。朋友问我是否要告他,我说算了,这家伙无非是想弄一篇文章评个职称,放他一马吧。

几天前,有朋友发了张图片给我,说我的文章让人抄了(见图1)。竟然有这样一模一样的论文题目啊,而且关键词会这样重复。这位朋友其实是在和我合作搞一个项目,我以前的论述他要吸收进书里，所以在百度上看看有没有转这篇文章，他当时懒得上知网。不过不查不知道，一查吓一跳，根据我的论文题目去搜索，竟然出现了一篇相同题目的文章，百度上还排在我的前面。我这篇文章发表在《文史哲》，责任编辑是已故的范学辉兄，后来《新华文摘》全文转摘。文章的内容和题目是我自己拍脑袋创造的，这天底下不可能有人和我一样无聊到写同样的内容！要是有人写了，要么是抄，要么是洗。这倒是真没想到，还真有人会想出和我一样的题目，难道是这样不谋而合？当然，看一下这两篇文章，前一篇是抄，抄得太一样，后一篇是洗，洗得我一看内容就感觉我在复习提炼自己写的东西。当时一笑，没太当回事。

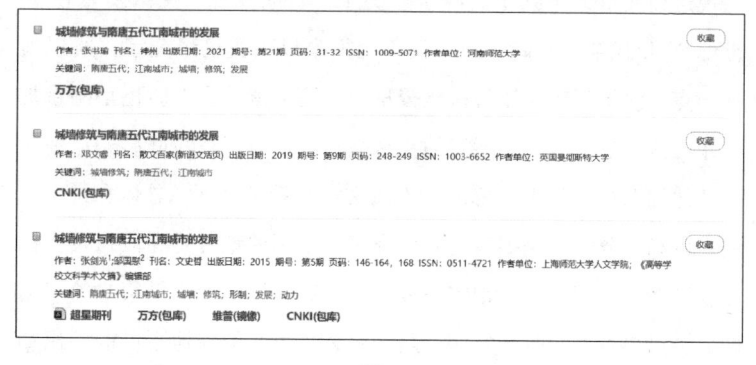

图 1

过一会儿朋友说还有新发现的东西，又发一张图片给我看（见图2）。这篇是我发在学校的学报上的，我自己觉得写得一般，创造性不是很高，但有的提法是我的首创，后来《中国社会科学文摘》全文转摘了文章，人大复印报刊资料《经济史》也加以收录。我的文章没什么好，但自己个性化的东西很多。别人的文章和我的文章连题目和摘要都一样，不用多说，就一个判断，这人肯定是抄我的！不过她怎么就这样喜欢盯上我呢？

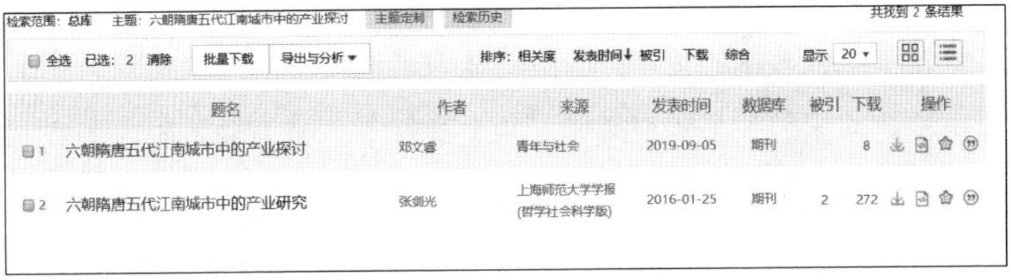

图 2

关于六朝隋唐五代江南经济，研究的人并不多，现在看下来，似乎受到了众人的关注，出现了"兴旺"景象。两位作者，前者是一个大学一年级本科生，作者简介谈到研究方向是"隋唐史"，大大吓了我一跳。我们的本科生到了四年级也没什么方向，这个学校的本科生一年级就有研究方向了，而且还写得出和我这个五六十岁的人一样的题目，令人出一身冷汗，长江后浪推前浪啊，我一定要死在沙滩上了。后者是一个英国大学里的，是"发展与金融专业"，是本科还是研究生我搞不清了，但估计是在英国读硕士吧。就是不知道这样一页两页的文章对她有什么帮助，但把我文章国际化了，从亚洲抄到了欧洲，这显然是件是好笑的事情。

起先，我觉得这事挺好玩的，你们想抄就抄，想洗就洗吧，因为你们只是一个学生，估计文章是买来的，最多能评个奖学金或什么奖，能带来点好处，但这样不规范，将老师讲的话都扔到脑后，何必呢。

再过一会儿，另外一位朋友发过来一张图片（见图3），我才知道第二位洗稿的人是个高手。一年发这么多文章，隋唐史学界已没几个人能敌。前两篇的署名单位是在英国的大学，这会儿变成了在中国安徽的一所大学，是 2020 年进校的博士。这一看就明白了，发了这么多洗的文章，应该就是为了进校时的一个审核，能录取进校读博士。于是我把微博上的文章删了，因为我不想由于我而让她博士读不下去。如果她知错能改，如果她知道学问不是洗稿而是认真做，我还是想给她一个改错的机会。这事我不想再吭一声了。

☐ 5	论唐代茶产业经济的兴起	邓文睿	安徽农业大学学报(社会科学版)	2019-11-1
☐ 6	隋唐五代城市社会等级与社会结构变迁	邓文睿	北京印刷学院学报	2019-10-2
☐ 7	基于《长恨歌》浅析唐代宫廷文化生活	邓文睿	北方文学	2019-10-2
☐ 8	唐代初期至中期城市居民消费类型及其特点——以长安为例	邓文睿	合肥工业大学学报(社会科学版)	2019-10-1
☐ 9	隋唐五代城市居民的节日及娱乐生活浅谈	邓文睿	中国地名	2019-09-2
☐ 10	城墙修筑与隋唐五代江南城市的发展	邓文睿	散文百家(新语文活页)	2019-09-1
☐ 11	唐代赵郡李氏相关史迹初探	邓文睿	西部学刊	2019-09-1
☐ 12	六朝隋唐五代江南城市中的产业探讨	邓文睿	青年与社会	2019-09-0
☐ 13	隋唐五代时期都市民族融合与城市发展	邓文睿	传媒论坛	2019-07-2
☐ 14	中国古代科举制度发展的历程及其历史影响	邓文睿	祖国	2018-10-2
☐ 15	唐代文化繁荣对民生政策的影响分析	邓文睿	文物鉴定与鉴赏	2018-01-0
☐ 16	新文化运动启蒙思想当代价值观分析	邓文睿	文化创新比较研究	2017-05-2
☐ 17	梦在不远方	邓文睿	高中生	2014-02-2

图 3

有位网上的朋友在微博上就这事发了一通图片，但说得还是含含糊糊，图片都是从知网上拉的，不算什么隐私，不是什么秘密。今天，他的这篇文章让微博删了，因为有人举报这位朋友侵犯他人名誉（见图4）。这样，这位博士硬是把我推了出来，我再不说话，对学术、对公平、对网上这位朋友就是侮辱，对我自己也是侮辱。实事求是地说，这样洗稿是很不道德的。如果这位博士对导师、对学校、对网上谈这事的网友，无论是私底下还是公开场合，说一声对不起，这事也就完了。我这个人，吃软不吃硬，特别是一个女的对我软一下，我肯定什么也不会再追究。

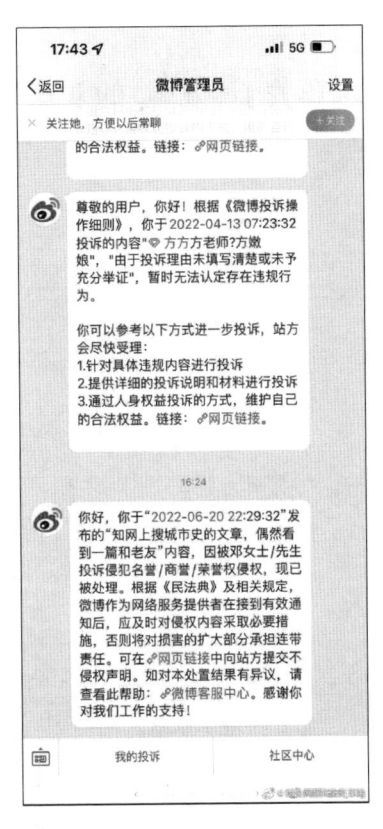

图4

问题是，你不能这样洗了稿，还一身正气地将别人对你此种行为的揭发说成是侵犯了你的名誉，你总不能将学术当儿戏，更不能将自己大学的名声当空气，不能把这些文章的原作者当不存在。做人要讲基本操守，做学问要讲规范，毕竟现在是21世纪20年代了。

　　写这些，就是讲一下事实，希望学术能在科学规范的规则下健康发展，这对任何人都是一样的。

两篇关于《城墙》的文章

我的两篇被洗文章之事在网上闹得很大,这的确是我不想看到的。尽管对方托关系来找我,又给我写了信,但我没有办法再回应,泼出去的水,收不回来了。只有静待事态的发展。

一

朋友转过来某高校的回应,说有关部门会核实查重。其实核不核无所谓,结果我也知道,因为我的文章一二万字,而你的连一张A4纸也不到,无非就是东一句西一句地改写。最后核实的结果,肯定是不规范,因为不会有大面积的抄袭。

想想还是把这两篇文章拿来看一下吧,省得由于自己太主观去陷害一个好人,那就得公开道歉。于是我坐下来将文章两两核对一下。

论文公司骚操作的技术还是老练的,比如,把标题改一下,当然不是一模一样的抄袭。比如《产业》这篇,我的第一部分是"愈益兴盛的商业活动",人家改成了"商业活动日益兴盛",我的第二部分是"新兴的生活服务业",人家改成了"生活服务业逐渐兴起",我的第三部分是"门类众多的手工业生产",人家改成了"手工业门类众多",我的第四部分是"日趋活跃的外贸业",人家改成了"外贸业日趋活跃"。参考文献里一共两篇文章,其中第一篇竟然是我的文章,令我真的很吃惊,怎么会这样大胆?无非最后会说引了你的文章,注明了,没一模一样的抄,但这是公开告诉大家,这个题目全国独一篇啊。

不过有些抄错了,恐怕自己也不知道。比如《产业》这篇的第一部分,用了常衮的诗,说:"有盐井铜山,则有豪门大贾,则利之所聚。"看看这也不像诗啊!你真对我的原文没有看仔细啊。不要以为加了两个"则",到时查重就不认了。问题是我明明引用的是《全唐文》里常衮的话,怎么变成了"诗"?

再说《城墙》里,说有个县城"周回五十二步",抄得这样不专心。你给我举个周回五十二步的城市出来?把一个四合院造个围墙,大概也就有五十二步了。

我本不想追究什么,只是希望作为一个博士,对学术要认真对待,要谨慎对待,要小心翼翼。真要洗,以后洗别人家的,请不要洗我的文章。

顺便教论文公司一招,有些人家文章里的一、二、三、四,还是不要抄,因为这种是作者个性化的归纳,可能全世界都找不到一样的归纳,这是作者的独一家。

二

顺便把另一篇抄我《城墙》的文章也核对了一下。怎么说呢?

这个论文公司恐怕更不专业啊，错误实在太多！

她的文章的第二段里有这样一句："王献之、黄超农民起义爆发。"我惊呆了半天，这难道是我写的吗？是论文公司加进去的吗？我的原文是"王仙芝、黄巢"啊。

再看一段话："据史料记载，金陵、杭州、常州、润州、苏州、牟州、明州等十余座城市，修建了梧州、温州、宣州、歙州、池州、秀州、岳州、湖州等城墙，晚唐对一些主要城市的城墙进行了整修，城墙布局完整，如隋代修建了岳州城墙，罗城、资城都有城墙。打败钱苗东厂后，钱苗重建了被战争摧毁的城市。"我这辈子加上下辈子也不会明白这是咋回事，只能查我的原文了。"牟州"，我的原文是"睦州"；"梧州"，我的原文是"婺州"；两个"岳州"，我的原文是"越州"；"资城"，我的原文是"子城"；"打败钱苗东厂后"，我的原文是"钱镠击败董昌后"。他是用拼音输入的？

参考文献引了七篇，我的这篇《城墙》没有引，反而引了作者是英国曼彻斯特大学的《城墙》，也是有点好玩的。

抄就抄呗，别糟蹋我的文章啊！

即使是本科生，也不要整虚头巴脑的东西，好好学习，真的能写一篇文章出来，这才是你的真本事。不想到学校来告你，只是觉得高考不容易，有个大学读，而且高考分数可能挺高的，对学生是件很幸福的事情。

不过，一定请记住要尊重学术规范，这是做人的底线。

怎样判断抄袭

抄袭，大的方面来说有两种，一种是抄文字，文字表达上一模一样。另一种是抄观点、结构和材料，只是变换了一些文字表达方式。后一种目前俗称"洗稿"。

一篇文章洗稿还是没洗稿，如果只看查重，那结果肯定是没有违规，因为洗稿者会动足脑筋变换文字表达方式，就会没有一句是一样的。但你如果仔细看一下，事实是全部抄袭了。

我从不认同抄袭，也不想一下子把有抄袭嫌疑的年轻人搞到没有退路，我是希望大家通过我举的这个例子，知道什么是抄什么不算抄。

就以我的《六朝隋唐五代江南城市中的产业研究》（以下简称《研究》）为例来解剖一下，因为有篇《六朝隋唐五代江南城市中的产业探讨》（以下简称《探讨》），与我的文章很相似，我们来看一下这篇文章是否存在洗稿现象。

一、写作缘起

《研究》一文是我撰写的《江南城镇通史·六朝隋唐五代卷》

里的内容,此书完成于 2012 年,出版时因为一些特殊原因,所以拖得比较晚,于是我把其中的相关内容投给了我们的学报。江南城市产业的内容,之前是没有人按这个区域这个时间段研究过,无论是论文的框架还是视角,没几个人提出过,因而发表后受到《中国社会科学文摘》和人大复印报刊资料《经济史》的摘录。之后,这一问题也没有人感兴趣再进行研究。

《探讨》一文,并不是这个问题上的再研究,因为没有任何新观点的提出,可以肯定地说,没有一丝丝小的新观点的提出。所列参考文献二,一是我的《研究》,另一篇是冯兵《二十世纪以来隋唐五代城市史研究的回顾和思考》。也就是说,看不出作者参考的这个题目相关的文章,除了我的这篇以外从哪里得到点启示。

二、题目、摘要和关键词

一篇小众研究的论文题目竟然高度相近,这已经很惊奇了,谁也想不到的是摘要和关键词也会如此接近。多说没用,直接全部照录让大家来比对吧。

《研究》的摘要和关键词:

摘要:六朝以来的江南城市经济,以商业为主,手工业为辅。到隋唐五代,随着城市规模的扩大、人口的增多,城市服务业开始兴盛,成为城市经济的重要组成部分。中唐以后,手工业和服务业的比重增加,城市的产业结构在不断调整;此外,城市交通业、种植业、高利贷业都有一定的发展。江南城市产业结构基本合理,产业地域性明显，不同城市形成了各自的产业特色，城市产业分工与城市发展相适应。江南城市经济结构上，呈现出消费性和生产性、服务性并存的特点，但从总体上说，江南城市主要是消费性的，并不是生产型的。

关键词：六朝隋唐五代；江南城市；产业；商业；服务业

《探讨》的摘要和关键词：

摘要：自六朝以来，江南地区出现很多以商业为核心，手工业为辅助的城市集群。伴随着江南地区人口数量的不断上升，城市规模的不断扩大，隋唐五代时期城市服务业兴盛并逐渐成为城市经济的关键部分。盛唐时期城市手工业以及服务业迅速发展，与此同时交通运输业、城市高利贷业、城市种植业的规模也不断扩大，城市产业结构呈现多元发展的格局。六朝隋唐五代时期江南地区的城市产业机构具有明显的地区特色，在分工协作上充分体现了城市的历史进程，但在城市经济建上又普遍具有生产、消费和服务并存的趋势。

关键词：六朝隋唐五代；江南城市；城市产业

且不说经略作改动后的"城市集群""产业机构"的提法是否妥当，能有这样相近的摘要和关键词吗？

三、结　　构

我的《研究》一文，分成五个部分，分别是：

一、愈益兴盛的商业活动

二、新兴的生活服务业

三、门类众多的手工业生产

四、日趋活跃的外贸业

五、其他产业

六、余论：江南城市产业的特点

《探讨》一文，分成四个部分，分别是：

一、商业活动日益兴盛

二、生活服务业逐渐兴起

三、手工业门类众多

四、外贸业日趋活跃

五、结语

再傻的人都看得懂文章的逻辑结构是这样的重复，就是变换了一下句子而已。最为可笑的是，省略了一个"其他产业"部分，可你在内容摘要里的"与此同时交通运输业、城市高利贷业、城市种植业的规模也不断扩大"，在正文里没有一丝一毫提到。我的《研究》提到的这三个产业，就是在这个部分里的啊。哪里有这种洗法的！

结构一模一样，具体的论证会有不同吗？没有，丝毫没有。所有《探讨》里的自然段的先后次序，和我《研究》里的次序完全一样，哪怕你有一个自然段不一样也可以啊。所有《探讨》里的自然段无一例外都可以在我的文章中找到相应的地方。

四、观　点

《探讨》没有一个观点是自己的，所有的观点都来自我的《研究》。

比如，我谈到民营手工业的发展要注意几点：

第一，手工业门类众多。学者指出，六朝手工业形成了冶炼、造船、制瓷、纺织、制盐、造纸、制茶等七大手工业部门。第二，地方特色比较明显。第三，城市周围原料的支撑是江南城市民营手工业生产发展的重要原因。第四，江南城市民营手工业产品有相当部分是进入到商品市场的。第五，民营手工业生产规模小，一般都是以家庭作坊或个体生产为主。（各点后有相应的论证）

《探讨》是这样说的：

六朝隋唐五代的民营手工业具有如下特点：第一，手工业活动涉及的商品种类较多，包括造船、纺织、造纸、瓷器制造多方面。第二，民营手工业的地域特色显著。第三，民营手工业的发展依托于周边地区的原料支持。第四，生产经营规模总体偏小，主要以家庭作坊为主要形式。

再比如，在结论中，我的《研究》总结了江南城市产业的一些特征：

第一，江南城市产业结构基本合理。第二，江南城市产业地域性明显，不同城市形成了各自的产业特色。第三，江南城市产业分工与城市发展相适应。……六朝隋唐五代江南城市的发展出现了一

些新的特点和现象,表现在产业结构上,服务业和外贸业快速发展。(各点后有相应的论证)

《探讨》一文是这样说的:

六朝隋唐五代时期的江南城市产业主要呈现出产业结构合理化、地域优势显著、产业分工明显等特点,其中服务行业和外贸行业的发展最为迅速。

五、资　料

《探讨》很少引资料,现有的资料都在《研究》的范围内,没超出过任何一条,而且呈现出的前后次序完全一样。

即使这样,还出现了资料出错的问题。试举两例:

《探讨》云:"常衮曾在诗中描写道:有盐井铜山,则有豪门大贾,则利之所聚。"

需要指出的是,两个"则"字是洗稿者增加的,什么原因不说也明白。其次,我在文章中引的是《全唐文》卷四百一十三常衮的文章,洗稿者诗、文不分。

《探讨》云:"《刘茂忠传》中曾描述了为外甥女制作衣裳的画面。"

我在《研究》中先引的是《江南野史》卷十《刘茂忠传》,再引了《太平广记》卷三百三十三的一则故事,谈到会稽主簿季攸为外甥女造作衣裳,这是两个例子,《探讨》合到了一起,错得离谱。

六、改　　写

全文每一句话都对我的文章进行了句子表达的改写，毫无疑问此举针对的是查重。

简单一些的改写，如我原文为"政府控制"，《探讨》是"政府的控制"。我原文为"总体上看"，《探讨》为"总之"。我没有写时间的，《探讨》加进个"六朝隋唐五代时期"；我写"城市"，《探讨》就成了"江南地区的城市"。这样的手法很多。

复杂一些的改写，如我的原文为"相当于六朝扬州的东部地区"，《探讨》因为不知道六朝扬州的范围，改成了"主要包括六朝时期扬州及其东部地区"。我的原文为"相当于今浙江全部和苏南、皖南地区"，《探讨》改为"相当于今天的江苏南部、安徽南部以及浙江省全省"。我的原文为"江南城市中的商业，大部分是民营商业，这是城市商业中的主体部分"，《探讨》改成"六朝隋唐五代时期，官营商业活动是城市商业活动中的主体"。把我原文的意思改歪了。

改写的过程中，出错地方很多，如我的原文是"夜间经商"，《探讨》改成"夜间经常"。我的原文是"出现了许多著名食品"，《探讨》改成了"有的食品甚至闻名全国"。

学术论文要规范，学者、学生要有基本的做人底线和做学术的底线。如果我们连这一点也守不住，这个社会是十分悲哀的，一些洗稿者，不管这文章是买来的还是自己洗的，真的并不适合在学术领域里发展。违规违法是肯定的，自会有相应的条例条规来约束你。抄袭，有百害而无一利。

要尊重作者讲究规范

人老了，总会想到以前的一些破事情，于是拎一件出来念叨一下。

三年前，新华出版社编辑找到我，跟我商量一起为抗疫做点事。我说随便你怎么弄，我肯定是同意的，我们没有其他本事，唯一能做的也只有写书，让关在家里的人读读。《中国抗疫简史》就是在这样的背景下出炉的。当时时间非常紧迫，除了大部分用的是以前的稿子外，还赶写了一些新的内容。这本书的出版相当仓促，稿子有点粗疏，文字上也有不少问题，甚至连合同也没签，我就快速把稿子给了他。书刚成形，出版社就把书放到了所有有点名气的读书平台上，让读者可以免费下载、阅读。因为是想做公益，所以这些做法我都同意，不想提任何和利益有关的事情。事实上，等到纸质书正式出版，书的销售肯定会因此大受影响，虽然编辑对我说影响不会太大的，但我都没有去想这些。

纸质书出版后，媒体上有不少相关报道，也有几家报纸用了书中的部分内容，但大都标明引自哪本书或作者是谁。有不少报纸找到我希望我再写一些与疫情相关的文章，也有不少公众号想转载，更有几份报纸提出采访。香港一家出版社的编辑说要出版繁体字版，我让他和新华出版社的编辑直接联系，最后我增加了关于香港的一章约有一万多字。当时我认为这是一个读书人为社会作贡献的时候，应该尽力为之，不必计较个人的得失。我们这样的教书匠，对社会的贡献也就是这点了。事实上，尽管这本书上了当时的一些排行榜，出版社最后给了一点费用，但与我出本学术书拿的稿费也相差不多。

2020年2月上旬，新华出版社的编辑还发微信对我说，某某日报想用我书里的内容，大约七八千字。我说没问题，尽管用吧。我答应过后，这事就再也没有消息了。当时一些不认识的公众号也在转我的书及其内容，我认为只要说作者是我并且内容引自《简史》就行，这都算是为社会作贡献。

3月7日，我在网上突然发现某某日报2月21日有一篇《人类与疫病大战3500年》，文章的确是用了我书里的很多很多内容，把它们重新整合排列。相同的文字，可以说几乎是照搬照抄，约有六七千字，当然文章里配了一张《简史》封面，但没说这些内容是引自《简史》。然而仔细一看，却发现作者不是我，而叫"天青"。我给新华出版社编辑发了微信，我说这报纸有点不够意思，它用的全是我书里的内容，却不讲是引自书里的，一句话也不提书或者我的名字，当然也不会提出版社。编辑一听，说马上去网上看一下，还说当初对方提出引用要求后再无音讯，编辑还不知道他们已经发表了。我又对编辑说："说引自书里的，或者说是我的观点如何，这个都可以，但换了作者名，这样大量用我们的文字，也不提一下我们，太不规范了。"不久编辑转来了该报微信版的文章，他说看到书的封面，旁边也提到了我。编辑说："我记得他们事先联系我们的时候，明确说是推广图书的，说刊登封面和作者信息的。"

我把这篇文章网上的电子版看了半天，发现了我的名字，但觉得不是个味，当晚还是给编辑说："某某日报的这篇，不地道不规范，好像只有中间一段话是我的，其他都是署名'天青'的人写的。"又说："也只能算了。"

第二天早晨醒来后，我在百度搜到了这篇文章更清晰的文字版，看到了所谓我名字的一段，是放在文章的中间："作为国内较早研究我国古代疫病史的学者，上海师范大学古籍整理研究所所长、人文学院博导张剑光在《中国抗疫简史》一书中写道，在我国古代，疫病往往是动乱和战争的产物，在安定的社会中，虽然疫病仍会发生，但只要有正确得当的救灾搞疫措施，疫病流行的概率就低，规模有限。"这样的写法，好像我只是说了这几句话，其他的都不是我的内容。至于书的封面，也就是配合这段文字引出来的，并不是专门介绍这本书。

我越看越气，给编辑发了微信："今天早晨我仔细看了一下，就这句话提到了我和书，既不是推介书谈到出版社，又不讲这篇文章里的内容是引自这本书，给人看呢，好像我就是说了这个自然段里的话。书的照片呢，让人觉得是个软广告。哪怕是文章最后用个括号，说本文的内容摘引自或改编自《中国抗疫简史》，这个也可以啊。他们做事太不地道。"编辑仔细看了，也发现有问题，所以想和他们联系，并问我："您看，现在我和他们接洽，表达一下您的意见，还是让他们和您直接联系？"我心想，人家文章发了十多天了，还能怎样？遂回答："表达到意思就可以了，只是觉得做事情要规范。"我并不想追究他们什么,我也没有精力为了几个字去和人家拼命,说不定最后是一个小编辑,人家把这编辑开掉了就完事,而我这样做有什么意义?我是为了名还是为了钱?

编辑最后把我的意见转达了,至于结果,也就不了了之。后来上网一查,《西宁晚报》在3月3日整版转了这篇文章,作者署名依然还是"天青"。一个大报,做事这样不符合规范,令我有点吃惊,说了一声就几乎整篇文章抄我的书,但我不知道你是这样抄啊。这个署名"某某日报作者:天青"的人,不管是一个编辑还是个实习生,肯定上过大学,在学校里接受过正规教育,他的老师绝不会同意他这样做的。报纸不是学术刊物,但也不能这样操作。

三年过后回头看,这本书在当时还是有一些社会价值的,虽然现今防疫政策已经改变,但在疫情刚出现人心慌乱阶段,我的书是有些社会作用的。今天突然想到这事,无聊之下拿出来吐槽一番。

抄袭官司

今天一同事发微信给我:"刚才接到个北京的电话,说我的《大明王朝》被人抄袭了三万多字,表示可以代我打知识产权官司。"

一看这个,稍一想,我就猜出说的是当年的事情,那个电话肯定是说我抄了同事及其他人的文字,但我冤枉啊。

这是很早以前的事了。2005年左右,一位老兄和同事开了一家文化公司出版图书。由于两人都和我熟,所以他们向我约稿,我在一段时间后提供了二本书稿,其中有一部是叫了一些学生一起写的,还有一部是用了一些旧稿外加一部分新写的。另外我帮他们约了三本稿子,先秦、宋、明等是我牵的线,作者都是同学和同事,他们自己再另外组了几本,一套九本同时推出,出版社是黄山书社。我们自然是冲着稿费干这事的,拿的是千字多少稿费,销售和我们作者无关。后来编辑老兄对我们说,此书的版权卖给了北京一个什么公司,我们再签了一个协议,一本书又拿了一千元,此事也就结束了。

后来,我们看到这些书在陕西旅游出版社出版,但改成薄薄的一本，想想他们应该是在景区出售，但并没有给我们样书，也不再给钱。再后来，陕西另一家出版社出版了同内容但更薄的一本，都只卖六元钱一本。

后来的再后来，也就在 2007 年，一个偶然的机会，我发现自己当了主编，出了一本新书，于是到宜山路的书店买了一本。拿到书，自己吓了一跳。这本《中国历史之谜》是一本重新编的书，把我们原来那一套书每人的书里各收一部分，编成了一本三十万字左右的书。大概是考虑到我有三本书，里面收的东西最多，所以我当了主编，前面还有一个序，不知是谁写的，也署了我的名字。问题是，各位作者的名字都没了，只有我一个人的名字，分明是我抛开版权使用了他人的著作。于是我给这个出版社写了一封信，他们的主编马上和我联系，说书稿是来自一个公司，当时问了版权归属，人家说没有事情的，放心用，所以他们就出了。他说会尽快和这个公司联系。再后来，又说这个公司的人近几天就会到上海，会来找我。这样，一直等到 2023 年，这公司的人还在路上，大概是步行过来，还没有走到上海吧。

我把这事写成了文章，发在博客上，这事也就了结了。对我，只想声明一下这事不是我干的，是人家做得不地道，最起码要发点稿费给被侵权的作者们，总不能一本书一分钱也不给。我当时对早上发微信给我的同事原原本本说过这事。

我不是只靠这本破书吃饭，所以这事也不去多想了，尽管有朋友说可以打官司，告出版社和提供书稿的人，百分之百稳赢，但我觉得烦，总希望人家会拿一小钱出来解决这事的，大家太平无事就结束了。没想到今天有人再次挑起这事，令我吃惊了一下。我对同事说是不是这事，我认为肯定是这件事。同事说有近二十年了，这个人怎么会发现的？

我说让那个人替他打官司吧，律师费不要付，追回来的钱大家分成。让那个人起诉我和出版社，后面肯定会有点钱的，我当了主编，也想有点钱。同事说起初他以为还有人在抄他的这本书，后来一听到我的名字，就知道还是2007年的老事情，就提不起兴趣来了。那个人还对我同事说，他帮我们学校美术学院一位老师打官司，打了几十万回来。

我一听就乐："让他打啊，我们也能追讨回来几十万，这是我很想见到的。"

同事说："我对他说这事早就知道了，那人很失望。"我说这人是很厉害的，估计是看到了我当年写的小文章，不会看到那本破书吧。你就打吧！

同事说："没有那份闲心，不理这人。"

唉，我还以为躺平可以赚一笔，看来没希望了。

2023年8月17日

主　编

最近大家都在谈论一件事，有一位资深教授主编了一套书，其实是翻译了德文版的著作，而这个德文版的很多部分是经过相关专门人士整理和编写后的著作，所以这套书的版权归属就产生了问题，对这个"主编"的定义也存在争议。

在此，我倒不是想掺和评论这事，而是想说说我对"主编"的理解。

我曾替一位前辈学者编文集，将大量著作和论文收入同一套书，搜集这些东西花了很多时间，从内地到港台，从网上到网下，幸亏有众人帮忙，特别是我的一位学生，在网上查找资料的能力很强，没有他，单靠我不知道会干到猴年马月。这位前辈的论著，发表时间跨度达数十年，现在要整合到同一本书里，单体例格式问题就很大。比如注释，时代有先后，注释体例不同，即使是同一时期，各本杂志的要求也不同，而我把它们合起来，要作统一，改动的工作量很大。书稿也是，有不少是合编的，我要把属于他的那部分抽出来，当然合编的分不清的，就没有办法了。

我请一些学生先帮忙统一全书体例，但仍有很多问题。直至清样出来，又让学生校对一次，之后我再继续校，看得两眼发直。编文集的工作，连续干了八九个月，新冠肺炎疫情期间，我天天躲在家里，有了整段整段时间看稿子，才完成了这项工作。

等到快出书的时候，才想到署名。著作权肯定是前辈学者的，如何体现出我的工作呢？我翻了某个学校某一位学者为他老师编的书，写的是"主编"二字，而他的老师则是作者，这多少给人怪怪的感觉。我和出版社责任编辑商量了半天，设想了几种可能。我的意思是著作权归属不存在异议，但我带了一帮学生做的工作要有个说法，但"主编"肯定不行，不妥当；说某某某编，也很怪。编辑表示同意，但也想不出个好办法。最后我说干脆什么也不写了，编辑说好啊，前言是你写的，人家也会知道是你编的。

书出版，我帮前辈填写评奖表而我自己什么也不能填，表格里弄一行也不能啊。后来这套书得了两个奖，那也是前辈的，不是我的。当然后来"前言"发表在"澎湃新闻"上，赚了一千元的稿费，这是我编这套书唯一得到的利益。事后想想，这几个月的时间我为前辈做了一件事，也是我人生中的一件大事情，后人不一定知道内中的经过，但我做了，而且很顺利。大概这辈子我也就做这一件，以后也不会再做了。如果有人将来写我的历史，一定不要忘了我这几个月的努力。

按理，我"主编"了这套书，没有我的努力，这书编不成，我应该"主编"一下，但这套书主要是前辈学者的创作，没有他的这些著作和论文，我能编什么？能得什么奖？所以说来说去，还是老先生的著作、论文是这套书的卖点，是价值所在，我最多是承担了收拢一下的工作，所以我放弃了"主编"二字，内心很坦然，虽然工作的付出和得到的利益完全不相称。

    本文写于2022年12月15日,修改于2024年2月28日。

讲座费

2022年9月，一位姑娘打电话给我，请我为他们单位作个讲座，说是市纪委谁谁介绍的。当时我没多想什么，就答应了。后来我与姑娘加了微信，就讲座的具体问题进行商量。一切停当后，有一天姑娘突然问我讲座费要多少？我一愣，就说："随便的，这个无所谓的。"因为答应了人家作讲座，我就不会再谈什么费用。当时想补一句：多少不论，按你们单位的常规吧。不过后来这句话没有发出去。

国庆节过后，姑娘和我联系，说讲座费他们单位标准有规定："预计能给您三千元，您看是否可以？"然后和我确认讲座的具体时间，要我提供介绍身份的内容。费用的话我当然是回复"可以"，作为一个学者，哪里可以和人家讨价还价啊。既然答应了人家，即使没钱也要开讲。

由于疫情管控的需求，讲座改成了线上。对方的安排改成了一个下午两场，我被安排在前面一场。之后讲座进行得很顺利，我按对方的时间要求全部完成任务，也不再去多想。

前几天，我收到短信说银行卡里到了笔两千元的钱，因为我没有什么额外的收入，心里估摸着就是这个讲座费了，但怎么变成两千元了？不过少点就少点，没必要太计较。今天上午，姑娘给我来电话了，主要说讲座费的问题。她说本来对我说好是三千元的，但因为一个下午安排了两场，财务说单笔这么多超标了，只能支付两千元，所以她从另外地方想办法再给我一千元，让我注意一下银行卡，看看钱是否到了。

我一听就大概知道了经过，本来说好的费用，领导变卦，不肯支付，姑娘就为难了，只能从其他地方再弄一千元。中午在办公室里吃饭时，看到手机上有短信进来，说银行卡里进了一笔钱，是姑娘转过来一千元。我突然想到，这短信为啥说是以姑娘的名义打过来一千元，而不是他们单位给我打过来的？我马上意识到这很有可能是姑娘自己垫的钱。于是发微信对姑娘说，讲座费我一开始就说无所谓，你们单位给多给少我都会拿，我答应了你要作讲座的，就不会在乎钱了，但你把自己的钱给我，我是无论如何不会拿的，拿了你个人的钱，我的心里会不好受的。于是马上把钱从微信上转了过去。姑娘给我来电话，说这事她答应了给我的费用就不能食言。我说这是你单位的事情，不需要你个人拿出来，你把钱收好。姑娘说不用，是应该给我的。我说你自己的钱我怎么能拿啊，你微信上的钱收好，如果不收我就从支付宝转给你。

我答应来作讲座，但没提讲座费多少，那我就不会管你会给我多少钱。当然如果干脆直接说多少钱，你愿意来讲吗？这个我也是会掂量一下的。但说了多少钱，后来又不想给了，让具体经办的工作人员为难，这又何必呢？所以说来说去，还是我自己有点傻，没必要答应得这么快啊。人家一说是谁谁介绍的，我就答应帮人家作讲座，人家反而会觉得这个人是不值这个价的。这大概也是一个教训。

多少钱能作讲座，我都无所谓。一分钱没有的公益性的讲座，只要时间上允许，我也会做。但说好的价钱又反悔，这个我是有点不能接受的。

2022 年 10 月 30 日

保持一致的印象

　　大半个假期已经过完,在家的学生们除了完成专业课程作业要求,还有不少人会看看闲书。科技发展,一机在手,通过网络就能知晓国内外大事、各种社会新闻和体育赛事,学生们的世界很精彩。

　　这个暑假里,国内外大事、小事不断,新闻热点不断,通过键盘,人人可以在公共平台上进行评论,参与到事件的整个过程,或提出建议,或抒发一点个人的感情,这些都是学生对国家对生活关心的表现,是值得肯定的。但我们也会看到,每当一个热点事件出现,尤其是艺术、体育方面的,年轻人的评论和转发显得十分积极,一部分大、中学生都参与其中。有些人只是表达自己关注此事,有些人会发表一些中肯的评论,有些人会和别人展开讨论,当然有些讨论言辞十分尖锐,火药味过浓。一方面,年轻人没有世俗气,敢于说真话,直击要害,有些评论一针见血,其视角往往是成年人难以发现的。另一方面,由于很多平台都用的是昵称,"穿上马夹"后大家都不知道对方在哪个学校读哪个年级,因而不少学生说话就没有顾忌,话说得过于直截了当,评论往往过头,有些话充斥着戾气。有些学生逮到什么就喷，话没有轻重，甚至根本没有意识到自己的话是否有理、是否准确。

谁都有一个踏上社会的过程，平时学业比较紧张，没空关心这些热点事件、热点新闻，但一到暑假天天看着这些，年轻学生当然有着积极评论、讨论的欲望，有时也想伸张一下自己的正义，和人辩论甚至斗嘴也就时常出现。但网络上学生的评论、讨论，我认为有以下几个方面值得注意。

一是评论或讨论的内容最好在自己的知识领域之内。每个人的知识是有限的，隔行如隔山，换了个领域我们可能连最基本的知识也不懂，因而评论时没必要去指责人家，也许自己的评论比人家还要low。评论或讨论不是比谁的气势足谁的声音大，而是用正确的知识让别人信服。对自己不懂的知识，更应以虚心的态度向对方学习。

二是评论或讨论是一个说理的过程，是一个讲逻辑讲证据的过程。评论中概念要同一，不必抓住别人的一两句话断章取义，或者把别人的观点引申出去变成了另一种观点而拎起来加以批判。更不可以人家讲的观点是甲，你去批人家的乙，说得天花乱坠，其实是各说东西，不在一个频道上。

三是对一个新的事件，最好是一慢二看三评论。社会是复杂的，有些文章的出现别有用心，有一定的引导性。这一段时间，很多热点事件刚上网时十分热闹，许多人跟着就评价，对不同的观点进行批驳，但没过一两天官方发布调查结论，事情出现反转。因而对热点，最好是先观察，用自己的脑子多多考虑，没必要急着去表态。如果过一两天再来看看这事情到底是怎么回事，这时你想发表意见，可能准确率就会高很多。学生更加难以把握社会的复杂性，特别是涉及歌星、影视新闻，更要理性对待，不能因为喜欢这个歌星的声音、喜欢这个影星的形象，就不顾事实没有是非而去追逐，对有不同意见的人进行谩骂。

四是互联网上的任何评论都是会留下痕迹的，不会因为你用了昵称就没法知道你是谁。评论时你以为别人不知道你是谁，如果你的言论出格，有关部门只要一查，马上就会知道你的真名是什么。其实在网上，是昵称还是真名都应该保持一致，我们只是表达一种感情和想法，不是和别人去争吵，要用平和的心态来对待任何人在网上的言语。争吵只是一时的兴奋，但往往会说过头话、说带有暴戾之气的话，因而网上和网下都应该一样，保持理性保持冷静。

古人云："道也者，不可须臾离也；可离，非道也。是故君子戒慎乎其所不睹，恐惧乎其所不闻。莫见乎隐，莫显乎微，故君子慎其独也。"古人认为最重要的是慎独，就是在别人不能看见的时候，行事要谨慎；在别人不能听到的时候，头脑保持清醒。当你一个人独处的时候，你的行为最应该做得比谁都好。我们以前常说君子慎独，修己以安人。自己一个人的言行有度，自己的内心就会安宁，就能为社会作出更大的贡献。在互联网上，对年轻的学生而言，更要用平和的心态对待一切，言论上绝对不能过激，不意气用事，要留有余地，尊重对方，要成为一个文雅的儒性的评论者。在网上的浏览，既是一个关心国家、了解社会的过程，同时又是一个年轻人自我修行的过程，是向他人学习的过程，更关键的是要保持自己人前人后一致的人格形象。

用稿要讲规范

20世纪80年代我读硕士的时候,并没有发文章的要求,但为了证明自己点啥,我和同学们都在写文章,写了就到处投稿。当时大部分的杂志有是否采用的回音,有的是手写的,有的是固定格式的。拿到采用的通知,在同学之间还要炫一下,好像自己水平有点高出别人一头,要开心几天。大家都这样,人人不甘落后。

我当时写了好几篇小论文,大多耍点小聪明,感觉是有点一得之见的。其中有一篇是关于唐代的便换,即飞钱,翻史料来了点看法,觉得与传统的几个大家书里讲的不太一样,于是将史料进行排比。由于当时看杂志论文十分不便,索引也很少,人家是否写过一概不知,只是根据基本资料得出一个大致的看法。因为文章里引了二三个大人物的观点,而且是不同意他们的看法,所以论文的题目比较低调,这就是我硕士阶段完成的《唐代便换认识的几个问题》。手抄方格纸上,几千字,从写到完工,前后花了两三个星期。

投哪里?自己也不知道该投哪里。看看古籍所资料室里的杂志,其中有一本《汉中师院学报》,大概最早是某个老师与这本杂志有关系，所以订了好几年。翻翻杂志，是正宗的综合性大学的学报，历史类论文一期要发两三篇，再想想自己的论文写得不是太满意，也不敢往好杂志投，就往汉中投吧。

投出去以后，一直没有回音。文章质量不行，人家不理你也很正常，于是就忘了这事。接下来为了毕业弄学位论文，又忙着留校，哪有心思顾得上这篇文章。毕业后大概过了一年左右，有点空闲了，又想到这篇文章。所里前辈顾老师对我说，文章被拒很正常，再投啊，但投之前要修改，修改了再投，再拒再修改。每修改一次，你的文章质量就会提高一次，最后总会有一本杂志录用的。按照顾老师教的技巧，我把这篇文章拿出来修改一番，决定再投。

看到资料室里有一本《中国钱币》，也就不管是否对路，投了再说。投了就当没投一样，我心态出奇地好。

1990年初，我得了甲肝，休息了好几个月才上班。五一节后回到学校，突然收到了汉中师院的杂志，有种意外之喜，投了两年多的文章，在我想不到的时候寄过来了，而且还有一点稿费。因为这篇文章，汉中这个地方被牢牢地记在我的心中，尽管至今还没有去过，特别想去，心里满满地充盈着对它的好感，暖洋洋的。

事情本该完了，文章的结局很圆满。没想到两年后，突然收到挂号杂志，是《中国钱币》寄来的，我略作改动过的便换文章也发表了。这让我有点吃惊，怎么办？当时我们有位前辈老师，因为一稿两发，在评职称时有人就提出来，弄得他差一点评不上。现在我也摊到了这事，不要对我将来产生影响啊？于是我写了一封信给《中国钱币》编辑部，我说因为我投了另一本杂志一两年多后没消息才另投贵刊的，贵刊也是两三年后才发表的，我没办法知道会出现这样的情况，所以贵刊的稿费就不要寄给我了。当时真的有点慌乱，但过后我回过神来，还是觉得问题不是在我，而是三个月的时间刊物没有对我说清是否会采用论文，否则这完全是可以避免的。

《中国钱币》后来还是寄来了稿费，也没有质疑我一搞两投影响了他们。2001年，叶世昌先生担任我的博士答辩主席。中午吃饭的时候，他对我说："某某某，我早就知道你，因为我们有文章发在同一本杂志上。"我一听就笑了，说："叶老师，是的，是《中国钱币》，我当时一看怎么和名家发在同一期上啊。"那一期，叶老师也有一篇文章，而之前，我早就读过叶老师的著作，知道他是经济史的大家。

所以，一稿两投，有时并不是作者的问题，对作者来说，也很无奈，也不想出现这样的情况。

序

记

前言

丁四云等《清代名儒谢墉》序言

上海金山区的枫泾，是一个有着悠久历史的江南名镇。

自唐天宝十载（751年）设立华亭县后，古代的上海境内正式有了独立的政区设置，社会发展加快了步伐。尤其是上海西南部地区，无论社会经济还是文化，都有了特别的发展烙印。行政区划有系统地建立，据《元丰九域志》和绍熙《云间志》的记载，两宋华亭县共有十三乡。县城西南六十里的风泾乡，有三保八村，管三里，其中有一里名为"风泾"。华亭地区出现了很多镇市。居住在白牛村的陈舜俞就说："白牛村，在其（指华亭县）西，有人烟之富。"（陈舜俞《海惠院藏经记》）也就是说，居住在白牛村的人口不少，其在当时已是一个颇有名望的村庄。《云间志》卷中谈到海惠院时说："在白牛市，建隆初，里人姚廷睿以宅为寺。"集福保国水陆禅院，"在白牛市之东"。这里指在北宋初年，今枫泾镇所在地建起了寺庙。南宋人说到了白牛市，尽管不知什么时候称市，但市里有几个寺庙是事实。我们估计，北宋就已建立的白牛市，就是后来的风泾镇（今枫泾）。

风泾在宋代已是重要的交通关节点，"宋置驿，以通秀州"。

也就是说，从华亭到枫泾再到嘉兴，在宋代就是一条重要的驿路，政府在枫泾设驿站。其时驿站设驿船五只，船户四十户。从这些设置来看，从枫泾到秀州的驿路主要是水路。

唐代末年到宋代，华亭地区"衣冠之盛，亦为江浙诸县之最。虽细家中人，衣食才足，则喜教子弟以读书为士，四方之俊，历聘而来，受业者云集"（正德《松江府志》卷一二引许克昌《修学记》），就是说，华亭地区在很早以前，就十分重视教育，读书人众多，枫泾作为华亭县下一个重要的市镇，自然居住着很多富人和读书人。如陈寿，建炎三年（1129年）南渡，卜居枫泾。华亭尉顾演才，在职时有惠政，后来他徙居枫泾，"孙孙繁衍"。这些比较有社会地位的人来到枫泾，他们会将子弟送进学校读书，鼓励子弟积极参加科举考试，并取得了良好的成绩。

说这些唐宋时期枫泾的历史和人物，主要是想表明一点，今天的枫泾是上海地区一个很古老的镇，在历史上，社会经济的发展和文化的发展，使得一些大族世家会世世代代居住在镇上，他们重视教育和科举，与周围的大族联姻，在地方社会事务中发挥出很大作用。这些大族往往会把文化传统留传给后代，在科举上取得成功，一代又一代的子弟成为地方文化名人和高官。

到了明清时期，在当时的松江、嘉定、上海等县出现了大量的市镇，这些市镇都是商品经济发展的产物。镇上生活着很多地方名人，他们对上海地区的文化和思想产生了很大的影响。枫泾这样的大镇，出现像谢墉这样的家族，其实是时代经济和文化的反映，一点也不显得突兀。由于谢家对教育十分重视，科举上一旦取得成功，就很容易在当时的政坛上创造出一些闪闪发光的伟绩，会引领一代又一代子弟在仕途上不断向前发展。

　　金山枫泾的文史研究者丁四云、郁传新等先生，热爱家乡，对枫泾地区的古代文化有很精深的研究，对历史上的枫泾人物倾注了满腔热情。在本书中，他们主要对谢墉的生平、家族历史、仕途、成就、诗词和书画作品、祖先和后裔代表人物进行了全面探索，对历代史书和方志中关于谢墉的记载资料进行了全面搜罗。表面上看，谢墉是清代中期的官员和学者，离今天不远，但实际上除了《清史稿》，关于谢墉的资料主要是零零散散地保存在地方志中，真要对他进行全面研究并不是一件很容易的事情，而现在各位看到的这本关于谢墉的著作，搜集了各类史书和文集、笔记，将谢墉在清代历史上的功绩和地位说得十分清晰，为我们展现了谢墉从科举开始到进入仕途的步伐，在政治上发挥出的作用，在思想上的影响和在文学、艺术上的地位，这是一件并不简单的学术研究工作，是我们必须加以肯定的。

　　在史学研究都围绕着各个等级的项目、经费转的时候，我们欣喜地看到有很多热爱地方文化的人士，他们不计较名利，默默地为上海文化作出贡献，这种精神十分难得，令我感动，是我们必须学习的。我大学的同班同学吴培林兄，是枫泾文史研究会的一员，他把该书的初稿给我先睹为快，但嘱我写个短序，希望我能为枫泾文化建设出一点力。其实，我平日在学校里主要撰写论文和著作、整理古籍，并不擅长写序、跋这类体裁的文章，虽然我答应了培林兄，但也知道这是勉力而为的一件事，因此上面的话必然有很多不妥当的地方，只能请大家原谅了。

　　最后，我想说，有关谢墉的这本著作读完了，但我觉得意犹未尽，我更希望枫泾热爱文化的朋友们继续你们的工作，搜集更多的资料，继续撰写枫泾其他文化名人的传记，这既能为上海历史研究服务，又能造福于更多的读者。从这一点上说，非常感谢培林兄提供了一个让我说上面这些废话的机会。

研究上海古代名人的工作十分庞大，希望我能和金山的朋友们共勉，共同为上海历史的研究做出更大的贡献。

2023 年 5 月 26 日

戴建国《都市民俗与云间记忆》序

戴建国兄嘱我为他的《都市民俗与云间记忆》作序，我脑子没动一下就随口答应了，回家一想我能干这事吗？一个研究古代文学的博士写了本精彩随笔，竟然要一个学古代史的文字都弄不通顺的人写序，这差不多就是让赵子龙去枪挑秦始皇，隔岸桃花两相望，叫我怎么去采？年纪上去了，脑子不够用，前面有坑，还是会一脚踩进去，好像自己很勇敢的样子。

大多数学文学出身的人都是文采飞扬、出口成章，底气足的张口就能慷慨激昂，形容词、排比句、比喻语，气势恢宏，以排山倒海之势压过来，有才情的会文雅委婉，随口念几句古诗，"歌声婉转添长恨，管色凄凉似到秋"，让我这般俗人倒吸一口冷气，只想回家翻《佩文韵府》也去学几句诗，就想着有朝一日，我也有一起附庸风雅的资格。我们学历史出身的，说起话来好像头头是道，摇头晃脑，其实平铺直叙，没有起承转合，写几篇文章总让看的人昏昏欲睡。如果让人做个调查，央视《百家讲坛》，讲得好的前五位，估计全是学文学出身的，学历史的能有人进前十，一定要烧几支高香。这般说来，戴建国这位老兄是强人所难了啊。

不过转念一想，人家把书稿发给我有两三个月了，对我这样真情相邀，不写不太好吧。心一横，也就不管了，献丑也就一次，再说文学界，也没几个人认识我，写点啥都无所谓，关键是我写了，我完成任务了。

认识戴建国兄，要将近三十年。20世纪90年代中期，我是上海师范大学古籍整理研究所的老师，刚混上个副研究员，意气风发，而戴建国兄进所跟了孙菊园老师读硕士。那时候，他人长得挺帅，没一根白发，心灵美好而又淳朴。据孙菊园老师后来给我说的八卦，他进学校行了束修之礼，手拿两玻璃瓶子的汾酒送到老师家里，市场价二十五元一瓶，那时送礼流行这玩艺儿。孙老师说，一个女老师又不喝酒，送酒干吗？据说戴兄当时浑身不自在，抖抖豁豁地将两瓶酒递给老师。孙老师说到这事时还学着他进门的样子，说他太质朴了！我说这玻璃瓶的汾酒，老喝酒的人都喜爱，不花里胡哨，质量又高，最实在。孙老师说，对，这就是戴建国，人最实在！原来，孙老师对戴建国兄是如此认可。

我读本科的时候，孙菊园老师给我们上写作课，平时对我们生活和学业上有不少指导，虽然我们和她说话嘻嘻哈哈无规无矩，但师是师生是生，如果排排辈份，我和戴兄都是孙老师的学生，是同一档次的。两年前，戴兄给我发过来一张当年我俩在古籍所小平房旁边的草地上站着的合照，两个小伙子是那样的年轻，那样的精神，神情专注，向着远方，胸怀理想，今天只有羡慕的份，只能发一句感叹：我们曾经一起意气风发过，不过我先老了，他还年轻。

戴建国兄毕业后在一所著名的高中里担任语文教师，写作的特长发挥得淋漓尽致。之后回上师大，重新开始科研工作，不久后跟随华东师范大学著名的古代文学专家刘永翔先生读博士,那本著名的《〈渊鉴类函〉研究》应该就是他博士阶段收获的成果。后来他一头扎进民俗学研究,先后在我们学院和法政学院担任民俗学导师,桃李满天下,又担任《非遗传承研究》副主编,学术做得风生水起,令人艳羡。编的杂志还不舍得给我看,说我专业和他不对路,我讨了几次才送来一本两本的。不过他和我吹牛时,张口就是上海的某个非遗某个生活习俗,比我这个上海郊区的土著还要熟悉。

某年秋天,《新民晚报》的资深编辑沈月明兄来电话,说他们想开一个关于上海郊区文化的会,觉得历史上上海郊区的文化自有特色,并将此冠名为"沪乡文化"。这种文化在上海城市经济的辐射下,有时代的色彩,因而想搞个项目,让我牵头,我口头答应了。几天后我和戴建国兄去了南汇海沈村,我当车夫,载着著名的非遗专家与会,一路上听他给我普及奉贤、南汇和金山的非遗知识。会上,我和沈月明兄签了个协议,对"沪乡文化"进行学理上的研究。其实我心里是蛮虚的,因为我熟的是上海历史,不熟的是文化理论,怕做不出来。当然我想好了一个替我挡枪的,那就是我们的非遗专家戴兄。

项目签约后,戴兄带着学生翻文献、跑田野,跑了几十个上海的乡镇,每个星期天,他发的朋友圈都是带了一帮男女学生在调研,记录了很多上海格调的风俗习惯、生活语言、物质文化。他去过的很多乡镇,我至今还没有到过;他了解的上海掌故知识,我有很多没有听说过。哪怕是我的老家嘉定,有的数百年前不再流行的传统习俗,全让他挖掘出来,而我却木然不清楚。现在收在随笔集里的"沪乡文化"部分,就是他做课题时的一些副产品。课题写成后,我提了几条意见,但他和学生做得很详细,并不需要作太大的修改。沈月明兄给的一笔课题费,数量不少,他全给了学生。我问他为啥不自留一点,结果他说学生很辛苦,他们需要钱。

这就是戴建国兄的一种善良,一种对人对钱对事的格局。反映到《都市民俗与云间记忆》这本书里,他的这种气度和格局无处不在,他带着一种平和的心态看上海的昨天和今天,他研究上海,对上海的人和事、风俗充满着友好和包容。

书里,我最先看的是"斯人已矣"这个部分,看他怎样写自己的老师、同事。那些熟悉的人熟悉的事,读后让人感动。我也写过怀念孙菊园和孙逊先生的文章,但没有戴兄写得那样感人。关于女作家黄九如的那篇,一口气读完,才明白在我们工作着的学校里,原来有着这么不平凡的作家,我们走着她走过的路,坐着她坐过的凳子。图书馆的郭女士,无数次听到她的名字,却从没有结识过,看了《哦,是吗?》,就算正式认识她了。师大南门口小书店的赵老板,这样熟悉,却没有想到要替他写一笔,读了《灯下读书鸡一鸣》,他那憨厚的笑容就永远留在眼前。戴兄对人的怀念,无论是前人还是同时代的人,无论是老师还是生活中的小人物,总是自然而然地流露出那份真情和细腻的心迹。

没翻书以前,我一直认为戴兄是文学博士,文学描写是他的强项,没想到随笔里到处都流淌着历史。《法物之玺》,从《独断》谈到《释名》,是语言学的考证。《法物之印》,从甲骨文谈到《周礼》《汉书》《汉官仪》《后汉书》、唐宋笔记,这分明是研究艺术史的论文。《韩非与〈韩非子〉》,翻阅了《史记》,又看了王先慎的《韩非子集解》和陈奇猷的《韩非子校注》,参考了谢无量、任继愈等编写的几种《韩非》评传,再到知网上查金景芳、蒋重跃的论文和张亲霞、宋洪兵的研究著作,一篇小文章最后彻底大做一番,引经据典,这哪是随笔?分明就是历史学论文。这些文章,体现着戴兄的史学功力。戴兄说他想带人回溯历史,我看是做到了。

戴兄认为我们现今让都市包围着,要"倾听当下,感受地方文化的独特魅力"。因而他的"沪上年味""感应时节""老城厢",都是满含烟火气的上海风俗习惯。他感叹着上海没有年味,但又想从文化中寻找"年味";他围绕着节气来感应一个个时节,想把这些节气"传承在路上";他从老城厢中追逐古老的市井味,其实只想得出一句"无论岁月如何,老城厢风韵犹存,风流还在"。一个个小标题下,他对传统的热爱,对文化的执着,随着他的白发增多,那种思绪一天天在飘溢着。

戴兄的文字,清新而又靓丽。不读一遍,是你的损失,而我,提前读了一遍,是早早到来的幸福和快乐。

2023 年 12 月 8 日

《上海师范大学研究生优秀学位论文摘要汇编（2022年度）》序言

《上海师范大学研究生优秀学位论文摘要汇编（2022年度）》，反映的是当前上海师范大学研究生教学的最高水平，按例我是没有资格来写这个序言的。这个倒不是客气，而是我没有办法站在全校的高度来对研究生教学指点什么，更不懂自己学科之外学科的论文质量的高低。不过研究生院领导说，人文学院的博士数量全校最多，写这个序言主要是想听听学院在教学上有哪些举措，在这种情况下，我答应了下来。因而如果我说的话有所不妥，只能请大家谅解了。

高校最主要的职能是培养人才，人才质量的高低是一所高校是否有生命力的标志。人才中最主要的当然是指研究生，研究生中最顶尖的是博士研究生。博士研究生的质量，是衡量一所高校学术水准最主要的标志，是高校学术深度和厚度的具体展现，来不得半点虚假。就上师大来说，研究生的培养质量，特别是博士生的质量，在全国学术界中的口碑，是至关重要的。这几年我们学校的博士论文的评阅全是网上盲评，三个专家的打分基本上能公正地判断一篇论文的真实质量，因此在专家的打分中是可以看到国内同行对上师大博士论文水平的认可度的。这是衡量我们研究生培养工作的一个重要标准。从这一点上来说，我们的这本《汇编》反映出学校这一届研究生的最高学术水平，是上师大研究生培养工作成果的体现。因此，我首先要向这些代表了上师大最高学术水平的优秀学生表示祝贺，是你们为学校争取到了荣誉，是你们给了学校继续发展的动力和源泉。

本《汇编》收录了我校 2022 年度优秀博士学位论文十四篇和优秀硕士学位论文一百三十五篇，分别占授予博士学位总人数的 9.4%，占授予硕士学位总人数的 4.8%。入选的标准分别是：博士研究生校外盲审三个成绩均为 A，论文答辩委员会给出的成绩也是 A；硕士研究生校外专家评议的两个成绩均在 90 分以上，论文答辩委员会给出的成绩也是 90 分以上。无论是校外盲审还是由校内外专家组成的答辩委员会，均对这一百四十九位同学的论文比较满意，认为是有一定的创新意义和学术价值的。从分布上来说，优秀博士学位论文分布在人文、数理、哲学与法政三个学院四个学科，优秀硕士学位论文分布在人文、对外汉语、教育、化学与材料科学、环境与地理科学等十四个学院三十一个学科，文、理、工、农、艺术等学科。说明我校研究生的培养既保持了传统的优势，又均衡广泛，各个学院和各个学科呈现出全面勃兴的态势。

我工作的人文学院，今年入选的优秀论文中，博士论文有四篇，硕士论文有二十九篇。由于学院里中国语言文学、中国史、世界史三个一级学科都是传统学科，学院长期以来形成的传统，对研究生论文质量的要求十分严格，所以今年入选的论文篇数并不是最多。但从具体做法上说，基本有这样几点：一是强调导师的责任。导师是研究生培养的第一责任人，学生论文的质量与导师密切相关。论文质量的高低，必定与导师在学生身上花的精力多少有关。学院有各种措施明确导师的责任，督促导师工作做细做实，对导师有相应的奖惩措施。二是加强二级学科点负责人的责任。对相关二级学科点负责人，学院明确告知其权责界限，鼓励学科点负责人在质量培养上行使职权。学科点负责人会严格督促导师对论文的指导，严守学科培养标准，大胆对低于底线的论文直接否定。我们很多学科点负责人就是这样做的，不顾情面，只认学术标准，这样才能把所有论文的质量逼上去。三是学院反复要求各学科狠抓选题、开题、过程指导、中期考核、预答辩等环节，保证毕业学生的质量。在认真负责的前提下，各个学科点每年都有一定数量的论文通不过开题、中期考核不合格，预答辩不通过的比例在一些学科中比较高。狠抓质量的目的并不是为难学生，而是督促学生严肃认真，达到学校规定的毕业标准。四是学院多次举办研究生学术论坛，邀请校内外专家为学生的论文写作把脉指导，同时让学生积极与校内同学进行学术交流。部分专业与国内著名高校有固定的研究生学术论坛，有与著名高校的博士、硕士进行学术交流的机会。学院设立一定量的硕博士生科研项目，资助有学术价值的论文题目，培养这些学生写出高质量的论文。学院鼓励学生更多地参加境内外各种学术会议，提交学术论文。上述这些，就学院来说，最主要是让学生尽快地在学术氛围中成长，写出更多有质量的学术论文，从而达到提高学位论文质量的目的。

事实上，学院历年来的这些措施也是大有成效的。比如中国近现代史专业的戴昇同学,在导师的严格指导和督促下,硕博连读期间共发表学术论文二十余篇,其中六篇发表于 C 刊。他的论文,有一些产生了很大的学术影响,有的被《新华文摘》《中国社会科学文摘》摘录,有的被中国社会科学网等重要的学术网站转载。他的这些成果的取得,与他多次参加中国历史研究院、复旦大学、华东师范大学、武汉大学等单位的学术论坛有关,和他积极参与导师的课题,独当一面有关。像戴昇这样的同学,在我们学院还有很多,他们的优秀是各学科点和导师精心培养的结果。

总之,就人文学院来说,我们与学校各个学院一样,在以后一定会加快研究生教育改革的步伐,努力提高培养质量,使更多的学生成为优秀的博士硕士毕业生。

这些优秀论文,是各位同学一个学习阶段的丰硕结果,收入《汇编》,是对你们成绩的肯定,但这又是一个新阶段的起点,相信大家会在更高层次的学习中取得更大的成就,因此希望大家抱着永不满足的心态,继续努力前行。若干年后,当你们仍然记着师大的老师对你们的学术训练和要求,记着导师要求的点滴在具体的工作中能有所应用,那么你们在师大的学习就是最大的成功。从这一点上来说,我衷心地希望我们学校的优秀论文一年比一年多,一年比一年更有质量,我们培养的研究生一年比一年更优秀。

2022 年 6 月 15 日

《大唐王朝之谜》前言

唐代,是中国历史上空前繁荣昌盛、辉煌壮丽的时代,在中华民族的发展史上占有重要的地位。在长达二千余年的中国封建社会发展史中,历史沿着曲折的道路向前推进,并且呈现出波浪式的前进轨迹,社会经济繁荣、文化昌盛、国家强大的唐朝是一个被公认的高潮时期。唐朝是古代重要的盛世,不但在经济、文化方面的成就光辉夺目,而且在对外关系的发展方面也占有重要的地位。

唐朝的社会生产力有了较大的发展,这一阶段是我国耕作技术发生划时代变化的关键时期。在世界历史上,我国是以出产丝织品和陶瓷而著称的国家,造纸业也是在我国首先发展起来的手工业部门,隋唐五代时期,这三种具有代表性的手工业生产都取得了辉煌的成就。唐朝商品经济的发展,是造成社会繁荣景象的一个重要条件。随着商品经济的发展,社会上富商大贾、番商遍于名都巨邑,大城市的经济功能不断增强,商品经济不断加强成了时代的特色。隋唐五代时期文学和艺术的繁荣令人惊叹,诗歌、音乐、舞蹈、绘画、雕塑、书法、工艺等各个领域都取得了惊人的成就,呈现出万紫千红、百花吐艳的景象。苏轼曾经说过:"君子之于学,百工之于技，自三代历汉，至唐而备矣，故诗至于杜子美，文至于韩退之，书至于颜鲁公，画至于吴道子，而古今之变，天下之能事毕矣！"唐朝的文化有继承，但更有发展。

长期以来，学术界专注隋唐五代时期历史的研究，一批批学者代代相继，各执所习，增补缺失，厘定舛驳，献出了他们宝贵的青春。他们解决了一个又一个的问题，取得了丰硕的学术成果，但他们仍有一些问题没有解决，留给了后人一个又一个的疑点；仍有一些问题没有定论，探讨过程中互不相让。他们的研究学术性强，专业性深，而一般人是没有能力也没有精力进入这样的学术堂奥，他们要全面了解历史并非那么容易。唐朝历史在普通人面前只能似是而非，依稀当年。

历史是极其生动活泼的，是人类经验与智慧的宝库。人们都希望穿越时间隧道，能够回到过去，从历史中汲取养分，从历史中获得乐趣。如果弄明白了历史刻画下的人类活动轨迹，我们就能了解过去，把握未来。梁启超曾经说过："史学者，学问之最博大而最切要者也，国民之明镜也，爱国心之源泉也。今日欧洲民族主义所以发达，列国所以日进文明，史学之功居其半焉。"在大众传媒十分发达的时期，如果人民大众了解历史的方式只能是通过几部古装电视剧，那么就说明历史工作者没有很好地承担起肩上的责任。自古以来，我们中国一直是人文大国，有着悠久的人文教育传统，绵延了几千年，从未中断。作为一个历史工作者，我们不但自己要辛勤地在学术园地里耕耘，而且要重视人文学科的教育，高扬人文价值，普及、推广人文科学知识，为塑造文明、开放、民主、科学、进步的民族精神，为建立一个社会主义的和谐社会作出自己的贡献。

去年，冯勤先生制定了一个系统研究中国古代历史的计划，他认为我们首先应该将历史时期的一些重要问题、疑难问题进行搜集研究，因为这些问题往往是人们关注的热点，是历史研究的重心。在梳理这些问题的过程中，我们可以用通俗的语言将这些问题介绍给普通的读者，以增加他们对历史知识的了解，增强他们学习历史的热情。我有幸接受了其中隋唐五代的部分，并受冯先生的启发撰写了粗略的提纲，制定了写作计划，组织了写作的班子。

自读研究生以来，我主要的精力都放在了隋唐五代历史的研究上，先后接受导师程应镠、王永兴、王家范教授的耳提面命，从一个什么也不懂的学生到现在从事历史研究的史学工作者，深感学问之深奥，研究之艰辛，而自己肩上责任之重大。"究天人之际，通古今之变，成一家之言"（司马迁），这是史学工作者的最高努力目标，也许在我是可望而不可企及的，但我可以将无数前贤先哲的学术成果，用通俗的语言介绍给广大读者，让大家了解学术研究的最新成果，了解历史的真实，这或许也算是我在历史研究领域里尽了一份微薄的力量。

周志明先生是我本科和研究生时期的同学，当年同受程应镠恩师的指导，这次与我共同负责本书的编著，从条目的选定，到文稿的修改，他付出了辛勤的劳动。本书的各位作者，有的是我的同事，有的是我和其他老师带的研究生，都对隋唐五代历史有一定的研究基础，这次承蒙他们的帮忙，内心无限感激。我和周志明分头阅读、润色了全部文稿，对全书的体例作了统一协调。此外，本书在写作过程中还得到了上海社会科学院历史研究所马学强教授、华东师范大学古籍研究所戴扬本博士、上海图书馆历史文献中心郑春生副研究馆员、上海师范大学人文学院汤勤福教授和俞钢教授的指导，黄颖等同志在资料的搜集、查找和复印上给予我们很大的帮助，在此表示衷心的感谢。

由于我们水平有限，书中难免会出现一些问题，还望读者多多包涵。如果说书中存在着什么问题，责任全在我们两位主编。

张剑光、周志明主编《大唐王朝之谜》，黄山书社2005年8月版。

《中国建筑之谜》前言

　　我们的祖先创造出了极为光辉灿烂的古代文明,散布于祖国大地上形形色色的古代城市、宫殿、庙宇、宗教建筑以及园林、陵墓、桥梁等,是古代建筑文化的结晶。众所周知,建筑是中国古代历史的一个组成部分,是社会文化滋润的结果,是我们值得自豪的文明之一。那些闻名天下的建筑是古代人民智慧的结晶,因有文明凝聚其中而保留至今。建筑既是一种物质文化,同时也包孕了深刻的精神文化内涵,北京故宫、圆明园、颐和园、天坛、长城,陕西秦始皇陵、乾陵、山西平遥古城、应县木塔、南禅寺、晋祠等,它们以琳琅多姿的艳丽,感人肺腑地写下了一部永不磨灭的人类文明史。

　　建筑史专家们认为,我们的祖先在史前时期已经用木架和草泥建造简单的房屋,形成聚落。商朝时已有较成熟的夯土技术,在商的后期建造了规模相当大的宫室和陵墓。西周以后至春秋,统治者营建了很多以宫室为中心的大小城市,城壁用夯土筑造,宫室多建在高大的夯土台上。战国以后,高台建筑更为发达,并出现了砖和彩画。秦统一中国,建造了空前规模的宫殿、陵墓、长城、驰道和水利工程等，建筑文化渐趋成熟。两汉时期，建造中大量使用斗拱，木构楼阁渐渐增多，砖石建筑也发展起来。魏晋南北朝时期，宗教建筑大量兴建，出现了许多巨大的寺、塔、石窟和精美的雕塑。隋唐时期，都城长安规模巨大，气魄宏伟，浑厚雄健，分区明确，街道整齐，成为当时世界上最大的城市，而保存至今的陵墓、木结构殿堂、石窟、塔、桥等，显示出了其在布局和造型上达到了较高的艺术和技术水平。宋代以后，城市建筑改变了坊市制的结构，沿街设店十分普遍，同时木结构的建筑设计与施工达到一定程度的规格化，《营造法式》是对宋代官式建筑技艺的总结。明清以后，都城建筑和长城的修复都用砖包砌，民间也使用砖瓦。官式建筑开始程式化、定型化，建筑组群的布局与形象富于变化，民间建筑的类型与数量较前更多，皇家和私人的园林建筑留下了许多优秀作品，技艺上创造了许多新的手法。我们的祖先留下了许多建筑遗产。

著名的前辈建筑学家梁思成先生在《我国伟大的建筑传统与遗产》一文中说："历史上每一个民族的文化都产生了它自己的建筑，随着这文化而兴盛衰亡。……中华民族的文化是最古老、最长寿的，我们的建筑同样也是最古老、最长寿的体系。……我们的中华文化则血脉相承，蓬勃地滋长发展，四千余年，一气呵成。"复旦大学的王振复教授在《中国建筑的文化历程》中也说："历史悠邈、源远流长、自成体系、独创一格，以及自古偏于渐进的'文脉'历程，构成中国建筑之伟大的文化旋律。"作为中国伟大文化的一部分，我们的古代建筑妙不可言，同时又是深不可测，既神秘又美丽，既舒适又奇异，继承传统，独立地发展着。中国古代的建筑通过建筑群体的规划方式，外部空间和内部空间的性格对比和交融，建筑中的点、线、面、体量和体型、部件和色彩、装饰处理，不但创造出一个具有形式美的美好形象，给人以美的愉悦和享受，同时还灵敏地反映出了古代社会的浑厚和凝重的情感，是时代精神的凝练。

中国古代建筑的魅力深深吸引着我们。中国建筑的屋顶厚重却又舒展，那些屋顶建筑上的飞檐翘角，既层层叠叠，又轻快流动，舒翼若飞；建筑中的木构架和立柱，支撑着沉重而庞大的屋顶，却又能合理、美观地组织室内空间，改变着建筑的内部空间秩序和空间韵律；建筑中的群体组合，以纵横铺开的中轴对称的布局结构，体现出有序连续的推进魅力，维护着中心建筑的尊贵地位。

长期以来，笔者对中国古代建筑的兴趣十分浓厚。20世纪80年代，我们就认真阅读了刘敦桢主编的《中国建筑史》、张家骥的《中国造园史》和唐寰澄的《中国古代桥梁》等著作，为中国古代的巧构异筑所折服，后来在课堂上大量引用建筑方面的知识充实到古代历史的教学中。不过，要进入中国建筑史研究的神圣堂奥并非易事，我们在这方面的探索始终没有取得丝毫的进展，只能以孔子的"述而不作"而自嘲。最近，出版社同志约请我们写作一本介绍中国古代宏伟建筑的书稿，这恰好可以了却自己的心愿，于是欣然答允。在与老同学邹国慰、周志明两先生商量后，认为凭目前我们在建筑史上的认识，还无法在古代建筑这门学问上有较深刻的心得，最后决定以搜集现有研究成果为主，以文献材料为依据，以文物建筑为参考，将中国古建筑研究中一些悬而未决的问题整理出来，借以探索古代建筑上的历史真相，同时也能对古代建筑的辉煌成就进行介绍，力图将本书写成融学术、知识于一体的知识读本。中国的文化博大精深，深不可测，因此我们希望这本小书能对读者在中国古建筑欣赏能力的培养上起到一定的作用，希望能拓展读者的阅读面，让读者了解更多的建筑历史和文化知识。

本书由张剑光、邹国慰、周志明、黄满仙、张祎皎、宋菁、陆冰等合作完成。其中帝王宫殿部分由张剑光、周志明、张祎皎撰写，佛寺道观和佛塔石窟部分由邹国慰撰写，水利桥梁部分由黄满仙撰写，园林巧构部分由张祎皎撰写，陵园墓葬部分由张剑光、周志明撰写，恢宏奇筑部分由张祎皎、宋菁、陆冰撰写。全书主要由张剑光进行了文字加工和修饰，并尽力进行了体例的统一，周志明也修改了部分条目。书中引用了大量的当代科研成果，由于全书的体例，无法全部一一注明出处，在此只能向各位专家学者表示歉意。由于本书涉及建筑史上的各个部分，内容涉及面较广，且本书作者众多，在具体条目的文风上难免有各自的特色，在知识介绍上难免有一些缺点和失误，在此只能请读者多多批评，责任由主编负责。

张剑光、邹国慰、周志明主编《中国建筑之谜》，上海远东出版社2012年1月版。

《唐五代农业经济与农业思想》绪言

一

在传统社会中，农、工、商是三个相互关联的生产部门。农业是基础，农业为所有人提供衣食，农业为手工业提供生产原料，农业为商业提供商品。因此研究一个社会的农业生产不仅很有必要，而且很有意义。

唐代是一个以农业为主的朝代，农业有着非常重要的地位，从中央到地方，人以食为本，重本抑末是整个社会的主旋律。

唐代对私田有着系统的管理制度——均田制，这是唐王朝的根本土地大法，在全国得到推行。通过这一制度，贵族、官僚有着可以多占土地的特权，自耕农有着占有一小块土地的权利，而政府主要通过限制、检括、收、授对私田进行管理，制度的重点放在限制大土地所有的无限兼并和保证一定数量的自耕农上，"中央集权国家一方面要依靠贵族品官，另一方面要剥削役使广大自耕农民以维持其生存"。（王永兴：《王永兴说隋唐》，上海科学技术文献出版社2009年版，第125页。）这一制度大约在开元、天宝之际面临着严重危机，而政府仍在努力维持。在土地兼并的浪潮下，"丁口转死，非旧名矣；田亩移换，非旧额矣；贫富升降，非旧第矣；户部徒以空文总其故书"，（《唐会要》卷八十三《租税上》）实行均田制的基础是户籍，至此均田制实际上被破坏了。与均田制相适应的租庸调制在中唐也渐渐被两税法代替，土地兼并不再受到限制，征税的依据由丁转向了田亩。中唐在土地管理问题上的变化，对唐代以至整个古代中国土地所有制的发展和演进，都具有划时代的重大意义。

唐代前期，传统的北方旱作农业与南方的水田农业作为两大经济区而存在，但北方农业仍然占有绝对优势，河东、河北、河南、关内等是农业最发达的地区。安史之乱以后，北方旱作农业经济相对萎缩，江淮以南的稻作农业有了重大发展，淮南、两浙、江西、荆湖等地区成了唐王朝最主要的粮食产地。唐代前期，北方引黄灌溉的成功和关中灌溉渠得到恢复和发展，而中唐以后南方农田水利迅速发展，尤其是环太湖地区水利事业兴办得异常火热，耕地面积扩大，塘浦圩田得到发展，丘陵农业开始出现，农产品商品化倾向浓重。到唐后半期，南方农业得以快速发展，而北方由于藩镇割据并受到战乱破坏停滞不前，南方农业的发展显现出强有力的后劲。

唐朝农业生产力的发展与先前的历代相比，在农业生产工具、生产技术上取得的进步是比较大的。唐代农业科学技术的发展令人瞩目，铁制的镈、铲、锄、镰等挖土、中耕和收割工具已经普及到边疆地区。南方生产工具出现了江东犁，大大提高了耕地效率，对水稻集约化生产带来了较大的推动。唐代大田农作物的构成发生了变化，稻麦地位上升，逐步取代了粟稻的传统地位。在江南，复种技术发展，稻麦两熟制出现，水田生产技术发展，水稻品种增多，耕作要求提高，"由来榛棘之所，遍为粳稻之乡"，单位面积产量提高。唐代从国外引进了一批新的蔬菜和果树，园艺技术渐趋进步，花卉业开始兴起，茶业相当发达，饮茶之风盛行。唐代蚕桑业发展，养蚕种桑的中心在北方，但南方有着快速的发展。渔业生产逐渐重要，养殖鱼类出现了重大的变化。

唐代农业的发展有着鲜明的时代特色。唐代农业的发展变化，对社会生活起了较大的影响，并且推进着手工业和商业的发展。可以这么说，唐代农业的发展过程可以很清晰地反映出唐代历史的轨迹。

二

农业思想是指农业领域中生产关系与生产力的变化与发展在人们头脑中的认识和反映。不同的时期，由于农业条件的变化，农业思想反映出的农业内容是完全不同的；不同的人物，由于所处的社会地位不同，对农业的见解也会有较大的不同。他们对农业的发展前景会有不同的看法，对解决问题的方法和措施也有不同的设想。农业思想的研究是很有必要的，它使我们可以清晰地看到古人在农业发展史上的各种观点和思想特点，可以观察每个朝代农业思想的演变过程，可以认识这些思想在现实中的意义。

对唐代这个中古时期最为强盛王朝的农业进行研究，是我们长期以来努力想做的事情。唐朝农业的发展和变化，造成了这个时期有着丰富的农业思想，而且许多思想内容有着相当新异的见解，并能深刻反映唐朝这个朝代的特色。唐代农业的精彩发展，在唐人思想中形成了中国历史上特殊的一段农业思想。正因为如此，对唐代农业思想的研究，不仅可以直接勾勒出农业经济的变化和发展，更可以看出农业经济的变化在人们意识形态中的反映，有助于厘清唐五代农业经济发展的脉络。

经济史学界对中国古代农业思想的研究是比较缺乏的，专门论述农业思想史的著作，主要有钟祥财和阎万英两人各自的《中国农业思想史》（分别为上海社会科学出版社1997年版、中国农业出版社1997年版），这是目前仅见的两本关于中国古代农业思想的专门论著。钟祥财先生的著作相对比较全面，而且较有系统性，内容扎实，属开拓性的著作，但唐代部分的论述比较简略，涉及人数较少，还不能很好地反映唐人农业思想的全貌。事实上，唐代社会发生了较大的变革，反映在农业上，人们的观念也有较大的转变，倘若我们对不同时期唐人农业思想进行研究，这应该是比较有价值的学术探索。

我们对唐代农业思想的研究，最初开始于20世纪80年代。由于曾对中唐史学家杜佑思想进行系统研究，发现了杜佑的农业思想十分具有时代特色，提出的一些观点对研究中唐历史很有参考价值，遂引发了我们对农业思想研究的思考。之后我们打算有系统地对唐人的农业思想进行研究，并试图从中唐这一社会发生较大变化的关节点上切入，来展现唐人思想的变化轨迹，遂先后撰写了白居易、陆贽、韩愈、元稹等农业思想的专门论文。20世纪90年代后期,由于各种各样的原因,我们暂停了唐代农业思想的探索,转而进行其他一些学术内容的研究。近年来,对农业思想的学术兴趣再次让我们将停了多时的工作重新开始,把以前摘抄的资料重新翻检,试图对唐代农业思想作出系统的分析。

本书的上编就是我们对唐代农业思想进行系统研究的部分,共分成四章。第一章为唐代前期帝王的农业思想。帝王的农业思想对社会经济有直接的决策作用,他们的认识对整个国家农业发展的政策方针有着十分重要的意义,唐代前期社会经济的发展与他们的农业思想直接有关,因而我们选择了唐前期最重要的四位皇帝作为代表。第二章为唐代中期三位政治家的农业思想。陆贽是唐德宗时期的宰相,对唐德宗政策的影响很大;杜佑和李翱都历仕中唐数朝,杜佑管理过国家经济,而李翱对中唐农村有一套理想化的设想,他们的农业思想各有特色。第三章为中唐三位文学家的农业思想。韩愈、白居易、元稹三人生活在几乎完全相同的时期,但由于各人经历不同,对农业的看法和观点存在着较大的差异。第四章为唐末五代的农业思想。唐末的农业思想我们选择了陆龟蒙作为典型来分析,可以看到文人在唐末对农业遭到破坏发出的无奈呼喊。五代的农业思想我们以各个朝代的帝王作为突破口,主要通过帝王们的这些思想来观察五代农业的真实情况。

唐代农业思想可以值得研究的对象还有很多,只不过由于一些人的思想仅有单篇或数篇诗文留下来,我们只能窥其一斑而不能知其全貌,所以在本次书稿的编写中没有收入。

三

以往对唐代农业的研究，在生产关系方面有着许多重大的突破。如对土地和赋税上的研究，发表的论著不计其数，取得的成绩十分宏伟。在胡戟先生等主编的《二十世纪唐研究》一书中，土地、户口、赋役和农业都是作为《经济卷》中的一章而相提并论的，其原因恐怕主要是研究成果较多的缘故。如在土地上，对田令、田制、公田关系、租佃关系、庄园制等，中外学者的研究十分热烈，取得的成果十分丰赡。相对而言，对农业生产力的研究就比较薄弱，在研究的深度和广度上都有很大的拓展空间。基于此，这些年来，我们对唐代农业经济进行了一些深入探研。本书的下编，就是我们从不同角度对唐代农业经济进行的一些尝试性探索。

对一个地区的农业经济进行单独研究，是这些年来比较受学界重视的一种方式，尽管处在同一个时代，经济发展在各地区还是呈现出不平衡性。由于自然环境的不同，农作物的种植和水利的兴修、农业和商品市场的结合等，都是有很大差别的，因而细致地分析一个地区在历史时期的农业经济状况，将有助于我们更好地通过局部分析，来为整体研究提供服务。在第一章中，我们对两浙南部的丘陵地带进行了探索，从而可以看到自唐代后半期开始，南方农业的发展从平原已逐步向丘陵山地推进，商品化气息十分浓厚。我们还对日僧圆仁所经过的淮南和山东地区的农业进行了研究，看到了在一般史书记载上所没有的唐代农村基层的具体发展状况。环太湖流域的农业经济在唐代发展迅速，李伯重先生在20世纪80年代已有专书研究，我们在本书中对促使太湖流域农业发展的一个重要因素——农田水利建设进行了探索，力图详细观察环太湖流域的经济发展过程。在第二章中，我们重点研究了唐代南方农村的商品经济。唐代的江南，农业发展出现了商品化的趋势，无论是粮食作物还是经济作物、养殖业，都与商品市场发生了深刻、广泛的联系，并对江南社会产生了较大的影响。江南不但城市经济十分繁荣，而且在广大的农村腹地出现了众多的农村集市，对江南农业经济的影响十分巨大。第三章中，我们探索了唐代的园艺业和茶叶种植。我们以唐代著名的牡丹花为例，探寻了牡丹从开始种植到在全国广为传播的过程。我们还对花卉业进行了研究，探索了唐代花卉业发展的具体情况，指出唐代已经有专业花农的出现，有专门交易花卉的市场。唐代的茶叶业在中唐以后的农业经济中占据了十分重要的地位，我们选择了环太湖地区五州的茶叶种植作为研究对象，力图看到这一地区茶叶种植的特点。在第四章，我们探讨了唐代的渔业经济，对唐代的渔具渔法、鱼产品的销售和食鱼风俗进行了研究。第五章我们主要研究了唐代的自然灾害。蝗灾在唐代是影响较大的一种灾害，对唐代农业带来了较为严重的影响，唐代在蝗灾的防治上有不少有益的经验值得后人参考。我们还对江南地区的疫病进行了研究，包括疫病的严重性及其对户口的影响，列举了唐代抗疫救灾的种种措施。

本书的附录收入了我对硕士导师王永兴先生的一篇纪念文章。王先生是史学大师陈寅恪先生的学生，一生严谨求实、以诚待人。他勤奋努力，在隋唐史、敦煌吐蕃文书研究上作出了巨大贡献。是先生引导我走入了隋唐史研究的领域，没有先生，就不会有我今天的学术研究，所以收入此文，主要是想表达自己对先生的感恩和怀念。

张剑光、邹国慰著《唐五代农业思想与农业经济研究》，上海三联书店2010年10月版。

《唐代经济与社会研究》自序

自 1980 年进入大学历史系算起，系统学习历史和研究历史，已经有三十多个年头了。这一路走来，碰到了很多帮助我认真读书的好同学，遇到了引导我走上学术研究的好老师、好同事，使我在历史研究的道路上一直走下去，没有停顿，没有傍徨。虽然，资质愚笨的我，在研究之路上走得很慢又很别扭，既没有学术理想，也没有什么学术建构，因而不可能取得什么大的成绩，但还是懒懒散散地写了一些小文章。聊以自慰的是，靠着程应镠、王永兴、王家范几位导师的指导，我对历史研究充满着兴趣，并把这当成了自己的爱好以消磨时光。人的一生，如果能一直做着自己感兴趣的事，那真的是很美满很幸福的，而我大概也能算作是一个很幸福的人吧。

每天，捧着一杯清茶，我能静静地翻阅着充满油墨香味的史书，与古人一起共进退共患难，一旦有了些想法，就敲打几下键盘，码下几行字。每天，我能在教室里讲解着自己喜欢的课程，望着一张张渴望着知识的稚气的脸庞，在他们的提问中自己开动脑筋思索着，教学相长。能有这样平静而安谧、舒坦而美妙的生活，真的要感谢人类这个重视知识的时代。

这些年来，我做的研究全部是关于中国古代史的，写过一些疫病、丧葬陵墓、建筑、帝王生活等方面的书稿，但更多的精力是放在唐五代这个时间段内的历史研究上。以往关于唐五代史的研究成果，都已正式出版发行，主要部分可参见拙撰关于唐五代江南工商业、农业思想和农业经济等内容的论著。同时期我也撰写了数十篇学术论文，内容主要涉及唐五代经济、政治、人物、文化等方面。这些论文散见于各种书刊，有的当初发表时还用了化名，并不易搜罗，也不为人知。有些论文发表的刊物传播范围不广，甚至连中国期刊网都没有收录，辛勤写成的学术成果并没有引起学界的注意。一些同行和学生曾多次建议我将自己以往的成果结集出版，可以方便大家阅读、查检，可以让更多的人了解我的研究情况。因此，从去年开始我考虑应该将自己的部分论文集中在一起，既可以像古人一样编辑文集，满足自己的虚荣心，使这些年来写作的东西留下一点痕迹，同时又可以编辑成书后，送给学界同仁指正，方便学生阅读。

由于得到了上海市教育委员会重点学科上海师范大学人文学院中国古代史专业的资助，我想编辑一本论文集的想法在今年应该得以实现。展现在本论文集中的，是我这些年来思考和探索唐代历史的一部分书稿。我试图将自己各个研究时间段的一些论文都能选进这本论文集中，因而其中有的文章是我刚开始写作时的论文，发表在80年代末、90年代初，思考不是十分成熟，而有的是近年来的探索相对深入些的文章。同时考虑到所收的论文要将自己研究的几个领域都能涉及到，所以将论文集分为经济、政治与人物、文化三个方面。论文集共收录论文24篇。其中唐代经济的有11篇,主要是有关商人、商业和江南区域经济的内容。政治事件和制度的有4篇,人物研究的有3篇。史学史研究的有2篇,教育研究的1篇,文化环境研究1篇。关于仲雍和泰伯研究的两文,是研究吴文化源的相关成果,因为内容与唐代研究较为接近,所以也收录在论文集中。附录是对自己江南史研究的回顾,可以看出我在江南史研究上所做的一些努力。这些文章论述的内容相对广泛,时间段比较明确,大体而言是能够归到"唐代经济和社会研究"这个题目之中的。

收在论文集中的这些论文,虽然论述的角度不一样,但内容有的还是比较接近的,因而难免会造成一些观点和资料上的重复,倘若因为收进集子而加以删改,并不利于保持各篇论文的相对独立性,所以收录时仍然保持了论文的原貌,敬请读者鉴谅。其次,这24篇论文发表于不同的书刊,原来的注释等体例各不相同,本次收录时尽量作了一些统一。此外,对个别论文的内容进行了部分改动,或增加和补充了史料,或在论述上作了一定的变动,这些在篇末都加以说明。收录时发现有的论文当初发表时有错别字,标点符号使用不当,标题不统一,这次结集时直接作了改动,不另外加以说明。

还需说明的是,由于本人的理论水平以及掌握史料的能力有限,而且有的论文写作的时间较早,因而论文中的论述和探索还是很不够的,甚至有可能会出现一些错误,这些都得在以后的学习和研究中加以改进。同时也希望学界同道对我论文中的问题进行批评指正。

写这个序言时，编选论文集的工作大体已经完成。论文集中所收录的，是我以往历史研究成果的一部分，是对我研究工作的一个阶段性总结。兴奋之余，觉得还是要说明一下，这本论文集应该不是我学术研究的最终，相信在今后自己会加倍努力进行学术研究，能够不断开阔视野，拓展研究领域，取得更多的成果。借着论文集的出版，谨向长期以来所有关心帮助我的师长和同道表示感谢，向上海交通大学出版社的编辑致以谢枕。

　　《唐代经济与社会研究》，上海交通大学出版社2013年3月版。

六朝隋唐五代江南城市发展的基本特点

"城市"这一概念包含着各种各样的内容。传统的城市指生计与土地没有直接关系的人们所居住的,并且周围建有高低不等的城墙的聚落。在城市中,居民拥有独立的身份和社会关系。城市是社会发展的产物,是一定生产力条件下合经济、政治、文化、地理等因素于一体的社会实体。从六朝江南城市的广泛设立,到唐五代江南城市内涵的发展,与农村相比较,城市日渐具有人口分布的高密度性、经济生活的多样性、人员结构的复杂性、居民文化生活的丰富性等特点。因此从江南城市的发展历史中,我们可以看出当时社会的发展水平、基本特点和潜在的演变趋向。六朝至隋唐五代城市的发展正经历着一个重要的变化,城市经济和文化对全国的影响越来越大,社会的发展与城市的变化密切相关。

那么,我们想要知道,六朝至隋唐五代时期江南的城市在形态和内容上到底是怎样的?在这么长时段中,江南的城市发生过哪些变化?江南城市是否千篇一律地只是按照行政等级决定城市的规模大小和发展?

深入地探索六朝至隋唐五代江南城市的发展历史,我们发现城市作为中国古代社会的一分子，在不断地发生变化。无论是城市的物质结构还是社会结构，无论是城市的生产和消费还是城市的文化生活和日常社会生活，都在潜移默化地发展变化着。因此，各个时段的江南城市的发展都有一些时代特征，可以供我们认真地考虑。

第一，城市空间分布的特点初步形成。六朝前期，江南城市的布局总体上比较稀疏，城市基本上都分布在今苏南和浙北平原上，会稽郡仅少量的县城如遂昌、松阳、始宁等设立于浙南山区。随着东吴对浙中山地的开发，越来越多的城市的设立于今浙江中南部山区，丘陵地带的城市密度增高。六朝时期江南郡县城市数量大增，重要城市的地域分布格局初步形成，城市所在地往往是该地区经济开发的结果。不过六朝除了建康是一个超大规模的城市外，会稽、吴及南徐州少量城市发展比较突出，大多数的城市只是本地区的经济中心，从总体上看，城市布局既不很合理也不完善。至唐五代，江南城市的布局发生了变化。从数量上说，江南增加了一部分城市，城市的密度不断增高，布局渐趋合理。州一级城市在唐五代新增了大约三分之一，这些新增的州城主要集中在沿海地区和主要交通线路旁，即城市朝沿海和重要河道方向发展的趋势特别明显。这些新增城市使江南的城市呈带状分布，浙西地区城市群雏形出现，州城布局渐渐符合经济发展的需要。至五代，江南城市的基本格局已经形成，北宋以后的几个朝代，江南大体上不再增设州一级的新城市，这也反映了唐五代时期州级城市布局的相对合理性。美国学者施坚雅认为长江下游的城市"主要是在唐代，该区城市体系才丰满起来，并表现出迅速的发展"。（《中华帝国的城市发展》，载于《中华帝国晚期的城市》，中华书局2000年版，第12页。）唐五代县级城市大量增加，浙西太湖两岸及浙东沿钱塘江及沿海经济较为发达的地区县城密布，宣歙道的县城在宣州地区分布较多。唐末五代，太湖东部地区和宣歙靠近长江南岸新修了多个县城，说明江南开发的继续，在深度和广度上仍在推进。总体而言，在江南内部，城市的分布并不十分均衡，北部的城市分布密度较高，而南部、西部丘陵山区城市密度相对较低，不过随着新县城的不断设立，除今浙江最南部的山区之外，江南县城的布局已大体形成，布局结构也基本合理。

第二，城市的修筑呈现出阶段性特征。江南有不少城市是六朝以前就已修建，至六朝仍在使用。不过由于建成年代久远，加之对城池的要求渐渐提高，不少城市多次进行了修筑扩建。从现有资料来看，江南城市的修建分成多个集中的阶段。如东吴孙权时，曾下令"诸郡县治城郭"，并要"穿堑发渠"。(《三国志》卷四十七《吴书·吴主传二》，第1144页。）因此从都城建业到石头城、铁瓮城、阳羡城、剡县城、余姚城、永康城、南始平县城、始新县城，当时有大量城池进行了修建。东晋建立，新修了都城和周围的石头等城，地方上为适应战争形势，新修了永嘉郡城、临海郡城及句章、筑耶城等，这些城池大都在海边，与防孙恩义军进犯有关，城市的修筑以军事性的堡垒为主。到了南朝，以刘宋时期筑城最多，多次大规模地修建都城就是在这个时候。此外，南朝在建康周围修建了石头城、东府城、西州城、越城、丹阳郡地、新亭城、白下城及临沂、江乘、同夏、湖熟、秣陵等城，估计也大多数是在刘宋时期。隋初，在江南出现了一次大规模的毁城行动，很多城市被废弃铲平。但同时，隋朝却又对江南保留下来的城市进行了建设，如越、杭等州城，如於潜、盐官、长兴、武康等县城，都是修建于这一时期。唐初高祖武德年间，修复战乱的城市，出现了一股建设小高潮，如湖州、潜州、丹阳、常熟、剡县等城都是在这个时期得到修建。之后，城市建设的高潮应该是在高宗武则天和玄宗时期。这个阶段不仅新建了很多县城，而且对很多城池进行了修建，如武则天时修建了无锡、黄岩、宁海、仙居，玄宗时修建了睦州、华亭、海盐、诸暨、乐清、浦阳等城市。规模最大的修筑风潮应该是在唐末五代时期刮起的，其原因应与当时日益动荡的军事、政治形势有关，许多城市或扩建，或改修，加宽加高城墙，深挖护城河。如唐末修治的有杭州、润州、昇州、常州、苏州、睦州、明州、婺州、衢州、歙州、池州、宣阳县、新城县、萧山县、上虞县等城，五代修治的有金陵、杭州、常州、苏州、温州、宣州、嘉兴州、余杭县、临安县、江阴县、定海县、新昌县、婺源县等城，有的城市是多次修建。江南城市在唐末以前，有一些是没有城墙的，或者有的城墙比较低矮，有的是土质的，一些州城只有子城而没有外郭城，但在唐末五代的大修建中，州城基本上都建起了罗城，县城大部分建起了高高的城墙，土质的城墙大部分换成包砖，城市的防御功能开始健全。

第三，城市经济的充分繁荣。六朝及唐前期，江南城市的性质主要属于不同层次的政治和军事中心，是各级行政机构的所在地，通常情况下工商业处于附属地位。不过，有不少城市在经济上的作用不可忽视，其经济影响力十分强劲。如一个城市中设立多个市场，周围农村的农副产品大量地被运进市场进行交换，城市中民众和市场关系密切，商品交易有一定的市场网络，如建康、山阴等城市经济上对周围农村的辐射作用很大。中唐以后直至五代，随着社会经济的迅猛发展和商品流通的空前活跃，城市中的商业和手工业有了更快的发展，城市纯粹的政治、军事功能发生了较大的改变。江南城市商业全面繁荣，特色手工业纷纷发展起来，城市内各种服务业兴旺，市场在时间和空间上越来越放松，经济结构多样化。城市中出现了庞大的消费阶层，他们引导着城市发展的潮流，城市的商品消费功能不断增强。由于城市商品交易繁盛，城市往往成为商品交换的集散地，成为市场网络中的核心地区。经济上的迅速发展，将对江南城市空间形态的变化产生巨大的推动作用。

第四，城市文化生活渐趋丰富。随着城市人口的增多，城市人口结构的复杂多样，城市居民对精神文化提出了较高的需求。六朝都城建康，唐代的苏州、杭州、越州，南唐的金陵等大城市，随着城市民众消费能力的增强，城市文化生活日益丰富起来，城市中的人们对文化有了各种各样的要求。如城市内的教育，一方面与科举接轨，发展较快，同时教育和科举还与普通人对接，使很多平民百姓也有机会跻身官员队伍，使社会阶层发生流动。城市中的文化创作、图书印刷收藏，宗教的自由信仰，游乐风俗的形成，各类娱乐和歌舞、体育活动……这些文化活动和消费，都与城市蓬勃发展密切相关。城市文化的丰富，说明城市的功能越来越齐全。

第五，城市形态发生了变化。六朝以后，一般城市都修筑了城墙，即使有的城市没有城墙，但有城门，城墙外有护城河，甚至还有沿城墙内外两重护城河的。稍大一点的城市，不但有内城，还修建了罗城，城市被两道高墙包围着。在封闭的城区内，政府对城市内的一切活动进行严格控制，城市管理有序严密，坊间实行宵禁，商业经营在规定的市内进行。随着人口的增加和农村人口向城市的集中,城市的界限发生了一些变化,如城市的界限开始由城墙内向城墙外移动,城门外往往居住着许多百姓,而且使经济活动向郊区和周边的乡村地带延伸。如湖州,新的商业交换地出现在城门外。市内开始有居民生活,并且建起了寺庙,市的范围和夜禁并不像唐代的都城长安那样严格。当然,六朝至隋唐五代,江南城市的形态变化毕竟还是有限度的,并没有出现根本性的大改变,但即便如此,我们也要认清这种变化带来的积极意义和影响。

第六,市镇已经萌芽。江南的镇从纯军事性的驻军堡垒,开始向市镇过渡。唐末的镇有的已经聚集了不少居民,有商业和手工业者的活动,镇中有寺庙。有的镇位于交通要道旁,镇的规模日益发展,升格为县城。有的镇一直沿用至宋代,成为完全的商业镇。在江南的北部地区还有大量的草市,商品交换发达,有的夜间仍在经营,有的晚上有人居住。唐末五代的这些镇和市,实际上是宋代商业市镇的萌芽,随着它们的发育和成长,它们的经济功能更加增强,从军事性的镇成为居民商业点,进而向经济城镇的方向发展。

从这些方面来看,六朝至隋唐五代江南城市的发展正在经历着一个发展变化时期,城市在政治和经济上对周围地区都有较大的影响。研究江南城市历史,对正确认识江南地区的开发和进一步发展是十分重要的。六朝至隋唐五代江南处在一个十分重要的变化时期,城市发展的轨迹对我们研究江南社会有着十分重要的意义,可以使我们准确评价江南开发的步伐,认识江南经济实力,对于今天城市的建设和规划都有十分重要的现实意义。通过完整全面地对六朝至隋唐五代江南城市历史的研究，可以使我们对江南城市兴衰和分布的状况、城市的历史地位等问题，有进一步的认识。

本文为《江南城镇通史·六朝隋唐五代卷》绪言的第一部分，上海人民出版社2017年5月版。

《江南城镇通史·六朝隋唐五代卷》后记

这本书的写作，前后用了很长的时间。非常不好意思的是这几年中我写作的速度很慢，就是想快也快不出来，结果拖了大家的后腿。要不是我，这套书早已该出版了。所以，在此首先要向主编陈国灿兄道个歉，其次要向本书其他各册的老师说声对不起。

写作很慢，就我来说，真的是有些原因的。最重要的一点大概是其间身体出了点状况，相当一段时间没法正常写作。之后动了手术，身体虽然渐渐恢复了，但不再敢长时间看书写作，更不敢熬夜，妻子勒令我晚上不能超过 11 点钟睡觉，于是一切以保命为优先。中间还曾想把课题退还给国灿，因为我觉得写一本书是件很辛苦的事情，而我已经无法正常完成这本书的工作。可国灿兄的宽容和鼓励，使我不好意思再坚持，于是想还是试试吧，只要身体尚允许的话。其次，长期以来我主要是研究些唐五代史的内容，六朝的历史本来就学得比较稀松，为了做这个题目就要花不少时间翻看相应的著作和论文，阅读一些主要的基本资料。直到今天，我仍有很多书没有看完，在很多问题上觉得很难把握住，无法有正确的判断，因而也就不敢轻易地动笔，看着时间一年又一年地过去，无奈之下只能提笔应付了。当然，这期间于公于私我还有很多琐事缠着，无法静心拿出所有的时间来做这个课题。单位里要做集体项目，会牵涉不少时间和精力，私底下亦有出版社的朋友让我临时搞套点校整理的书，有时还受邀去开会要写一点论文编一点东西，有的以前申请的课题也要尽快结题完成，于是把本书的写作拖了下来。原以为到时赶一下时间还是能准时完成的，想不到越拖越晚，心里急得吓出几身冷汗，结果还是步伐迟缓，直到今天才总算完成。

进入江南历史的研究领域已有十多年的时间了，说来惭愧，没有什么像样的成果。这本书涉及的范围，就我个人的研究来说，还是比较喜欢的，因此本书可以算作是我这方面研究的一个阶段性总结吧。书稿质量如何我心里并没有把握，但正因为感觉自己是认真地写作，心里也就有了点轻松的感觉。不过因为赶时间的关系，本书的写作上原来有的一些设想，最后来不及贯彻进去，而且还有一些内容来不及写作，看来只得留待以后努力了。求知之途无涯，理想的作品总是难以企及，想到这些心里不免有些沉重。书稿虽然脱手完成了，但如果能有更多深刻的认识，有适当的机会，希望自己将来仍能把兴趣点聚焦在江南历史的研究上，尤其是在城市、商业和手工业方面取得更多的成绩。学术之路漫漫，我还得断续努力加油。

在完成这个课题的过程中，这些年来我得到了学校和学院的帮助。学校社科处先后两任处长陈昌来教授、陈恒教授对我在课题申报和资金上的帮助没齿难忘，学校教务处处长刘民钢教授对我负责的教学工作的帮助如雪中送炭，三位处长对我的肯定、信任和启发，使我充满了自信。非常感谢书稿写作期间学校研究生工作部俞钢部长、校办公室周志明副主任、人文学院苏智良院长、古籍所戴建国所长对我一次又一次的帮助，非常感谢历史文献和古代史学科的汤勤福、严耀中、曾维华、虞云国、丁光勋、黄纯艳等各位教授对我的关怀。长期以来我一直在上海师范大学工作，无欲无求，只希望自己能生活在一片纯净的学术空间中，靠了上述各位先生的提携和帮助，能舒适地行走在学习和研究的坦途上。从华东师范大学历史系博士毕业已有十数年了，但导师王家范教授时刻关心着我的科研，对本书的写作常常进行指导；同窗马学强、陈江、戴扬本诸位教授这些年来对我格外关心，时刻提供学术信息。此外，我还特别要感谢首都师范大学历史学院郝春文教授、陕西师范大学历史学院王双怀教授，两位为我提供机会到日本和韩国参加学术会议，使我增长了很多见识。我还得感谢硕士生李君龙和王凯杰，两位核对了全书的资料，并阅读文稿，发现了很多错误，提供了许多修订意见。

最后，我要感谢我的父母、妻子和女儿对我工作的一贯支持，对我身体无微不至的照顾。因为他们的理解，我才能坚定地静坐书房电脑前，体会思索的快乐，体会学术研究的愉悦；因为他们的关怀，我才能继续做我喜欢的工作，享受和煦的阳光，凝望蔚蓝的天空。

本文为《江南城镇通史·六朝隋唐五代卷》后记，上海人民出版社2017年5月版。

上海地区(751—1291年)的社会发展与变化

历史时期的今上海地区,经历了一个逐步向前的发展过程。这种发展,不仅是指自然环境的变迁,同时也是指社会结构和面貌的演变,自然环境和人类社会的互动,构成了多姿多彩的历史过程。古代社会整体来说发展是比较缓慢的,变化是渐进式的,要经历若干朝代,通过长时段的观察才能看出这种发展和变化的轨迹,才能对历史过程的深度有更全面的了解。本书主要通过对上海地区自然和社会发展在一定时间段内的探讨和描述,希望从更深层次和多样化的角度,来认识上海古代历史文明的发展。

一、研究的时间段

南朝梁、陈时期,今上海地区曾经设立过前京和胥浦二县。萧梁武帝时,新增设了很多郡县,其中在海盐县的东北隅设立了前京县。按今天的行政区划来说,前京县是设立在今上海的金山区,统辖的范围相当于金山区和浙江省的平湖县。也就是说,这个县的设立只是为了应对这一地区比较辽阔而加以有效的行政控制,并没有过多地考虑县域的经济发展，更没有考虑县域内是否有文化认同。当然，前京县是今上海区域内最早建立的一个县，是上海历史上一件重要的事情，值得大书一笔的。之后，在梁武帝统治的末年，即太清三年（549年），划出海盐县和前京县的一部分，设立胥浦县，其位置在今上海金山区内。

梁简文帝时期，在胥浦和海盐二县之上短暂设立了武原郡。不久武原郡撤销，胥浦县合并入前京县。不过胥浦这个名称一直保存了下来，成为一个乡名。《绍熙云间志》谈到胥浦乡在华亭县西南五十里，（杨潜：《绍熙云间志》卷上《乡里》，上海古籍出版社2011年版，第14页）管辖的范围较广，相当于今金山区的西部地区。至梁朝，前京县曾受海宁郡管辖。隋朝灭陈后，大量撤并郡县，前京县被撤废。至宋朝，前京县所在地已成为一片废墟。许尚《华亭百咏》中《前京城》诗云："庐落皆无有，依稀古堞存。登临认遗迹，林莽暮烟昏。"（《正德华亭县志》卷十二《古迹》，上海古籍出版社2011年版，第180页。）

固然，前京、胥浦是上海区域内最早设立的两个县，但两县存在的时间很短，尽管有着南朝至隋代政治动荡的因素，后面的政权对前朝的制度轻易地加以变化，但导致二县被废比较重要的原因是，人口数量不多、经济发展有限、文化上没有认同，因而二县在行政区划上实际并没有固定下来。

唐代前期，江南地区的发展步入了快速的通道，当全国迎来"开天盛世"的时候，南方的经济在快速发展。天宝十载（751年），吴郡太守赵居贞奏请朝廷，割昆山县南境、嘉兴县东境和海盐县北境，新设立华亭县。华亭县是上海境内真正意义上的一个实体县，具体来说这个县行政区划就是在今上海苏州河以南的地区，华亭县与海盐、嘉兴、昆山县的西、南划界，就是今天的省界。换一句话说，这是一个真正以上海南部地区为核心而设立的县，今天上海南部的大部分地区就是在华亭县的基础上一步步发展起来的。

为什么华亭县设立以后，在行政区划上不再有所变化，从而使今天上海和浙江、江苏的边界固定了下来呢？其实，这主要与华亭县设立的原因有关系。在华亭县设立前，太湖东部地区由于自然环境的恶劣，常受湖水浸漫，"从古为湖瀼，多风涛"。大水时期，常会淹没村落，"风波相凭以驰突，地势低洼"。（[宋] 范成大：《吴郡志》卷一九《水利上》，江苏古籍出版社1986年版，第260页。）唐代以前，冈身以西的部分区域有一定的开发，但深受地表径流不畅的影响而使民田被淹，而冈身以东的部分受海浪的冲击，只是小部分地区有人生活，大部分地区涨潮时被淹，退潮时露出水面。一直到六朝时期，太湖东部地区农业开发的步伐仍是比较缓慢的。进入隋唐，随着京杭大运河的开凿，太湖河堤的兴建，太湖流向下游各河道的湖水被拦挡，湖水不再向四野漫泄，人们学会了修筑堤岸来保护耕地，这样原来的大片积水洼地渐渐有了耕种的可能，相继被辟为良田。随着海塘的修筑，海岸线固定了下来，海潮已基本不再威胁海塘内的农田，农业发展迅速。在这种情况下，人口大量迁入，荒地不断开垦，华亭县设县就有了可能。可以这么说，华亭县的设立是唐中期以前太湖东部地区农业开发的结果。华亭县设立后，经济发展加快，人口数量不断增加，发展迅速。尽管在苏州七县中，最初建县时华亭是经济最落后的一县，但至唐末五代，华亭经济与相邻的海盐、昆山已十分接近，户口也快速增加。

在这种情况下，天宝年间设立的华亭县就十分稳固地屹立在水环山拱的吴淞江南境。

正因为如此，本课题研究以华亭县的设立作为起点时间，这是因为今上海地区南部的行政区划是华亭县奠定的，并且从此以后固定了下来。换句话说，真正意义上的今上海作为一个独立的行政区，是从华亭县开始的。之所以我们没有将前京县作为研究起点，一是前京县是跨今上海、浙江建立的一个县，二是前京县及以后的胥浦县行政区划并没长期固定下来，三是前京县在上海境内的范围实际上是很小的一块。

华亭县经历了五代、两宋，变化是十分明显的，农业、手工业、商业、对外贸易发展很快，人口增加迅速。在这个时段中，行政上不断涌现出新的变化，如华亭县境内先是设立了以对外贸易为特色的青龙镇，一些交通要道处政府为征收各种赋税和酒税设立了务、场，这些务、场慢慢也演化为市和镇。吴淞江以北的地区于南宋嘉定年间从昆山县划出，设立嘉定县，使今上海北部的疆界固定了下来。由于只是一江之隔，尽管华亭属嘉兴管辖，嘉定属苏州管辖，但两县声气相通，有很多共同的地方。比如文化背景比较接近，士大夫之间来往密切，有很多人结成姻亲，相互联结在一起。他们对本地域的文化十分认同，对地区的生活优势十分自信，共同构建了一种具有地域特色的文化。青龙镇由于吴淞江的淤塞，海里前来的商船减少，上海浦旁的上海务、上海镇在这个时候担负起了青龙镇功能。元朝建立后，随着南粮北运，上海在海运上的功能放大，地理位置的重要性十分突出。至元二十八年（1291年），设立上海县，以"上海"为名的县级组织正式出现。此外元人占领南方后,还设立了崇明州。

之所以我们以上海县的设立作为本研究的时间下限,主要是想由此来观察上海县设立前几百年中上海地区各个方面发展的脉络。在唐至元初这个阶段,上海共有四个县已经相继出现,在地域范围上四个县覆盖了今上海,大小完全一致。之所以华亭县之后又设立了嘉定县、上海县和崇明州,这是因为这些地区人口、经济、文化和社会风俗发生着较大的变化,这是一个比较剧烈的变动时期,社会的发展十分迅速。今天上海经济和文化上的一些特性,萌芽于这个时候。如果我们将考察的着眼点放在这几个县的政区变化上,那么各个不同阶段不同地域的开发情况就会十分清晰地展现出来,上海地区的区划沿革和行政运作中的相互关系,也可以得到梳理。

二、研究的剖面结构

唐五代至两宋、元初,上海地区的发展是全方位的,这是社会经济发生较大变化的一个时期。面面俱到地谈论这种社会变化,实际上是有困难的。不只是我们两位作者的知识结构不完整,学识还比较缺乏,无法做到全方面的研究,更主要的是现有资料记载很难支撑起这种全方位的研究,因此我们的观察点只能聚焦在一些重要方面。

在这一时间段中,社会发生较大的变化应该是政区的变化、区域经济的发展、自然环境的变动、农田水利状况和文化教育的兴盛。我们的基本看法是,中唐以后华亭县的发展是比较迅速的,荒地不断得到开发,沿海盐业经济发展迅速。五代吴越国占领期间,虽然社会秩序有些混乱，但由于吴越国的基本国策是保境安民，因而在华亭地区开始兴修水利和维护水利。这种对农田水利的重视，派专人负责维护水利，对后代影响是很大的。至北宋，随着大规模兴修水利的到来，圩田整修的步伐得以加快，农业步入了较快的向前发展的轨道。随着自然环境的变化，青龙镇的作用变得突出，上海地区对外贸易经济呈现出较为明显的区域特色，同时市镇渐渐兴起，沿海地区食盐制造发展迅猛，不少市镇因盐的制造和运输而兴起。

上海地区进入快速发展，实际上是从南宋开始的。随着宋朝政治中心的南移，杭州成为首都，相隔不远的上海地区因为北、东有江、海天险，而成为南宋政治权力笼罩的核心地区。具体表现在政府对上海地区政治、经济上特别重视。比如嘉定年间在吴淞江北设嘉定县，在华亭县境内设立市舶管理机构和大量的酒务、税务，建立了完备的官驿制度。政府重视农田水利，注重乡村土地建设，使区域开发走向纵深，农业赋税增长较快，成为政府财政的重要依靠。至南宋末年，政府对上海地区的田赋征收规模，实际上已是超常的，后代苏松地区的重赋局面从南宋后期已显端倪。同时，由于上海地区社会生活日益富裕，加上自然环境比较优越，与宋朝政府一起南迁的北方文化人士纷纷来到吴淞江两岸定居，世世代代扎根在上海，他们与唐宋以来就在上海生活的士人大族一起，共同构成了乡村的上层社会。文化士人身上有着共同的特性，如与政治关系密切，官员与士人友谊深厚，他们生活富裕，重视教育，相互之间交游来往，相互倾慕，彼此扶助，渐渐表现出一些群体意识，使上海地区形成了浓厚的文化氛围，凝聚起深厚的地方意识，他们对本土有着特别的认同和关怀，萌芽出特别的地区文化的迹象。

元初，上海地区的发展更为快速。南宋积累起来的社会财富为元政府重视，在建立新的赋役制度后，元人意识到华亭和嘉定等江南各州县田赋的重要性，建立起了漕粮海运体制。在这种制度下，元人充分认识到华亭和嘉定的在经济上的作用，因而华亭升为府，不久改为松江府，成为嘉兴路下一个特殊的行政单位，而嘉定也升为州。同时为了扩大海运规模，成立上海县，建立起完备的海运网络体系。行政格局发生的这种重大转变，完全是基于上海地区经济的发展，而这种行政格局，对后世产生了重大的影响。上海作为一个县级行政单位的出现，有着特别重要的意义，标志着上海作为沿海经济的枢纽性已经显现。元代初年，由于战乱，一些士人或避战乱，或不愿出仕，隐逸于上海。他们与前朝的文人大族相比，只是缺少了与政治的密切程度，但继续相结同游，纵情于云间山水和园林之间，放舟于江湖之上，到处吟诗作词，有的闭门写作，有的开馆授业，使上海文化发展的地域性越来越明显。

可以看出，一个时间段中的社会发展，是比较复杂的，呈现出繁杂的多面性。美国学者科林·卢卡斯曾经说过："不管人们怎么划分时段，也不管人们如何表述各主要时段之间的关系，必须牢记一点，即这些史学家并不只考虑单线发展时期，也不只考虑仅按时序的发展。相反，由于历史是个不同体系的复合体，各体系有其独特的节奏，并据此分成长时段、局势和事件，所以历史成了以不同速度运动着的不同时期的复合体。从这个意义上说，由于同一个按年计算的时间间隔随其体系的不同而长短不一，历史时期分成三类或是四类的问题就有点玄乎了。然而，不管怎么说，新史学研究的历史实质上是个历时性的复合体。"（［美］科林·卢卡斯：《史学研究的新问题、新方法、新对象——法国新史学发展趋势》［［法］雅克·勒高夫等主编］之《前言》，社会科学文献出版社1988年版，第43页。）如此说来，研究上海历史，不仅仅要关注时间上的先后，更要关注自然和社会发展各个方面特殊的规律性，正是因为社会各个方面共同发展和复合作用，才构成了古代上海历史的真实面貌。如此，我们研究古代上海历史，要避免只按时间先后式的探索，而要对构成上海历史诸要素的各个剖面都要认真加以研究，要将这些研究剖面建立在多重的专题分析之上，多线索进行叠加交叉的探索，这样才能从不同的角度中探寻出相互关联的变化和特点。

这个时段中的上海地区，主要是由华亭县和嘉定县两部分合成的。华亭从五代以后隶属于嘉兴府，而嘉定县长期以来隶属于苏州府，这两个部分有着各自的经济和文化特点，但将他们合成，实际上反映出的是上海的特点，因此在研究中我们既要看到这两部分是有所不同的，但同时又要看到更多的相同成分，要将其作为一个整体来看待，要发现两县之间的联系和相互影响。可以这么来理解，这个时段两县经济和文化的发展，实质上就是上海地区经济和文化特点的大致构成期。

其次，在我们的探讨中，对各个研究剖面从较长的时间段上加以分析，虽然有一些叠加的研究，但不妨碍我们对上海地区整体发展作出判断。书中不仅关注到自然地理环境的变迁，而且也特别重视人类对地理环境的作用；既强调上海区域内政区设置发生的变化和意义，也充分认识到这种变化与全国政治形势之间的关联；既仔细地梳理资料对上海地区不同时期的人口和人口结构进行探索,也密切关注士人大族对上海社会的影响;既肯定上海地区经济较快速度的发展和产业的多样化,也特别指出上海地区对教育和科举功名的重视,以及对宗教信仰的热情,在构建上海文化情怀上的重要作用。此外,我们也注意社会风俗的形成,与上海文化特点是休戚相关的。大凡这些方面,在中唐以后直到元初的这个时间段中,相互碰撞,构成了古代上海特有的历史面貌。

三、主 要 内 容

本书共分八章,从内容上说可以大致分为六个部分。

第一部分的内容体现在第一章和第二章中,主要是关于上海地区的政治形势和行政设置。我们考察了唐代设立华亭县的条件,认为随着太湖东部地区农业经济发展,才设立华亭县。华亭县设立后,发展较快,在农业开发和人口增加方面是比较有成效的。五代吴越国时期,加强水利建设,上海地区由于没有受战乱的影响,社会稳定,发展较快。进入北宋,华亭县行政管理加强,设立市舶机构,增强对食盐和酒的税收控制。大约在唐末五代时期,随着镇作为一种军事机构的设立,华亭县北的青龙镇脱颖而出,成为重要的对外贸易港口,经济发展强劲,镇区面积广大。至南宋,吴淞江北设立嘉定县,主要原因是随着昆山东部地区经济实力的加强,政府收税发生困难,因而设县以加强征收。位于吴淞江边的江湾镇是嘉定县的重要港口和商税征收地。特别要强调的是,南宋末年,随着华亭县经济实力不断增强,华亭县东部地区发展迅速,人口增加。

元朝统一南方后，华亭由县升府，而华亭县东部地区在上海镇的基础上设立上海县，松江府下辖二县，这样，加上吴淞江北的嘉定县，今上海区域内陆地上有了三个县。长江和大海的交汇处从唐朝开始冒出沙洲，唐末设镇，经宋朝，沙洲主体已经固定，政府设立盐场，加快开发。随着人口导入，至元初设立崇明州。总体上说，这个时期是上海地区行政设置变动较大的一个阶段，属于扩张期，上海地区行政总体框架已经显现，与南、西、北三面的州县边界已很少变动。

第二部分的内容主要体现在第三和第四章中，谈论的是上海地区的自然环境变化和农田水利建设。唐朝以前，人们的活动主要是在纵贯南北的冈身以西地区，但唐朝以后，随着环境的变化，陆地向大海延伸的速度加快，上海地区陆地平均每二十年向外约涨出一公里；宋朝陆地向大海延伸的速度虽有点减慢，但每年约涨一里。陆地向外伸展，人类就不断修筑海塘以保护塘内人们的生活，一般认为这一时期修筑了开元海塘、下砂海塘和里护塘等多条。境内最大的吴淞江在这时期发生了较大的变化，因而人们想尽一切办法加以疏导、筑闸。上海南部地区因为没有有效的排水口，使黄浦应运而生。从五代开始，为了保证农业生产的发展，地方官热衷于修筑水利工程，包括各类河道疏浚、修堰筑闸、建设堤岸，有效地防止了海潮的侵蚀。太湖东部地区农田建设最流行的办法是修建圩田，大量圩田的出现是农业保产增产的重要标志。水利工程的大量修建，客观上也为上海地区水陆交通带来便利，已建立起十分通畅的交通网络。

第三部分的内容主要体现在第五章中，谈论的是上海地区的人口与社会。唐末后期上海地区人口约九万四千。北宋初年真宗时期，上海地区的口数近二十万。宋朝南迁之后，人数激增。南宋后期，上海地区的人口越过了百万，到南宋末期，更是高达一百五十万——一百六十万。元朝经过战争占领上海地区后，户口呈下降趋势，不过很快企稳回升，到至元二十七年（1290年），上海地区的总人口升至一百三十万左右。这一百多万的人口分成不同的层次，主体是农民、商人、渔民和手工业者，但官宦世家和文人学子数量也不小。唐、北宋时期上海地区就有一定数量的大族世家，宋朝南迁后这些人的数量激增，他们的到来大大提高了民众的文化素质，因为大族大量建造园林，追求文雅的生活方式；注重子弟教育，并将教育推广到普通百姓；重视科举考试，一心追求功名仕途；士人以道德风尚标榜自己，孝友和睦，累世同居，在生活上成为社会的表率；他们有着强烈的社会责任感，为社会公益事业做了大量的好事。大族文化活动频繁，进行文学、艺术创作和活动，领文化风气之先。

　　第四部分的内容主要体现在第六章中，谈论的是上海地区的经济。上海地区有几个不同特色的物产分布类型，东部近海，多盐卤，不宜种植水稻，以种植豆麦为主，兼擅鱼盐萑苇之利；西部河网密布，遍布水田，浦塘交汇，有着细密的水利灌溉系统，水稻种植精耕细作，是江南重要的产粮区。大量溯淀江浦的存在，使渔业很发达，沿海与内河的渔产资源不同，在渔具、捕鱼办法上也各有特色。南宋以后，上海地区较早引进棉花栽种，棉花种植面积扩大，棉纺织兴起。宋元时，上海的制盐业极为繁荣，分布着众多盐场，征收的盐额逐年递增，沿海地带兴起了一批以集散海盐为主的市镇。海运业在南宋末年兴起，至元朝南粮北运，使上海的海上运输中转地位正式得以确立。海外贸易兴起，青龙镇、江湾镇和黄姚镇先后都是外商商品的集散港口，至南宋后期，上海镇发展成为海漕转运的重地。

第五部分的内容主要体现在第七章中，谈论的是上海地区的学术文化。两宋时期，华亭县学不断改建扩建，青龙镇和上海镇都有镇学，民间自发办起不少书院、义塾，不但使全社会养成了好学守礼的风气，同时也影响到了社会风俗。嘉定自创县时设立县学，学校的日常教学经费，一方面靠政府的划拨田地，另一方面是民间的捐田助学。华亭县学建成后，科举入仕的人数迅速上升，从原来的崇佛之地变成了大量士人登第科举的典型的江南府县。上海地区在唐宋时期是非常重视佛教的，民间建寺热情极高，建寺近一百五十座，名僧辈出。华亭文人学术思想活跃，经史子集著作众多。元代以后，松江环境安定，文人竞集，吟诗作画。

第六部分的内容主要体现在第八章中，探讨上海地区的社会风俗，分为节令、农时风俗的变迁，江南特色的饮食习俗，敬鬼神、好淫祠的民间信仰等几个方面。唐五代以前，上海地区节日祭神、避疫的色彩浓厚，无论是饮食还是节令活动，大多以祛病辟邪为主，到了宋元时期，人们的节令活动更多关注世俗生活，庆典和欢乐的成分日益加重。古代上海地区天然的地理条件在很大程度上决定了其最初的风俗，唐代以后，随着南方经济成为朝廷越来越重要的支柱，人们的饮食渐渐发展得越来越精致和丰富，显现出自身不少特点，传统风俗有很大的转变。宋元以后，华亭好儒学好读书的风气已经养成，不过好奢侈、好佛的风尚也很难改变。

通过上述六个部分的分析，我们力图从不同的视角再现唐至元初上海地区社会变化和发展的轨迹，从多方面展现上海政治、经济和文化的变化趋势，希望读者能从中看到上海政治、经济和文化诸要素在不同时间内的传承和变革，从而真正能理解上海历史发展的节奏和韵律。

本文为新修《上海通史》第三卷《华亭建县至上海建县》前言，上海辞书出版社2017年12月版。

《中古时期江南经济与文化论稿》绪言

收入本书的论文长短不一，共二十四篇，按其性质，大致分为中古江南的"经济·城市"与"教育·文化"，以及附录三个部分。上编主要是对江南经济某个方面的论述和江南城市经济的专题研究，侧重于对经济变化和发展的探讨；下编是对江南教育、饮食、园林和游览、娱乐活动的专题研究，侧重于对文化表现形式的探讨。由于我的学术视野有限，难以做到对古代历史进行贯通式研究，大部分的文章只能立足于唐五代这个时间段来观察。不过，由于受研究论题的影响，这次收录的论文中有六七篇是向前跨越到了六朝，呈现的时间段较长，因而在取书名时颇费周折，只用"唐五代"来标明时间段是涵盖不了整书的研究，遂以"中古"这个概念命名，取书名为《中古时期江南经济与文化论稿》。书中另有附录部分五篇论文，是我近年来对古代上海地区史研究的几个小成果，由于资料有限，只能主要利用地方志来进行探讨。这部分的几篇文章在研究主题上与前面的文章相符，但探讨的时间主要是在宋元明清，尽管研究区域上仅局限于古代的上海地区，然也是作为江南地区的一部分，因而作为附录呈现在本论文集中。

下面我就这些论文的写作缘起及主要观点作一些简单介绍。

上编共十一篇论文。其中《唐五代江南史研究的若干问题》一文，是接受一个报社记者的通信采访，他为我列了近十个题目，而我挑选了其中四个作答。由于我没搞清记者的真实编辑用意，写了好几页发过去，没曾想记者是一组采访合在一起，只从我的稿子里面挑了几段话。由于不想浪费自己的成果，所以干脆对文章重新进行思考，增加了资料和出处，对有些段落进行了改写。文中我认为唐五代人的"江南"概念在发生变化，有大、中、小几种称法，但总体上所指区域在越来越小，而指向两浙地区为越来越多的人接受；江南人的社会风气在两汉时期是崇尚武艺的，但魏晋以后渐渐发生变化，至唐代以后，江南人崇尚儒术和教育，这其中变化的原因主要和北方士人大量南迁后重视教育、科举和信仰宗教有关；苏、杭两州经五代至宋初，被人称为天堂，其发展主要是在唐代中期以后，在城市商业、规模、人口、文化方面在当时最为繁华；江南文明受到中原文明的影响，但不是简单的中原江南化堆积。

《开天盛世时期江南经济的发展水平》一文，原是数年前受王双怀先生之邀在西安参加纪念"开天盛世"一千三百年大会上的一个发言。发言时仅做了一个简单的PPT，并没有成文。此后觉得自己的观点需要完善，尽管在有的论文里我用了一些观点，但还是觉得不够系统。2018年夏天，为参加浙江大学"江南区域环境与社会变迁"学术讨论会，我对这个题目进行了重新思考。在这篇小文中，我提出唐玄宗开天盛世时期，北方经济发展到达唐代的顶峰，而同时南方的经济也出现了崛起的势头。与唐朝初年相比，至天宝时江南人口增长率高于同期的北方，农业发展需要的人口数量初步具备。其时江南兴修的水利工程数量并不少于同时期的北方，尤其是几条海塘的修筑，使海塘内的土地免遭咸潮的侵蚀，垦田面积越来越大。开元时，江南的农业生产达到相当高的水准，粮食被大量运往北方。明州及十个新县的析置，使江南的开发从内陆走向沿海，开发的大体格局在玄宗时已经定形。江南部分州县城墙的修筑，使城市的物质形态更加完善，城区面积扩大，商品经济活跃。江南的手工业，如丝和布纺织、金属铸造业等，都在全国占有重要地位。正因为有了开元天宝盛世时南方经济的快速发展，安史之乱后，江南才能有力、快速地替代北方，成为"国用大半"的财赋中心。安史之乱后的财赋重心南移，既是偶然的，但同时也是历史的必然。

《江南运河与唐前期江南经济的面貌》一文，是2014年为中国唐史学会和扬州市人民政府联合召开的"隋炀帝与扬州国际学术研讨会"撰写的论文。在文章中，我试图解说清楚江南运河的开挖与唐代前期江南地区经济发展之间存在的正向关系。我指出，隋炀帝在前人的基础上对江南运河进行了开阔、疏浚，同时对江南运河沿岸的驿站、码头、桥梁等交通运输体系进行了建设。唐代前期，运河沿线各州继续完善运河的功能，确保了运河发挥出越来越大的作用。运河在唐前期，对粮食和各种物资的运输、对各种人员的往来、对农业灌溉和水稻种植、对沿河城市的发育成长，其作用越来越直接。运河直接导致了唐前期江南经济建立起稳定的发展基础。安史之乱后，南方大量粮食运向北方局面的形成，与江南运河的促进作用是密不可分。

《隋唐五代江南造船业的发展》是我对江南手工业发展的一个

专题研究。在文章中，我指出唐朝以前，造船就是江南的特色手工业，受政府政策的影响，发展较为缓慢。唐前期江南以造战舰而出名，在经济中占据着重要地位，分布上主要集中在长江、太湖、杭州湾钱塘江沿岸。中唐以后，随着军事形势的变化，江南造船业出现了飞速发展的局面，尤其是到了唐朝末期，军事形势更刺激了造船业的发展。这时的造船业主要分布在长江、太湖、钱塘江及沿海地区，呈现出向沿海州和长江沿岸州集中的趋势，造船能力和造船技术水平都有显著提高，成为东南地区的造船中心。江南造船业的发展，和优越的地理位置、军事环境和丰富的木材资源有关。

《隋唐五代江南城市的基本面貌与发展趋势》，是我对江南城市整体性发展水平评价的一篇论文。2013年，为参加南京师范大学举办的"唐代江南社会国际学术研讨会"，我撰写了这篇文章。由于之前对城市经济发展有一些专题研究，对江南部分城市经济也有个案分析，因此在此基础上的总结相对而言我比较自信。我提出至隋唐五代时期，江南多层次的城市格局体系基本建立。江南区域内先后出现了十八个州级以上的城市和七十多座县城。江南城市渐渐发生着一些重要的变化，无论是物质结构、社会结构，还是生产与消费、文化生活和日常生活，都在潜移默化地发展着。江南城市的设立与规模主要受制于政治需要，城市空间分布的格局已基本定型，城市发展有较大的区位优势，多数城市进行了修建整治，城市人口数量有所增加，城市经济功能显著增强，市的形态发生了较大变化，城市文化生活多样丰富。城市在政治和经济上对周围地区有较大的影响。

《城墙修筑与隋唐五代江南城市的发展》《六朝唐五代江南城

市中的产业研究》《六朝隋唐五代江南城市的市政和社会管理》《六朝唐五代江南城市市场的形制与变化》《六朝江南城市人口数量的探索》五篇论文，是我对江南城市进行全面研究的成果。虽然是从一个具体的视角对城市的某个方面进行探讨，但各篇之间是相互联系的。在《城墙修筑与隋唐五代江南城市的发展》一文中，我指出隋唐五代江南城市发展的一个重要标志，就是城墙的修筑。隋朝灭陈后，江南一些城市新筑了城墙。不过由于没有重要的战事，并没有出现大规模修筑城池的现象。唐朝建立后，江南地区对修造城墙渐渐重视。湖州及一些县城根据本地的实际情况，新修、增筑了城垣。安史之乱以后，江南地区时有动乱出现，一些城市继续兴筑、扩修城垣。唐末五代，社会动荡不定，大量城墙或新筑或加固，江南出现了一轮修造城墙的高潮。随着战事的变化，有的城市多次对城墙加高加厚，增强城墙的防御功能。江南州级以上的城市，一般均有内外两重城墙，城墙下宽上窄，环以护城河。除少部分山区县城之外，大多数的县城至唐末都修筑了城墙。江南城墙的修筑是一个逐渐的过程，它既是隋唐五代时期江南城市发展的结果，更是江南城市加快发展步伐的一个重要推动力。

在《六朝唐五代江南城市中的产业研究》一文中，我认为六朝以来的江南城市经济，以商业为主，手工业为辅。到唐五代，随着城市规模的扩大，人口的增多，城市服务业开始兴盛，成为城市经济的重要组成部分。中唐以后，手工业和服务业的比重增加，城市的产业结构在不断调整。此外，城市交通业、种植业、高利贷业都有一定的发展。江南城市产业结构基本合理，产业地域性明显，不同城市形成了各自的产业特色，城市产业分工与城市发展相适应。

江南城市经济结构上呈现出消费性和生产性、服务性并存的特点，但从总体上说，江南城市主要是消费性的，并不是生产型的。

《六朝隋唐五代江南城市的市政和社会管理》一文，是为参加2012年绍兴文理学院举办的"区域文化学术研讨会"而撰写的。在文章中，我提出六朝隋唐五代江南城市发展迅速，与政府周密的管理措施有着重要的关联。政府对城市的管理措施，可以分成多个方面。如在城市管理上，政府对城市基础设施、城市道路、城市房屋、城市卫生保洁等方面，有很多相关的规定。在城市的治安、救灾管理上，地方官员是城市治安的主要责任人，还经常用军队来稳定局势；发生自然灾害后，政府有专门人员参加救灾，有很多具体的措施救助灾民。政府在城市的公共事务方面都有很多具体的管理措施。政府对江南城市的管理，既有值得肯定的一面，同时也对江南城市的发展有很多抑制作用。

《六朝唐五代江南城市市场的形制与变化》一文，是我对江南城市市场的专题研究。文章中我指出了六朝至唐代，州郡、县级城市至少都有一个商业市场，用来进行商品交换，满足城市民众的生活需要。市的设立，一定程度上标志着城市商业的发展程度。这篇文章的主体是对城市市场的形制、管理进行深入的研究，提出江南城市的市制发生了一些新的变化与发展，使得市在城市商品交换中的作用更加突出，各州郡、县市在商业交换上日见繁荣，成为城市商品经济的主要交换场所，而且市也是广大农村经济作物和手工业品的集中销售地，有力地带动着农村商品经济的发展。

《六朝江南城市人口数量的探索》一文，重点是对江南城市人口数量进行估算，目的在于认识江南城市的发展水平。在文章中我提出东吴前期都城吴郡，城内人口约有十万人。东吴县城中的人口，一般估计不会超过二三千人；郡城内的人口，在数千人至一万人左右。东晋南朝时期，江南城市人口数量大增，都城建康人口已逼近百万。东晋一般郡城内的人口估计能达到一万人，大的郡城在两万左右。南朝京口城内的人数大概在四至五万人左右，会稽城有十至十一万人。南朝大县的人口达到两万人，一些小县城中的人口可能连一千五百人也不到，县城人口数量差别很大。江南城市人口呈逐渐增加的态势，和政府用行政手段将人口迁入城市、农业人口从事工商业进入城市、北人南迁进入城市和士人聚族而居等因素相关。

上编的最后一篇论文是《唐五代温台地区的海洋经济》。由于浙东沿海的温、台二州经济有着明显的区域特点，有着优越的自然条件，有着漫长的海岸线，因而经济发展的海洋特色表现得特别显著。在经济结构上，温台二州的经济呈多元化的发展态势，与海洋关系紧密，海洋制盐、捕捞、对外贸易成了二州经济发展的重要支柱。沿海地区带有明显海岸型经济性质的农业经济，发展轨迹与两浙其他州差异很大。温、台二州水利兴修相对各州而言数量较少，粮食作物种植不发达，农业主要以经济作物种植为主。

下编论文共八篇。其中《远迩趋慕：隋唐五代江南城市中的教育发展面貌》一文，提出隋唐时期在江南城市中的教育制度已基本建立，江南各州普遍设立了州学。州学一般以学习儒家经典为主，以培养学生参加科举考试为主要目标。同时期各县建起了县学，一般建在孔庙中，教师要经过考核才能担任。江南城市中的私学十分繁荣，形式多种多样，以一些在儒学上有成就的学者、官员和文人私相指导年轻学子最为多见。私学主要存在于官宦和大族之家，而普通百姓已有培养子弟学习文化的意识。一些家庭尽管不太富裕，但投入了财力物力到教育上，重教育的社会风气开始形成。科举对江南地区重视教育影响很大，人们在科举上取得了十分成功的骄绩。江南城市中崇尚文化教育、注重提高百姓素质的做法，是造成江南人才涌现的主要原因。与这篇论文比较接近的是《唐宋之际吴地学校教育的创新发展》一文，此文专门对吴地学校教学在制度上的创新谈了自己的看法。我指出，唐宋之际吴地学校教育出现了一个发展高潮。唐五代吴地许多州县都建立了学校，而且已有一定的规模。至宋代，各州县学校教育质量不断提高，校舍时常翻新扩建。吴地学校管理上充满着创新意识，设立专职管理学校的官员，办学经费有了保证，有十分严格的教师上岗考核制度，在教学内容和学生的学习管理上也有许多创新举措。学校教育的创新，使吴地重教风气形成，大量读书人中举登第，社会风俗发生了大变化，从"尚武艺"转向了"好儒术"。

《六朝至唐五代江南城市中的饮食习尚》《歌声舞节，桃花绿水之间——六朝唐五代江南城市的歌舞活动》《唐五代江南城市的园林建设及其特点探析》《六朝至唐代江南城市游览风尚的变化及其原因》四文是我对江南城市社会与文化探索的一些成果。其中《六朝至唐五代江南城市中的饮食习尚》一文，重点对人们的主食、菜肴、酒、茶等进行研究。我指出，六朝至唐五代江南城市居民的主食是饭，有稻米饭、麦饭、粟饭等。同时也食用粥以及各种面粉和米粉制成的饼。肉类在上层统治者或家庭富裕者中是经常食用的，消费需求量很大，以猪肉为主，牛羊肉为辅。江南多湖泊水道，靠近大海，水产品消费量很大，在人们的饮食中占有重要地位。城市普通民众的日常饮食，是饭菜搭配，以蔬菜为主。承继了传统，江南城市居民饮酒十分普遍，江南生产很多名酒。同时随着茶叶种植的兴起，饮茶之风蔓延，成为一种流行的习俗。城市是大多数社会上层人物生活的场所，因而在饮食生活上，很多人以追求奢侈为目标。

《歌声舞节，桃花绿水之间——六朝唐五代江南城市的歌舞活动》一文中，我认为六朝各王朝宫廷音乐歌舞活动内容丰富，演出乐曲种类繁多；士大夫对歌舞比较爱好，很多人都会弹奏乐器；民众对音乐歌舞呈现出一定的狂热。唐代宫中的音乐通过一些艺人传播到江南，并且受到西域外国音乐的影响，流行柘枝舞、参军戏等表演；城市中活跃着众多擅长歌舞演唱的妓女。五代江南诸国乐伎制度全面建立，歌舞音乐以教坊伶工和士大夫贵族的家伎表演为主，士大夫家里有很多歌舞乐人。江南歌舞活动的盛行，最主要的是城市里居住有大量欣赏音乐歌舞的人员，他们追逐并且享受着歌舞活动带来的快乐。同时，江南城市中居住着大量从事音乐歌舞活动的娼伎，以表演作为谋生的手段。

《唐五代江南城市的园林建设及其特点探析》一文，从作为城市建设一部分的角度，来直面唐五代江南城市中出现的大量园林。我指出，州级城市的子城筑起高楼，州衙按园林格局布置，建楼设囿，厅斋堂宇，亭榭楼阁，疏密相间，高低错落有致。苏州、湖州、杭州、金陵等城市，不但园林数量众多，而且建造技艺高超。城市园林的大量建造，使城市布局出现了较大的变化，扩展了城市的生活功能，引发了人们思想观念和文化意识的变化。江南城市大量兴造园林亭阁、开山凿池,是社会风尚的需要,同时和江南地区雄厚的经济实力分不开,是江南经济发展的标志。

《六朝至唐代江南城市游览风尚的变化及其原因》一文中,我分阶段对江南城市游览风尚的变化进行了分析。我认为六朝时期的江南城市中,世家大族、高官和文人士大夫盛行到山水美景中游览。唐代官员文人不但流行饮酒作乐,以游玩山水为风雅,而且中唐以后在各大城市旅游亦渐成一种风尚,城市及城市周围的风景地成了文人士大夫的游玩之地。唐代江南城市的另一个重要变化是普通居民都热衷游览,特别是在一些节日期间,普通居民四处游览更为普遍。六朝至唐代,城市游览风尚的渐渐转变,主要与城市人口数量的增加、城市居民生活的富有、官员与士大夫的心理需求和思想影响等因素有关。

《唐五代时期杭州的饮食与娱乐活动》一文,为我参加杭州文史研究会"丝绸之路与杭州"论坛撰写的一篇论文。随着唐五代时期杭州城市经济的发展,人们对吃喝玩乐有着较高的追求。杭州人的主食以稻米为主,肉类食品主要食用羊肉和牛肉,并且大量食用水产品,流行饮酒饮茶。杭州城内外建起了很多园林,游览风气盛行,官员和文人士大夫是最积极的推动者,社会风尚发生了较大的变化。城市娱乐生活充实,到处都有歌舞音乐,文娱活动十分热闹,正月十五观灯、端午竞渡、钱塘观潮等,都较有地方文化特色。吃喝、游览和娱乐活动,反映出了杭州这一时期社会经济的富足状况。

《唐代的太湖石文化》一文是为参加江苏吴越文化研究会举办的一个学术会议准备的发言稿,之后曾作一定的修改。文中提出六朝造园时就已经注重太湖石，无论是官方还是私人，建造的园林中常以石头作为园林建筑的一大要素。中唐以后太湖石受到文人士大夫的狂热追捧，文人士大夫在中唐后对太湖石有着狂热的嗜好，他们以得到一方太湖石为荣，将石头搬进了庭院中。他们被太湖石的外貌形态所吸引，不惜重金购买。在很多唐代的诗文中，人们常会谈到太湖石，显示出了人们对这种石头的衷情。唐代的文人赞美太湖石，不但因为其外在的形状，而且还被精神内核所感动。

附录收了我研究古代上海史的四篇论文和一个小札记。因为上海文化的根源来自江南文化，作为江南文化的一部分，对上海史的研究必将继续深入。《宋元之际上海地区的水陆道路和交通网络》一文，探讨上海地区在这一时期的交通状况，相近的题目以往很少有人研究。在文章中，我指出，上海地区宋代有华亭、嘉定两县，之后在元初设立了上海县。政区设置的不断完善，促使了交通的发展。上海地区的水陆道路十分通畅，交通设施比较完备，华亭、嘉定至附近各州县都有陆路相通。陆上交通注重道路的修整和桥梁的建设，使陆路交通畅达、便捷。水上交通线四通八达，政府和民间的生产和生活物资大都是靠水路运输。华亭和嘉定县都有完备的馆驿设置，通向州城有驿路，沿路有驿站。至元代初年，馆驿制度更加完备，松江府的驿站有陆路和水路两种，境内的递铺从多个方向与嘉兴县的急递铺相接。华亭的青龙镇和之后设立的上海县，是海上交通的重要港口，从上海出发的海上交通线路能顺利地到达北方。元朝注重南粮北运，上海地区成了漕运南方租赋到北方的海上枢纽地。

《唐至元初上海地区人口数量的估算》是我在对古代上海地区

历史研究中比较有心得的一篇论文,在南京师范大学"中国古代民生问题及其国家应对"高层论坛上宣读。我认为,人口数量的估算,是研究古代上海地区社会发展的重要指标。唐至元初,上海地区先后有华亭县(松江府)、嘉定县、崇明州和上海县四个县级以上的行政区划。隋代,上海地区约有二万人左右,至唐末约有十万人。北宋真宗时期,上海地区的人口近二十万。宋朝定都杭州之后,迁入上海地区的人口增多,在绍熙至嘉定年间,人口约为五十至八十万之间。南宋末期,上海地区人口最高曾达到一百五十至一百六十万。元朝建立,上海地区户口一度呈下降趋势,不过很快企稳回升,到至元二十七年(1290年),上海地区的总人口达一百三十万左右。尽管在南京师范大学的会议上,有学者认为我大量引用方志资料,可靠性是存疑的,但我坚信正是大量运用了方志材料,通过各书相互的印证,我的结论是相对比较可靠的。

《历史时期上海地区的老虎活动——以方志为中心的考察》一文的撰写,实属偶然。因为在翻阅上海社会科学院出版社的《上海乡镇旧志丛书》时,看到数处有关老虎的记载,于是对方志上的记录进行全面的翻检。我提出方志上在上海地区有老虎活动的大量记录,从时间来看,主要出现在元末至清乾隆以前;从地域来考察,上海的大部分地区都有过老虎活动的踪影,以西北部的嘉定和宝山,南部和西南部的金山和松江,老虎出现的频率最高。老虎为害剧烈,吃人吃牲畜,严重影响了人类的正常生活,于是人们就想尽一切办法杀死老虎,政府常常组织军队进行捕捉,民众亦自发组织起来围捕。老虎能在上海地区活动,说明古代上海有大量的滩涂荡地和各种荒地,有大量的水面,老虎有活动的纵深空间,有赖以生活的森林草地等自然植被环境。不过随着明末清代大量荒地开垦，滩涂变成了熟地，河道水面变成了粮田，老虎的栖息地日益缩小，人类的活动侵入了老虎的生活范围，导致老虎咬人伤人事件不断。乾隆二十六年（1761年）以后，随着自然环境的较大变化，老虎在上海不再出现。

《现存〈真如志〉相互关系考——以人物部分为核心的探讨》一文，是我点校洪复章《真如里志》时的副产品。作为《上海乡镇旧志丛书》的一种，我对洪复章的稿本《真如里志》进行了整理，之后发现在洪志前后，各有几部《真如志》保存下来，而对他们之间的关系探讨，是断定洪志成就的重要内容，因而我以三书的人物部分作为突破口，进行具体的探索。我认为陆立志是第一本真如志，在搜集真如地方文献上有开拓之功。由于是书编辑的时间较早，反映了清代中期史学家的编撰理念，结构和分类都是那个时期的产物，文字比较简单，数量不大。洪复章的《真如里志》编于民国八年（1919年）以后，内容上不但包含了陆立志，并进行了很多增补，而且乾隆以后的史实也有大量的增加，因而资料价值极高。民国时期王德乾的《真如志》是有关真如地区方志的集大成作品，内容详尽而又精确，资料十分丰富，结构较为合理。因此我提出，三本相同书名的《真如志》，都各有其史学价值和文献价值，都有存世的必要。

《古代上海地区的两种三黄鸡》实际上是一篇读书札记，主要观点是提出明代开始，在嘉定南翔、大场附近有三黄鸡的养殖，而民间所谓浦东出产三黄鸡，是到了清代才出现的一种现象。历史上的浦东三黄鸡与大场三黄鸡，在品种上是有所区别的。

以上简单介绍了全书二十四篇文章的写作缘起和主要观点。从中很容易看出这些年来我的学术趣向，主要是在江南经济和文化上。二十四篇中，有的是为学术会议撰写的论文，有的是读书时的心得和兴趣所在。有些只是作为一个方面进行系统罗列，但大多是自己的首创，学术界缺少相应的研究可以借鉴；有的是提出了自己的看法和观点，但不知是否成立，是否能经受得起学术界的检验，可能还得留待时日才能说我的论断是对还是错。二十四篇文章都在不同刊物上已经发表，本次收录时很少进行改动，有些只是作了些体例上的统一。因而文中难免有些会发生重复，但为了保持原貌，一仍其旧。

江南史是我长期以来一直热衷的研究领域，但中古时期的江南，研究者并不算太多，总体上显得比较冷落，与明清时期江南史研究者云集的热闹劲反差很大，因此，这些论文的结集出版，我的本意是想为中古江南史研究添点砖瓦。文章中会有不少疏漏的地方，真诚希望大家多提意见。

《中古时期江南经济与文化论稿》，上海古籍出版社2019年10月版。

《宋人笔记视域下的唐五代社会》后记

这个世纪刚开始的时候,我参加了《全宋笔记》的点校和整理工作。出版的前六编中,我先后在第一编、第三编、第六编中点校了一二十种宋人的笔记。第一编点校的数种在审稿结束后,经傅璇琮先生提议,作了些体例上的改动,修改了校勘记,又收入杭州出版社的《五代史书汇编》。古籍点校是比较辛苦的一项工作,看似简单,但其实不容易。比如有的笔记版本流传不多,重要版本今天都收藏在图书馆,作为参校本,必须要详细核对,于是要利用上海图书馆的藏书。有一段时间连续几个星期,天天坐在二楼的阅览室,实际上只是对同一本书的几个版本进行核对,在做点校长编。点校工作还得有耐心,有的句子初看不是太清楚,要翻大量的工具书,有时经过一二个小时的努力,最后搞清楚了意思,但只是标了一个逗号。即使到了稿子交上去后,几上几下的修改,来了校样还得标点者校对两次,大量的时间化在这项工作上,与出的成果相比,想想还真是不太合算。

在标点的过程中,我对这些笔记认真阅读了多遍。其时我还做些唐五代江南历史的研究,从这些笔记中摘录了大量的资料。前期的宋人笔记中，有丰富的五代十国的材料，特别是关于南方几个小国家，这些资料是研究的基础素材，十分重要，对丰富五代十国历史的研究作用巨大。这时我渐渐地发现，宋人笔记的记载中有大量的唐后期及五代时期的资料，而以往我们在研究时如果使用笔记，一般以唐代的笔记为主，当然重要的宋代笔记亦会引起大家的注意，但大部分的宋代笔记却是被忽略掉了，而这些材料其实有许多是有价值的。因此，我一直在想等《全宋笔记》编完，要做两件工作：一是对宋代笔记中关于唐代的独有记录要做出整理，这是体现宋代笔记资料价值的重要之处；二是要根据宋代笔记中的记载对唐五代历史进行一些研究，希望能对唐代历史的认识有所裨益。

2010年，"《全宋笔记》的整理和研究"申报国家社科重大课题，我向课题主持人戴建国教授提出了自己的想法，希望作为一个子课题进行一些研究。由于宋代笔记中较多地记录了唐五代人们的社会生活，而且要与其他的子课题项目相匹配，我的这个子课题遂主要集中在对宋人笔记中关于唐五代社会生活的记载进行研究。又由于对唐五代的社会生活前人已有不少成果，所以我的课题并不是系统地开展对唐五代社会生活进行研究，而是在宋人记载较为集中的一些方面进行更为深入的探讨，力求在已有研究还不是太到位的地方利用宋人的资料进行重新阐述，同时利用宋人的记录将前人没有注意的一些方面加以推进，或者对前人研究比较粗疏的地方进行一些补充，从而希望能对唐五代社会生活的了解更加丰满。

由于前期我将精力主要用于点校上，真正着手研究这个课题已是最近两年的事情，中间还穿插了一些其他的事务，因此能静下心来进行写作的时间并不是很多。好在到这个寒假结束，断断续续地将要写的内容大体上完成，我亦可以交差歇口气了。说句实在的，宋代笔记中记录唐五代社会的资料，比我原先想象的要丰富，也就是说，根据宋代笔记还是有很多内容可以继续研究。本书的写作是告一个小段落，但这仅是一个阶段性工作的结束，接下来还应思考继续进行的写作，利用宋代笔记对唐五代历史的各个方面进行深入探讨。

尽管化了不少精力写作本书，但因为与以往我的研究方式有很大的不同，所以心里常常会惴惴不安。因为单纯利用宋代笔记进行唐五代社会生活的探索，与利用唐代史书和笔记进行的考察，区别到底在哪里？是否能通过我的研究充分展现出宋代笔记的特有价值？笔记的内容比较庞杂，涉及的问题太多，如果唐宋资料放在一起研究，势必会淹没宋代笔记的价值，这个是我在写作本书时特别矛盾的地方。我当然是希望通过宋代笔记勾勒出的唐五代社会生活虽然不是全貌，但在更多的地方比只用唐代的资料更为丰富，很多生活断面通过宋代资料能够更加突现出来。如果能做到这样，那我的写作目的亦就达到了。

谁都知道学术研究是永无止境的，错误难免，本书当然亦是如此，唯有今后在不断的学习中加以改进。

后记写到这里，照例是要作些感谢。但我在随笔集《学海随心》的《形式主义》一文中曾经批判过学界写后记乱感谢的风气，所以自己首先要把这俗套免了。不过，特殊的原因使我决定还是要俗气一下。因为《全宋笔记》的主编傅璇琮先生不久前刚刚去世，而我们这些得过先生恩惠的人总不能像什么事没有一样就忘记了他。记得先生多次到上海，召集我们开会讨论点校的体例、版本，详实而具体，先生讨论时态度和善，既详尽听取我们的意见，又准确地表达他的看法。先生安排我们标点的几种笔记收入《五代史书汇编》，孔夫子旧书网上到目前还挂出着我标点的《江南野史》《江南余载》的稿子，上面有先生签名校对的字样，先生对文稿的校对、改动，清晰可见。能够与这样的学术大家有交集，得到他的教诲，实在是后学者的荣幸。

最后，还得感谢一下我参考和吸收了学术成果的各位专家学者，本书能取得的一点成绩，是站在你们的肩膀向上作的一跃。亦得感谢这段时间在科研和教学上帮助过我的各位朋友和同仁，是你们给了我好心情，是你们给了我欢笑。我的博士生刘永强在后来的修改中也帮我查实不少资料，使书稿避免了很多错误。"山远近，路横斜，青旗沽酒有人家。城中桃李愁风雨，春在溪头荠菜花。"田野溪边的荠菜花，迎着春天的风雨，一朵接一朵地开放，会带给人们丝丝悸动，会带给人们美好的念想。

《宋人笔记视域下的唐五代社会》，大象出版社2020年6月版。

《浙东唐诗之路之唐代越州经济研究》后记

两浙地区的经济，是我们最近二十多年来研究工作的兴趣所在。这与我们出生在江南、生长在江南，对江南充满着热爱有着密切的关系。以往，我们以江南作为一个整体进行的研究，取得了一些成果，内心也有不少感触，我们也曾对其中的一些城市和地区经济，或者一些行业，进行过纵向的探索，发现江南的经济发展确实有着独特的魅力，但总觉得这些研究还很不够。比如越州，这个浙东第一大城市对地区经济的辐射和引导，在唐五代时期的经济波动，始终吸引着我们的注意力，但我们怎么去把越州的这种经济作用和经济变动表现出来呢？单篇论文很难把一个问题引向深入，而一个州级地区的经济作为一个研究对象又似乎显得材料非常不够。促使我们下定决心对越州经济及其变化、越州在浙东的经济地位、越州经济的影响力等问题进行全面研究，缘于偶然的一个机遇。

两年多前，浙江省绍兴文化研究工程向全国招标，看到通知的许超雄将相关内容转给了我。当我看到其中的"浙东唐诗之路之唐代越州经济研究"课题时，我对超雄说："如果这个招标是很公正公平的，这个题目我肯定能报得上，因为目前学界研究越州经济的成果我肯定是最多的。如果你愿意一起做这个课题，我可以申报。"超雄说转给我看，就是想让我申报这个课题，因为他是嵊县人，对自己家乡的历史特别有感觉，所以他想如果能拿到项目的话，到时我们就一起研究和讨论。于是2021年的暑假，我利用了一段时间设计课题申请书。由于原来就有一定的研究基础，因此课题的设计并不是难事。申请书写好后，超雄认真看了一遍，提出了修改意见，小到字词，大到框架结构。申请书发出去后，我对这件事也就不再多想。因为谁都知道，市一级的课题，在高校里什么也不算，既不当什么成果也不能算什么工分，填不进表，放不上台面，没有绩效，纯粹是你自己的娱乐活动，是你自己的业余研究爱好。

几个月后，绍兴市发布了课题立项书，也是别人转给我，问我是否认识相关人员。我老老实实地说："还真不认识！"我并不知道课题的实际情况，也不了解课题是谁领衔的，但有一点可以肯定，他们是公平地对待了我的申请，认同了我的设计，然后将课题交到我的手里。这就是当时我接手这个题目的真实情况。因为我们自己也想有一天将唐五代的越州作为浙江地区的一个典型进行深入的解剖，只是限于条件没有下定决心而已。

课题开始写作后，我和超雄重新商量了体例和章节设计。由于我这两年杂事较多，原来接的项目都没有精力来完成，腾不出整块的时间来写作，所以这个课题主要由超雄完成。课题虽然是以我的名义申请来的，但实际的完成者却是超雄。如果是块军功章，大部分是他得的，我只是其中的十之一二。作为我们学院较有实力的青年教师，超雄这几年很努力，成果不少，有的文章在学术界引起了一定的关注。他曾跟我读了三年硕士，后在浙江大学读了博士，导师是著名的敦煌研究专家刘进宝教授，超雄得到了严格的学术训练。几年前，超雄又回到我们学院随戴建国教授做了两年师资博士后，再留校任教。课题开始时，他同时在做着博士后的课题，任务十分繁忙。正式得到教职后，他把主要精力用在这个课题上，碰到问题，不断和我商量讨论。他对我以前的研究，认真进行了梳理，继承了一部分观点和看法，在本书稿中也有体现。同时，他对我以前认识不足的地方，甚至一些错误，提出了不同看法。在书中，我有的错误超雄是直接作了纠正，有的地方虽然没有明确指出，但在具体论述上进行了更正。学术研究，本来就是一个不断追求真理的过程，所以我是鼓励他多找包括我在内的以前研究中存在的问题，只有这样，学术才会进步，才会将更多正确的观点传播给读者。

超雄的初稿完成后，我从头至尾通读了一遍，作了一些文字和内容上的修改，不少地方和超雄重新进行了讨论，交流了各自的看法。对越州经济的发展，我们的大部分观点是相同的，也存在着个别地方的评价尺度不完全一致，但这些都是很正常的，并不影响我们对越州经济的总体评价。

全书分为绪论、八章正文、结语和附录，都是出自超雄的笔端，因而全书的体例基本上前后是一致的。不过任何书稿保不住都会有这样或那样的错误，这个应该由我这位定稿人负责。由于我是项目的申请人，有什么问题自然是我应该承担起责任来。不过我相信，经过我们俩人的努力而写出的书稿，肯定会有不少新颖的论述，也会有一些与学界不一样的看法，我认为本书稿是在前人的基础上向前迈出了一大步的。

书稿得以完成，自然是得到了很多人的帮助，因而也不能免俗要向这些先生表达我们的谢意。在书稿进行的过程中，我们得到了朱文斌校长和刘召明院长的一再关心。几次会议，我除了参加过线上的两次外，因为这事那事拖累，从未到过现场，向朱、刘两位领导请假都得到他们的谅解。人都有惰性的，如果没有两位领导的催促，这个项目还不知道会在猴年马月写就，因而现在得以完成，全是两位领导高高扬鞭的结果。特别是朱校长到了新岗位上工作后，有一次来到上师大和我们交流，我感觉这位朱院长怎么有点面熟，好像在哪里见过。当朱院长自我介绍并且提到课题时才恍然大悟，才感觉到朱院长在不断督促我要抓紧完成课题。此外，在开题等环节中，得到有关评审老师的指点，意见十分中肯而且可操作，非常令人感动。复旦大学陈尚君先生和本院查清华院长，数次关心我们项目的完成情况；河南大学耿元骊特聘教授、山西师范大学刘丽副教授、洛阳师范学院闫华芳副教授在项目申请过程中给予我们极大的帮助；上海师范大学秦中亮副教授在项目批准后联系社科处、财务处等单位落实具体事务，上述各位老师、朋友对我的帮助，一直铭记在心。

最后，也是代表超雄，想说这部书稿的完成，只是我们一项工作的暂时结束，并不表示我们工作会停顿躺下，我们还会继续努力，在新的领域继续工作，取得更多的成果。

本文写于 2023 年 12 月 6 日。《浙东唐诗之路之唐代越州经济研究》，近期将由浙江大学出版社出版。

《中国抗疫简史》导读

各位同学，新学期好。我想借今天这个读书会之机，介绍一下我的《中国抗疫简史》这本新书。此举并不是王婆卖瓜自卖自夸，而是因为这本书就是为了抗击新冠肺炎疫情而出版的。

最近一段时间，疫情对全国人民的生活产生了很大的影响，给各位同学的假期和新学期的上课也带来了不便。这种新型的疫病，传染力较2003年的"非典"更强。截止到今天备课之时，即2020年3月4日，我国每个省市自治区先后都有过病例，总得病数约为80 303人，致死达2 948人。

自疫病出现以来，我们党和政府正领导着全国人民努力预防和抗击这种传染性特别强的呼吸道传染病。疫情的发展牵动着亿万人的心，每个人理应关注疫情，为抗击疫病做出一份力所能及的贡献。作为人文社会科学的学者，我们更要发挥自己所长，为抗疫献出自己的智慧。

长期以来，我研究的一个方向是古代的疫病，因而今年大年初一晚上，出版社编辑找到我，要我加班加点对以前的一本旧作进行修改，增加章节。大年初六，《中国抗疫简史》由新华出版社正式出版，新华社客户端迅即对该书作了推荐。

自有文字记录以来，中国古代有疫病上千次。有些新疫病刚流行时，由于人们认识不足，往往受害深重。疫病不但对人们的心理造成恐慌，而且造成了大量的人员死亡和巨大的物质损失。当科学技术水平有限，人类对医学的认识刚刚进入起步阶段时，由于人们对疫病的恐惧，防治疫病的希望主要寄托在求神祈灵上。

但几千年历史说明，中国是一个勇于并善于抗击疫病的国度，有着战胜各种传染病的传统。面对疫病，我们的祖先没有被吓倒，而是众志成城，树立起必胜的信心，开展了前赴后继的抗疫救灾活动，同疫魔进行着殊死的斗争。上至中央和各级地方政府，下至平民百姓，他们同疫病斗争的精神可歌可泣。在书中，我提出只要树立必胜的信心，掌握科学的方法，人们还是能从疫病的摧残中坚强地站立起来，生生不息，创造出更大的辉煌。中华民族就是这样一次次战胜了疫情，繁衍发展到今天。

我在书的后记中提出，随着现代科学的发达，检查仪器的发明，治疗技术的增强，人类对这些疫病从预防到诊断、治疗，手段也越来越多。今天，我们拥有一整套抗击疫病的措施方法，完全不必谈疫色变，"要相信在政府的领导下，我们的社会保障是坚实的，有充足的物质条件来抗击疫病"，在灾难面前要临危不惧；"要相信今天的科学和医疗水平，我们是完全能消灭这种疫病的。不管这种疫病是多么怪异和变态，我们的科研人员很快就会找到消灭它们的方法"。同时要从历史的经验中得到一些智慧，从中国历史传统中找到抗击和预防的方法。中国古代对疫病传染源的认识、对传染渠道的切断、抗疫具体措施、对疫后社会秩序的稳定和社会救济，直至今天还具有一定的借鉴意义。

全书共分八章。由于读者对象是身处疫情中的全国人民，因而我用了通俗和可读性的语言对中国古代数千年来的疫病流传情况进行了勾勒，对主要疫病的流传和危害作了介绍，对传统医学的防疫和治疫理论认识作了评价，对历史上的抗疫和预防疫病的方法进行了详细总结。

希望同学们通过阅读这本小书，了解古代疫情，能对科学防护有所借鉴。只要我们众志成城，守望相助，依靠科学，有效抗击，相信我们将很快取得这场斗争的胜利。疫病并不可怕，我们一定能战胜这种冠状病毒。

此书的出版方新华出版社，积极担当社会责任，该书在数字平台都曾经上线过电子图书，免费向读者开放阅读，同学们可以找来阅读，当然纸质版在网上也有销售。希望大家既能从书中学到一些历史知识，更能增强对今天抗疫的必胜信心。

谢谢大家！

本文是为上海师范大学人文学院公众号"教学人文"写的新书导读，完成于2020年3月4日。

《上海：兼收并蓄的活力之都》前言

上海位于中国东部，地处长江入海口，是一座世界级的城市。上海是中国最大的城市之一，吸引了国内外无数人的关注。上海是一座令人神往的城市。

上海市总面积6 340.5平方公里，仅相当于北京的38.6%。但上海的经济总量很大，是中国的经济、金融、贸易、航运、科技创新的中心，在国内和国际上都有着重要地位。上海是中国对世界开放的一扇大门，与世界各地区有着紧密的联系。一百多年来上海人以宽广的胸怀接纳来自五湖四海的朋友，和谐地生活在同一片蓝天下。

上海的发展壮大，是近千年来社会发展的结果。上海拥有深厚的近代城市文化底蕴，有众多的历史古迹。上海的文化精神是通过渐进的发展方式融合而成的，在不同时期呈现出不同的特征。今天的上海，仍然屹立在中国改革开放的前沿，努力创造辉煌的明天。

一、上海文化具有深厚的底蕴

在上海这座时尚的国际大都市里，人流如潮、车水马龙。可有谁会想到数千年前，今天上海的大部分地区还是汪洋一片呢？

大约六千年前，先民们开始来到上海西部的冈身地区活动。后来，随着海岸线的东移，人们才渐渐向东扩展。

秦汉时期，上海地区先后属会稽郡和吴郡，分属海盐、由拳等县。海盐县城设在今金山区山阳镇附近。东汉时期，上海地区已有大族活动的身影。顾家在海盐县亭林里，陆家在由拳县华亭。陆家最出名的有陆逊、陆机和陆云。陆逊封华亭侯，官至丞相，孙子陆机、陆云在中国文学史上享有崇高地位，是华亭山水养育了他们。

唐玄宗天宝十载（751年），吴郡太守奏准设立华亭县，县治在今松江城。华亭的设立，标志着上海地区开始有相对独立的行政区划。唐宋时期的华亭县，为江南一个壮县，经济实力较强，文化发达。位于今青浦东北吴淞江南岸的青龙镇，是唐宋时期上海地区重要的对外贸易港口。南宋宁宗嘉定十年（1218年）末，在吴淞江北的练祁市设立了嘉定县。嘉定的士人重视文化活动，建园林、重科举和教育，重文风气逐渐形成。

"上海"这一叫法，最早出现于北宋文献中。北宋时吴淞江南岸有一条南北向的支流叫上海浦，流经后来上海县城所在的区域。北宋熙宁年间，在上海浦旁设"上海务"，这是一个专门管理酒的买卖和税收的机构。南宋，随着青龙镇离入海口越来越远，海船改行至上海浦，政府正式设立市舶贸易机构，并设立上海镇，经济逐渐繁荣。元代至元二十九年（1292年），在华亭县东北境设上海县。

元代的上海县沿海有三大盐场，棉纺织业开始发展。上海港是元代重要的海运港口，大量南方粮食通过上海港运往北方。明清两代，上海地区行政区划也发生了较大的变化，崇明、青浦、娄县、宝山、奉贤、金山、南汇与川沙相继设立，上海地区形成十县一厅的格局。

明清两代，上海是中国经济富庶、文化发达的地区之一。上海周围地区大量种植棉花，松江府成为全国棉纺织工业中心和销售中心，有"松郡棉布，衣被天下"之称。上海港的地位越来越突出，成为内河和远洋航运的中心。

上海的文化也日益繁荣，出现了一大批名满全国的大学者，其中，徐光启、钱大昕、王鸣盛都是全国闻名的学问精深的学者；也涌现出一大批书画家，董其昌等人的书法、画风、画论，对后代书画艺术有很大的影响。

古代逐渐兴盛的区域文化，是今日上海发展之根。古代的上海重文、重教、重学术、重功名，对外来人的宽厚包容，这些都对后人产生很深远的影响。

二、上海文化具有开放的胸怀

1842年中英《南京条约》签订，次年，英国领事馆进驻上海。1845年《上海土地章程》正式公布，上海向主要列强国家全面开放。先是英国在上海设立租界，不久美国人取得了和英国人同样的租地权，虹口成为事实上的美租界，而法国人在洋泾浜和上海县城之间建立法租界。

由于大批华人涌入租界，华洋杂居，租界当局设立工部局以管理市政。此后英租界和美租界合并，和法租界一起，不断扩张，总面积达四万八千多亩，成为近代中国规模最大的租界。

开埠初期，上海的人口只有二十万，至清末为一百二十九万。此后不断增加，至1949年达五百四十六万。从本来只是一个县城，到一百年后成为全国第一大城市，如此快速的人口增加，是各地人口迁入和融合的结果。根据1950年上海全市人口统计结果，当时上海原籍人口不到15%，其余都是非上海籍。涌进上海的人口中，以江苏、浙江最多，其次是广东、安徽和山东。来自五湖四海的人，共同为上海的建设作出贡献。他们的生产方式、生活方式、文化心理，都是此前中华民族历史积淀的结果，是中华文化在近代发展进步的体现。上海丰富多元的文化是中华文化不可分割的一部分。

上海在中外多元文化的影响下，逐渐成为一个文化大熔炉，从开埠以后快速的发展，到建成繁华的"十里洋场"，哥特式、罗马式、巴洛克式、中西合璧式建筑遍布全市，这是中外文化融合的标志。外滩的"万国建筑博览群"与中西结合的石库门建筑，交相辉映。徐家汇大教堂圣诗声声，静安寺香烟袅袅；老饭店的本帮佳肴，杏花楼的广式茶点，红房子的法国大菜，老式弄堂里的老虎灶、茶馆，衡山路的酒吧，中西汇聚，各有各的精彩。

上海开埠后，由于交通便利，国内外商人云集，洋风华俗混生，实业兴盛，是一座有"不夜城"之称的大都会。近代的上海，是中国发展最快的城市，在远东地区，乃至全世界，都有很大的影响力。

上海是中国的外贸中心。开埠以后，上海取代了广州成为中国的外贸中心，贸易额占全国的一半左右。上海也成为中国的交通运输中心。由于地理位置的优势，至20世纪30年代，上海成为世界十大港口之一。上海位于京沪、沪杭两条铁路的交汇处，是中国陆路交通的重要枢纽之一。上海又是中国的金融中心。外资银行在开埠后纷纷来沪开设支行和分行，近代上海有十八家外国银行与合资银行。20世纪50年代前，上海共有银行机构一百八十二家。上海更是中国的工业中心。20世纪上半叶，上海已有七千七百多家工厂，占全国工厂数量的60%。上海也是全国工业最发达的地区，拥有全国一半以上的产业工人。

上海是近代中国的文化中心。19世纪末以后，商务印书馆、中华书局等著名出版机构在上海诞生，编著了大量的新式教科书，同时又出版了许多中国传统典籍。从中小学校教材，到《辞源》《辞海》《四部丛刊》《四部备要》和百衲本二十四史，上海是提倡新学的中心，同时又是弘扬中国传统文化的中心。江南制造局翻译馆设立后，大量的西方著作翻译出版，全国75%以上的西方译著从上海走向全国。

上海是中国著名的报刊出版发行中心，《万国公报》《申报》《新闻报》等著名报刊就在这里诞生和成长。上海也是文化传播中心和文化娱乐中心。上海是中国近代工业和中国工人阶级的发祥地，是我国马克思主义传播的中心，中国共产党的第一次全国代表大会在上海召开。

自从电影传入中国，上海的电影制作占全国一半以上的份额。大量的剧院、电影院诞生、成长在上海，促进了京剧、昆曲、越剧、沪剧和滑稽戏等各种戏曲在上海的兴盛。

　　上海是教育的中心。1863年设立的上海同文馆（后改名上海广方言馆），是上海第一所官办新式学堂。在近代上海，出现了众多的高等院校，如圣约翰大学、大夏大学、沪江大学、光华大学等。上海是许多著名教育家从事教育活动的重要基地，蔡元培、黄炎培、陶行知等长期在上海开展教育实践活动，在此期间，一些西方教育理论逐渐传入。

　　在近代的上海，无论是经济还是文化，都经历了一个交流、切磋和融合的发展过程，大量的异质文化交织在一起，复杂纷繁。近代上海是一个物欲横流、纸醉金迷、光怪陆离的超级都市，十里洋场是冒险家乐园，丝质的旗袍，飞沫的红酒，明暗的光影，落寞的男女，还有永远旋转着的老式唱机。在这些表象的背后，我们可以看到上海是一个讲求文化品位、生活质量的都市，是一个充满着梦想充满着期待的城市。

　　一百多年来，上海在风云变幻中不断发展、壮大。

三、上海文化将走向辉煌

　　上海是一座充满着希望的城市，奋斗者的梦想在这里启航，成为现实。

　　1949年以后，中国社会发生了翻天覆地的变化，经济结构不同导致了文化发展呈现出不同的特点。这一时期，上海主要服务于全国社会主义经济和文化建设，经济发展较快，是国家重要的工业基地，取得了很多成就，为国家提供了十分之一的工业产值、六分之一的财政收入。但这一阶段，上海的文化发展放缓，商务印书馆和中华书局相继迁出上海，上海由全国性文化中心变为区域性文化中心。

1978年以后，上海进入改革开放的新时期，特别是20世纪90年代浦东开发开放后，上海的发展迎来了新的契机。随着经济的发展，上海城市建设取得惊人的成就，黄浦江上大桥一座座建成，高架路、高速公路通向全市各地，外滩、人民广场、徐家汇、南京路、淮海路等地区先后改造，东方明珠、上海博物馆、上海图书馆、上海体育场、上海科技馆等文化设施陆续建成。一个现代化的上海出现在人们的眼前。

近二十年来，上海的经济和文化建设发生了重大变化。上海的城市建设者们意识到一个真正的国际级城市，要有人文的关怀，要加强物质文化遗产的保护利用和非物质文化遗产的保护传承，因此更新城市功能的同时更加注重历史文化遗产的保护，加大对文物保护单位、优秀历史建筑的保护力度。比如对老城厢历史文化风貌区和石库门、新式里弄等上海特色历史建筑的保护，注重整体规划、成片成街坊的保护。

城市文化设施大量兴建，从市区到城市副中心，区域布局优化均衡。上海国际舞蹈中心、上海历史博物馆、程十发美术馆、上海博物馆东馆、上海图书馆东馆、上海大歌剧院、上海少年儿童图书馆新馆、上海越剧艺术演艺传习中心、中国近现代新闻出版博物馆、上海文学博物馆、上海天文馆等标志性重大在建项目已建成开放,或即将建成。

上海组织了众多重要品牌节展赛事活动,向世界传递"上海声音"。上海国际电影节、中国上海国际艺术节、上海之春国际音乐节等重大文化节庆活动,扩大了上海的国际影响力,成为具有风向标作用的全球性文化活动。上海成了具有全球影响力的世界著名旅游城市,上海迪士尼乐园、上海海昌海洋公园建成开放,吴淞口邮轮港成为亚洲第一、全球第四大邮轮母港。

入夜,从南京路往东看,绚丽的霓虹灯呼应着金茂大厦和东方明珠的辉煌,外滩秀丽的景色让人深深陶醉。迷人的夜色下黄浦江波光粼粼,过往的船只仿佛江面上的点点星光,两岸鳞次栉比的建筑群隔江相望,交织着近代的沧桑和当代的希望。

上海是一座安静的城市,一座儒雅、高贵的城市,它不张扬,不喧哗,但上海又是一座繁华的城市,一座朝气蓬勃的城市,一座奋发有为的城市,一座充满着可能的城市,一座不断前进的城市。今天的上海,正在努力成为具有全球影响力的科技创新中心;未来的上海,将基本建成国际经济、金融、贸易、航运中心和现代化国际大都市,朝着成为卓越的全球城市这一目标迈进。上海将成为一座真正的世界城市,一座国际一流文化大都市。

上海是一座既怀旧又现代、既有东方神韵又有西方风味的城市,是一座魅力十足的城市,它焕发着迷人的风采,典雅雍容,令人向往。

《上海:兼收并蓄的活力之都》,外语教学与研究出版社 2023 年 10 月版。

《上海史文献资料丛刊》编纂出版缘起

编辑出版上海历史文献，是一项既有现实意义又有学术价值的工作。这项工作酝酿于七八年前，在我的办公室里，上海交通大学出版社编审冯勤先生曾与我商讨进行上海史文献资料整理的可能性。由于当时我的主要学术兴趣在其他方面，所以没有提出具体的整理方案，但冯勤先生立志一定要做好这项工作，并开始准备资料。2010年，在冯勤编审的策划下，上海交通大学出版社以《上海史文献资料丛刊》为名申报了上海文化发展基金的图书出版专项基金并获成功，本书的编撰与整理工作自此开启。2011年春，在交通大学出版社的支持下，在两任上海师范大学社科处处长陈昌来教授、陈恒教授的关心下，上海师范大学人文与传播学院古籍整理研究所开始了编纂整理工作。2012年，我们将这项工作申请了上海市教委科研创新项目的重点项目（编号：13ZS095），获得批准。

上海是一座崭新的现代化大都市，具有数千年的历史文化。历史时期，上海地区名流云集，如西晋陆机、陆云在今松江小昆山一带读书吟诗；卫泾家族唐末从齐地迁到华亭，其祖父和父亲均中进士，而卫泾是南宋淳熙年间的状元；南宋迁至上海的董姓家族，代有名人，子弟相继中科第，列仕中外，"文声政业，郁为名宗"。两宋以前，上海地区已具有深厚的文化底蕴。到了明清时期，随着江南经济的发展，上海地区更是四方名流汇聚，教育发达，士大夫活动频繁，创作了大量的文集、方志、史书、笔记、小说，今天存世的仍有数百种之多。这些著作中，有很多是上海明清文人撰写的地方历史基础资料，其中介绍上海历史、文化风俗、社会经济、地方掌故为主的著作，价值巨大。

对这些著作进行整理，不仅可以深刻地研究上海开埠前数百年传统文化的积淀，同时追寻中国传统文化和西方文化在上海地区的交汇和融合，探索中西文明在上海的碰撞，梳理上海的文化脉络，寻找上海文化之根，在当代上海都市文化的建设中具有十分重要的意义。

对上海文献的整理，始于20世纪30年代。当时上海正处于城市发展历史的一个黄金时期，1932年成立了柳亚子先生为馆长的上海通志馆，开展了收集、整理、出版上海地方历史文献的工作，在举办"上海文献展览会""嘉定县乡先贤遗著展览会"的基础上，编出了《上海掌故丛书》第一、第二集目录。该丛书专门收入介绍上海地方掌故、地方风俗、历史等珍稀文献。第一集14种共31卷著作正式出版，但没有标点，文字上有一些明显的错误。其中的部分后由上海古籍出版社于20世纪80年代出版，但大多为简体字本，而且存在着一些标点错误。第二集只有目录，因抗战事发，未能出版。

随着上海历史的研究受到学术界的日益重视，文献资料的出版越来越紧迫，上海地区的珍稀文献必须抢救性出版。20世纪60年代以后，这项工作开始缓慢有序地展开。1961年至1963年，上海文管会出版了《上海史料丛编》中，刊印了十多种上海乡镇方志。一些记录上海社会政治、文化的笔记类著作也被整理出版。此外，80年代以后，上海书店等单位联合出版的《中国地方志集成》中，影印了三十多种上海县志和大部分乡镇志。2004年以后，上海社会科学院出版社出版了《上海乡镇旧志丛书》，对大部分上海地区的乡镇志进行标点整理出版。近年来，又有上海古籍出版社《上海府县旧志丛书》的陆续出版。

其他上海史文献同样亦具有十分重要的价值，虽然这些著作不像方志那样有系统，但这些著作更具体、生动，对研究古代上海历史具有重要的补充作用，而目前这些著作出版比较少，主要有上海古籍出版社的《上海滩与上海人丛书》，百家出版社的《松江文献系列丛书》，人民文学出版社的《明清上海稀见文献五种》等。

上述上海地方文献的出版成果或是局限于某一个方面的著作，或是缺乏系统严谨的学术整理，不少只是影印，缺少文字点校和考订，严重影响了后人的阅读和利用。现存保管在各图书馆、博物馆内的全部上海地方文献中，目前出版的方志只是极小的一部分，其他方面的史书和笔记、杂记、明清档案等大量文献还躺在图书馆和博物馆没有得到应有的重视，没有加以出版，让更多的人参考利用。因此，对上海史文献资料进行整理，是一项十分紧迫而且非常具有学术意义的科研工作，必须放到议事日程上。

今天，展现在大家面前的这套文献，是我们对上海史资料进行搜集、保护、开发和利用的成果，必将对上海史的研究产生巨大的影响。我们从丰富的上海史文献中，挑出三百多种最有学术价值的著作，分辑出版。上海史文献的整理，以元明清三朝为主，包括极少量民国初年的著作。收录的文献，以记录和反映上海历史文化、风俗地理、人物逸事、文献资料的完整著作为范围，凡书中的内容主要记录上海地区历史文化的，具有较高学术研究价值的，均作为收录的对象。第一辑共两集。第一集为原上海通社出版的《上海掌故丛书》。第二集为我们新选的十一种上海史文献，以珍贵稀见的稿本、抄本，或流传很少的刊本为主，同时收录了目前学术研究时经常使用的几种文献。我们初步打算从2014年开始每年推出一辑，整个工作将于2018年底之前全部完成。

我们的编纂工作，将按照国家古籍整理要求进行整理和标点。每部文献均撰写一篇有学术价值的前言，包括作者生平、成书经过、内容简介、文献评价、版本源流、底本使用情况。我们力求给读者提供一个错误较少、信实可读的繁体字版的文献标点本。

近年来，全国很多地方都在对地方史文献资料进行整理、开发和利用，相关的成果不断涌现。对上海史文献资料的整理出版，同样是一项十分迫切的工作，需要有专业的古籍整理人员调整原有的研究方向，来从事这项重要的工作。上海师范大学古籍整理研究所是全国高校古籍整理研究工作委员会领导下的直属单位，成立于1983年，整理和出版了大量的古代文史著作，重要的有《宋史》《续资治通鉴长编》《文献通考》《汉书补注》《全宋笔记》等，在古籍整理研究方面具有相当强的学术力量。古籍所的部分老师此前曾参加了《上海乡镇旧志丛书》及其他上海文献的整理工作，具有较为丰富的整理地方文献的实践经验，具备系统进行地方古籍整理和研究的能力。虽然，上海史文献以前没有进行过系统的整理，这是一项具有开拓意义的工作，但我们会在工作方法、整理形式上不断探索，所收各书的文本及作者的考订、辨析，底本的选用，标点的准确，都将认真对待，力求保证较高的整理质量，以不辜负各级领导对我们的关心和读者的期待。

　　古籍整理工作是一项严肃而慎重的学术，我们在上海史文献整理上刚刚迈出一小步，任重而道远，希望我们的工作对学界有所裨益。工作中难免会有不妥之处，敬请专家、同仁批评指正。

　　《上海史文献资料丛刊》，上海交通大学出版社2018年5月版，本文写于2016年4月。

《真如里志》整理说明

《真如里志》，不分卷，清末民初洪复章纂。洪复章，字偶樵，真如乡绅洪兆甲子。幼承家学，补诸生，后从事教育事业。清光绪末年，曾被推为真如乡立第一小学校的校长。民国三年（1914年）三月，创办了洪氏国民学校。他十分热心地方的公益事业，曾与其他绅董一起二次上书知县要求疏浚真如的主要河道犁辕浜。宣统二年（1910年）十月，他被选任乡自治公所议事会的副议事长。除《真如里志》外，传世的著作还有《守梅山房诗文稿》八卷。

《真如里志》的编撰时间，因书中取材最晚的是民国七年（1918年），一般认为是在这年之后。本书的史料价值应该引起人们的足够重视，清末民初真如的变迁以及真如的政治、经济、文化、军事等通过此书可以见其大概。如善堂、保婴局等保存了兴办时地方的原始呈文和官方的批复以及最初的章程，为研究清末民初真如的慈善救济提供了极其珍贵的史料。之后王德乾编《真如志》时，曾大量采入本书的资料。

此书编成后，未见刊刻，主要以分成四册的稿本流传于世，今藏上海图书馆。此后有上海通志馆等根据这个稿本传录的抄本，藏于上海博物馆。本次整理时，我们以上海图书馆原始稿本作为底本，参照王德乾《真如志》进行了对勘。

需要说明的是，本书似是一本没有完全成形的稿子。部分志前有目录，但有的志却没有目录，甚至连志名和目名也没有标出来。材料的安排上，也有一些问题。如《艺文志》中的书目应该是两个书目合成的，但没有进行磨合，存在着大量的重复书目；有《局所》之名，而没有具体内容；《舆地志》目录中的《改正壤地插花表》原附在《图圩》之后，而实际上排列在《图圩》之前，等等。由于体例编排列目上存在着这些问题，我们在整理时将原书中明显存在着的错误和不妥当的地方给以适当调整，一些阙略的志名和目名相应地补出，外加"[ ]"予以标明。具体主要在这样一些地方：

一、《营缮志》目录中原有《局所》一目，后附《善堂》和《义冢》，然正文中无《局所》但有《善堂》，并在《善堂》目下云："保婴局、恤嫠局、义冢、施医局附。"然正文中，保婴局、恤嫠局、义冢、施医局的内容却远在《消防》《兵事》之后。现将《善堂》移到《兵事》之后，并参照王德乾《真如志》的分类，标以《救恤志》名。

二、《风俗》至《节妇给廲》等目紧接在《财赋志》后，没有标出志名，今仿王德乾相应补以《礼俗志》名。

三、《坊表》后原有《教会》一目，从前后所接内容来看，十分突兀，今仿王德乾分类，将其移至《营缮志》末。

四、《贤良》至《列女》等有关人物的内容，原未标出志名，今相应地标以《人物志》名。《文学》《武功》《艺术》等目，原没有标出，现据稿本版心文字加以补出。《列女》中的《已旌节女》《已旌烈女》《未旌节女》等目，原也没有标出，今据具体内容加以补出。原在《选举志·武秩封赠》后的《现存列女》《现存贞孝女》，现前移至《列女》后。《现存列女》后的《现存贞女》一目计四条，因《列女》中已列目，今前移合并。

五、《人物志》后的《真如商业概况》至《物产》等目，原未标出志名，今仿王德乾标以《实业志》名。《物产》目名原没有标出，现按稿本版心文字补出。《交通志》后的《墩汛》至《兵事》等目原无志名，今仿王德乾标志名曰《兵防志》。

六、《救恤志·施医局》后的《科贡》至《武秩封赠》等目，原无志名，今仿王德乾标志名曰《选举志》。《进士》《举人》《贡生》《毕业生科第》等内容，据原稿版心，知属于《科贡》目，现补出目名。

七、《古迹》《园林》《第宅》等目原无志名，今仿王德乾标志名曰《名胜志》。《宗祠》《冢墓》等目原无志名，现标志名曰《祠墓志》。《轶事》《祥异》等目原也无志名，今标以《杂志》名。

为保持稿本的原貌，部分志前原来标出的目录今仍予以保存，原没有目录的各仍其旧。此外，根据整理后正文的实际情况，我们在正文前编撰了一个全书的目录。

本书补齐的志目名和点校时可能出现的不妥之处，敬希读者多多批评指正。

《真如里志》，上海社会科学院出版社2004年出版。

《二十六保志》标点说明

《二十六保志》四卷,清末民初唐锡瑞撰。唐锡瑞,字子衡,上海县漕河泾镇人(今属徐汇区)。唐家明末从浦东迁来,以耕读传其家,世代为漕河泾镇的望族。锡瑞祖父唐坤德,早年经商,以孝闻名。父亲监生唐心柏,以勇敢著称。锡瑞擅长堪舆、医学,尤其精通丈量田亩,曾在南汇县为松江育婴堂、在嘉定县为上海清节堂丈量土地数万亩。据《民国上海县志》卷十五《人物下》云,锡瑞曾"按户清丈,造册绘图",账目十分清楚。同治年间,他专门主管浙西河工和海宁州一百二十里长的塘河工程,日夜督催,如期工竣。在漕河泾镇,锡瑞募款修造四乡桥梁,方便了商旅往来,得到大家好评。光绪三十二年(1906年),米价昂贵,他上书地方政府禁止米商将粮食运往外地;龙华制药厂存储了大量的过期火药,他上书力请迁移,认为储存和生产必须分开,以确保附近居民的安全。锡瑞官至候选知府,加盐运使司盐运使衔。除本书外,他另有《唐氏四礼辑要》二卷行于世。

今漕河泾镇在清代末年为上海县二十六保,该书实为漕河泾的地方志,兼及附近的一些镇市,如龙华镇、华泾镇、西牌楼市、梅家弄市、长桥市等。从光绪九年（1883年）开始，作者广搜"昔日断简残篇"，经过四年努力于光绪十二年（1886年）夏天完成此稿，"缮集成本"，分成四卷六十四个门类。此后作者又增加了部分内容，所记一直下延至民国十四年（1925年）。

漕河泾镇是明代兴起的一个市镇，在明代中叶以后，布米贸易十分兴旺，商业繁盛。《二十六保志》主要记述了清代至民国间漕河泾镇的行政区划、河道水利、民风习俗、经济发展、人物艺文等内容，为今天研究漕河泾镇保存了极其丰富的资料。尤为重要的是，虽然作者的观点站在清朝统治者的立场上，但书中保存了大量太平天国、上海小刀会起义的资料，使我们对太平天国义军在上海的英勇奋战可以有更为全面的了解。作者较注意民生疾苦，深知兴修水利的重要性，因而书中关于水道、水利的修测工作，记载得十分翔实。作者自己也有大段的议修水利的内容。

由于作者修成此书后，一方面原书的体例并不完善，另一方面他可能感到书中的部分地方仍需补充，因而增加了许多内容，这样就造成了本书在整个体系上出现了许多问题。如卷四关于马路、铁路的内容放到了"军工厂"目下。一些新增加的内容放在了不恰当的位置，如卷四《杂记》部分，后来增加的龙华制药厂和米价的内容，显然与前面的部分在体例上不相吻合。卷二《冢墓》部分有的内容重出，有的内容在时间上前后颠倒。卷三的部分节烈妇本书初稿时仍然活着，至作者后来增加内容时已经死亡，作者却没有进行文词的修改，显得十分不协调。在具体用辞上，不少内容晦涩泄沓，错误很多。

本书在光绪十二年（1886年）编成后一直藏于唐氏念本堂，稿本字迹比较清晰端正。此后作者增加了部分内容，有的用小纸片隔于书中，字迹较为潦草。稿本于抗战时遗失，后唐氏在南市书摊上发现后购回，由锡瑞子唐祖镒保藏在家。20世纪50年代，唐锡瑞侄唐祖义在上海师范学院图书馆工作，遂将此书借给学校图书馆。今稿本仍藏上海师范大学图书馆古籍部。1960年，上海师范大学图书馆部分工作人员根据此稿本重新传抄，前附时任图书馆馆长陈子彝先生的序文一篇。

由于传抄本字迹更为清晰，并且纠正了部分稿本的错误，本次标点我们以上海师范大学图书馆的传抄本作为工作底本。传抄本的工作人员对书中的许多错别字在书眉上加以了指正，我们在标点时作了保留，陈子彝先生的序文仍然附在书的前面。标点过程中，我们还将传抄本文字和稿本文字重新作了校对，以确保在文字上尽可能与原作保持一致。

本书是上海师范大学古籍研究所诸同仁通力合作的成果，其中第一卷、第二卷和第四卷的杂记部分为张洁标点，第三卷和第四卷的其余部分为袁凌杰标点，张剑光对全书标点进行了审读。本书标点中的不妥之处，全由本人负责，敬希读者指正。

本文为张剑光、张洁、袁凌杰整理的《二十六保志》的前言，上海社会科学院出版社2006年出版。

《四朝闻见录》的作者与价值

《四朝闻见录》，共五集，南宋叶绍翁撰。

一、叶绍翁生平

叶绍翁字嗣宗，号靖逸。绍翁祖父为宣教郎知余姚县李颖士，光州固始人，徙居福建路建宁府浦城县，后又迁处州龙泉县（今属浙江）。徽宗政和五年（1115年），登进士第。高宗建炎三年（1129年），赵构南下，自越州将至明州，李颖士迅即做好接待准备。金兵渡钱塘江追高宗，李颖士紧急招募乡兵数千，列旗帜以捍拒之，金人不敢追击。因护驾之功，李颖士绍兴年间为越州通判、大理寺丞、刑部郎中。后因御史中丞赵鼎事被贬，家业中衰。绍翁少时即出继龙泉叶氏为子。

绍翁生平事迹，《宋史》无传，可供了解的资料不多，历官始末无考。目前能知晓的一些情况大多从《四朝闻见录》中推测而得。

《四朝闻见录》戊集之《蒲城乡校芝草之瑞》条曾经提到：

"庆元间，予为儿时，父兄常携入乡校，观大成殿第二第三级有芝二本甚异。"庆元（1195—1200年）是宋宁宗年号，从文意看，绍翁还未正式入乡校读书，估计年龄最多为六至七岁。由于光宗在位的绍熙共五年（1190—1194年），因此可以推测叶绍翁出生于绍熙前期，或者是之前的孝宗淳熙（1174—1189年）末年。另，戊集《遗事》条记载："开禧初降诏兴师，李公壁草起句云：'天道好还，盖中国有必伸之理；人心助顺，虽匹夫无不报之仇。'累词殆将数百。予侍叔父贡士泳，自浦城行至都之玉津园前，售摹诏而读之。叔父曰：'以中国而对匹夫，气弱矣。其能胜乎？'已而兵果大败。"开禧初年能侍叔父到临安，估计叶绍翁此时年达十四五岁，因而他出生在淳熙末年至绍熙初年的推断是能够成立的。

从书中记录的内容来看，大体上也是可以推知叶绍翁生活的年代。书中记载了韩侂胄的很多事迹，如得幸、排斥异己和被诛，整个过程十分详尽，可知叶绍翁对发生在宁宗开禧年间的朝廷大事，感触较深，使用的资料十分丰富。清朝周中孚《郑堂读书记》卷六四谈到叶绍翁的生平时说："其历官始末无考，观其所记庚辰京城灾，周端朝讽其论事及与真德秀私校殿试卷一条，则似尝入朝为官，其所居何职则不可详矣。"他推测既然记录这段资料十分详细，叶绍翁就有可能曾经担任过朝官。《四朝闻见录》丁集《庆元丞相》记载："绍翁前所载宪圣册立宁皇事，与颐正所载略不少同。颐正外臣也，不知当时宫闱事，当以绍翁得之吴氏者为详可信。"这里，叶绍翁称呼龚颐正为外臣，潜台词自然是表示吴琚为"内臣"。从记载的口气看，他也是以内臣自居的，应该是一位京朝官。具体担任什么官职，并不十分清楚，但在丙集《注脚端明》

中谈到时任著作郎的危稹，"尝居著庭，倩绍翁草札送之，因命书史写'判府端明相公'。危以笔涂去二字，谓：'此岂可轻以称谓？'"显然叶绍翁是危稹的下属。

叶绍翁提到的周端朝，据《宋史》卷四五五记载，庆元初赵汝愚为人所攻而罢相，端朝时为太学生，与同舍生杨宏中等六人上疏救之，遂受祸，人称"六君子"。嘉定三年（1210年）礼部试第一，理宗端平元年（1234年）官终礼部侍郎兼侍讲。《四朝闻见录》甲集《词学》等条中，多次提到的真德秀，出生于孝宗淳熙五年（1178年），宁宗庆元五年（1199年）登进士乙科，授南剑州军事通判官，开禧元年（1205年）中博学宏词科。此后为太学正、礼部点检试卷官兼学士院权直。理宗端平二年（1235年）卒。从《四朝闻见录》记载的主要内容在理宗以前，而对于这几个帝王的政事、人物往往记载特别集中来看，他聚焦的主要是这一时期的政坛，应该是和周端朝、真德秀为同时代人，而且很有可能是同在朝廷为官。

叶绍翁的卒年，目前无法明确判断。《四朝闻见录》很少记载理宗之后的事情，这是因为体例所限，并不能说明他卒于理宗朝前期。理宗端平元年（1234年），岳珂编成《鄂国金佗续编》，在卷二八《百氏昭忠录》中，收录《建安叶绍翁题西湖岳鄂王庙》诗，推测叶绍翁可能仍然生活在这一时期。

叶绍翁崇奉程、朱理学。宋宁宗即位后，由于宰相赵汝愚的大力推荐，朱熹被征召入宫为帝师，不久由于党争，被韩侂胄找借口赶出朝廷，但理学已成为人们思想的主流。《宋元学案》谈到叶绍翁"其学出于水心，而西山真氏与之最厚"，可知叶绍翁思想上师承叶适，与真德秀相交甚密。书中记录他与真德秀、危稹等交往密切，有诗文唱酬。此外书中有不少关于理学的内容，与一些理学家对于学术的不同看法并进行辩论，如甲集中的《慈湖疑太学》《考亭解中庸》《考亭》和乙集中的《洛学》等，是他对理学的真实思想感受。

绍翁喜游玩，钟爱名胜古迹，甲集中有多条谈到他曾踏访寺庙、山丘等风景。他是江湖派诗人，以七言绝句最佳，如"春色满园关不住，一枝红杏出墙来"，历来为人们吟咏。他诗作主要是写江南水乡和田家生活，数量不多，佳句不断，有诗集《靖逸小稿》一卷，共载诗四十三首，收于《南宋群贤小集》。

二、体裁和内容

《四朝闻见录》成书的时间，可能是在宁宗嘉定中后期或稍后。因为记录了南宋前四朝的政治风云变幻，特别是大臣赵汝愚与外戚韩侂胄联手操作的光宗禅让，宁宗即位后赵汝愚与韩侂胄之间的争斗，开禧初韩侂胄北伐失利被诛，嘉定初宋金和议。这些记载都十分详细，但此后的史事不作详细记录，因此可以推测《四朝闻见录》约成书于宁宗嘉定中后期或稍后。

虽然叶绍翁没有进入国家政治的核心层，但他出身官宦之家，担任朝中官职，与很多官员关系密切，书中的很多记录是自己的亲身经历，史料可信度较高。全书分甲、乙、丙、丁、戊五集，共二百零九条，每条各有标题，不分门类，也不以时间先后为序，但丁集独记宁宗一朝事。各卷内容博杂，散乱无章，长短不一，但每一条都是紧紧围绕一个主题展开，内容包括史事、国政、轶闻、制度、名胜、诗文、人物等。每一集中，大部分的条目都短小精悍，但部分记录史事的篇幅较长，有时两条相关联内容的条目前后相继。体例上，这是一本杂记类的笔记，但有很多条目与历史事件有关，叶绍翁写作时比较谨慎，内容接近杂史。

宋室南渡后，李心传的《建炎以来系年要录》和《建炎以来朝野杂记》主要记载高宗朝的史事，而南宋中后期的史料记载十分缺乏。由于叶绍翁生活在宋光宗末年到宁宗年间，因而《四朝闻见录》扩充了上述二书的记录范围，对高宗、孝宗、光宗、宁宗四朝的朝章国政，尤其对宁宗受禅、庆元党禁、韩侂胄由受宠专权到被诛的缘由经过、岳侯追封、开禧北伐及吴曦降金等，描述十分详备，是研究南宋中后期历史的重要参考资料。《四库全书总目提要》认为"南渡以后，诸野史足补史传之阙者，惟李心传之《建炎以来朝野杂记》号为精核，次则绍翁是书"，认为是研究南宋史中第二重要的资料。

南宋前期四朝的政治，主要以帝王、官员治国以及权力交替的事迹最为丰富。如关于庆元党争以及宁宗即位的绍熙内禅，书中多次提及，具体的条目篇幅很长。宋光宗在立储问题上，与父亲孝宗意见产生严重分歧。孝宗驾崩，光宗病重，绍熙五年（1194年）七月，太皇太后吴氏及赵汝愚、韩侂胄等人宣布光宗禅位，拥立嘉王登基，是为宁宗。对于宋宁宗继位这段历史，叶绍翁的描写非常生动、详实。乙集《宪圣拥立》条中对于禅让有详细的记载，《吴云壑》条中详细叙述了韩侂胄说服宪圣主持大局的过程。

本书不但关于南宋几个帝王、后妃的记载十分丰富，而且关于大臣和名士的活动描写较多，人物在历史事件中往往具有决定性的作用。书中记述了庆元六君子、韩侂胄、赵汝愚以及刘德秀、胡纮、毛自知、刘克庄、陈自强、留元刚、彭龟年等人，对他们在政治事件中的表现有生动的描述。对朱熹、杨简、吕祖谦、陈傅良等理学家的治学、观点和师承、轶事，也有很多介绍。

此外还有不少是关于南宋的科举和学术、史实制度和名物的考订。帝王对于科举制的重视以及对文人的选拔、礼遇，也有很多条目涉及。如甲集谈到宋高宗亲临太学，对学生十分关心。甲集《天子狱》《布衣入馆》，乙集《光皇策士》中，谈到了政府鼓励士人参加科举考试的一些做法。

书中记载了相当一部分帝王君臣的逸闻轶事，如乙集的宋孝宗《乌髭药》、甲集的宰相王淮《赐宴涤爵》。也记载了不少社会风俗，如乙集的《胡桃文鹁鸪色炭》和丙集的《宫鸦》《田鸡》等。文中还不时有一些当时的习语，对研究南宋社会风俗提供了宝贵的一手资料。

书中还保存了不少南宋文人的诗文作品，如戊集《阅古南园》中收录了陆游为陆南园写的《南园记》。也有许多学者的学术思想，如甲集《东莱南轩书说》记载了吕祖谦用比喻说明儒、佛两家的关系，甲集《考亭》《考亭解中庸》《慈湖疑太学》、丙集《二元》等，谈到了宋代名儒的代表人物朱熹的思想。

总体上，书中记载的关于南宋政治的内容最为丰富，超过全书的三分之二，为后人了解和研究南宋四朝的历史提供了非常丰富的材料。

三、资料价值和缺陷

由于是当代人记载当代史事,《四朝闻见录》中的内容具有极高的采信度,是研究南宋史的重要著作,为历代史家看重。时人程公许曾称:"记载详博,……他日足以备史官,补放失,非细故也。"今天来看,的确如此。

元人编《宋史·韩侂胄传》时,曾大量采用本书。如关于韩侂胄得幸,主要采自乙集《吴云壑》条;韩侂胄被杀,采自丙集《虎符》条;韩侂胄死后被金人要求取其头颅的记载,采自乙集《函韩首》条;韩侂胄将理学打成"伪学"排除异己,采自丁集《庆元党》条。当然体例不同,《宋史》中没有收录当时大臣对于韩侂胄的奏章原文,这些都保存在戊集里。分散在《宋史》的《宁宗本纪》《胡纮传》《赵汝愚传》《丁大全传》等篇中,有韩侂胄利用胡纮、李沐对赵汝愚的弹劾,与赵汝愚争权,主要记录在甲集《胡纮李沐》条中。《宋史·陈亮传》中的材料,有很多采自本书关于陈亮的一些内容,如甲集《天子狱》、乙集《钱唐》《光皇策士》等条目。

引用或著录《四朝闻见录》记载内容的史书有很多,从南宋末年就已出现,黄震的《黄氏日抄》之《读本朝诸儒理学书》中便引用了叶绍翁关于理学的相关记述;周密《齐东野语》卷一〇《黄子由夫人》谈到高文虎作记,《四朝闻见录》戊集《西湖放生记》也有相似内容,同一件事在两书中都有记录,可以相互参阅。元代董鼎《书传辑录纂注》和方回的《桐江续集》,都引用了该书。明代田汝成《西湖游览志》中，在谈到杭州"武林山"时，直接采信了乙集《武林》条对"虎林"与"武林"的考辨。而杭州的一些方志，涉及到南宋的部分，大量引用本书。如《杭州府志》卷三〇谈到钱塘县，引用《四朝闻见录》甲集之《寿星寺寒碧轩诗》《武林旧事》《易安斋梅岩亭》以及《南屏兴教磨崖》等条；卷一六九谈到人物，引用乙集《洛学》条；卷三九谈到吴越家墓时，引用丙集《孝宗御制赐吴益》条；卷二三谈到钱塘县山水时，引用甲集《凤凰泉》《夏执中扁榜》等条，卷二九谈到钱塘仁和附郭，引用乙集《吴云壑》条。一些关于杭州的地理书和方志，像翟均廉《海塘录》、梁诗正《西湖志纂》、厉鹗《东城杂记》，还有嵇曾筠等《浙江通志》之类，都直接引用叶绍翁书中对杭州地理的记载。

当然，书中亦存在一些缺陷。南宋周密在《齐东野语》曾经就书中的一些记载提出过严厉批评，如关于韩侂胄的记叙，有一些虚妄不实之言，使后人对他的评价在一些方面有失公允。《四朝闻见录》甲集《宪圣拥立》条中，记载了光宗内禅时，慈懿皇后从卧室中取出国玺给宁宗，周密认为这件事的记述不可信，"御玺重宝，安得即位后方取？兼玺玉各有职掌，安得置之于卧内？恐非是实"。书中有些诗词记载有疏漏之处，如甲集《恭孝仪王大节》中，把刘禹锡的《甘棠馆》诗误以为是赵仲湜《游天竺》。四库馆臣指出："是书陈郁《藏一话腴》尝摘其误，以刘禹锡《题寿安甘棠驿》诗为赵仲湜《游天竺》诗一条。周密《齐东野语》尝摘其光宗内禅，慈懿于卧内取玺一条，又摘其函韩侂胄首求和，误称由章良能建议一条，又摘其南园香山一条。"清人王士禛在《居易录》

卷八认为书中内容"亦纂述南渡事迹，其间颇有涉烦碎者，不及李氏《朝野杂记》，二书皆钞本"。认为是小说家的记载，史料价值比不上李心传的书。不过这些并不影响全书的价值，《四库全书总目提要》卷一四一认为"盖小小讹异，记载家均所不免，不以是废其书也"。

四、版本流传

《四朝闻见录》编成后，在多位宋人的著作中有提及，说明此书在宋代是有流传的，但宋朝的几本目录学著作和《宋史》中均没有提及。目前最早的版本为元代的《说郛》本，不过只选编为一卷，共十条。清代，见于记录的有清初抄本，乾隆时鲍廷博《知不足斋丛书》本就是以这个抄本作为底本校刊而成。丁丙《善本书室藏书志》卷二一提到有一旧抄本，不知是否就是同一个抄本。此外尚有据江苏巡抚采进本抄写的《四库全书》本、嘉庆时祝昌泰留香室刻《浦城遗书》本、南林张氏据旧抄本翻刻本、《丛书集成初编》本等。今人整理本有中华书局沈锡麟、冯惠民标点本和上海古籍出版社《宋元笔记小说大观》的尚成标点本。近年来新出的由我们标点的《全宋笔记》整理本，列入第六编，以《知不足斋丛书》本为底本，鲍氏的校记及所加附录《王大令保母帖题跋》仍然保留，同时以《四库全书》本作为对校本。

本次整理，我们仍然是以《知不足斋丛书》本为底本，以《四库全书》本作为对校本，参阅核实了更多的相关史书，同时吸收了学术界对《四朝闻见录》文字的研究成果，根据出版社的要求重新进行了整理。本次标点工作和校勘记写作主要由张莹完成，张剑光进行了审阅，并撰写了整理说明。标校过程中难免有所不当，敬请学界批评指正。

本文为张剑光和张莹合作整理《四朝闻见录》的"点校说明"，福建人民出版社 2023 年 12 月版。

言之有据

推进新时代古籍整理的纲领性文件

最近，国家发布了《关于推进新时代古籍工作的意见》，我阅读了全文，感到这个《意见》的发布是非常必要的，是一个对推动传统文化的深入研究十分重要的指导性意见，是纲领性的文件。我们必须充分认识《意见》的重要性，认真学习《意见》，推动古籍整理工作有序向前发展。

1981年，在陈云同志的直接关心下，中央书记处专门下达了《中共中央关于整理我国古籍的指示》，当年称为中共中央37号文件。在这个文件的指导下，全国各地的高校设立了古籍研究所，开始重视培养古籍整理的后备人才。我们上海师范大学古籍整理研究所就是在中央37号文件的东风下于1983年春天设立的。古籍所成立的同时，在全国高校古委会的领导下，学校还设立了古典文献本科专业。我本人是这个专业的第一届学生，当时从中文系和历史系二三年级的学生中经考试挑选了二十名。在这个专业里，我们接受了严格的古典文献专业的理论学习，一大批校内外名师担任专业的授课老师，胡道静、苏渊雷、金德建、郭若愚、程应镠等老师，引导着我们走上古籍整理的道路。这么多年来，这个专业先后有数百位毕业生，分布在高校、图书馆、出版社、博物馆、通志馆、方志办、图书公司以及其他一些工作单位，可以这么说，在上海，只要有古籍整理的地方，就有我们毕业生工作的身影。

就我自己而言，毕业后一直从事文献专业的教学和相关科研工作，从20世纪90年代开始，先后参加了《传世藏书》《中华大典·历史典》《上海乡镇旧志丛书》《全宋笔记》《五代史书汇编》等数十种古籍的整理点校和编纂工作，主编了《上海史文献资料丛刊》（第一辑），目前还在进行多种古籍的整理。如果我当年没有进入古典文献专业学习，肯定不会从事古籍整理方面的工作。从2002年开始，到2016年，我一直负责古典文献专业的教学工作，之后又担任古籍所所长，培养了一届又一届的学生进入古籍整理和出版领域。实际上，很多学生如果不进入文献专业学习文献整理的基本方法，此后也不会进入相关专业的研究生阶段学习，不会为祖国的传统文化研究作出他们的贡献。因而，中共中央37号文件对推动80年代以来的古籍整理工作，所起的作用是十分巨大的，这一点我的感受十分深刻。

因此，进入新时代后国家就古籍工作发布新的《意见》，将会再次推动古籍整理和研究工作的进行，将会对整个学术领域起到巨大的影响。

认真学习《意见》后，有几点我特别有感触。

一是古籍整理工作要有全国的统筹安排。我国古籍种类有十多万种，分藏在全国各地的图书馆及其他藏书机构中，全部整理出版并没有学术上的必要。就目前而言，全国各自为阵的地方性出版十分兴盛，重复交叉的项目一个连着一个。这些大型书刊质量不一，有些只是影印，有些仅作简单整理，但价格昂贵，有些连高校图书馆也无力购买，学者利用的可能性几乎没有。因此，如果国家古籍整理工作的领导机构能对相应的整理工作进行统筹安排，就能减少重复，避免浪费，把有限的财力放在出版更多更有用的古籍上。

二是扩大古籍整理研究的范围。就目前而言，我们认定的古籍主要还是指清代以前的古代书籍，而清代以前没有成册的档案、方志、谱牒、地图及各种文书等很少认定为古籍，缺少系统的整理计划，而这些内容实际上对清代以前的研究是非常有价值的。国家应该有系统地加强规划，实现档案馆、图书馆、博物馆的资源共享，挑选一部分重要材料加以整理和出版。

三是扩大全国高校古籍整理工作委员会的职权范围。高校古籍整理工作委员会的职权目前主要是组织高校教师实施一些项目的整理和研究，以及相应的人才培养。20世纪90年代末至21世纪初，在高校新一轮的结构调整中，由于一些高校的认识不足，对古籍整理机构都进行了调整，大多数的高校对古籍所的财权、人权进行了收缩，以论文和项目的级别作为考核教师的指标，集体项目的组织越来越困难，学科的归依性质不明。如果全国高校古籍整理工作委员会对各校有相应的建议权，对古籍所在各自学校的结构和地位有相应的监督权，国家在学科的设立上为文献学作一些变革，那么就可以解决相应的一些问题，就能保证古籍整理队伍的稳定性，就能有效地组织集体性的大中型科研项目的开展。

四是要坚定不移地加强人才培养。在全国高校古籍整理工作委员会的指导下，20世纪80年代设立的几家古典文献专业，取得了巨大的教学成果，在专业知识的学习、外语能力的培养、计算机能力的培养、知识面的扩大等方面,古委会都有相应的具体指导意见,这些措施我们至今还在实施,的确是收到了较大的效果。古委会设立的全国性的古文献学奖学金和古委会出资设立的古文献学普通奖学金,对提高学生学习的主动性作用巨大。在新时代,我们要继承这些良好做法的同时,仍然要不断创新守正。比如对学生全球视野的培养和国际化教学要有前瞻性,对直升保研要给予专业上更大的自主权,要鼓励学生更多地跨学科修读计算机专业、信息化专业的部分课程,为古籍整理的信息化、数字化管理储备更多的人才。

总之,《关于推进新时代古籍工作的意见》必将为我们新时期的古籍整理工作指明方向,推动古籍整理工作和传统文化研究迈上新的台阶。

本文为2022年8月出席全国高校古委会学习《关于推进新时代古籍工作的意见》会议的书面发言。

推进上海古籍整理工作的有力措施

最近,国家发布了《关于推进新时代古籍工作的意见》,现在我们上海也制定了《〈关于推进新时代古籍工作的意见〉若干措施》。这几天我阅读了全文,感到这个《措施》的发布是非常必要的,对于推动上海古籍整理工作在全国占据相应的地位,是一个十分重要的指导性意见。

尽管目前这只是个意见稿,但十分全面,从领导机制、质量机制、数字化转化机制、工作保障机制等,都有比较详细的论述。从普查、保护修复、整理研究、编辑出版,到有效利用、普及与传播、人才培养,都有专门性的意见和办法。相信这个《措施》将推动上海古籍整理工作高质高效开展。

认真学习《措施》,联系实际看问题,我提出这样几点想法,不知是否得当。

一是上海的古籍整理工作要有全市性的统筹安排。上海要成立古籍规划领导小组,从行业上对全市的古籍工作进行规划。主要是制定中长期规划,落实重大项目,这对整个古籍工作肯定是十分利好的事情。另外,建议成立上海古籍工作小组,这是一个协调各方面和古籍整理出版有关的具体工作小组。就目前而言，古籍的整理和出版十分兴盛，但重复交叉的项目一个连着一个。这些大型书刊质量不一，有些只是影印，有些仅作简单整理，但价格昂贵，有些连高校图书馆也无力购买，学者利用的可能性几乎没有。因此，如果遇到这种情况，我们上海要有一定的决断，要减少重复，避免浪费，把有限的财力放在出版更多更有用的古籍上。其次古籍整理工作往往会涉及图书馆、档案馆、博物馆、高校、出版社等各个部门，要有具体的协调，如果各自为阵，大家的工作会比较辛苦。

举个简单的例子。在上海方志的利用上，上海地方志办公室在上海古籍出版社出版了《上海府县旧志丛书》，另外早几年上海社会科学院出版社出版了《上海乡镇旧志丛书》，这两套书对我们现在的研究和使用上带来了方便，作用特别大。但上海地方志办公室策划的《上海府县旧志丛书》体量很大，标点者众多，水平参差不齐，有些方志的质量就受到影响。如果有个部门出面协调统一，对整理者的学术水准作出一定的要求，比如有更多高校的教师参与到整理工作，可能会使工作做得更好。

二是要扩大古籍整理研究的范围。就目前而言，我们认定的古籍主要还是指清代以前的古代书籍，而清代以前没有成册的档案、方志、谱牒及各种文书等很少认定为古籍，缺少系统的整理计划，而这些内容实际上对清代以前的研究是非常有价值的。上海应该有系统地加强规划，实现档案馆、图书馆、博物馆的资源共享，特别是档案馆中有大量近代的文件，上海是个近代出现的大城市，我们应该挑选一部分重要材料加以整理和出版。如果还是按照目前通行的仅仅是档案馆工作人员进行整理的社会，估计一百年也整理不完，而档案馆里有些恰恰是研究近代史很重要的材料。

三是推进《上海文库》的工作。上海周边省市都有相应的大型图书，浙江不仅省里有，连市里都有，如绍兴有《绍兴丛书》，衢州、温州等市都有，江苏也有，福建也有，安徽在《安徽文献总目》编好后也要启动了，上海的也应该实质性地启动。当然怎么搞，有关部门应该有计划、有步骤，这个项目应该提到议事日程上了。这是上海的文化标签，对推进上海的文化发展是有利的工作，而且上海也有条件，各高校有很多专门的整理人才。

四是对高校的古籍整理工作要有推动的措施。目前，年轻的一代都把精力放在写论文上，古籍整理著作在我们学校都不算什么成果，除非是申请到了项目。我举个江苏的例子。江苏搞文脉整理与研究工程，经学者介绍后，他们打电话给我，请我写其中的一本书，我答应后没过几天他们就把立项书拿到上海让我签字，这是江苏哲社的重点项目，又过了几个星期项目经费就到账了。他们相信我，让我参与这个项目，同时他们把该做的事情很快就做好了。相反，在我们学校，这种不是本校报的项目什么也算不上，因为属于横向项目，管它什么级别，都是没有级的。我对江苏的做法感到惊奇，他们能做到特事特办。我想，如果我们搞《上海文库》也采取这种方式，比如在整理上，部头不大的算一个规划项目，部头大的算一个规划重点项目，这对年轻人静心搞整理工作是十分有益的。有关部门没有必要一直盯着C刊，这上面发一篇文章并不见得比整理一本古籍对社会文化建设有更多的促进作用。

五是人才培养。我们学校的古典文献专业是在全国高校古委会指导下于1983年成立的本科专业，为复旦大学和华东师范大学等高校输送了大量的整理工作的初级人才，还有大量的人员现在都在出版社、图书馆等单位工作。但毕竟上海就这么大的一个文化市场，每年不可能吸纳所有这方面的毕业生。特别是现在出版社在学历方面要求比较高，本科生在出版系统就业比较困难。各个高校都有历史文献、古典文献专业的硕博专业的培养，每年也有大量的学生毕业。在这个方面，全市是否能有对这些学生的一个通盘考虑，并不是说要包分配，而是说培养一个专门的学生不容易，如果流失，对国家来说是一种人才的浪费。我们在教学上，在相关单位的人才就业上要有一些具体的措施。

总之，《措施》必将为我们新时期的上海古籍整理工作指明方向，推动上海古籍整理工作迈上新的台阶。

本文是学习《〈关于推进新时代古籍工作的意见〉若干措施》（征求意见稿）后，在上海市有关部门举行的会议上的发言，但没有照本宣科。文章写于2022年8月19日。

传达全国古籍工作会议后的两点想法

听了有关部门传达全国古籍工作会议精神后,我非常高兴,非常激动。从中央领导到教育部领导,都对我们高校古籍整理和研究工作十分重视,既有指导意见,又有具体的落实措施,这必将为新形势下高校古籍工作指明方向,大大促进古籍整理和研究工作。

会议精神中有两点我印象特别深刻:

一是传达中说古籍工作是一项长期的艰巨的事业。中央有关部门表达了对古籍工作的重视,对此,我们这些长期在古籍整理工作第一线的老师和科研人员感到非常欢欣,但同时也有一些担心。千万不能因为中央重视了就一下子集中大量的人力、物力、财力,扑向古籍整理,草草地推出一些成果,一窝蜂过后就出现一个大冷静期。因为古籍整理和研究工作是一项科学研究工作,科学研究工作自有其规律,必须由专业人员长期潜心耕耘,因而古籍整理工作是一项坐冷板凳的科研工作,是一项细水长流的工作。哪些古籍需要整理,哪些古籍需要出版,哪些古籍需要数字化,都要有通盘合理的考虑,靠人海战术是搞不好古籍整理工作的。在古籍整理上既要有急迫性,又必须按规律有序地开展。

第二点是人才的培养和科研出成果同步进行，出人才和出成果相结合。人才的培养，学校是第一步，只有在经过学校的培养获得基础知识后，通过具体的古籍整理和研究，才能真正成为一个合格的古籍整理人才。而一名优秀的古籍人才，必须在不断地出版整理和科研工作中，在古籍整理重点项目的推动下，提高整理水平，提高研究能力，才能有较大的作为。因此，高校在培养本科生和研究生的同时，更要给予年轻人科研锻炼的机会，让他们通过更多的实践来取得能力的提高。同时，我们更希望丰富人才的培养渠道，比如在高校设立培养基地，重点古籍项目在科研的评价体系中作出调整，古籍工作的资金保障上更加有力。

总之，我认为近期中央召开的一系列会议和相关的决定，必将推动中国古籍事业的发展，为古籍整理和研究工作提供指导。

本文为2022年10月在上海古籍整理工作会议上的发言。

"海洋文明与城市变迁"会议上的发言

尊敬的各位专家、学者：

大家好！

非常高兴今天在这里我能代表上海师范大学人文学院欢迎各位远道而来的专家和本市的专家、各位新老朋友，在我们学校进行"海洋文明与城市变迁"的学术交流和研讨。

本来今天来这里致辞的是陈恒院长，因为昨天晚上他接到了紧急通知，要他作为上海市社联的领导出席一个重要会议，所以临时让我前来代表他欢迎诸位，并向各位表示歉意。

在秋高气爽的金色十月，各位来到我们上海师大，参加我们学院中国史学科薛理禹副教授主持的"海洋文明与城市变迁"研讨会，这是对我们学院工作的热情鼓励和支持。最近一段时间，我们人文学院中国史学科举办了一系列的学术会议，如前个星期的"宗教历史遗存与'一带一路'文化学术研讨会"，上个星期的"新视角、新方法、新观点：宋史学术前沿论坛"，这几个会议在国内学术界产生了比较好的影响，相关媒体都进行了报道。今天的会议与前两个会议一样，是学院一项重要的学术活动，是学院计划了很长时间的一个重要会议。如大家看到的,今天的会议邀请到了国内众多一流的研究海洋文明和城市史的学者,代表中有的是我们学校的老朋友,有的是我们仰慕已久的学术名家,这对我们主办方来说,是令人骄傲和激动的。大家的到来,无疑是对我们工作最有力的肯定和支持,因此我再次衷心地对大家表示感谢。

海洋文明和城市变迁,是目前史学界两个比较热门的话题。随着中国经济实力的强大,海洋问题日益突出,势必会对海洋的学术研究提出新的要求。中国人从远古时代起就与海洋打交道,创造了大量与海洋有关的物质文化和精神文化。海洋文化对中国历代的经济发展、社会制度、精神思想和文化艺术等方面都产生了深刻的影响。因此,研究中国海洋文明的各个层面有着较高的学术意义。国内有很多高校都敏感地抓住了海洋文明研究的相关议题,成立了相应的学术研究机构,对海洋历史和海洋文明进行全方面的研究,已经取得了不少成果。此外,近年来,城市史的研究也焕发出青春,这个本来是个传统的研究领域,但随着新理论的应用,新的研究模式的建立,城市史研究成为中国史和世界史在最近一二十年特别关注的领域,取得了丰硕的成果,而且城市史的研究从目前的态势看,仍然有着向前推进的较大空间。有鉴于此,我们学院在前两年举办了海洋文明研讨会的基础上,今天是第三次举办海洋文明的会议,我们希望与各位专家学者一起,通过我们的努力,通过对相关研究成果的交流和讨论,共同推进海洋文明和城市变迁的相关专题研究,拓宽研究领域,创新研究方式,取得更多的学术成果。

我们上海师大中国史学科与学校同时诞生,从20世纪50年代以来,在程应镠、魏建猷、张家驹等前辈学者的带领下,不断扩展研究队伍，不断推进学术研究，形成了我校历史专业的学术研究特色，奠定了在史学界的学术地位。今天，中国史学科作为人文学院最重要的学科之一，在我们这所以文科见长的大学里依然具有较为崇高的地位，这是我们重视人才、重视学术的结果。在新形势下，传统的在国内享有声誉的学术研究方向要继续保持，要加强学术传承，但同时，随着大量学术新人的引进，随着学术交流的开展，新的学术领域也需要我们去探索。特别是一些学术前沿的领域，需要我们更多的年轻学者去耕耘。相信若干年后，我们年轻的学者在这些前沿领域也会取得很大的成绩，甚至会有一定的话语权。因此，学院、中国史学科非常鼓励我们的教师在更多的研究领域施展才华。从这一点而言，我们今后仍将大力支持海洋文明和城市史的研究，希望通过不断推进海洋文明的研究，能够积聚一定的力量，使我们的教师能够出更多的成果。

今明两天的会议，是一个非常有意义的学术活动，是我们一次极为珍贵的学习机会。通过相互交流，可以使我们的教师学到各位专家的研究方法和学术观点，吸收更多的学术养分。因此，非常感谢今天来参会的各位专家，也希望大家对我们的工作多多指教。

最后，预祝本次会议取得成功，预祝各位的讨论彼此有所启迪，有所深化。

谢谢大家！

本文为2017年10月代表上海师范大学人文学院在"海洋文明与城市变迁"研讨会上的发言。

"东学西渐与法国汉学"研讨会上的发言

尊敬的各位学者、专家：

大家上午好！

本来发言的是陈恒副校长，因为学校里昨天和今天在召开党代会，今天上午是选举，他无法脱身，所以前天他委托我出席这个会，代表学院作个简短的发言，向远道而来的各位和本市的学者们问个好。所以，我首先得代表陈校长和我们学院，真诚地欢迎各位学界前辈、后进前来上师大进行学术交流，欢迎各位在两天会议期间多多地指导我们的工作，提出你们宝贵的意见。

今天，我们相聚在一起，参加"东学西渐与法国汉学"学术研讨会，这是一个非常有意义的会议，是有着相当高的学术价值的会议。法国汉学，自19世纪末20世纪初以后，一再展现出骄人的成就，巴黎成为举世瞩目的汉学中心，法国汉学家在哲学、史学、文学、法学等学术领域，曾经对中国文化进行全方位的研究，对中国传统文化的西传作出了重要的贡献。今天，如何继续推进中国文化向西方传播，如何加强中国和法国等欧洲国家在文化上的紧密合作，需要我们学术界能从学理上来认真地回答，从而加以积极推动。

法国汉学界出现了很多大家,首推的应该是沙畹。两三年前,澎湃新闻上登过一篇原北大历史系的隋唐史专家张广达先生的专访,名为《沙畹与法国现代汉学》,在这篇文章中,张先生认为19世纪末年至20世纪初年,法国汉学在欧洲有着明显的领先优势。之所以在这个时期领先世界,在于法国汉学既不忘记欧洲18世纪以来研究中国学问的成就而加以继承,又在处理具体课题的方式方法上致力于在知识论和方法论层次上做出调整与更新,使之符合19世纪以来西方现代学术发展的水准及其范式的要求。在这一治学程序的调整与更新过程中,爱德华·沙畹在承上启下、融会中西的旧学新知方面涉及的领域最广泛、最富首创性,可以说是在实践中带头的核心人物。张先生对沙畹的贡献作过精辟的总结,他说:"他以亲自的践行为当代汉学确立了专业规范,与当代同侪相比,他更卓有成效地将汉学这一专业训练引上了现代学术研究的轨道。"按张先生的说法,沙畹在新旧学术的转型上,作出了极大的贡献。今天,我们谈到的那些汉学家,如伯希和、谢阁兰、戴密微等,都曾经为沙畹的学生。一百二十余年来,沙畹和他的学生一直影响着国内外的同行学者。对中国来说,他们在20世纪初直接、间接促进了中国传统文献学和史学的转型。

我自己对沙畹的了解最初是本科阶段看了岑仲勉的《隋唐史》。岑仲勉先生对中西交通、隋唐时的西域历史、民族关系,特别是西突厥历史有专门的著作。在《隋唐史》和他的一些著作中,他一再提到沙畹的《西突厥史料》,这本由冯承钧先生翻译的著作在当年深刻地影响到了前辈学者。包括今天热门无比的海上丝绸之路的提法，其实也是由沙畹在这本书中首先提出。他说："丝路有陆、海两道。北道出康居，南道为通印度诸港之海道。"尽管今天的海上丝绸之路的研究在不断推进，但他的首创之功是我们今天要铭记的。沙畹的众多著作影响了一代又一代中国学人，他对《史记》《大唐西域求法高僧传》等汉籍的翻译，对中国碑刻、简牍、敦煌文书等出土文献、古地图，以及宗教、边疆和民族的研究，可以说是成就斐然。这些年来，敦煌学成为显学，而沙畹可以说是最早的研究敦煌文书的学者之一，是敦煌学的先驱者。他被公认为是当时世界上最有成就的中国学大师。因此，今天我们纪念这位大师逝世一百周年，是非常有学术意义的。

我们上师大人文学院，有一批教师从事法国汉学和法国历史、文学、文化，以及中法文化交流研究，这两天会议期间，他们会展示自己最新的研究成果，加深和全国各地学者的协作和交流。我们真诚地希望，通过这个会议及今后和各位学者之间的不断交流，能更加深入推动我们学院的教师在中法文化交流上的研究，提高我们的水平，扩大我们的视野。学院今后将仍然会大力支持法国汉学和中西文化交流的研究，努力在这个研究领域积聚一定的学术力量，出更多的学术成果。

最后，再次表达对前来参会的各位专家的感谢，祝本次会议取得成功，预祝各位的讨论彼此有所启迪，有所收获。

谢谢大家！

本文写于2018年5月，代表上海师范大学人文学院在"东学西渐与法国汉学"研讨会上的发言。

在安徽历史学会 2019 年会上的发言

尊敬的各位专家学者、各位同学：

非常高兴来到淮北师大参加"纪念新中国成立 70 周年学术研讨会暨安徽省历史学会 2019 年会"。这个高兴是真诚的，不是随便说说的。

上个星期，东道主牛院长邀请我来参会，当我了解是贵省历史学会年会时，马上就答应了。尽管 11 月份是一个开会最繁忙的季节，每个星期六、星期天我都在参加会议，但今天的这个会对我来说意义是不一般的。其他的会都是同行之间的学术会议，而这个会提供了我一个学习、观摩的机会，是上海历史学会向安徽历史学会学习的机会，因此应该抓住这个难得的学习时刻。

早就听说安徽的历史学会活动组织得非常活跃，学术研讨会每年都举行，所以很想来看看，学习一些经验。说实话，我们上海的历史学会，像这样的面向全体会员的学术研讨会几乎是没有的，一般都是请几个名家作讲座，或者按专题开几个小型的会议，综合性的研讨会一直搞不起来，高校教师参加的热情不高。因此，我很想通过这个机会来认真学习一下，来探寻召开年会的好方式、好方

法。昨晚拿到的会议手册,给我的印象十分深刻。令我感触很深的有三个方面:

一是人,即人气很高。真没想到参加会议的学者数量这样多,不仅有来自众多高校的教师,而且还有众多学生。今天来一看,年轻人占了一大半。年轻人是我们历史学研究这个事业的希望所在,没有一定的人数,没有年轻人,没有年轻学生加入史学研究队伍,我们的研究是很难有什么发展的希望。所以,今天的会议,告诉了我们安徽历史学科是走在一个上升的有希望的通道中。

二是论文集很厚,两大本。各位会员和我一样,到时背回家里去的时候会很沉,一百四十多篇论文,一千多页。也就是说,安徽的历史学者的研究成果非常丰赡。论文是要有一定数量的,在一定的数量中必定会有一些质量特别高的。如果没有一定数量的论文,说论文有多少质量,那是不现实的。

三是论文研究对象很有特色。安徽的历史悠久,地处南北方的中间交界处。如我自己研究的隋唐五代,安徽与江南联系在一起,合称"江淮"。在历史上,这一地区十分重要,经济重心南北移动,主要就是指江淮。所以我自己也研究安徽,也有几个学生选题研究安徽。今天大会的论文集中,更是看到了大量研究安徽历史的论文,这是十分令我惊喜的。这不但是安徽历史学者的研究特色,也是各位同仁对历史学研究的贡献。

因此,我与各位一样,期待着今天这个研讨会能取得巨大的学术成就,期待着大家在学术交流碰撞中得到收获。

最后,还是回到主题,我特别希望我们各个省市的历史学会能有相互之间的交流,相互能开展一些活动,相互取长补短,共同为历史学的发展和繁荣作出我们的贡献。

祝大会取得圆满成功。谢谢!

本文为 2019 年 11 月在安徽历史学会年会上的发言。

田洪敏教授外译项目推进会上的发言

各位专家学者：

大家好！

非常高兴代表学院出席今天下午的这个小会。6月底，大家都很忙，老的学生要毕业，新的学生要思考他们的科研进程，而我们自己又要规划科研进度。非常感谢大家在百忙中参加田洪敏教授的国家社科基金中华学术外译项目的中期推进会，感谢大家对我们学校、学院科研工作的支持。

在会议的前几天，田洪敏教授把《四重证据法研究》一书的电子版和她翻译的部分内容发给了我，我才知道田教授工作的主要内容和意义所在。因为是圈外人，所以对这个领域并不熟悉，说出来的都是外行话，请大家不要见笑。

首先，我觉得田洪敏教授要翻译的《四重证据法研究》这本书，是一本特别精彩的用新的理论、方法和模式阐释古代文学、历史和文化的中国故事的著作。这本书主要突出地论述了文学人类学派倡导的新方法论——四重证据法。从方法上说，这是一本文学人类学者自我超越的努力和尝试的著作，因为学术上最珍贵的是创新和超越。自王国维提出二重证据法，学术界一直沿用这一概念和具体的研究方法和思路。也就是我们通常所说的传世文献是学术研究的基础，但也要注重地下出土的文字材料，即甲骨文、金文和敦煌文书、简帛文书，合起来今天称为出土文献。学术界之后又提出三重证据法，就是指民俗学、民族学所提供的相关参照材料，包括口传的神话传说、活态的民俗礼仪等，在我们历史学界常说的是口述史、田野调查。而田洪敏教授要翻译推介的《四重证据法研究》，更创新地提出考古发掘的或传世的远古实物及图像是四重证据，这是非文字非语言材料构成的文化文本，这种方法在我们历史学界年轻学者那里受到特别的重视，比如我们叫图像史学等，石刻、砖刻等上面的图像都有大量的史学信息。在这本书中，用了五个具体的案例，用四重证据法去有效地解释。

我认为采用新的理论和方法来解释中国古代的文化，通过考古发掘发现的古代的实物、图像这些新材料，很多古代的问题是能逐步得到立体的解释的，我们的人文研究是能够推陈出新的。因此田教授的翻译推介工作是非常有学术意义的，将中国的学术推介给国际同行是十分有必要的。

其次，我看了田洪敏教授的部分翻译稿，由于不懂俄文，就没有什么发言权。不过还是有点感触。一是田教授在说明里谈到她翻译的一个最重要原则是"理解原著基本内容、基本问题和基本诗学思想"，因而译文是"遵循理解相关问题重要性原则来确认"。我非常认同这一说法。由于中国古代的语言表达、思想的传递有时代的特点，即使用现代中文表达可能也很难直译，因而在理解的基础上的翻译，更能将原著的思想传递给俄国的学术界，并不在于古代人的具体表达方式是怎样的。我们中国古代的文史作品很难走出去，其实如何表达是一个很重要的方面。当然，这一原则的前提是田教授一定要很准确地理解原著表达出的真实思想。二是附录里有很多专业术语，包括人名、著作名，田教授都先作了对应的索引。其实这是最能看出翻译者功夫的一个地方，在我了解的中英文翻译中，出事故最多的就是这些专有名词的问题，而现在我们首先对这些名词进行明确界定，这对于翻译工作是十分必要的。

田洪敏教授是我们学院文学学科里做得特别出色的一位教授，并不是因为今天来开会就吹捧她，而是这么多年来我对她比较了解。虽然我们的专业并不相同，但我们常会就一些学术问题相互交流，这些年我是看着她的学术成果越来越厚实，在学术上不断地进步。可以这么说，她是我们学院年轻教师中最为出色的一个。因此，对这个外译项目，她肯定是能出色地完成。

今天在这个会上，各位专家们将就中国著作的俄译问题进行交流，相信会对田教授的工作是有很大促进和推动的。在大家的帮助下，田教授的工作肯定会上一个更高的层次。

最后，再次感谢大家的到来，感谢大家对我们学院工作的支持。谢谢！

2021 年 6 月

"出土文献和数字史学"工作坊上的致辞

尊敬的各位学者、各位专家:

非常高兴为"出土文献和数字史学"工作坊致词。杨永生最初对我说希望我能为工作坊开幕致词,我说没问题,只要我们邀请的发表论文的作者是认真写了,只要我们邀请的论文评议人是真正的学术专家,我当然愿意致词。前几天他给我看具体议程时,我看到了八篇选题非常好的论文,看到了评议人有很多都是老朋友,都是有着丰富学术经验的专家,我内心当然是非常开心。因此,我首先要对出席工作坊的各位表示真诚的欢迎。

金秋十月,是一年中最美丽的季节,我们校园的景色也很美丽,但由于疫情的缘故大家没法在网下相聚,而只能通过腾讯会议的形式,但这并不影响我们对学术的热爱和交流。相信今后只要条件允许,我们一定会请大家到学校来面对面进行指导和交流。

众所周知,学术研究,贵在交流,贵在切磋。我们上师大中国史学科目前年轻人较多,这几年到我们学院工作的优秀青年教师有一大批,尽管他们中的很多人取得了一些成绩,但他们的成长需要学术界各位专家、老师的指导,同时他们的成长必须经历一个学术的磨炼阶段，在与同道的学术交流过程中逐步成长。因此，这两年我们在经费有限、疫情严重的情况下，仍然通过举办小规模工作坊这种形式与学术界保持交流，培养年轻学者的学术进取精神。这就是今天我们举办这个工作坊的宗旨和目的。因此对今天会上宣读的文章，不管是我们学校内还是学校外的，我都真诚地希望各位评议人能把对文章真实的感受说出来，能提更多的意见，甚至可以是严厉的意见，以使各位论文作者能对文章进行修改，不断提高文章的质量。

前几个工作坊举办后，多位论文发表者对我说了真实感受。有青年学者说，本来论文投出去了，也即将要发表，但会上评议人和与谈人的批评意见，使他意识到他们的意见相当有道理，所以撤回论文进行修改。修改后的论文，他认为比之前的论文上了一个层次。也有学者说，通过工作坊，认识了学术同行，了解了学术信息，相互交流后知道了很多学术观点，对自己的帮助很大。去年我们关于藩镇工作坊上的论文，有多篇经修改后正式发表了。这些都是举办工作坊看得到的成效，因此我们以后仍然会举办类似的工作坊，以促进学科内学术氛围的强化，帮助年轻教师的成长。

最后，我想应该代表上师大人文学院、代表中国史学科，必须表达一下对出席今天工作坊的各位评议人、与谈人和论文宣读人的感谢，感谢各位接下来一整天的辛苦工作，感谢各位对学术的真挚感情和贡献。谢谢大家。

祝今天的工作坊能圆满成功。谢谢！

2022年10月29日

"AIGC 时代的历史学家：角色、使命与责任"会议上的发言

各位专家、学者：

首先，我代表上海师范大学人文学院，欢迎各位的到来，特别是有的专家远道而来，路途辛苦。你们的到来，是对我们工作的极大支持。

几天前，蒋杰兄让我参会，由于我对新技术没感觉，天然的理科盲，因而对这个"AIGC"一脸的疑惑，上网查了一下，才知道是指什么：利用人工智能生产的内容。不过一看这个概念，我就明白了这个会议是相当有意义的，蒋杰兄所思所想是在我们学界的前列。

对我们历史学科来说，新技术的运用是相当有必要的，会带来与传统做学问方法的根本性变革。20 世纪 80 年代末，如我们古籍所就试着用电子化将宋代笔记进行整理，引进了计算机系毕业的人，买了当时最先进的电脑。当然这件事最后没有做成，但意义是非凡的。这些年来，大量的网络资源、数据库，已深深地改变了我们做学问的方式，快速的检索有了可能，资料的来源不断扩大，与

手工相比,准确率更加提高。最重要的一点,几乎每个人的著作量都在飞速地增加。回想我们的老师辈们,很多人都只有十几篇文章、一二本书,这还是他们坐冷板凳的结果。但到了今天,没有几十篇论文没有几本书,都不太好意思说自己是在大学工作的。这一切,其实都是和我们熟练地运用新技术有关,是我们这个时代带给我们的幸运。

不过,对历史学来说,资源、检索这些仅仅是工具性的,是表层的,还没有完全深入到历史学研究的内核。真正将会给历史学带来根本性的改变的可能就是这个"AIGC"。我打个比方。唐太宗后期,有个能力很强的宰相叫刘洎,唐太宗很相信他。唐太宗征高丽,让太子监国,刘洎辅佐太子,唐太宗对他说我把国家的安危都寄托在你身上了。结果刘洎回答:"陛下不必忧虑,大臣有罪,我当立即予以诛罚。"唐太宗身体不好,刘洎问了几句,让褚遂良告了密,说刘洎曾对人讲朝廷大事不足忧,只要有好的宰相辅佐太子就行。唐太宗听后不高兴了,就让刘洎自尽。这件事,古代的史书记录不一致,当代的史学家就展开了讨论,各种各样的观点都有。比如一个皇帝,人家告一下就让一个宰相自杀,你信吗?到底是什么原因?与刘洎个人的性格有关系吗?还是与当时的政局变化关系更大,与唐太宗担心儿子太平庸、刘洎太强势有关?如果我们通过现代技术,把这些君臣一一生成出来,还原出来一个个人,然后放在当时的背景下,让他们告密一次,通过技术生成出唐太宗当时的想法,或许就可以清晰地看到唐太宗杀刘洎的真正原因。

依此类推,很多朝廷里的政治斗争,相信在不远的将来,借助技术,能够知道资料记载背后的内容。当然,如果这样了会不会有人说我们历史研究者可能没事干了，其实不会，因为技术生成出来的历史，我认为只是提供了一个历史的可能，为我们的研究提供更多的选择，而并不能完全解决问题。有一些变量，有一些意外，有一些违反常规的事情，也许在技术层面上是无法完全考虑进去的。因此，我认为利用技术，肯定能使我们解决更多的历史问题，可以推进、深化我们的历史研究，很多单靠文献研究不下去的问题或许通过人工智能的生成就轻而易举地解决了。

上面这些，都是我的联想，所说难免不当。但我想说这个会，各位今天的讨论，对我们历史研究来说，是相当有意义的。三十年前，当时正当年的史学工作者谁也不会想到今天的技术对史学研究的作用。同样，我们也不知道三十年后史学研究的技术发展到怎样，但我们不应只是等到三十年后来回顾来总结，而要提前谋划提前设想，指出我们明天的路是怎样的。这就是我们今天会议的价值。

最后，再次感谢今天参会的各位学者，预祝本次会议取得圆满成功。

2023 年 6 月 10 日

外行对内行的总结

各位专家、学者：

大会的开幕式主旨发言是很难总结的，一是发言的都是顶级名家大佬，他们的学问很深奥，而且昨天主持人辛德勇老师已有过很精辟的点评，二是我只是个环境史的爱好者，来蹭会的，根本不是个专业研究人员。不过这倒也好，瞎总结一下，讲错了无关紧要，反正是一个民科在评专家的报告。对与错不重要，关键是周琼老师让我评我就评了，重在参与。

昨天我认真听了五位老师的发言，有三个方面的感触最为深刻。

一是新。第一是角度新。比如王子今老师的《"塞下禽兽尽"与南匈奴"北归"：汉代草原生态史考察》一文，就从匈奴射猎对禽兽尽的角度谈了环境的变化，讲了射猎在农牧业交界地区对环境的影响。在草原和农业交错地区，人为过度开发导致的资源枯竭。我特别赞叹的是他思考的角度，以往我们很少会朝这个方面来想。但事实上像我小时候，我老家上海嘉定的天空中最多是几只麻雀在飞，其他鸟都让枪打网捕完了，但在现今，到处是各种各样、大大小小的鸟在稻田里翔飞。是什么原因才会出现这样的景象呢？主要是打鸟的人没有了，以前会打鸟的人都死了。因此，游牧民族的捕猎，对环境的影响是一个值得注意的问题。

第二是内容新。夏明方老师的《江河之间：历史时期的治水工程与华夏生态一体化构建》，是追求水利史研究突破的一篇具有开拓性的文章。以往对单一水利工程的观察，到他这里是不只考虑水，而是把水以外的关系放在一起考察，治水和生态、江湖与族群、区域、国家都是他考虑的一个部分。他跨出了具体的江湖谈整个生态一体化的构建，把一个历史地理的问题上升到文化思想的高度。

二是意义深刻。几位专家谈的问题都具有较大的社会意义。马俊亚老师关于淮北那本书的后记前一段时期在网上流传，使他成为网红，我也了解了他。这次他的《明清南河地区的国家工程与生态变迁》一文谈到了苏北洪泽湖地区的治理工程与生态变迁，可以看到马老师对家乡的情感浸透在他的讲解中。他认为淮北地区水害在明清时期并不是小冰期的影响，而是要考虑人为的灾害出现对自然的破坏。对苏北水利的影响，有自然的因素，但不全是自然的问题。特别是他说到淮北历史上是最重要的种植水稻的地区，后来为什么很少种植水稻；淮北民众应对的方法只能是躺平；一个洪泽湖夺走了1 000万人的口粮。这一点我们比较震惊，和我们平时对苏北的看法有不小差异。特别是我们上海人，阅读了马老师的书之后，以前对苏北的看法肯定会发生很大的改变。因此，国家的整治工程是要慎之又慎。

邓辉老师的《历史时期永定河变迁及其对京津冀平原水系

格局的影响》，谈了永定河对京津冀平原水系格局的影响。我是南方人，对永定河不太了解，只知道华北京津冀地区是一个大平原，应该很富裕。邓老师用了大量的具体材料、地图，说明了2000多年里永定河河道的演变，以及不同时期由于河道的演变带来的生态问题，如下游地区含沙量的增加等。永定河对京津冀平原地区水格局的变化影响很大，引起了河流湖泊的消亡和生长，如宋代大量塘泊的出现。这些变化受到了自然和人为的影响，所以他的报告的最深刻的现实意义就在于，今天的国家建设应该考虑历史上出现的这些问题，一个新城市的建设必须考虑城市用水。

三是现实价值大。蓝勇老师的《中国饮食文化演进与自然环境响应》，从食材食料演进、烹饪方法演进、味道味型演进、用餐方式演进四个方面谈了饮食文化的变化带来的对自然环境的影响，这种研究的内容很新颖。这是一个学术上的问题，但他的研究过程令人震惊。他用了很多菜肴的图片，特别是他本人和他人开的饭店的图片，的确令人耳目一新。通过亲自实践，再用理论进行探索，这是最好的理论和实践相结合，因而蓝老师是一个相结合的典范，他把环境史研究和我们的吃饭饮食联了起来。从理论到现实再到研究，这一方法路径我们大多数人是很难复制的，但的确是最有说服力的。

总之，开幕式的五位专家的发言，为我们树起了环境史研究的高度，是我们这次高端论坛的"高端"标尺。对我个人来说，听他们的报告收获很大。当然美中不足的是，五位老师中有四位的正文没有在会议文集里印出来，没有看到他们全部的论述。

我的评论纯粹是外行评内行，希望大家听过就算。谢谢！

本文为 2023 年 7 月 7—8 日在中央民族大学召开的"生态纽带：自然圣境与生命空间变迁"环境史高端学术论坛上的"开幕主旨发言总结"。原本安排发言的是另外的老师，后来主办方突然通知我上去作个总结，于是在 7 月 8 日闭幕式上作了这个不像总结的总结。

"多元视角下的两宋政治与社会"会议上的发言

尊敬的各位与会学者、老师与同学们：

首先，欢迎大家出席今天我们中国史学科举办的"多元视角下的两宋政治与社会"。

怕自己脱稿随意瞎谈，会越轨，所以写了个稿子来读一下。从暑假前到现在，已经过去两三个月了，由赵龙、刘江、冠群、任石等我们学院的老师操办的这个会议今天终于召开了。最初我的意思是在本市或者附近的地区找几个宋史同道简单座谈一下大家研究的心得，但一个多星期前当我看到与会者名单后，有点吃惊，因为答应来参会的都是全国各个高校宋史研究的中坚力量。今天在座的很多学者都是我久仰大名的宋史专家，有以前认识的，有刚认识的，各位在学界已经取得了很高的地位，能在百忙中来上海出席我们这个会议，来支持我们的工作，这是我们上海师大的荣幸，是我们学科的荣幸。因此，我谨代表人文学院和中国史学科，对大家的到来表示真诚的感谢。

如大家知道的那样，1980年10月，中国宋史学会的第一届年会是在我们上师大召开的。之所以能在上师大召开年会，并且将秘书处设在上师大，主要应该是程应镠先生等一批前辈在宋史研究上取得了很高的学术成就。四十多年过去了，人员换了一批又一批，但我们中国史学科研究宋史的初心和特点没有改变，在宋史研究上的成果出了一批又一批。汤勤福老师昨晚在朋友圈里说程先生、张家驹等先生是第一代，朱瑞熙先生等是第二代，虞云国、戴建国和汤老师是第三代，现在的老师们是第四代。昨天出席欢迎会的戴建国老师是程应镠的学生，而今天出席会议的有好几位是程先生的再传弟子。学生对老师敬爱，不是将老师的名字天天挂在嘴上，顶着老师的名头在圈子里混，而是要将老师当年对学术的坚守和热爱发扬光大出来，也就是说，大家在各个学术领域里的研究最出色，就是对前辈老师的最好回报。从这一点上说，今天的这个会议，是我们上师大后学继续前辈开创的事业，对前辈事业的发扬光大。因此，无论有什么困难，无论环境发生什么变化，我们中国史学科坚守宋史研究的决心是不会动摇的，在前辈开创的道路上我们只会越走越顺畅，我们年轻的一代学者会取得更高更大的成就。

五年前，也是赵龙、刘江几位，在我们这里组织召开过一个江浙沪宋史青年论坛，后来还出版了论文集。当时我在会上说今后的高校发展，主要是看七八十年代出生的年轻老师，他们的水平高低直接决定了一个学科在全国的地位。几年过去了，与时俱进，这话得改一下，"今后看一个学校的学科在全国的地位，主要得看八九十年代的学者"。年轻学者相互切磋相互提高，是今后学科发展的关键，一个学校，如果没有年轻学者的集聚，今后的发展是不会顺畅的。从这个意义上说，我们举办这个宋史的"中青年学者论坛"，一方面是有私心的，是希望各位来帮助我们学科的发展，帮助我们年轻教师在学术上取得提高，使我们的青年教师在学术道路上走得更远，另一方面自然是公心，是为了发展学术，在相互的讨论和碰撞中大家能对一些宋代的政治和社会问题产生看法，促进学术探讨走向深入。宋代是一个政治和社会、思想的发展在中国古代很令人怀念的时期，处在中古向近世转变的时期，有很多问题值得我们去思考去挖掘，因而我们的这个会议虽说规模不大，但相信是有较浓厚的学术意义。今天这么多著名的中青年学者的到来，相信大家肯定会有比上一代学者更锐利的目光，有更加完备的理论体系，对史料的解读更加详细全面，有更多的新观点、新看法。

最后，再次表达对大家来到我们学校的欢迎，同时也感谢我们学院和曾经在学院工作过的几位资深宋史专家，学术的发展需要前一代人提携后一代人，所以很感谢大家两天来对年轻教师们的支持。希望各位在今天的讨论中有较大的收获，预祝论坛能取得圆满成功。

发言中如有不当之处，敬请大家谅解。

谢谢各位。

2020 年 9 月

琅嬛学海勤作舟

——近年来上海师范大学古籍所与古典文献学专业的发展

上海师范大学是一所地方师范院校，是上海市属重点建设的一所高校。古籍整理研究所现隶属于人文学院。我们是在中共中央37号文件的发布后于1983年成立的古籍所，长期以来，得到全国高校古籍整理工作委员会的领导、支持和帮助，我本人也是这一年开始古典文献专业学习，进入这一领域至今已有四十年了。

去年11月，上师大古籍所举行了成立四十周年的庆典。其实，古籍所的学术渊源有五十多年。1971年，上海师范学院成立二十四史标点组，具体整理《宋史》。1977年，标点组改名为古籍整理研究室。1983年，古籍整理研究室和成立于1975年的中文系《汉语大词典》编写组合并，建立古籍整理研究所，同年又设立古典文献专业，成为古委会直接联系的研究所和文献专业之一。1996年12月，古籍所与中文系、历史系联合组建成立人文学院。至今近三十年，行政归属没有发生变化，是学院的一个重要二级单位。

一、新老交替：师资队伍建设

目前有专职教师二十三人，其中教授七人，副教授九人，讲师以下九人。今年刚退休两位教师，其中一位是教授。

年龄结构上，五人为60年代出生，五人为70年代出生，其余都为80至90年代的青年教师。学缘上，教师来自五湖四海，近年来引进的教师均为北大、复旦等名校毕业。教师队伍中二人为中国台湾籍。

2021年6月，在新一轮学院中层干部的调整中，钟翀任古籍所所长，孔妮妮任文化典籍系主任，潘牧天任古籍所副所长兼文化典籍系副主任。至此，古籍所完成了行政力量的新老交替，所长和专业主任均为70年代出生、在学术上较有实力的中年人。

二、高水平建设：学科发展

上师大古籍所目前有三个博士点，即历史文献学、古典文献学、史学史和史学理论，以及相应的硕士点。担任这些专业的导师大部分是本所的教师。

自成立以来，古籍所的学科建设呈现出良性局面。1984年，古籍整理学科为上海市高教局批准的上海市地方高校第一批重点学科。2007年，由我所和历史系共同申报的中国古代史成为上海市教委第五批重点学科。2010年以后，中国古典文献学和历史文献学都先后成为学校重点学科进行建设。之后，中国古典文献学作为上海市高峰计划中国语言文学的一部分，历史文献学作为上海市高原计划中国史的一部分，参与建设。近几年，古典文献学专业作为上海市地方高校高水平学科建设的一部分参与建设，成效明显。

三、唐宋文献为特色：学术研究

古籍所的科研自成立始，一直以唐宋文献整理为主，兼及唐宋历史与文化、唐代文学和语言研究。整理大型著作《宋史》《续资治通鉴长编》《汉书补注》《唐诗汇评》，以及《传世藏书》集部之宋金元别集等，参与了《汉语大词典》的编纂和统稿、审稿工作，此外还整理过大量的中小型著作。21世纪以来，点校了《文献通考》《全宋笔记》《〈一切经音义〉：三种校本合刊》《朱子语类汇校》《唐诗学文献集粹》等。近几年，又先后出版了《朱瑞熙文集》《上海历史文献丛刊》（第一辑）《东亚唐诗选本丛刊》（第一辑）《上海城市地图集成》《江南近代城镇地图萃编》《中华礼制变迁史》《宋代笔记研究丛书》《古白话词汇研究论稿》《真德秀研究》《南宋史学研究》等著作。

古籍所共承担过五个国家哲社重大项目，已完成二项，另还有三个重大项目在进行中，分别是曹旭主持的"东亚《诗品》《文心雕龙》文献研究集成"（2014），查清华主持的"东亚唐诗学文献整理与研究"（2018），钟翀主持的"中国国家图书馆藏山川名胜舆图整理与研究"（2019）。此外，本所目前还有十项国家哲社一般项目，三项国家哲社后期资助项目，还有多项省部级一般项目。

在今年的第十六届上海市哲学社会科学优秀成果奖的评选中，

朱瑞熙先生以其代表作《朱瑞熙文集》获学术贡献奖。另有徐时仪和张剑光获优秀成果二等奖。

四、双一流建设引导下的古典文献学专业

2020年，古典文献学专业入选教育部第二批双一流本科专业建设计划，是学院三个一流专业之一。

专业目前每年招生二十五人左右，因为专业流动的关系，具体人数会略有增减。毕业生基本以进入高一级学校读研、图书出版文化系统、中小学和其他岗位如公务员、公司职员为主要去向。其中接受本校毕业生读研最多的是华东师范大学和复旦大学的古籍所、中文系、历史系和历史地理中心等。今年2020级学生共直升两名，分别将进入北京师范大学和上海外国语大学学习。

本科教学负责人孔妮妮十分强调文献专业的实践教学环节，即使在疫情期间也是想方设法让学生参加各种考察和教学实践工作。利用学校的校园网和图书馆的信息化平台，充分调动各种数据库资源为专业师生所用。借助此平台，老师和学生能够获取图书信息、讲座、培训以及社会实践等各种信息。每年都以不同专题的形式组织国内外学者为专业学生开讲座，效果良好。

研究生教学，每年招收博士生约十名，硕士生约二十三名。另有老师在学院的中国古代史、历史地理专业招收研究生。每年组织学生参加本校、本院的各种学术研究会议，继续和华东师大、复旦开展每年一次的"光华古文献学研究生论坛"。

五、我们的困境

从学科归属上说,古籍所约一半人员为古典文献学,一半人员为历史文献学和史学史。在第五轮学科评估中,上海师大有两个学科为 A-,其中一个为中国语言文学,古典文献学是中文学科的一部分。中国史学科为 B,历史文献学和史学史是中国史的两个二级学科。到目前为止,古籍所在学科上的发展比较良性,因为学院院长和中文学科的负责人为查清华,中国史的负责人是张剑光。

不过我们也感觉到,从学科的发展、在学校中占有的资源比重来说,中文和中国史、世界史分开设立学院应该更为合理,可以达到一定的人员规模。但如果学校要将人文学院拆分为中文和历史两个学院,我们古籍所将面临困境,行政归属上没法取得合理的地位。因为目前的学院一般以学科来划分,因而古籍所成为一个独立的单位可能性很小,这是我们比较担心的。这个问题说到底又是回到了 2018 年成都会议上谈及的学科设立的问题,在学科归属上我们必定是一部分人归到中文学科一部分人归到历史学科。四十年前,我们提倡学科要交叉,但现在什么问题都是用学科的归属作为标准。如果文献学是一级学科,古籍所的归属问题也就不是一个问题。

现行的科研考核体制依然是重论文和重项目,这对古籍所工作会产生一定的影响。对年轻人而言,职称的评定主要是看发表的论文在什么杂志上,有几个项目。出版的著作一般是不在奖励范围之内的,除非能评上省市一级以下的社科奖,而古籍点校著作更是不在考核的范围之内。这种制度下，对大多数面临着考核和升职称的人而言，大家只能跟着指挥棒转，对古籍整理兴趣不大。因此希望古委会能发挥一些作用，将古籍整理作为考核的一个指标，或者设立一些奖项，使古籍整理著作相当于某个级别的奖项，使古籍整理者得到相应的肯定。古委会的项目申报上，应该向各古籍所的年轻人倾斜，让刚踏上岗位的年轻人有一个起步的项目，对他们申报职称、参加集体项目都是有很大作用的。

尽管面临一些困难，但我们为国家整理更多古籍的想法是不会动摇的。随着我们科研队伍构成的不断改善，相信会不断有更多的成果面世。在古委会的领导下，在学校的支持下，我们古籍所的明天一定会更加辉煌。

本文为 2024 年 1 月 6 日在海南大学召开的"全国高等院校古籍整理研究工作委员会 2023 年度工作会议"上代表上海师范大学所作的发言。

代学院拟祝贺陕西师范大学唐文明研究院成立的信

陕西师范大学历史文化学院：

欣闻贵院将于本月 27 日成立"唐文明研究院"，并举办研究院揭牌仪式，这是中国传统文化研究中的一件大事，我们表示衷心的祝贺！

长安是唐代的都城，今日的陕西师范大学有着研究唐代文明的诸多优势，前辈学者史念海、黄永年等先生开创的学术道路在今天为后学所继承。相信随着唐文明研究院的成立，对学术研究的进一步规划和组织，发挥更多学者的作用，必将会对前辈的学术理念光大发扬，创造出更大的辉煌。

我们上海师范大学人文学院的历史系和古籍所，长期以来以唐宋历史和文献为研究特色，目前也聚集了一批优秀的中青年学者，相信以后我们会和唐文明研究院有更多更密切的合作，携手推进唐代文明研究更上一层楼。

2023 年 3 月 26 日

斯人斯事

孙逊先生

今天突然看到了发在一个公众号上学院纪念孙逊先生的会议通知，心里特别感慨，一想到他走了已经有一年了，心里有点想说说他的念头。在通知底下本校参加的教师名单中，有我的名字，我想我是应该去参会的。尽管是孙先生文集的发布和古代小说的讨论会，专业和我不太相关，但孙先生是学院的第一任院长，和我接触较多，参加这个会是理所应当的。过一会儿看到了孙思渊微信上转过来的会议通知，我回复说我会参加的。

孙先生对学院、学科发展的功绩很大，这个自会有人总结的，就我而言还是说说几件我和他个人之间的小事吧。

一是我评职称的事情。2002 年我提出想报正高职称，当时学校有打擂台的途径，有人告诉我孙先生说我条件不具备，学院里的学术委员会没有讨论。其实我也没太当回事，所以对职称并没有太渴望，事实上当时岗位名额的确也没有，学校里打擂台回到学院里，还是要占名额的。

这事我和恩师王家范先生也交流过，我说没有名额了，我在上师大再待下去没有太大的前途。王老师说不要太悲观，你没有名额，人家也是没有名额，事情到了问题较大的时候学校里会改变政策的。2003年春天，我想到上海财大弄个经济思想史的博士后，想搞个在职的，但财大人事处的老师给我打电话说，要把人事关系转过去，我就犹豫了。我们学校人事处领导对我说："想想好，你想去我们是会放的。如果你要回来，只要我还在位子上，我们会同意你回来的。"我对孙先生说我要去读个博士后，孙先生笑着说你要走是没问题的，但在财大你的学科是处在边缘地位，唯一的好处是评职称比较快，但在上师大我们文史学科是处在重要的地位，做学问的感觉完全不一样。孙先生的话对我影响很大，我于是决定放弃到财大去。

2003年，还是没有名额，也就没有报职称。2004年，既然还是没有名额，我根本没有再报的打算。不过某一天，马友协书记来找我，说孙先生让我报职称。我说不是没有岗位吗，怎么会让我报呢？马书记说这个你别管，孙先生会通盘考虑的，他也会考虑俞钢和黄纯艳的。

那一年我的计算机考试没过期，但外语过期了，恰好人事处规定博士毕业的人不用考外语，大喜。不是怕考不出，而是省了不少事。10月的某一天，学院学术委员会要对我们进行评审，再投票表决。那时房颤发作，在医院里刚住了半个多月，好像是好了点，但一出医院心跳还是飞快。学术委员会有哪些人，我从没关心过，当时只记得现场有孙先生和其他二三人，其他坐的是谁我根本没注意。因为那天人感到很不舒服，浑身没有力气，原来说好一人要汇报十分钟，我大概只说了三分钟就出来了，因为成果全打在一张A4纸上，我说了也是多余的。后来学院评审结束后，有位老师对我说："为啥只讲几分钟？你这样是对评审委员会不尊重。"我忙解释我哪有不尊重的意思，是我心脏出了问题，实在没力气讲。那位老师对我说："你知道孙逊为你讲了多少话？他为你说的好话比你自己说的还要好，比你的时间还要长。很少看到一个院长这样为一个教师说好话的。"我说这实在不好意思，是我对不起孙先生了。不久进入到学校评审的环节，学校的学术委员会要一一过堂，孙先生通过其他老师告诉我，一要谦虚，要放低调子，二要尊重人家，时间要差不多，学校学术委员会的投票主要是看你表述得如何。当然，这一次我身体也舒服了不少，而且有了学院里的事情，我汇报时认真做了PPT，说话十分注意分寸，所以一切都很顺利。

另一件事情是和都市文化中心有关的。最早申请教育部都市文化中心基地时，潘建国兄把我也写了进去，人员里分成兼职和专职，我当时是兼职副研究员。在批准前，来了六位专家对中心的学术要进行评审，我只记得来的专家中唯一的上海学者是葛剑雄先生，其他的我都不认识。来之前在里面抽取了几个学者要汇报，我当时和马学强两人作为兼职的副研究员被抽到了，于是准备汇报材料。对我而言，这是没有任何思想准备的，这个中心是怎么一回事我根本不知道，但主要是汇报科研这一块，这个我不怕，于是准备了一个"上海疫病史"的类似题目捣鼓一下，顺利地汇报，这事也就当没事一样了。那天汇报的时候，校长俞立忠和孙逊先生始终陪着我们，虚心地旁听专家对我们提问题。

中心正式成立后，孙先生先后有两次对我说这个题目应该成为中心的课题，他提出来了，但有不同意见，所以一直没有立项。记得有一次在去东部食堂的路上，孙先生对我说这题目很好的，我们不仅要正面研究都市的文化，还要从疫病、灾害方面研究城市，但有老师认为这种研究不太好，有点负面，所以没办法立项，"可惜了"。这三个字孙先生说了两遍，我听得十分真切。其实2003年"非典"发生时，孙先生让我写一篇综述三千年抗疫的短文给《文汇报》，我写好后把孙先生的名字署在我的前面。后来孙先生把他对短文的修改稿给我，让我再看一下，他把自己的名字删掉了，笑着说"这个不必"。后来孙先生把文章给了报社，但因为"非典"很快就结束了，所以文章也就没有发表。这篇经孙先生改过的文章，几年后我发在《文史知识》上，也就是我去年出版的小书《中国抗疫简史》上的序言。也许，孙先生修改我的这篇小文章的时候，敏锐地感觉到上海的疫病史研究是非常有学术意义的，但我没有理解孙先生的好意，因为没有资助，也就没有继续研究这一课题。现今想想，这么多年自己实在懒得出奇，孙先生对我的期望，结果就这样销声匿迹了。

从与我个人相关的两件小事，感触较深的一是孙先生的爱才，并不因为学科不同、师承不同、年龄不同而对年轻人不管不问；二是他的学术眼光，即使是不同的学科，他都有清晰的、前瞻的见解。这都取决于他对人的大气，对事的大气，对学问的大气。一个人的气度大小，决定了一个人的高低。这就是孙先生，一个前辈师长留给我的印象，深深地刻在脑海之中。

2021年11月17日

我给王校长的信

今天中午在外面吃饭,一直吃到三点半,中间没看手机。等到看微信时,看到一位退休老师转发给我的"澎湃新闻"上的《著名政治学家、复旦大学教授王邦佐逝世》,让我很是意外。因为记忆中的王邦佐先生是五十多岁的样子,胖胖的,其他没有太深的印象。有一年上师大校庆时,王邦佐来了学校,当介绍到他时他站了一下,我才发现他头发白了,老了。但不知怎么,心中的他还是五十多岁的样子。突然说他逝世了,心里还是有一震的感觉。

他在80年代来到上师大,先任常务副校长,接着是校长,到90年代后期才离开,前后共十年。根据今天看到的文章,应该是1996年离开上师大的。我是1988年留校工作,小青年一个,看到领导怕怕的,躲得远远的,所以根本不可能和领导有什么交集。当然,我和一位师兄留校时遇到点困难,躺在病床上的导师程应镠给王校长写了信,那是导师和王校长的关系。对我这个青年教师来说,离校长实在太远太远。

促使我下午想好晚上写这篇文章的原因,是我和他毕竟曾经有一点点关系。对他而言,肯定不会记得,而对我而言,印象是比较深刻的。

1995年底，学校人事处徐桂英处长召集我们青年教师到行政楼开会，对我们说现在提倡青年教师考博士，并从考博的巨大意义到个人学术进步，谈了半天，还说学校会在经济上资助大家的。还请了个中文系的青年教师传授经验（巧合的是，今天中午一起吃饭的就有这位教授，我们两人各喝了二两白酒）。我是被请去开会者之一，本来也曾想过要读个博士，那天被学校人事处一鼓动，心想读就读呗，我本来就有这个想法，只是一直下不了决心。

我先是想到复旦去读。当时没有网络可以查招生简章，于是我写了一封信给复旦研究生处招生办，他们寄来了一份简章。找了半天，招隋唐史的只有许道勋教授。我读过许教授的文章和一本书，但并不认识他，再加上听说复旦的外语有点难，就知难而退了。有一次我和丁光勋老师两个人吹牛，丁老师说到华东师大来吧。我进学校的第一门课是李培栋老师的《中国通史》，担任助教的是丁老师。丁老师很负责，到我们寝室也来过几次，主要是关心我们平时上课、看书有没有问题，所以一直和他混得很熟。后来一起编过《中国通史史论辞典》及通史教材，所以尽管我们和他年龄相差十多岁，但我们说话没大没小，很放松随意。丁老师大学毕业时，上师大和华师大还是合在一起的，所以华东师大历史系的老师他都认识，他马上给我说考王家范的博士吧。我说我只知道王老师是我导师的儿子程念祺的硕士导师，听我师母说过他人很聪明，其他不了解。于是丁老师详细给我介绍了王老师的学术和为人，他讲得最核心的是王老师人很聪明很有想法，跟他念是值得的。

丁老师带我去见了王老师，王老师当然是欢迎我报考。听了我对自己学术成果的介绍，他说没问题。于是几天后，我到华师大研究生院拿了简章，还报了名交了钱。然后到王老师家里跟他说我报名了，但王老师说已经有两个人报了他的博士，都是本校的青年教师，水平较高，他不可能不招他们而招我，否则在学校里不好交代。王老师说这是他第一年招博士，所以名额的问题恐怕解决不了，不过他说可以招委培的。他说委培和正式名额其实是一样的，就是委培的要出钱，一年是七千五百元。

回到学校后，我向所长范能船说了这事。范老师说我当然是支持你的，不过这钱不知学校是否肯出，估计很难，并表示他会和学校相关部门去协调的，最好的结果是学校出，最差的结果是学校、古籍所和个人各出三分之一。古籍所拿钱出来，肯定会有很多人反对，范老师说他不怕别人说，年轻人现在没钱，支持一下是应该的。过了几天，范老师对我说，他和徐佳英和王校长都谈过了，学校说没钱，不可能资助的。我说那找我们开会干什么？说得很好听，碰到实际问题了一点也不肯拿出来。

第二天，我自己到人事处找处长，处长说话很干脆，没钱。还说学校一年拿出五万元资助年轻人读博，今年的钱已经都给掉了，不可能再有钱。话还没说完，王校长不知为了什么事来到人事处，徐处长马上把我的事简要对王校长说了一下。王校长看看我，说："华师大在搞什么啊，收这么多钱？"我说主要是名额没有了，王校长说你可以考其他学校其他导师啊。我心想，你说得轻巧，上海滩招博士的就这几个导师，而且要和我的专业接近，哪有这么合拍的事情啊？

回来后，我一直愤愤不平，心想学校口口声声鼓励我们去读博，到了来真的时候就不行了，那这种会开了干什么？于是提笔给王校长写了一封长信。信里主要述说了我的事情，我认为学校并没有真心关注青年教师的培养。范老师说的最低标准是学校只要拿出七千五百元也不肯，但学校引进外校的教师和外面的博士，就要给房给钱，没有十万二十万根本不行，本校的青年教师也是人才，这么低于引进几十倍的培养费你却不肯出，这是啥意思？你少引进一个人才，校内可以培养二十个人才。

我专门跑到学校门口的邮局把信寄出，还贴了邮票，我是一定要让王校长收到的。过了两天，范老师对我说："你给王校长写了信？"我说："是啊，我气不过。"范老师无奈地说："年轻啊，不应该写信的。我会和他们谈，一次不行，谈两次、三次，他们迟早会松动的。王校长看了信有点不高兴，他也给你写了一封信。"

王校长的信不比我写的短，再次解释了学校的政策，学校鼓励青年教师读博士，但不是学校出钱，要读不出钱的博士，不读委培的。对引进人才，他说了学校的看法，认为这和培养本校的青年教师不矛盾。当然他是回避了钱多少上的比较。王校长的信，早几年我一直放着，后来整理家里的书信时不知放哪里了。今天翻了一下，也没有看到，多少有点遗憾。

我去信，他回信，我们两人之间就这点交集。接下来王校长走了，换了校长，而我们三个系也合并成了学院，改天换地，领导也换人了。

1997年初，徐处长专程来找我，说你要去读博士。我说去年我报了名后来没考，学校不肯出钱，我个人家里钱也不多。徐处长说："这个钱你不用管，你先要报考，力争考上。钱的事我会和你们院长商量的。上策是学校出一半你们学院出一半，你们院长不肯的话，那就各出三分之一，你也承担一部分。去年你写了信，王校长特地交待要让你去读博士。"一听这话，我一愣，王校长没生气恨死我啊，临走前还让人事处关心我读博，真有点想不到啊。

当然之后，我是去考博了，因为是正常名额中的，也不需要出钱。王老师也说，去年他也搞不大清楚规则，如果去年考的话，大概也能录取的。这当然已是后话。

我脾气急，碰到点事情常会跳起来，即使是对校长也是这样。现今想起来，的确当时太年轻，做事不考虑是否稳妥是否合理。今天看到王校长去世的消息，立马回忆起这事。从内心来说，我认为他是个不错的校长，是一个挺值得怀念的校长。

2021 年 8 月 24 日

附：

家里装修，翻箱倒柜，竟然看到了王校长的回信，令我十分意外。

信是他写给范能船老师的，他撕了一张 1995 年 4 月 27 日的年历纸，上面写道：

范能船同志：

这封信请您交还张剑光同志，并做做他工作，不要为此事影响情绪。谢谢。

王邦佐

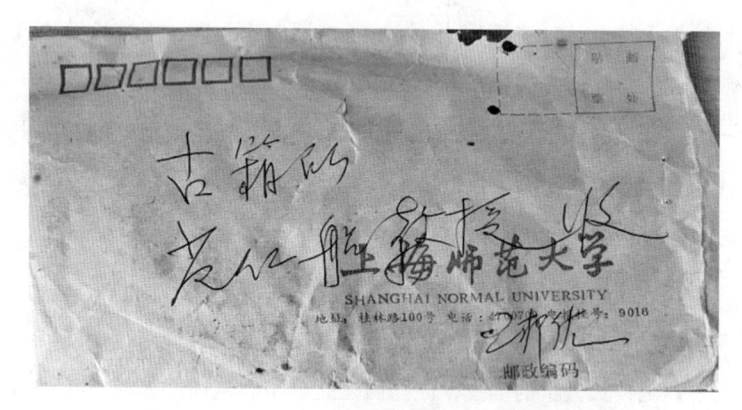

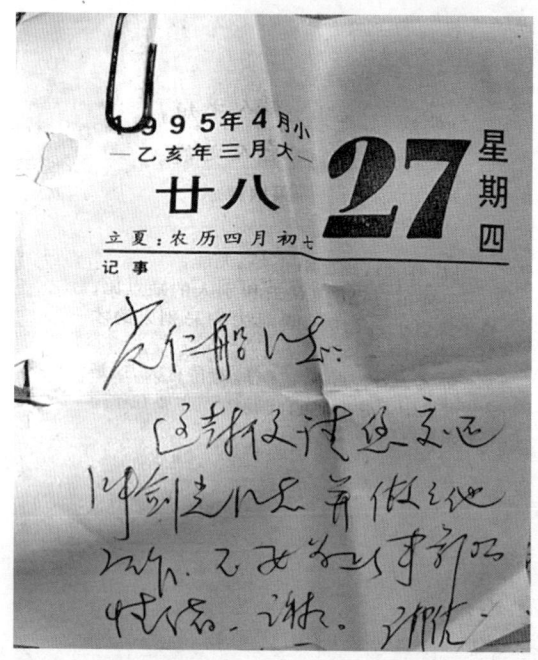

这里，我还是把自己当年写的信全文抄一遍，再把王校长的信全文抄录，以便更能看出前因后果。我的信是这样的：

尊敬的王校长：

我叫张剑光，本校古籍所的青年教师。

为响应学校师资办的号召，今年我下了决心报考华东师大历史系中国古代史·中国传统社会的博士生。我与博导王家范先生进行了联系，王先生告知他们招收的绝大部分是本校青年教师和硕士生，而且最近几年都有了人选。如果我想考，就是要出点钱，走委培的路子比较容易。旋即我与范能船所长联系，范老师对我的想法表示肯定，并与师资办进行沟通，答复是每年名额不多，既没有肯定，也没有否定。

3月1日，我到华师大报了名，取回有关表格交范能船所长，并请师资办签字。据范老师说，师资办不肯给我委培的名额，尽管范老师已表示费用古籍所可以解决一半。师资办的理由是古籍所的专业不是紧缺专业。

王校长，我实在想不通，学校一再提倡青年人要攻读博士生，但一碰到实际情况，为什么师资办就不肯开一盏绿灯？我为学校已经工作了八年，为古籍所的建设也出了不少力气，从未有过进修的机会。事前我也对范老师说过，如果师资办、古籍所觉得出钱太多的话，我个人也愿意出一部分钱。但就这区区万把元学费，学校为什么也不愿花到一个想继续深造的青年身上？为什么我们宁愿给房子、解决户口工作，花大价钱引进一个博士而不愿花一点点钱简简单单地培养一个本校的博士？

王校长，华师大规定3月20日是表格回收的截止期，我心里很着急，一过这个日期，就要拖一年再说了。人有多少个一年可拖？我恳求您能够说服师资办给我一个委培的名额，帮助我去攻读博士生。在此我先谢谢您了！
敬礼

张剑光
1996. 3. 11.

　　王校长的回信，是写在我信的后面，字比较小。他的信是这样的：

剑光同志：
　　我了解了一下情况，答复如下：
　　①学校提倡青年教师读博士、硕士学位，这没有动摇，但同时强调要有计划，有先有后。
　　②学校鼓励、支持青年教师读学位，但原则上不搞委培，因为学校经济方面有困难，个别委培是特例，如（本科生）被破格录取读博士，全校仅1人。
　　③引进和培养并不矛盾，"投入"实际上是差不多的（自己的博士也要给房子的），何况还有人员组成结构方面的考虑。
　　④机会难得，"人有多少个一年"说法也有道理，但毕竟您64年生，才30多岁，博士年龄限制到45岁，缓一年也不是绝对不可以。因此建议您明年报考（不是委培）。
　　我说了这些你不高兴听的话，肯定不讨好的。我的（二字不清）是请您换个角度想想，否则您会心态不平衡的。中央号召讲实话，作为同事我就讲这些，如有不妥，请原谅。

王邦佐　匆匆
96.3.11.

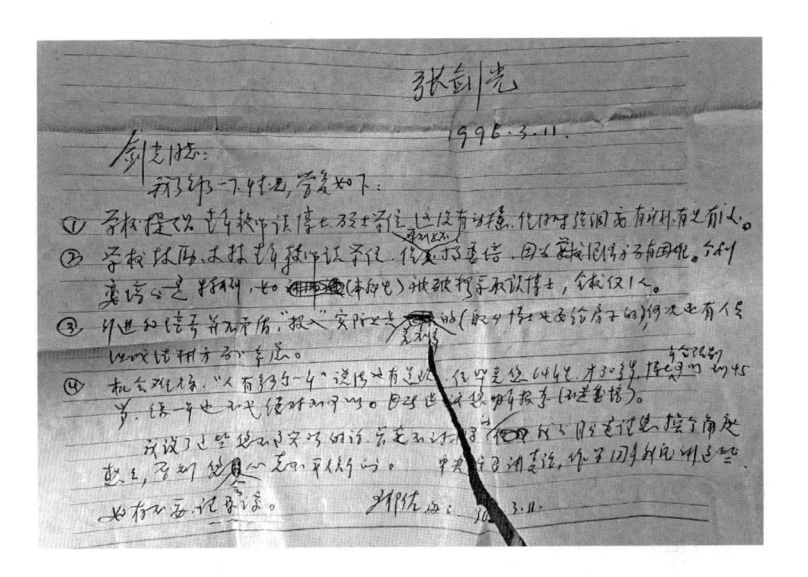

写文章的时候，因为全是凭回忆，有些信里的话记不确切，现今重读信，发现自己大体上没记错。最令我吃惊的是，王校长当天就给我回信了，并不因为一个不知深浅的年轻人，校长居高临下的不理不睬。范老师给我信的时候，应该在这一天还是两天之后，反正当时感觉王校长的信回得很快。

2024年3月28日

我认识的刘修明先生

昨天早晨读马军教授为刘修明先生的论著所作的编年。马军兄谈到因为工作单位在社科院,所以刘修明先生没有学生,人在今年早些时候过去了,但没有人为他的学术作点整理。有感于此,马军兄为他的各类文章按时间先后作了个编年。刘修明先生的文章数量很多,而且质量很高。20世纪80年代初期就发了多篇文章在《历史研究》《中国史研究》,文章很有影响力,《人大复印报刊资料》《新华文摘》转摘了很多,包括我校的《高等学校文科学术文摘》,也摘过他的文章。

马军兄说他的论著编年收录得可能不够全,还会有漏。看到这里,我马上翻到1999年,主要是看刘修明先生为《中国太湖史》作的序言有没有收录。一看果真没有,于是在公众号上留了个言,后来觉得马军兄不一定会看见,于是找出《中国太湖史》上册,拍了几张照片。因为我没有马军兄的微信,于是将照片发给蒋杰,托他转给马军兄。

《中国太湖史》上的前言是刘修明先生写的,题为《太湖流域历史发展的轨迹、特点和规律》,共三十三页,算字数约有二万五千字左右，对历史上太湖地区发展的条件和轨迹、发展的三个特点、发展的规律作了高屋建瓴的总体论述。此书出版于1999年，由中华书局出版，主编是宗菊如、周解清。在参与写作的过程中，我认识了刘修明先生。

这本书其实最初是无锡教育学院太湖史研究所吕锡生先生他们搞的一个集体项目，吕锡生先生和我们古籍所的顾吉辰老师关系特别好，所以具体各章写作的人员大都是顾吉辰老师邀请的，以上海地区的居多。当时各章请了不少名家，如魏晋南北朝的是华东师大的刘精诚先生和江苏社科院的郭黎安先生，原始社会是苏州大学的程德祺先生，等等。我加入写作，纯属偶然。因为原定写作隋唐五代章的是《学术月刊》编辑部的乔宗传先生，他因为身体欠佳的原因退出了写作，所以顾吉辰老师问我是否能接下来。由于我当时刚写过一篇唐代环太湖地区经济发展的论文，虽然没有发表出来，但觉得对资料有点把握，就答应了下来。顾老师说知道我写作动作很快，尽管半路上加入编写，他认为完全来得及，提纲全由我定，不必按乔宗传原来列的。其次，他说参与编写的部分老师之前去过无锡一次，无锡市的领导十分重视，亲自出场鼓气，招待得很好，还拿了一笔费用，好像是一人二千元。其实我对钱并没有多少兴趣，只是觉得独力承担一章，这是很有吸引力的，因为这之前我还没有出版过专著。

不久，写作的部分人员在我们学校桃李居聚了一次，主要是无锡来了个宣传部副部长，他还兼着《无锡日报》总编，一同来的是社科联副主席黄胜平，上海的学者大多出席了，我当时刚任古籍所副所长，所以黄胜平副主席来敬酒时就直接叫我张所长，弄得我有点不太自在。聚会上，认识了社科院的几位老师，刘修明先生也来了，但因为是第一次见面，只是礼节性地点头示意。不过我觉得他长得很儒雅，很有风度，人挺拔，讲话有水平，很有气场，我这样的猥琐型小青年，在他面前简直有点抬不起头的样子。

过了一段时间，我们又到了太湖边的《无锡日报》记者站，一幢二层楼里，四周全是农田。当然来去的路上，刘修明先生，以及孟彭兴、吴刚、许映湖，还有市委党校的严桂林，我们都坐在同一辆车上。记得同行的还有党校的陶柏康，说是我们学校历史系1977级的，反正觉得很脸熟的。去的时候，我记得和刘修明、吴刚说得最多。我是小青年一个，他们都是高我一辈的成名学者，所以说话都是没有顾忌，谈到这本太湖史，谈到社科院历史所，谈到其他的学术八卦，反正我主要是听，说话很少，他们也没有多少兴趣听我们上师大的事情。一路上我感觉刘修明先生很有风度，虽然对很多事情他都加以评论，但讲话留有分寸，并不过激。和我说话的时候并不是高高在上的样子，比较容易倾听别人的说话，脸上一直是笑眯眯的，我当时心里的评价是这人有大将风度。

后来听顾老师说，他和刘修明先生是在复旦的同学，但刘修明好像比他高一二级。顾老师的脾气是天不怕地不怕的，他自己发了很多文章，所以对学者他常是以水平论高低的，但说到刘修明时，他说刘的水平很高，很会写文章，写出的文章很有水平，是国内秦汉史的名家。所以在组织太湖史编写人员时，顾老师一定要让刘修明先生写序言，说只有他才能胜任这个序。顾老师也是挺傲的一个人，但对刘修明是佩服得一塌糊涂。虽然我从没看过刘修明先生的文章，但在听了顾老师的话后，对刘修明先生渐渐钦佩起来。

在无锡，主编宗菊如来了，他当时是政协副主席，好像听他们说前一次去的时候他好像是宣传部部长还是什么官。此人很有领导风范，讲话时的节奏掌握得很好，说的话也比较中听，既督促大家抓紧完稿，又让宣传部为我们提供方便。《无锡日报》的总编这次成了配角，没说多少，倒是黄胜平说了一通，而我们上海这边的主要是刘修明先生说了一些话。具体内容早就忘了，反正是说写作中应该把握住的一些基本问题，还牵涉到分工中的一些问题。不过这一次无锡给我们的吃喝和上一次大概差别很大，主要是以农家菜为主，就像家里自己平时烧的一样，有个猪脚炖萝卜我记得很牢，因为这是最好吃的一道菜，记得孟彭兴先生说：" 我家里也能烧这个菜，把我们召到无锡干吗？"是啊，我当时也这样想。另外，我私底还在想：不再发稿费了？

《中国太湖史》后来我们都是赶在时间节点前完成，书经校对一次后于1999年正式出版。

《中国太湖史》编写结束后，我到社科院去过一次，我也忘了当时去是为了什么事。来到了田林路和柳州路交界处的历史所楼上，见到了孟彭兴和刘修明先生。孟彭兴先生当时拿着新出的《史林》在欣赏，和我打个招呼后忙自己的事情去了，刘修明先生和我说了一通编书的内幕。因为我是晚加入写作的，之前没有到无锡去，也没有提前拿稿费。待写好后，按多少元一千字，最后拿了好像是四千元稿费，心里也挺满足的，因为这笔钱相当于二三个月的工资呢。刘修明先生跟我说，之前各人拿的稿费，顾老师转达无锡的说法是预支的。刘修明认为既然是稿费，你提前给我们干吗？干脆说说清楚到最后结算就可以了。他说他的一个序言，按预支稿费算下来还不到二千元,后来实际写了这么长一篇序言,最后并没有追加稿费。所以他说顾吉辰硬拉着他写这个,要不是看在复旦同学的面上,这事他要骂顾了。我说是这样啊,不过顾老师也是没办法,无锡这样算,顾老师也只能这样转达。以前他大概也是认为二千元是给大家的辛苦费,和稿费没有关系的。刘修明先生说,顾吉辰是拉我们参加写作的,不看在他的面上他才不会接这种活。不过说归说,刘修明先生也就不当回事了。这事谈毕,他和我聊到其他的,还是把我当作后一辈的小青年学者看待,有说有笑。

和刘老师的最后一次碰头,好像是2003还是2004年。闸北区的卢祺义先生给我写信,说是看到过我写过一篇关于茶叶的小文章,邀我参加茶文化的会议。记得在闸北区召开的那个会议上,我有点意外地见到了两个人,一是江西的陈文华,另一个是刘修明先生。陈文华先生主编的《农业考古》,是刊发我那篇小文章的杂志。当时和他说了一些话,谈到了我的一位同学,也是对茶特别有兴趣。见到刘修明先生,真有点没想到,因为我不知道他对茶叶是很有研究的。我只了解他是著名的秦汉史专家,因此和地方上的茶文化爱好者混在一起,著名学者是来错地方了。当时还和他谈到顾吉辰老师,他笑着说这事心里有气,但不会记在心里,不过和顾老师很长时间没有联系了。因为中间休息的时间不长,就没有谈得太深。今天在马军兄编的目录中,才知道刘修明先生新世纪以来写了不少关于茶叶的文章,他是人家请的权威,倒是我才真正是胡乱凑了一篇文章去混会的。

昨天有朋友对我说,没想到刘修明先生的文章这么多,从没想到社科院古代史有这样厉害的学者。我对他说社科院古代史我见识过的厉害的人很多，刘修明先生是他们中间的一位。他是我真正仰望的有思想境界的一位古代史学者!

2021 年 10 月 7 日

李伟国老师的新书座谈会

两个星期前,李伟国老师打电话给我,说最近出版了两种书,想要召开个新书座谈会,问我有没有空参加。我说当然有空,一定会参加啊。

今天,也即 2023 年 7 月 13 日下午,我兴冲冲地赶到康定东路 85 号静安区石门二路街道文化中心,参加"李伟国学术新著两种出版座谈会暨敦煌文献回归出版与研究资料展开幕活动"。以前我在石门二路附近住了相当长一段时间,所以康定东路虽然离我住的西海电影院很近,但我没有去过,只是大方向还是比较熟悉的。新闸路和石门二路交界处的西北面原来是个菜场,以前是我们买菜的地方,后来改成证券公司,就不再走进去了。没想到康定东路这些年环境整治和建设得相当不错,而且还有不少名人的故居保护得相当完好,当然更没想到今天这里会有一个开幕活动要举行。

昨天对李老师说好我今天家里有事,要早走,但我肯定会参加,今天我早早就到了。刚下车,就看到了上海书店出版社的孙瑜社长及其他一群编辑,因为里面有昔日的学生,所以分外亲切。进入石门二路文化活动中心,这是一幢大洋房,大厅里迎上来的就是一个2009级的学生袁恩吉，在上海图书馆工作，说是这些年一直在李老师这里帮忙，今天也在这里帮着开会，后来他和我聊了很长时间。上了二楼，就看到"李伟国工作室"的牌子，拍了张照，才知道李老师住在这附近，因为是名人，街道为了弘扬传统文化，请李老师入驻。李老师有两个大房间，放了很多书，这里是他近几年的工作室，这次出的两本新书，主要是在这里完成的。记得数月前我在《解放日报》曾经写过一篇文章，谈上海农村的发展，在文章中我说很多上海村镇出了不少名人，可以将这些人的著作集中起来展出，或者建个图书馆，既可以弘扬本区域的文化，又可以在农村传播文化知识。当看到李老师的工作室，顿时感到石门二路街道领导比一般地区的想法超前不少，显示了街道领导心里的确有"文化"，文化意识深深地扎下了根。

恢复研究生招生的第一年，上海师范大学（华东师大、上海师院等五所高校合并时期）招收了古籍整理研究方向的研究生十七名，号称为十七子。后来分校，上海师院古籍整理研究室分到了六名，即李伟国、朱杰人、吕友仁、俞宗宪、王松龄和萧鲁阳。从实质上说，这是我们上海师大古籍所的第一届研究生。他们六个，一是毕业前每个人都标点了一种中华书局出版的宋代笔记，二是毕业论文都有各种各样神奇的传说，等到我们进入古籍所学习，他们就成了我们的榜样，高高在上。几位老师中，朱杰人老师后来是华东师大出版社社长，李伟国老师是上海古籍出版社的副总编、上海辞书出版社的社长兼总编、上海人民出版的总编。他们两位，我们古籍所无论什么会议，都会请他们出席，为我们站台，在学生面前是我们介绍得最多的。

李伟国老师主要是研究宋史，因为我自己也是研究历史，因而对他的学术研究关注较多。他在上海古籍出版社工作期间，在魏同贤、钱伯城等前辈的支持下将俄藏敦煌文献全部搞回来了出版，俄藏、法藏等后来人文学院资料室全部购买，放在古籍特藏室里。今天在三楼会场外的"敦煌文献回归出版与研究资料展"，就是在述说这段出版史。李老师到了辞书出版社，拍板出《全宋文》，此书后来在浦东干部学院举办的新书出版首发式，我也参加了。2002年，我们古籍所决定要办编辑出版专业时，我和戴建国兄到辞书社和华师大出版社听取李老师和朱老师的意见，请他们帮忙写评审意见，2003年专业招收第一届，这其中都包含了他们两位对母校的支持。李老师从上海人民出版社退休后，我们在一些学术会议上常会碰到，有很多交流。李老师整理宋代墓志时，古籍所特聘李老师为教授，李老师通过古籍所申报了上海市哲学社会科学重点项目，后来我多次根据李老师的需要派学生参加到项目的具体工作。

今天李老师的两种新著，即上海书店出版社的《宋文遗录》和上海古籍出版社的《中古文献考论——以敦煌和宋代为重心》，是他这些年来努力工作的结晶。前者是对《全宋文》未收的文献进行搜集、整理，这其实并不是一件很容易的事情。《全宋文》编纂时，化费大量的人力对资料进行搜检，遗漏很少，现在要对他们当时漏收的材料重新考订，我认为是吃力不讨好的，因为牵涉到作者、篇名和文章内容的考订，而且文章是真正《全宋文》未收录的。比如在一些地方文献中，某个宋代作者的文章，如果你仔细核对，往往会发现作者是张冠李戴了。某篇文章，如果你根据篇名一查《全宋文》该作者是没有这样篇名的文章，但如果内容一核对，却发现是地方文献编纂时安了个篇名，《全宋文》里收的同一篇文章却是另一个篇名。加上宋代新资料的不断涌现，如石刻资料各地在大量出版，全部要收进书里，李老师显然是花了大量的力气，有大量的考订工作要做。《中古文献考论》是李老师的论文集，分为敦煌·西域、墓志·石刻、宋史·宋文、文献·整理四个部分，是李老师这些年来在当出版社领导的同时进行的学术创作。李老师最早从事宋史研究，之后因为出版敦煌文献写了不少文章，墓志和石刻是近些年来做的一个重要项目，因而这些收在集子里的文章都是他对学术的再创造，是他对历史、文献和文书、石刻文献的较有价值的看法。

一个学人，在退休前出版著作和论文，其实并不稀奇，因为这是一份工作，一份改善自己生活条件不得不做的工作，有人做得好一点得到的利益多一些，有人做得差一点得到的利益少一些。有些人，一旦退休，再也不见一篇文章，从此搁笔。但有些人在退休后，还是孜孜不倦地从事学术创作，新著作不断诞生，那就说明他是把学术当成真爱，对学术事业充满着热情，这样的人是值得我们钦佩的。李老师应该说就是这样的人里的一位，他把学术当成自己的终身爱好，把自己的学术热忱当成生活的追求，因而这些年来，我对他十分崇拜。

昨天最后与会者学术交流的环节，因为年长的学者很多，估计轮到我说话得四点多，而我因为家里有事不得不提前离会，所以并没有作发言，十分遗憾。对两本著作，以后有空了会认真阅读，学习心得另外找时间再谈，但今天的会议，还是得记录几句，否则时间一长，什么都忘了。

最后，希望李老师继续有新著出版，希望这样的新书出版座谈会我还有机会参加。

2023 年 7 月 15 日

父亲的同学

今天回家，上午十点多，在厨房里弄中午饭。从窗内往外望，天气真好，秋高气爽，就是稍微热了一点。看到有一个开着电动轮椅车的老人到我家门口，不知是谁，母亲说是金某某，没听清楚，反正来到我家的都是客。锅里还烧着东西，我叫老婆给他倒一杯茶，老婆说好的，马上找个茶杯，这时听到那人对父亲说你儿子在啊，想见见你儿子，于是灶火也没关我就走了出去，后来锅里的油豆腐塞肉就烧焦了。

我到客堂间，看到老人坐在轮椅车上，车停在大门口。父亲今年开始话少了，也没说几句。老婆把杯子递给老人，老人说不喝，就想和我说说话。我笑笑，说在里面烧菜，因为女儿他们都要来，还有亲家，所以在忙呢。他说妨碍我了，我说客气了，不碍事的。

老人说是我父亲的同学，是小学和中学的同学。然后对我说了他的经历。

老人说他初中毕业后就当兵去了，当时挑他们去的是飞行学院，后来因为身体不合格就没飞成，当的是技术兵。军校出来是大专，后来又补了本科。部队里是个小军官。出去读书的时候家里是上中农，有二十八亩地，兄弟两个，他分到了十三亩，但后来的土地证和父亲在一起，写的是十五亩。1965年"四清"运动后，说他家里是漏划富农，所以家里成了富农。尽管他已经入党还是个军官，但领导找他谈话，说国防需要他，地方也需要他，不过现在地方更需要他，于是他复员回到嘉定。一个星期后，组织部打电话叫他去谈话，把他分配到徐行农机厂，不过是集体户口，是拿工资吃商品粮的，但不是干部编制而是工人编制。他说他已经是行政二十一级的干部，一复员（不是转业）就成了工人。

后来到了80年代初落实政策时，很多人写信反映问题，上级认为当年他们这批人的复员安置是不对的，所以他就调到了县里的农机研究所，后来他当了副所长，一直到退休。

我说退休工资还行吧，比我父亲多一点吧，他说去年加了几百元，有七千多。我说可以，平时生活足够了。他说是的，用用足够的，自己用不掉钱。他说和我父亲是同学，所以想看看他的儿子，以前来从没看到过我。说他自己命不好，儿子没读好书，十年前死了，幸亏孙子还行，大学毕业了。我说情况基本都一样的，就是工作有点不一样而已。

老人走后，我问父亲这位同学住哪个村，父亲说就是我们一个大队里的啊。今天恰好孃孃在，说第一次看到真人，但名字知道，他们家里一直是富农啊，好像不是上中农。评富农是有几个指标，其中之一是人均土地数，他们人均肯定有四五亩，可能就是这个标准后来纠正了。父亲也说他家是富农，所以才从小读得起书，一般家庭不行的。我们自己家里，都是为了让后代读书不计成本的，把所有钱财全放在孩子的读书上。孃孃说我们队里有一户占地不算太多,但家里有长工,还要看生产资料,比如有没有牛,但他们家里人很多,所以只是上中农,是几个标准加起来的。姓金的老人家里主要可能是人均土地数太高,起初没算准,后来纠错了,所以才有漏划一说。

漏划富农,今天还是第一次听说,而且在60年代起了较重要的作用。这样的个人历史,值得我们今天有所了解。对错没必要评价,关键是一段经历十分珍贵。

2022年10月15日

高姓果农

2020年8月16日,"上海嘉定"公众号上发了一篇《80多年前的嘉定集仙宫的水蜜桃,是什么味道?》的文章,提到在新中国成立前的集仙宫清明前后开满了桃花,六七月来集仙宫购买水蜜桃的顾客络绎不绝。文章提到20世纪30年代初,本地园艺人赵兼金和高姓果农,租用了宫外大约十五六亩地,创办了私立癸酉农场,经营起集仙宫桃园。这种桃子30年代末供应市场,"其品种和甜度,我认为远胜于当今的无锡阳山水蜜桃"。当时嘉定只有一家桃园,本地所有的水果店都到桃园批发水蜜桃以供应市场,这样的盛况一直延续到新中国成立后。到了20世纪50年代,桃园归属于公社所有后,经营方向转变为以种蔬菜为主。

看毕文章,突然有种感觉,那个"高姓果农"好像和我有点牵连,于是收藏了这篇文章。因为我隐约知道我外公家里的前辈有人经营过桃园,好像还发了点财,但我从来没深思过这个开桃园的和我外公到底是什么关系。

今天拿了这篇文章,先问父亲听说过集仙宫吗,再问母亲这个"高姓果农"是不是她们家里祖上。父亲说知道这个集仙宫啊,当年是两户人家租了地种桃子，"高姓果农"在宫的西面，另一户在东面。"高姓果农"是我母亲的亲爷爷。听到这里，我有点吃惊。

于是问母亲，她说这人应该就是她的爷爷。母亲也搞不太清楚上一辈的事情，但她知道爷爷和奶奶关系一直不好，于是爷爷挥一挥手就轻轻地离家出走，没带走一片云彩，去了嘉定城里，丢下老婆和两个儿子一个女儿，其中小儿子就是我的外公，母亲说那一年外公只有十二岁。

小时候我到外婆家，看到外公的母亲，我们管她叫太太，一位小脚农村老太，话不多，要么在纺纱，要么坐在大门口静静地望着门外。我和姐姐看到她叫一声，她就回一声，慈祥地看着我们。我六岁那一年她死了，外公和他的哥哥（我们叫公公）都哭了，尤其是外公，哭出声来的，哭得很响，很悲伤。因为我从来没看到成年男人哭，外公从来对我和姐姐都是笑眯眯的，所以当时的记忆很深刻。那时我父母在外地工作，回不来，就让我和姐姐代他们磕头行礼。之后，太太不见了，坐的藤椅也被公公收了起来。不过一个不太言笑的太太的印象，就这样刻在我脑子里。那个时候，还一直以为男太太（母亲的爷爷）早就死了，所以我们从小没见过。

母亲说他的爷爷其实等于是现在的外出打工人员，后来在嘉定种桃树，经营桃园，水蜜桃的确像文章里说的很有名。外公对我母亲说过，买桃子的人很多，都是直接到桃园里采摘的，少部分卖不掉，才会穿街挨户地去销售。果园采摘、管理忙的时候，我外公一直会去帮忙干活，除草，桃树底下种其他作物，采桃子，卖桃子，外婆也常去帮忙。母亲说，她十岁左右后，外公带着她一起去干活，但她主要是帮爷爷的家里（也在桃园里）打扫卫生、淘米弄饭什么的。母亲说外公的哥哥脾气偏直,一直对自己的父亲抛妻离家有看法,坚决不去帮忙。

母亲说爷爷到嘉定后另外娶妻成家,而且有两次。我说:"家里的老婆和儿子女儿他不管了?"母亲说他要管的话就不会离开了。

我问母亲吃过桃子吗,母亲说吃过,外公回来,总会拿一些桃子,不过都是烂桃病桃,好的桃子从来没吃过。我说好桃子要卖好价钱吧,所以歪桃烂桃才给家人吃。问母亲桃子质量怎样,母亲说那个桃子甜,皮都是可以轻轻一剥就下来了,水分很足,这种桃子现在根本吃不到,在她的印象中这才是真正的水蜜桃。母亲在常州工作了一辈子,所以还补了一句:"的确不比无锡的桃子差。"

母亲的爷爷30年代种桃子,到了解放的时候,估计是成分问题评了地主。父亲在边上也说:"当然是评上了地主,有这么多土地,后来都是买下来的。"到了50年代,因为他有一手技能,好像没有受到太多的不公对待,但"文革"时还是受到了冲击。当时来人到外公家里来调查,问他父亲赚的钱是否放在家里。外婆说,他离家出走,不再管家里的老婆孩子了,所以儿子对他恨得要死,他怎么会有钱交给儿子?不过,外公的堂兄弟之类的和他是有些联系的,说他桃园赚来的钱全放在一个外冈朋友那里,估计那人后来把钱全吞了。

母亲的爷爷晚年生活不好,与最后一任妻子生的儿子身体有些残疾,妻子也死得早。大概是七八十年代,报来死讯,大儿子不愿去,后来外公对哥哥说,毕竟是父亲,还是去送吧。于是兄弟俩走了大概有十里路到父亲家去送终。

母亲说起她的爷爷，也有点矛盾。说由于我外公一直去帮他父亲干活，所以老头也打算替儿子弄一个桃园，让儿子也能从乡下搬出来。没想到社会发生变化了，我外公也没有成为桃园主，否则估计会发一点小财而弄个地主的身份。母亲50年代读书，到娄塘上初中，从家里走到学校要近十里路。乡下当时全是泥路，而且下雨后路特别泥泞，母亲提出要买一双套鞋（雨鞋），但她有钱的爷爷没给她买，母亲只能赤脚上学，这个事她一直耿耿于怀。

我问父亲看到过母亲的爷爷吗？父亲说看到过啊，他和母亲结婚的时候家里要吃一顿，母亲的爷爷是回来的。

我外公死了有十多年，否则可以向他了解桃园当年经营的具体情况。

写下这些，不过是为集仙宫的水蜜桃提供一点花絮。

2020年9月6日

米老板

米老板不姓米，姓S，因为卖米，我女儿称他为米老板，从此我也跟着叫了十多年。叫他米老板的，大概只有我们家。别人叫他什么，还真不知道。

90年代前期，我家喜孜孜地搬进师大新村，满以为住的都是老师同事，后来发现并不是如此，新村里补鞋的修自行车的理发的，都不知什么时候比我们老师还要先搬进来，一个个住得好好的。更想不到，还有无业的，也混在新村里。好笑的是有一小伙子，盯着我订牛奶，每月收牛奶费，每天上门送牛奶，结果送了几个月后小伙子不见了踪影。一问，他是卷了牛奶费逃了。一老太告诉我这样的事他做了好几次，新搬进来的人才会上他老当。有一天他在我家楼下出现，我冲上去，抓住他的手想揍他，结果还没开打发现他在发抖，就吓唬了他几句让他尽快退钱，放他走了。女儿那天跟着我，她吓得要命，说爸爸你不能动手，万一打不过人家怎么办？我说不会啊，这个骗子我打得过的，他心虚。

师大新村真的有点乱。某天，小区扫地的队伍中突然多了一个人。据保洁人员说，是他主动要求扫地的，不给钱他也想扫地，只求有顿饭吃。这个人很矮，一米六多一点的身材，人偏瘦，脸黑黑的，一看就是刚从农村来，穿着破破烂烂的。手中拿的大扫帚比他人还要高，每天早晨努力地扫着。小区保洁人员本来就不想扫，没多久，就将扫地的工作转给了他。

这个小个子每天努力地扫着，见人一笑，有时带点狡黠的眼神。记得那是大冬天，西北风呼呼地响，他还是穿着很单薄地在扫地，有点发抖，风一吹要倒的样子。不知哪个好心人，将家里绿色的军大衣给了他，让他有了些体面。那些天，他的笑里似乎带着些希望。

师大新村是个世外社区，杂乱的人群聚在第十宿舍的修车摊和废品摊前，有事干点活，没事就打牌，常见到这些没有正当职业的人厮混在一起。这个扫地的小个子，也常在这里出没，应该是借宿在这里的房子中。

2001年，我家搬到师大新村隔壁的新小区了，有一天我碰到了扫地小个子，他冲着我一笑，说恭喜你搬新家了，越搬越大了吧。我忙说是啊是啊，你在小区好好做保洁，这活是长久的工作，牢靠。他说是啊是啊，要努力做，不做没饭吃。老婆也到上海来了，我借了二舍西头天井里搭的一间房子。

啊，老婆也出来了啊，看来不想回老家要在上海生活了，真不错的。我马上恭维他一二句。

"我现在买了辆三轮车，摆了个米摊，你要光顾啊。你要搬家具什么的我可以帮忙。"小个子开始做生意了。

我说好的好的，我会光顾的。

没多少时间，我真的去找他帮忙，动用他的三轮车搬了个冰箱和电视机。想起他在卖米,说明天我去看看你的大米,如果好的话就来买几十斤。他说着不伦不类的走调的上海话,说好啊好啊,你来吧。

前一天人家帮了忙,第二天不能就忘啊,于是我造访了他的米摊。小个子说,我要米他可以便宜一点,可以送到我家里。我说便宜就不必,他能送到我家里就很好了,明天送吧。

就这样,我家里的大米吃完的时候,就到米摊上说一声,送多少斤米,说好什么时候,他就把米送来了。

一天,他送米来的时候,给我一张名片,上面写着"师范大学新村米行""经营项目:各种大米""服务宗旨:保质保量,来电即送货上门",还留着两个手机号码。那时,我也刚印名片不久,外出开会递过来送过去还觉得很新鲜很好玩,没想到卖米的也玩名片了,挺赶潮流的。我装修房子才买了个手机当作宝贝,卖米的也买了,而且是两个。后来他告诉我说一个是他的号,一个是他老婆的号。

晚上吃饭时,说到了他的名片,刚上初中的女儿一定要看,当看到他的名字叫"S有财"时,见证了他从没饭吃到开了米行,女儿笑不停,说他应该叫米有财才对,卖米赚钱发财了,这名字,起得真好。是啊,我说有道理,一个人的名字好,运道就好。

我以前叫他"嗨",从此改成"米老板"。我叫起人来挺亲热的,一叫他米老板,他就不好意思起来,说是做小生意的。不过说实话,米老板的米和超市没什么两样,也好不到哪里,但米老板客气啊,笑眯眯的,米送到门口,随叫随到,临走时还常把我家门口的垃圾带下楼扔到垃圾桶。卖大米，让米老板的生活充满了幸福感，他的眉头越来越舒展。

米老板前后给送了十多年的大米。某天，门一开，米老板穿了件保安服。还以为是谁送给他的衣服，没想到他对我说："我做保安了。""还卖米吗？"我问。他说卖啊，下班了就卖米。穿着保安服的米老板身兼两职，我说他大盖帽一戴很神气，威武，他不好意思地一笑："混口饭吃。"

这以后，在学校的南大门口，常会看到他。我路过时和他吹上几句牛，要米的时候也是在这里对他说一声。有时看到他拿着手机和人说不停，我就嘲他一句："业务真繁忙。"一起上班的保安跟着大笑起来。

大概二三年前，有一段时间，南大门口见不到米老板了。家里米吃完，翻厢倒柜找到了他当年给的名片，按号码打过去，是他老婆接的电话。以为打错了，他老婆说没打错，米有财不做保安了，到饭店里上班了。后来他送米来的时候，我问怎么又高升了。他腼腆一笑，说到饭店厨房里做厨师了。我说大厨啊，他说不是，帮厨，有时也烧烧菜。我说很好啊，你又进了一步。他开心地一笑，说钱多一点。

今天，家里的米又吃完了，我又拨了米老板的电话，米老板说："不好意思，我现在不卖米了。卖米赚一点点钱没意思，我专心上班了。"

放下电话，脑子里忽然冒出"白手起家"这个词汇，就想到了那个面黄肌瘦为了能吃顿饱饭的乡下农民，顽强地在城市里站住了脚，慢慢地向前走，不断地改善着自己的生活。心里在自问，如果我们，有一天也像他当初那样走投无路，之后能这样执着地坚持下去吗？

不管外表长相如何，对一个人来说，内心的刚毅才是主要的。

初稿于 2018 年 5 月 27 日,2023 年 5 月 30 日修改。

与学生拍张毕业照

昨天学院本科学生毕业典礼，仪式是在文苑楼前的草地上举行的。学院班子和学位委员会全站在一排，背后是红色的一块大板，上有八字："观乎人文，化成天下。"站在板前，气势浩荡，有点君临天下的感觉。站着站着，忽然发现我怎么站的位置挺中心的，正中是校长，校长右边是学院书记，再右边就是我了。看上去学院的学位委员会召集人是该站这个位置，但心中有点悲哀了。开学术会议，轮到拍集体照，我基本是站第三排、第四排，但尽量往中间站，戏称为要"准确定位"。不过有几次，被人叫了坐第一排了，大概因为两鬓斑白，到了坐第一排位子的年龄。而且，假如坐第一排最边上的位子也就算了，说明人家对我尊重，位子有时却在往中间移，虽然正中心的从没坐过，但偶然会离正中心也就几人之遥，这宣告了再往中间坐，马上就要出局的结果。站在后面和边上，都是希望之所在，坐到第一排，基本是朽木了，或者说是准朽木。毕业典礼的位子，也同样是这个理啊，我情愿站在最边上。

毕业典礼完毕，马上赶到西部，找一个数学系的漂亮女学生，因为以前有过接触，她离校前通过家长提出要和我合个影。照片拍好,一看,整个是爷爷带个小姑娘玩的景象。小姑娘很漂亮很洋气,像个明星,站在她边上,一个猥琐老头彻底被衬托出来了。

有几个接触过的学生来办公室,离校前和我打个招呼。因为课上得少,我和学生没什么特别的私人间亲密关系。学生礼节性地和我说再见,我也礼节性地说几句勉励的话,结果人家连拍照的兴趣也没有。最后来的两个姑娘,已经背包想走了,看到我边上当时恰好站着优雅的赵维国教授和我谈事情,于是勇敢地说了一声老师一起拍个照吧,这才留下了一张四人合照。太难为学生了。

距离感,真的有距离了,一个中午就在想这距离,想着一个老头趴在沙滩上,气喘吁吁,老了,认命吧。

幸亏,想到了我也年轻过,心里略略好受点。到了晚上,就早早睡了,眼前浮现的都是穿着学士服的年轻人的脸,帅气、靓丽、朝气、清纯。

这世界,就是这样新陈代谢的。

2019 年 6 月

图书馆馆长

2018年10月份时我去四川大学开会,程章灿先生在发言中自我介绍是南京大学图书馆馆长,兼南大古文献所所长。程先生年纪不大,但在学界名声很大,学问做得非常好。记得有次在会议上,他对我说我们两家古籍所以后要好好合作,加强联系。话是这样说,但南大毕竟是国内著名的高校,是我们学习的榜样,程先生明显是和我在说客气话。

高校的图书馆馆长一般由著名教授担任。比如曾任复旦大学图书馆馆长的葛剑雄先生,不但学问做得好,而且谈论时政常常直言不讳,在政协会上的发言颇引人注目,当然他做馆长也是得心应手,为复旦赢得了良好的声誉。现任复旦图书馆的馆长应该是陈思和先生,我的记忆中他曾经担任过中文系主任,在学界有较高的名声。再比如华东师大以前的图书馆馆长陈大康,原来曾担任过一段时间的古籍所所长。他刚担任所长时,当时我是上师大古籍所副所长,有一次我们在华师大碰到,他握着我的手说,要我多帮助他,他是新兵。陈先生的话也是客气话,我心里可明白着呢。不久陈所长成了中文系陈主任,之后又成了陈馆长。陈先生的名声沪上是有得一说的，因为谁都知道他在明清小说研究上的成就，谁都知道当年他的本科是学数学的。

我们学校图书馆，"文革"前的馆长叫陈子彝，是一位新中国成立前在图书界就十分有名的目录版本专家。最早我在一个抄本上看到他写的序，才知道他是我们学校图书馆馆长，之后在一些人物介绍和一些他校过的书中反复看到他的名字，才知道我们学校"文革"前的图书馆原来有这样一位学养高深的大家，是很了不起的。我们读书时的馆长是历史系的徐孝通教授。徐教授给我们上逻辑学的课，用的是金岳霖的《形式逻辑》一书，当年我还听不大懂，后来才知金是徐教授的老师。之后学校里图书馆的馆长好像都是由名家担任，如郑克鲁先生、曹旭先生等。

之所以馆长由名家担任，我想并不是因为这些著名教授的行政能力超出常人，而是大家都想借用他们的名声，为学校挣点好名声。高校的名声得来是非常费劲的，既要在学科建设上弄出点名堂，又要在人才培养上做出点成绩，但这些都是谈何容易啊，所以高校一般都是靠文史学科的名教授担任馆长来弄出点声响。一般而言，担任馆长的就几乎都是"社会名流"式的教授，学校用他们担任馆长来挣点正能量的名声，并不需要他们干些什么具体事务，因而有很多馆长其实是不管事的，只享其俸禄而已。

不过，这些常规有时是会被打破的。我微信上有一个朋友群，里边有在图书馆工作的朋友，谈到他们的馆长，有不屑一提的意思，因为馆长是空降来的，既不是一位懂数据库电子资源的专家，更不是懂传统古籍的文史类专家，而是一个专职的官员。因为馆长是个某级的职位，有关部门任用馆长时首先考虑这是一个官职，要有相应的坚定政治立场和行政能力不弱的官员来担任，而专业不专业，就没人考虑了。不过就是几本图书，借进借出嘛，谁不能胜任这点工作啊？所以那位图书馆工作的朋友，说起馆长就骂娘，说馆长什么也不懂。

是啊，如果把馆长当成一个行政级别的官员，只是想安排一个相应级别的人，那组织部门和相关领导的工作也太粗疏了点。如果这种事发生在高校，那至少是把高校的工作衙门化了。这也说明大学要去行政化是何等的艰难。

照我说来，高校的图书馆馆长，其实是学校的活广告，要用好这个活广告，还是用文史类的名教授比较合适。当然，新建的图书馆，只有大楼没有内涵，只是一些花花绿绿的书，那当然是不用什么名教授的，随便阿狗阿猫都可以，只要他级别够就行。所以一所高校如果派个管后勤的副校长管图书馆，本身就说明校级领导对图书馆认识存在着偏差，如果再任命个专业不对口的馆长，这学校也就没有什么出息了。

2019年3月1日

领导的电话

今天,一个姑娘差点把我吓死。

傍晚,有人打我手机:"我是某某某,你是张某某?有个考生475分为啥没有你们学院某专业的面试通知?"一听,竟然是某老领导。因为级别太高,几天前他打来电话的时候,我简直有点不敢相信。当时他问475分能进入面试吗?我让人查了一下,我们该专业分数线恰好拦到475分,还没包括教育部规定的1:1.2呢。老领导只问这个分数,也没有说考生叫啥,我也没问,只是回答能进面试的。这几天事情太多,此事也就忘了。那天的第一个电话是打到我办公室,今天直接打到手机上,老领导对我挺了解的。所以接到老领导的第二个电话,我吓了一跳,马上说我会打电话问研究生教务的。

我和教务的电话刚说了几句,老领导电话又来了,很急,问我到底这事怎样?我说您先不要急,让我问清楚事情,肯定会给您一个回复的。再和教务通电话,问清楚我们的面试线473分,475分的共四位同学,没有姓Y的考生。于是我赶紧给老领导回电,说没有这个同学的,她可能考的不是我们学校吧?再给教务打电话,我说我吓死，如果真是我们的问题该怎么办？我们这个是大事故，我们死定了，是个大事情。

半个小时后，老领导又来电话，说姑娘是 475 分，在哭，哭得很厉害，他们家人都很急，因为你们昨天面试过了。电话里隐隐传来哭声，还有一个女的在讲话，说面试怎样怎样。只听到老领导在发火，但对我讲话时他是克制的，尽管有点发怒的口气，还说明天要到我办公室亲自来问这事。我说领导您别急，这事哪里出了问题，我也想知道，这到底是怎么一回事，是我们学院里的问题还是研究生院的问题，您得让我查，我肯定会给您一个交待的。我后面一句没有跟出来：如果真有事，这事全是我的问题，我会承担所有责任的。我回过头来对老婆说：看来我这副院长就要卸任了，可以天天陪你了。

打电话给教务，我说人家说考过的，是我们筛选的时候有问题？可这是计算机自动操作的，怎么会呢？我说要不要问问研究生院，是他们漏了？教务说张老师你把考生的编号发给我，我说人家只说了个名字叫 YJW，三个字怎么写我还不清楚呢，读音是这样的。教务说让她想想，全部上线的人里没有，难道是研院没有登录她的成绩？教务说有办法了，研究生院有个所有考生的考分的资料库，报过名的人都在里面。她查一下再说。

不一会儿，教务很开心地来电：张老师，查到了。此人编号是某，姓名是某，各门课成绩是某，总分 426 分。我说什么？人家说的是 475 啊。教务说不可能，就是 426，她加了两遍了，这就是她在上线的人里查不到她的原因。天呐，还有这样的事情？我对教务说：弄清楚，这个人的材料发给我，我来给领导回复。

我给领导说 Y 只有 426 分，所以我们看不到她的名字。如果是 475 分，我们肯定不会不给她面试的。说完，我再把教务的微信转给了领导。

后来我对教务说，我吓死了，倒不是吓自己，我大不了不做，但你是靠这工作吃饭的，真的发生这么大错误的话，你的饭碗也要被敲掉的。如果是研院的问题，研院老师的饭碗也要被敲掉。如果真是我们环节上有问题的话，真不知道该怎么了结这件事，这大概是历史上最大的事故了。教务说，她也吓得心神不宁，不知该怎么办了。

晚上九点多，收到老领导短信："不好意思给你添麻烦了。"

老婆问：这学生怎么连 475 分还是 426 分都不知道？差 50 分呢。我说我估计考生是知道具体情况的，什么原因要问她自己了。但她这样不是更丢人吗？

我年纪大了，十一年前动过房颤的手术，真的吓不起。这位姑娘，不管是啥原因，不能吓我们这些无辜的人啊。

2021 年 3 月 28 日

估　分

　　河南有四个学生的高考成绩与自己的估分相差太大，家长就吵起来了，上媒体到处喊冤，纪委也介入了。昨天其中一个学生承认几门课都是自己的笔迹，也就是说分数没问题。余下三位，还不知结果，暂慢定论。

　　考试院搞错分数，有这可能。多年来我们批卷也会发现，有的把试卷折起来订，有的因为是电脑批卷，扫描学生回答的内容时没有扫进去，等等，不过经过批卷这一环节，其实大部分问题已经解决。至于说调换试卷之类，不能保证没有不法之徒，但技术上还是有点难度的，把你这么好的试卷调给人家，还真得有点胆量。

　　这事的最大可能，是学生估分出了偏差，一是考不好怕被家长骂，故意乱估分，而家长一直以自己儿女优秀出众沾沾自喜的，也相信儿女能考出高分数，结果一看成绩，从天上坠入河里，不能接受。另一是学生自己估分失误，判断出了问题，这样的人还真不少，我也碰到很多位。

　　我有个亲戚，从外地到上海来报考，她说上海的试卷很容易，也许这是事实，上海的试卷不是以出难题标榜的。高考结束，她自我估分有500分，当时她来我家吃饭时，我还问她大约考了多少分，说不定会进我们学校。后来成绩公布，只有270多分，简直无法相信啊。于是到钦州南路的考试院来查分，过了一些天，我打电话去问，说是分数无误，就是这点分数，家长被搞得灰头土脸。我只能说没什么的，高考不是独木桥，可以到我们学院办的自考班啊，小亲戚后来进了中文专业。自考一考，分数嗒嗒滴，三年里一个大专也没考出来。小亲戚当然人长得漂亮，嘴巴也很勤快，最后拿了个我们学校的结业证书，找工作还是比较容易的。

我自己读高中的学校，是乡镇中学，不知怎么从我进去读的那一年成了嘉定县重点高中，全县排第三。当年有两个班是重点班，我离重点班的分数差四分半，进了普通班，但在普通班里还算不错的，所以当了物理课代表。重点班里风云人物是二男一女三位同学，两位男同学就不说了，反正最后高考都考进了复旦，一在数学系，一在计算机系，人聪明，智商高，大家心服口服。那位女同学人长得不赖，我心中的女神模样。女神是镇上人，皮肤白皙细嫩，不像我们这种农家的孩子一身黝黑，像从非洲刚回来一样。女神漂亮，但不妖，属于学霸型的漂亮，符合我们这种本分型男同学的眼光，只要全年级开会她在台上的话，我们台上台下一双双黑眼直直地盯着她。女神得到老师的器重，是学校的团委书记，大会小会都是她的身影，发言有模有样，很有妇联女干部的气质神韵。女神是高人一等的，在中学里从没正眼看过我一眼，而我对她是仰望的，学习上的榜样！

我这种成绩的，在班主任指导下，填了个上海师院分院。班主任说，你读两年，大专出来工资和我一样高。我也知足了，但想想还是报个四年制的吧，要把"分院"两字拿掉。和我舅舅一商量，舅舅说，报四年吧。于是死心塌地报了师院，成了中学高考后第一批七个被录取者之一。据说女神填志愿（这个据说是她班主任在教师办公室说的，被我听到的）只填本科，全是复旦交大，都是好大学，她根据平时成绩，认为自己不进复旦交大，是这些学校的损失，所以必进名校无疑。我们当年往往大学后面还填几所大专，托个底，据说女神都是空的，一格也不填。当年大专下面还有中专，我们也都是填得满满的，大专进不了，中专也行，反正脱离农村弄个非农户口才是最重要的，据说女神还是没填。班主任不高兴了，拿了表再找女神，说你不能这样托大，总得垫个底吧。女神不屑一顾，最后架不住班主任的苦口婆心，随手填了所上海化工学校。

当我到中学去拿高考录取通知时，看到中学里已贴出了红榜，我进的师院当然是七所之末，但有我的名字，自己为自己开心了好一阵。从头至尾再看一遍，的确没有女神。后来当年没考上大学的同学在中学复读，我就向他们打听女神进了哪所学校，他们说一所也没进。女神的分数当年连大专也没到，所以进了中专。大约一年半载之后，我在北嘉线公交车上碰到女神，女神主动过来和我说话。其实当时中学里男女同学之间很少说话的，我还有点羞答答不太自然，但女神很自然，落落大方，到底是素质比较好。女神主要是问我学校里的一些情况，我也问她为什么不复读，女神说她父母让她还是先进了中专再说，将来再寻找机会看是否还能进所什么大学。那次说话以后，我再也没看到过女神，这么几十年了，今天想到高考估分，不知怎么突然想到了她。

顺便说一下我的估分。那年不知怎么我最拿手的语文弄砸了，作文题目是达芬奇画蛋,一下子脑子乱了不知从哪个方面写,估计卷子能得60分,结果是50分,原本想报的中文系就失之交臂了,进了历史系,我的文学梦就全碎了。考毕我自己的估分在330左右,结果总分是347分,主要是数学我得了没想到的高分,竟然有72分。分数毕竟是估计,我不敢托大,那个暑假还是奋战在田间地头,做好了在农村第一线干一辈子的准备。直至拿到分数,我才定心,知道大学进不了中专总是能进了。我有些同学,估计自己分数较高,大学在向他招手了,田里的活也不干,玩了一个暑假,结果分数出来愣住了。原来大家认为他必进大学的,最后连中专也没进,我从没说过自己考得好能进大学的,竟然进了。低调,再低调,人大多数时候还是需要低调。

不过说句实话,一个人感觉真的不能太好,估分只是踏上社会的第一步,如果连这个也不能正确估计,后面可能还会不断摔跤的。

2022 年 8 月 25 日

被朋友取消关注

成为朋友的原因千千万,但结束朋友的原因竟然是同一条。

我这个人不善交际,生活中并没有几个朋友。俺家领导批评我对人不温不火的样子,说你对别人有几分好,人家也会对你有几分好的。但说起来容易做起来难,我对人家好,人家不一定真会对我好,结果一来二去,还是没有几个朋友。难啊!

有一个朋友,是个资深美女,早年和我家领导的亲戚做生意。生意红火,那时也来过我家,拎点送点,挺热情客气的。有年春节,我们还到过她家里,吃喝过一顿。天有不测风云,后来她在生意场上碰到了东北一个大骗子,拿了货款就逃。货在哪里谁也不知道,估计根本就没有过货。骗子拿了钱不知转到哪里去了,他的那个公司资产只有几千元钱。打官司吧,东北的法院一脸的没办法,也难怪他们碰到这样的情况实在太多。于是资深美女的生意一落千丈,周转不开了。这个资深朋友称呼我家里的领导叫小妹,有一天打电话来:"小妹啊,我把公司开到了上海。"真是率领全家来了,开了一个皮包公司,混了几年,出多进少,难以维系。家领导还指导过他们做账,说不知怎么撑过来的。有天资深美女说让小妹应应急，想着当年对我们不错的份上，领导到银行里取出一万块钱送了过去。这钱从此没有了声音。某天打来个电话："小妹，公司搬到北京去了。"你搬就搬吧，问题是钱呢？家领导百思不得其解。我劝她，出去的钱就不要多想了，生意人嘛，就这样。家领导说这钱我又不是偷来抢来的，是工资啊，是我省吃俭用节约下来的。我说咋办，你冲到北京去拿？再说人家现在有钱没钱你怎么知道呢？

家领导手里漏出去钱，难道我挺会守财？其实才不呢。那时家里装修房子，来了个包工头老板。老板挺直爽，也不太计较钱的多少，活干得不错，于是同事同学装修，我也牵线帮他介绍过不少生意。虽然我没有拿过他一分钱的中介费，但人家还是打了两个书橱给我。看上去有点简陋，但成本加人工，肯定要上千。包工头老板什么都好，就是喜欢黄毒赌。说错了，三者中毒大概是不沾的。收了货款就去赌，而且大概还有个把女人。他是不会对我说，所以谁也不知道是怎么回事，但反正认识他五六年，未见他发过财。多年以后，某天他打个电话给我，说是要我帮忙找我们小区的一个老板帮忙解决一个什么问题。我去找了人家，结果包工头没声音了。隔了半个月，打电话来说要找我谈这件事。但事情没谈，倒是说手头有点紧，让我匀几千元给他。当时口袋里只有四千元，说我留五百，其他的给你吧。包工头要手写借条一张，我说算了，老朋友了还要写啥。包工头说一定要写的，果真是写了一张，歪歪斜斜的，说好三个月内归还。这事我也忘了，包工头之后像蒸汽一样消失了。某天家里的水龙头坏了，买了个新的想找他帮忙装上，打过去的电话都是空号。前几天整理抽屉的时候，看到了这张借条。当时就笑了，心想借条要留给我外孙，这也是财产，将来去把钱讨回来还能买半个月的小菜。这事家领导是不知道的，说了肯定要让她数落一番。

我和家领导还有一位共同的朋友，却也落入这样的结束方式。十几年前，和家领导跟了同一个师傅学的车，就成了朋友，一起吃过好几次饭。这师傅在买车修车这个行当上比较熟，我们有不懂的事情就找他帮忙解决，有时甚至咨询一下心里就比较踏实。师傅有一个不好的习惯，通电话时常发现他在打麻将。他问我们借过几次钱，但倒是有借有还，就是时间上稍微长了点。家领导感觉有点不太妙，说以后不借了，他肯定在赌。借钱的时候总是有各种理由的，当然不会是赌钱什么的。某天他问家领导借钱，家领导犹豫了，问我借还是不借？我说不借的话，从此会断绝关系，朋友没得做了。少借点吧，作好他不还的打算。所以那天家领导问师傅要多少，他说八千至一万，三个月后还。家领导说好吧，明天晚上你到我家来拿。那天晚上他开车来了，在我家楼下我给了八千。他说要写个借条，我说算了，这么多年的老朋友了。家领导连下楼的兴趣也没有，说做了几十年的教练员，怎么连这点钱也没有？我表面上安慰家领导，说不定人家真的是有急用呢。不过望着他接过钱开车驶出小区，我总感到这是句号了。三个月后，家领导要打电话去催钱，我说算了。家领导说算什么算啊，我要让他知道我们给他的是我们的工资，我们家里没人偷钱没人抢钱，家里没人非法印钞票。我说他不想还就是不还，你再说也没有用。家领导说我知道没用，但还是要说。家领导还是打了电话，但钱一直没有还，当然我猜还钱的可能性不太会有。就这点钱，朋友也没得做了。

当然，两三年后，在家领导的努力下，钱是要回来了。我说这钱就算了，我们也不缺这点钱，但这样就撕破脸皮了。家领导说，钱是我们辛苦来的，又不是天上掉下来的。再说，我主要是想让他懂得弄钱要靠正道，不能靠无赖的方法。我说你教育不了一个自甘堕落的人，家领导说她要尽力而为啊。

今天突然把这三件事串到一起，自己就想笑。本来朋友就不多，却常常还在失去朋友，被人家取消关注了。百思不得其解，为啥朋友结束的方式都是同一个样子？

2022 年 10 月 2 日

表演秀

某大学毕业典礼上,从书记到校长到院长到学生,都穿起了所谓的汉服。那衣服,汉不汉唐不唐,当然更不是孔老二那个时代的,穿在身上,活像拍《三国演义》电视剧。书记像太监,校长像董卓,一个个装得活龙活现,还自以为是,其实和我们有句土话"猢狲出把戏"没啥区别。想想这学校几年前还向上级游行示威讨要博士点,依我看领导人还真是有点智商问题,这种学校拿了博士点,岂不是一年四季都得穿太监服?

装的人还真不少。昨天看到有人在网上提出各地要把孔庙还给儒家,观点听上去还蛮有根有据的:庙宇不都是和尚掌控?道观不都是道士管理?清真寺不都是阿訇在念经?为什么孔庙不能由儒家掌管?这种不二不三的声音,好像挺有道理。不过历史上,孔庙并不是儒家出钱出力建的,建的人往往将庙与学校连在一起,无非就是在建庙祭孔的同时发展教育,培育几个秀才进士,所以庙产说是儒家的,有点说不通啊,好像历来就是县政府州政府的。再者,你给我找几个儒家出来看看,哪里有?别以为自己披件不伦不类的黑色衣服戴个下人的小帽穿双布鞋就是儒家,让你不娶妻生子不给你一万元一个月的工资，说不定早就扔了衣服返回到人民的队伍里了。

现在，这种秀越来越多，行骗的手法越来越高明，层次逐级提高，但他们的根本目的大概不外乎是名与利。真的在庙宇里不茹荤只吃素不近女色苦苦地修炼，我看两个月下来不会剩几个的。

装这种事，古代也有，不妨举一个出来让大家一笑。

《五茸志逸》卷七谈到松江府有位张姓的人"业儒不就，辄掷笔谢去，论兵说剑，走马猎狐兔为侠，往来三吴中"。读书读不出名堂，就剑走偏锋，成了一代武学理论家和武侠。他学江湖侠义大师的样子，"归则鸣琴在堂，座客常满，而亦慷慨周人之急，名隐隐起"。大师一般都武功高强，而且会供养一众门客，侠义救急，名声四扬。一天，有一个人急匆匆地来到张大师家，见这人"体服甚伟，锋颖横出，髯发直指"，应该也是一个侠义道上的侠士。而更主要的是，这人"腰剑手囊，囊中一物，血淋淋下滴"，显然是刚用剑宰杀了人的样子。来人问："此非张侠士居耶？"张大师回答"是啊是啊，你有啥事"，一看是同道中人，遂"揖客甚谨"。宾主坐定，来人脸露喜色说："以前的大耻已雪。"张大师问怎么啦，来人指着布袋说："这是被我杀的人的头。"并且说："离这不远有一义士，我欲报答他。我现在手头恰好没钱，听说张大师侠义甚高，是否可以借我十万缗，让我去了却这个心愿，那我就大事全部完成了。"张大师一听，来的这位侠士现在手里没钱，想问他拆借一点，没什么大问题的，遂满口应允。来人说："快哉！无所恨也。"既杀了对头，又能报答恩人，真的很开心。而张大师特别喜欢这类同道中的侠义之士，借钱是件小事，再说也是有借有还的。来人"留囊首去，告以返期"。不过到了约定回来的时间，这人并没有出现，张大师想想有点怀疑，把布袋拿到太阳光下打开一看，原来血淋淋的是个猪头，只能让家人挖个坑埋了。

这件事发生在明代。故事中的这位张大师自以为是个武林大师，处处以大师自居，装出大师的风范，秀得很像，结果还是让人骗了。所以当时有人听到这事后评论说："自易水之歌止，而海内无侠士千年矣。即有亦鸡鸣狗盗之徒，要之蹈白刃视死如归者几何？唯囊首酬金之侠至，而为田先生、高渐离之风者亦远矣。"他的意思是战国荆轲以后，数千年了海内已无侠士，今天来看这话真对。而那些装模作样者，输在骗子手里，技不如人，也是必然会这样的。

附 录

唐五代江南史研究的广阔天地
——张剑光教授访谈录

秦军师 张雪燕

张剑光，1964 年生，上海嘉定人。上海师范大学人文学院教授、副院长。主要学术兼职：中国唐史学会副会长，上海历史学会副会长。已出版著作《唐五代江南工商业布局研究》《唐五代农业思想与农业经济研究》《唐五代经济与社会研究》《江南城镇通史·六朝隋唐五代卷》《中古时期江南经济与文化论稿》《宋人笔记视域下的唐五代社会》《上海通史（第 3 卷）》（与陈磊合著）《中国抗疫简史》等，主编《上海史文献资料丛刊》《文化典籍（第一、二辑）》等，参与《全宋笔记》《五代史资料汇编》《上海乡镇旧志丛书》等大型丛书的点校整理工作。主要研究方向为隋唐五代史、江南史、历史文献学。

1980 年，您进入上海师范学院历史系学习，大三的时候转入古典文献学专业。毕业之后，您考入程应镠先生门下读研究生，跟随北京大学王永兴先生学习隋唐史。请您谈谈这段求学经历以及进入历史学研究这个领域的机缘。

选择文科，后来明确以史学研究为职志，与我青少年时期的阅读内容有一定关系。父亲早年毕业于江苏师专（现为江苏师范大学）中文系，后来留在外地做语文老师。受父亲的影响，像《三侠五义》《说岳全传》这样的小说，我很小的时候就开始读了。我叔叔学的也是文科，他读的是华东师大教育系。等到我上小学，叔叔刚好大学毕业，被分配到南昌工作。他的很多书一下子搬不走，就堆在家中房间的一个角落。无论是《水浒传》《西游记》《三国演义》等古代文学作品，还是《林海雪原》《静静的顿河》《上海的早晨》一类中外现代小说，我也不管看不看得懂，每本都认认真真看了一遍。读这些书，对我以后走上从文的道路有着潜移默化的影响。

真正让我立志从文的是小学时发生的一件事。一次，学校组织学生去附近一个生产队劳动，事后语文老师要求每个人写一篇作文。我的作文获得全班最高分，被老师当作范文在课堂上讲解，但有同学"揭发"我的作文很多内容都是虚构的。我听了之后非常窘迫，老师却说作文允许有一定的虚构，一下子把我从崩溃的边缘拉了回来。从此我对语文课充满了十二分的兴趣，后来有了当记者成作家的梦想。读高中的时候，我成了嘉定县人民广播站和徐行人民公社广播站的通讯员，经常给广播站投稿。那时从文的想法已经非常强烈，适逢徐行中学开设第一届文科班，我毫不犹豫选择了文科，后来还成了第一届文科班唯一考进大学的人。

1980年，我考入上海师范学院（1984年更名为上海师范大学）历史系。学习期间，我对中国古代史、古代文学产生了浓厚的兴趣。1983年，承担《宋史》整理标点工作的古籍整理研究室和中文系《汉语大词典》编写组合并，建立古籍整理研究所。古籍所成立时，设置了中国古典文献学本科专业，面向中文系和历史系的二三年级学生招生。同寝室有几个跟我关系要好的同学想报考，就拉着我一起去。经过严格的考试，我转入古典文献学专业，继续两年的本科学习。原本我再读一年就可以毕业了，这样一来要多学一年。不过，在古典文献学专业学习的两年，对我来说是一段宝贵的经历，特别是遇到了后来带我走入学术殿堂的程应镠先生。

程应镠先生是上海师范大学历史系和古籍所的创建人，青年时代先后在燕京大学和西南联大读书，曾参与"一二·九"爱国运动，后来投身抗日战争。程先生酷爱文学，在西南联大读书期间与沈从文多有交往，曾协助其编辑文学杂志，此后建立了长期的友谊。1954年，上海师范专科学校（上海师范大学前身）成立，程先生出任历史系首任系主任。1983年，他又主持创办了古籍整理研究所。程先生治中国古代史，尤其在魏晋南北朝、宋史等研究领域建树丰厚。

在教学上，程应镠先生有一套自己的主张和方法。古典文献学专业开课以后，程先生对整个教学作了精心安排，延请上海滩多位名家学者来主讲课程，如上目录学的胡道静，上《论语》的金德建，上国学概论子部的苏渊雷，上古籍整理概论的包敬第，上《左传》的李家骥，上文字学的郭若愚，上韩愈诗的江辛眉，等等。为了拓宽我们的学术视野和认知，程先生又邀请华东师大徐中玉、陕西师大黄永年、东北师大吴枫、北京大学安平秋和严绍璗、中国人民大学韦庆远等先生来给我们开讲座。除此之外，先生还特意邀请了一些与主流学术观点不一致的学者每人给我们讲几次课，比如讲先秦史的北京师院陈云鸾先生、讲浑天仪的华东师大金祖孟先生，当时在我们学生看来，这几位老师讲的内容是奇谈怪论，和通行的讲法完全不同。实际上，程先生这么做，是希望我们思想上不要有禁锢，不要只接受一种学术观点。

起初，我和程先生的交流，其实并不多。那时候，在我眼里，无论是治学还是为人，先生是高高在上的名家，看到他总有一种尊敬和畏惧并存的感觉。但是从内心来说，我认定先生是应该学习的榜样，要是能跟从了他看书学习，应该是在大学期间最开心的一件事。在古典文献学专业学习一年多以后，同学们开始考虑读研，我并没有多作思考，义无反顾地报考了先生的三年制中国古代史硕士生。1985年考硕士研究生，有很多人来报考程先生的。对我来说，考上有一些运气在里面，一是当时记忆力比较好，二是花了很大力气去备考，文化史知识、中国通史、古代汉语这几门课考得特别好。就这样，我幸运地成为程先生最后一届学生。

进入程先生门下，我本来打算一心学习宋史，但是开学第一天，我和同学俞钢就被程先生叫到了办公室。程先生给我们谈了学校历史学科的建设形势，认为要加强唐代历史的科研和教学。出于这种学术规划的需要，让我们跟随北京大学王永兴先生学习隋唐史，搞敦煌研究。当时我根本不知道王先生，对他的学术一点也不了解，后来想起在写本科论文的时候，参考过1956年《光明日报》上一篇署名王永兴的关于行会的文章，但还是没想到会是同一个人。

王永兴先生是陈寅恪先生的入室弟子，在隋唐史、敦煌吐鲁番文书研究方面成就卓著。他是程应镠先生在西南联大时期的学长，两人过从甚密，在艰苦的环境中结下了深厚的友谊。把我和俞钢推荐给他，程先生是有自己的打算，他希望我们两个人以后把上师大隋唐史学科壮大起来。读研究生的三年，有时是王先生到上海师大给我们讲课，有时是我们去北大学习，但大多时候，还是靠通信往来。王先生在信里最常说的，就是要我们看《资治通鉴》、两《唐书》，以及《唐六典》《通典》等文献，要求逐字逐句地读，不求快，但求懂。我研究生毕业后做了老师，还时常收到王先生的信，仍然常问我书看得如何。尽管后来我们没有从事敦煌研究，但是一直在隋唐史研究这个圈子内，中间没有间断过。忝列王先生门墙，是命运眷顾。没有王永兴先生，就不会有我今天的学术成绩，是他带领我走入了隋唐史研究的领域。

在您留校任教一段时间之后，1996年又决定读博。当时整体的学术环境是怎样的，您是出于怎样的考虑选择深造？跟随王家范先生读书有哪些印象？

决定读博，其实与汤勤福教授有很大关系。汤老师博士毕业于南开大学，是史学名家杨翼骧先生的高足，1995年来到上海师大古籍所工作。一个名校毕业的博士来到古籍所，而且是当时全校屈指可数的博士，必然会带来一些新气象。汤老师来了不久，我们就发现他的电脑操作水平很高，五笔输入飞快。他当时用的电脑是"486"，一看他用 WPS 软件编辑文档，便捷又高效，我马上就意识到，这绝对会极大地提高科研生产力。1996 年底，所里给每个老师发了一笔经费购置电脑，有的买好一点的，有的买差一点的，我自己贴了一笔钱，买了一台一万多的"586"。前后不到一年时间里，古籍所的年轻人都开始用电脑写作了，这与汤老师带给我们的影响不无关系。

汤老师是我们古籍所第一个博士，在和他接触的过程中，我很快预感到，以后在高校做学术研究，单单有硕士文凭是不够的，教师博士化肯定是未来的趋势。那段时间汤老师在学术上比较高产，发了不少论文，对于我们来说是个很大的"刺激"。以前大家都没有意识到要多写文章，而且前辈们也经常说年轻人不要轻易写文章，要先打好功底。汤老师来了以后，我文章写得也多了起来。而读博士可以集中几年时间写出一篇高质量的论文，对提升学术研究能力和水平会大有帮助。

1996 年我就想过考博士，一开始计划报考复旦大学许道勋先生的博士，后来了解到复旦大学外语分数要求很高，就不敢贸然报考。这样一来，我转而考虑报考华东师大的博士。我们进大学后上的第一门课，是李培栋老师讲授的"中国通史"，丁光勋老师是他的助教。从那时起，丁老师一直对我特别关心，他了解我想考博士，就建议我报考王家范先生的，对我说古代史学者里最有思想的是王老师，还自告奋勇地带我去拜访了王老师。后来因为招生名额和委培经费的问题，当年没有报考，第二年才考取入学。1996 年我就评上副高职称，那时候很多人就问我，博士毕业以后职称还是只能评副高，你已经评上副高了，干嘛还要去读博士？我当时并没有想太多，就是觉得以后读博士肯定是大势所趋。这件事在古籍所的影响很大，之后几年很多年轻老师都相继去考了博士。到了华东师大以后，我更加感觉到自己的选择是对的，而且后来学校的很多考评政策也在鼓励青年教师提升学历，尽早读博士。

跟随王家范先生读博，刚开始我感觉我和他是"不搭"的，他做的研究是宏观的，我比较喜欢做具体的一个问题。不过王老师多次在课堂里和闲谈时说："我以前搞的研究全部是微观的、具体的，现在我开始喜欢宏观的，但是我要求你们最好搞微观的。"在他看来，博士论文一定要做实证研究，只有研究透具体问题，才能写得扎实。王先生观察历史的宏观视野，以及对中国社会的深刻理解，具有鲜明的个性特点。当时王先生给我们上课用的讲稿，是尚未成书的《中国历史通论》（华东师范大学出版社2000年初版），他提出的很多思想观点，特别是经济上的独到见解，对我影响很大。比如说，20世纪五六十年代，被誉为中国古代历史研究"五朵金花"之一的"中国封建社会土地所有制形式"，之所以争论不休，"与就经济谈经济，拘泥政府'田制'文本，以及把产权等同于'所有权'，对经济体制理解过分褊狭等等的思考方式都不无关系"。他认为，中国古代土地所有制具有公私兼备的性质：公有里面带私有，私有里面带公有，永远也理不清楚，但是如果用产权理论来解释，就可以迎刃而解。如今，这一观点已经被越来越多的学人接受并用于研究。

王先生主要研究中国社会经济史，他的研究视野跨越多个历史时期，尤其关注明清时期的江南地区。他指导的博士论文研究时段跨度也很大，当年和我一同跟随先生读书的共有三位，我写了唐五代江南工商业布局，另两位同学写宋代转运使和明清至近代江南城镇土地产权制度。王先生的课不是一本正经地讲，气氛宽松自然，开放讨论，因此大家也都比较随意。马学强兄读硕士时就跟随着他，在他面前毫不胆怯，课上常与他争论，有时候会说"王老师你这观点不对，你太偏激了"，我们就大笑。王老师并不马上反驳，而是慢悠悠地抽一口烟，笑眯眯地说："我偏激在哪里了？"他指导学生也有自己的一套方法，比如每次博士论文开题，他会把其他学生也叫来，让学生们提建议出主意，既是相互学习，大家也都乐意接受。

20世纪90年代后期，您开始涉足江南史研究，至今已出版多部相关著作，发表的论文也有数十篇，关注的领域十分广泛。请您谈谈在江南史研究领域是如何拓展开来的。

十多年前，我写过一篇文章《过尽千帆皆不是，斜晖脉脉水悠悠——十年江南史研究及一些体会》，收录于王家范先生主编的《明清江南史研究三十年（1978—2008）》一书，对我研究江南史的过程作过一个回顾。简单来说，进入江南史研究领域之前，写文章并未作过系统考虑，只是由着兴趣，凭着爱好，随着心得，动笔写作，所以研究的特色并不明朗。后来学术兴趣逐渐转移到江南史研究上，也许有一些偶然因素，但更可能与我自己的成长经历有关，与喜欢养育我的这片土地有关。我出生在上海嘉定一个宁静的小村庄，后来念书、工作都没有离开过江南这片土地，熟悉江南人一年四季的生产劳作，也喜欢江南水乡的生活方式，对江南的历史有着一种无比的亲切和热爱。

1985年刚开始跟随王永兴先生读硕士时，先生曾对我讲起，可以做江南史的题目，不过要看的文献资料数量很大。由于当时基本功不扎实，不敢进行这方面的研究，但对相关的论文还是比较有兴趣，陆续看了一些论文，对唐代江南经济的发展状况有了初步了解。后来读到大泽正昭的《唐代江南的の水稻作と经营》，专门探讨唐代江南的水稻栽培技术、水利灌溉和水稻作物的经营，十分叹服其史料引用之丰富、分析探讨之深刻，于是初步萌生了模仿日本学者，做一些相关研究的念头。

我的第一篇关于江南史研究的文章是《略论唐代环太湖地区经济的发展》，以唐代江南道浙西地区的润、常、苏、杭、湖五州作为研究范围，对该地区的人口增长和农业、手工业、商业的具体发展状况进行探索，进而探讨江南地区在全国的经济地位。文章成稿在1996年前后，正式发表时间晚一点，拖了几年。今天看来，由于当时未能吸收学界一些研究成果，文中的一些提法还有修改的余地。不过，这篇文章完成以后，我对唐五代江南经济倍感兴趣，觉得有很多地方还可以做进一步的研究，而且相关资料十分丰富。就在这篇文章完成不久，学院领导通知我申报上海市教育基金会的"曙光计划"项目。由于当时脑子还沉浸在江南经济中，遂计划以进一步探索江南经济史作为申报的内容，查阅资料之后，以"唐代江南经济的开发"为选题申报了项目，最后立项成功。

在后来的江南史研究中，包括博士论文在内，我主要关注江南的经济和文化。不过，从纵向的方面说，在时间跨度上，并不局限于唐五代时期，有时会向前拓展到六朝，向后延伸到两宋及以后；从横的方面说，研究的议题主要集中在江南地区的工商业、农业经济、城市与经济发展以及教育、饮食、园林和游览、娱乐活动等一些领域。

最近这十多年来，受人之约，我参与了一些集体项目，比如浙江师范大学江南文化研究中心"江南城镇通史"、上海市社科院"新修《上海通史》"、戴建国教授主持的"《全宋笔记》编纂整理与研究"等项目。除了撰写《江南城镇通史》（六朝隋唐五代卷）、《上海通史》（华亭建县至上海建县）、《宋人笔记视域下的唐五代社会》等专著作为项目成果之外，又把一些议题加以拓展深化，以专题论文的形式发表，基本上都在江南史研究范围之内。因为自己是上海人，碰到有关上海的资料，出于兴趣会格外关注，有时候就想捣鼓一下。《近代以前上海地区的老虎活动——以方志为中心的考察》《宋元之际上海地区的水陆道路和交通网络》《唐至元初上海地区人口数量的估算》《上海出现于五代？——对崇祯〈松江府志〉一条史料的考辨》《嘉靖年间上海地区少林武僧抗倭事迹考述》等文章，就是在阅读地方志等资料过程中写就的。有时候到外地参加学术会议，也会撰写与当地历史人文有关的论文，比如参加2015年杭州文史论坛，专门提交了《唐五代时期杭州的饮食和娱乐活动》一文。

与明清江南史研究相比，总体上中古时期的江南史研究者并不算太多，研究还有很多空白，尚需同道学人共同努力推进。

您的新著《宋人笔记视域下的唐五代社会》独辟蹊径，利用丰富的宋代史料笔记考察唐代社会,请您谈谈写作的初衷及体会。

本世纪初,我参加了《全宋笔记》的点校和整理工作,先后点校 30 余种宋人笔记。与此同时,我还做着唐五代江南史的研究,于是在点校过程中顺便摘录了大量的资料。以往我们在研究时一般以唐代的笔记为主,除了重要的宋人笔记也会引起注意外,大部分宋人笔记却是被忽略掉。目前存世的数百种宋代笔记中,有相当部分或多或少记录了唐五代社会的政治、军事、经济、文化、艺术、思想和社会生活,如果从《全宋笔记》(大象出版社)收录的宋代笔记来看,这部分内容主要集中在前三编。这些记载了唐五代史料的宋人笔记,具有独特的史料价值,对研究唐五代历史有着重要的作用。因此,当时我就想在《全宋笔记》点校完成后,要做两件工作:一是对宋人笔记中关于唐五代的独有记录进行整理,摒除他书已有记载的内容。如此,可以体现宋人笔记的独特价值,反映宋人观念中的唐五代历史。二是根据宋人笔记中的记载对唐五代历史进行一些研究,希望能对唐五代历史的认识有所裨益。

2010 年,"《全宋笔记》编纂整理与研究"课题申报国家社会科学基金重大项目,我向课题主持人戴建国教授提出了自己的想法,希望将其作为一个子课题,进行更进一步的研究。由于宋人笔记较多地记录了唐五代人们的社会生活,同时考虑到前人已对此做过不少研究,所以我的这项子课题并不是要系统地对唐五代社会生活进行研究,而是在宋人记载较为集中的一些内容进行更为深入的探讨,力求利用宋人的记录将前人未注意到的部分问题加以推进,或者对前人研究比较粗疏的地方进行一些补充。最终呈现出来的,就是这本《宋人笔记视域下的唐五代社会》。当然，本书只是一个阶段性成果，接下来还可以利用宋人笔记对唐五代历史的各个方面进行深入探讨。

由于这本书的写法跟我以往的研究方式有很大的不同，心里不免有些疑虑。比如说，单纯利用宋人笔记进行唐五代社会生活的探索，与利用唐代史书和笔记进行的考察，区别在哪里？一开始我感觉要严格用宋代的资料，后来发现这样不现实，所以一些地方少部分用了唐代的资料。唐宋资料放在一起，或者过多使用唐代的资料，势必掩盖宋人笔记的独特价值，这个是我在写作本书时特别矛盾的地方。仅通过宋人笔记进行研究，不可能勾勒出唐五代社会生活的全貌，但通过这种研究，哪怕只是使唐五代社会生活的一些片段更为清晰、更为丰富，我觉得写作目的也就达到了。

现在的长三角核心区域，历史上除了被称为"江南"，还有多个称谓，如江东、江左、江表、三吴、浙西等，指代的范围也有所不同。现如今只有"江南"这一名称还被广泛使用，这其中有何缘由，应该如何理解"江南"的内涵？

近年来，"江南"是学术研究的热点。现在通常所说的"江南"，主要是指明清时期的江南，也就是环太湖地区。实际上，"江南"所指称的地域范围在不同历史时期并不完全相同，而且是在不断变化的。学界有"大江南""中江南""小江南"之说。明清时期的江南，是有关"江南"概念中，地域范围最小的。

隋唐以前，"江南"往往泛指今长江中下游以南广大地区，有时也指今中游以南的地区，而今下游一带则称为"江东"。进入唐代，"江南"这一概念发生变化，开始与行政区划相结合，用以指称固定的地域。唐太宗贞观元年（627年），将天下分为十道，长江以南、岭南以北的广大地区为江南道，统领四十二州。唐玄宗开元二十一年（733年），分天下为十五道，江南道分为江南东道、江南西道、黔中道。江南东道治所在苏州，时人将其简称江东；江南西道治所在洪州，时人将其简称为江西。中唐以后，江南西道一分为三，自西向东依次为湖南道、江南西道、宣州道。宣州道相当于今皖南地区，后改称宣歙道。江南东道也屡有分合，最后也一分为三，西北置浙江西道，东部置浙江东道，东南部置福建道。与行政区划结合以后，"江南"概念的内涵发生了变化，不过人们所指的江南常有宽狭多种称法，有时沿用传统称法，指唐前期的江南道，有时指江南东道，有时也专指江南西道。但是，中唐以后，一个重要的变化是，很多人所说的"江南"，较多地指浙东、浙西和宣歙三道。五代后期，南唐和吴越对峙，南唐被称为"江南"，而南唐实际所控制的区域包括江西及宣歙、润常等地。进入宋代，由于行政区划的变化，宋代人的"江南"概念仍然没有确定下来。不过，"江南"所指，渐渐趋向两浙，两浙路（今镇江以东的苏南地区和浙江全境）成为江南的核心区域。总的来说，"江南"这一概念所指称的地区有越来越小的趋势，到宋代两浙地区为江南的核心区域，已为更多的人所认同和接受。

现在，人们对"江南"概念的内涵仍有不同的说法。在我看来，江南在不同时期是不断变化的，既有方位的指向，又有地理的含义，应该两者结合起来看。纯粹将"江南"视为方位或地理概念，都无法完全理解历史上的江南。

隋代江南运河贯通以后，对江南地区发展产生了深刻影响。就区域沟通、市场联系、城市和社会发展而言，江南运河发挥了怎样的作用？

讲到江南运河，就不得不提隋炀帝这个人。在隋炀帝的推动下，大运河南北贯通，对后世产生了深远影响。然而，历朝历代对隋炀帝的评价很低，其历史形象多是暴虐、淫乱、残酷等。这些历史评价其实是从唐朝前期开始形成的。"炀"字作为皇帝谥号，是一个恶谥，但这并非隋朝人所称，而是唐高祖李渊追谥的。隋炀帝在扬州被杀后，远在洛阳的朝廷追谥为明皇帝，可见隋朝政府对他的评价并不差。唐朝建立后，为了表明唐朝立国的正统性，政治上需要树立一个反面教材，隋朝亡国之君炀帝就被选中。继唐高祖追加恶谥之后，唐太宗在《贞观政要》中又对隋炀帝的奢侈和暴政不断进行批判。唐朝后期，更是出现了《海山记》《开河记》《迷楼记》这样的演绎小说，对隋炀帝的形象进行丑化。唐朝人对隋炀帝的历史评价，在后世影响很大。直到今天，我们对隋炀帝的评价主要源自唐朝前期。我认为我们的评价恐怕是有些问题的。我们看待历史人物，需要注意到不同时期对历史人物评价的变化。

回过头来说江南运河。在我看来，在开通江南运河这件事上，隋炀帝是富有智慧和远见的。江南运河是隋代大运河的南端部分，北起京口，南抵杭州，纵贯太湖流域，是江南北部的交通大动脉。隋代以前，在江南实际上已经有一条各个朝代分段开凿和整修的运河，不过估计河道还没有完全疏通，阔狭不一，水位有高有低，因此还不能通过运河畅通地运输货物。隋炀帝做皇帝之前，曾在扬州任职，前后达十年之久，清楚地知道江南地区对于国家统治的重要性，而他自己对江南也比较有好感。所以，隋炀帝登基以后到江南来，要求开凿运河。可以说，没有大运河，南方和北方的联系基本上是断开的。在海运未开通的情况下，南方的粮食等物资也就无法源源不断地运往北方。

唐朝后期江南地区在整个国家中的重要性日益凸显，和隋朝开通大运河有很大关系。江南运河开通，使江南与淮南、中原紧密联系在一起，同时也拉近了闽、岭南与中原间的距离，人员往来、粮食货物运输十分便利，也为农业灌溉和农田水利建设提供了有利条件。在运河的带动下，地处运河沿线的润州、苏州、杭州等城市迅速成长起来，并发展为区域中心城市。从一定意义上说，这条运河改变了江南经济的走向，成就了江南历史发展的命运。

对杭州城市发展来说，唐五代是一个重要时期，城市建设、人口规模以及政治经济地位逐步提升。具体而言，这是由哪些因素促成？与江南其他城市相比，这一时期杭州的城市地位有哪些变化？

研究唐五代江南，润州、苏州、杭州是我关注较多的三个城市。这三个城市个性鲜明，城市本身也受人瞩目。从整个江南地区来看，州级城市的发展速度并不一致，城市地位不断发生着升降变化。唐前期，江南地区的中心城市主要是润州、宣州和越州，杭州与它们相比尚有一定差距。但是中唐以降，州级城市的经济功能不断增强，苏州和杭州的发展明显快于江南其他城市。与一般的州级城市相比，杭州城市地位已经比较突出，被称为"东南名郡"，吸引不少名人前来游赏吟咏。与此同时，杭州的政治地位实际上也在提升，唐末在杭州置镇海军，除了与军事形势有关，政治上的重要性也不无关系。杭州的兴起，实际上削弱了越州的中心地位。到唐代末年，杭州基本上取代了越州的功能。五代时期，杭州成为吴越国的都城，同时也是江南中心城市。宋人王明清说："杭州在唐，繁雄不及姑苏、会稽二郡，因钱氏建国始盛。"杭州城人口增长也很快。根据史料推测分析，中唐时期杭州城的人口规模在十五万人左右。唐末以降，杭州成为吴越政权的首府，城市规模不断扩大。经过几次大规模扩建，杭州跃升为江南地区规模最为宏大的城市，到吴越政权统治中期，杭州城人口约在二十五至二十七万人。这一时期，服务业繁荣是杭州城市发展的显著特征，原因在于城市消费阶层人数众多，加上各地富人、官员等纷纷到杭州吃喝玩乐，必然促进商业和服务业的发展。

唐中后期，杭州城市发展迅速，逐渐超越江南其他城市。我认为，这是多种因素共同促成的，其中最主要的是交通地位，其次是经济腹地。杭州地处交通枢纽之地，连接着整个江南水运网络，向西南通过钱塘江可以进入岭南、福建，向东经越州、明州可与海相通，向北经江南运河可达中原。就经济腹地来说，杭州与润州同为运河沿线城市，后来的命运却有所不同，主要原因就在于润州的经济腹地不及杭州。杭州地处平原地带，周围亦有山地，资源丰富，加上交通便捷，拥有得天独厚的商业发展条件。

苏州和杭州两座城市常常并称，实则各有特点，因而呈现出不同的个性。尽管两个城市在唐代都发展起来了，但是相对来说，杭州的政治功能强于苏州，苏州的经济地位胜于杭州。及至唐末吴越政权崛起，杭州凭借政治上的优势地位，将江南各地的资源汇集起来，城市发展明显加快。

您曾经讲到，研究江南史必须具有"通"的意识和"宽"的眼光。具体到杭州地方史研究，我们应该注意哪些方面？在您看来，唐五代杭州研究还有哪些需要推进或拓展的研究议题？

"通"的意识和"宽"的眼光是导师王家范先生在上课时提出来的。王先生上课时就给我们讲，研究历史，很多时候都要和当代结合起来，这并不是说我们要去研究当代，而是说当代的很多现象，其实在历史上有过一模一样的。只有理解当代，才能够理解历史上的一些现象。按我自己的研究和经验，确实是这样的。比如说农业，1980年的农业状况和两千多年前相比，除了所有制变化，其他方面没有太大差别。唐代陆龟蒙在《渔具咏》中提到的渔具，我小时候大部分都看到过，原因就在于古代社会的变化没有现在这么大。王先生也提醒我，研究唐五代，资料太少，最好要往后延伸。正因为如此，我有不少文章都写到宋代。

所谓"通"的意识，是指上通下达、前后照应。很多历史问题，无论是政治上的、经济上的，还是地理上的、风俗上的，单单关注一个朝代未必能够理解，上下贯通以后，就容易抓住要领。比如，我们一直讲，魏晋到隋唐是士族社会，宋代成为科举社会以后，就没有士族了。如果翻一下宋代的墓志，就会发现事实并非如此，高官的儿子娶的都是有身份的女子，高官的女儿嫁的也是当官的，最不济也得是个进士。尽管和以前的士族社会不一样了，但是门当户对的观念依旧盛行，婚姻网络仍然存在，只不过换了一种形式而已。进入士大夫的队伍，每个人都要通过严格的考试，其实是形成另外一种"血缘"关系。由于陈寅恪先生在魏晋南北朝隋唐史研究上的杰出成就，我们通常认为他做的是断代研究。实际上，陈先生最主要的学术特色就是"通"，他写了很多这一时段的书，并不意味着他没有"通"的意识，"通"是贯穿在他的思维中，内化在他的文章中的。

所谓"宽"的眼光，是指知识面要宽、关注领域要广。研究历史，不能只看历史学的知识，还要看文学的，看其他社会科学的，这对提升问题意识、发现研究选题大有裨益。总体上来讲，现在国内学者和国外学者在一些方面有差距，主要就在于国外学者的眼光比较宽。"宽"和"深"是相辅相成的。一般来说，就事论事，眼光不宽的话，写出来的文章不会很深刻。做专题研究，几番探讨之后，会发现没什么内容好写了，但如果利用其他方面的知识，可能情况就不一样了，看法会发生变化。比如，研究经济，要学习经济学原理；研究城市，要借鉴城市学理论，等等。

讲到唐五代杭州，政治和地理方面的研究已经比较充分了，但是仍然有不少议题值得研究。正如前面提到的，唐代后期杭州迅速发展起来，但是整个发展过程、各个阶段的变化以及其中的不少问题都还没有搞清楚。尽管有资料上的限制，但是通过视角的转换，一些研究仍然可以继续推进，加以细化。现在来看，有两方面可以作深入研究：一是唐五代杭州文化，二是吴越国对外经济文化交流。以往我们较多关注政治和经济方面的内容,对文化重视不够。特别是吴越国的文化,除了刊印佛经、修建寺塔之外,我们了解的并不多。一方面要加强传世文献资料的挖掘,另一方面应当注意碑刻、墓志等资料的利用。吴越国对外经济文化交流是另一个值得深入研究的重要议题。吴越国与东亚世界的韩国、日本往来密切,而且多是民间自发的交流,比如说书籍流传,我们只了解大概,具体如何,仍需要加强研究。再比如对外经济交流,有哪些商品运到了杭州,对杭州社会生活的影响有多大;有哪些商品从杭州运出,而这些货物产自杭州周围的哪些地区,辐射有多远,对社会经济是否产生影响,这些都是应该加以认真研究的。这些问题,说到底对研究杭州城市地位是有重要关系的。

谢谢你们的采访。我的一些想法可能并不妥当,还请大家多多批评指正。

本文发表于《杭州文史》2021年第6期。文中的内容一为当时我谈及的对江南史研究的一些看法,二是我以前的一些文章中阐述的观点,发表前经我审读。

图书在版编目(CIP)数据

徘徊在学术边缘 / 张剑光编. -- 上海：上海书店出版社, 2024. 11. -- ISBN 978 - 7 - 5458 - 2397 - 4

Ⅰ. I267.1

中国国家版本馆 CIP 数据核字第 2024Q5Q641 号

责任编辑　张　冉
封面设计　郦书径

徘徊在学术边缘

张剑光　著

出　　版	上海书店出版社
	（201101　上海市闵行区号景路 159 弄 C 座）
发　　行	上海人民出版社发行中心
印　　刷	上海丽佳制版印刷有限公司
开　　本	889×1194　1/32
印　　张	13.625
版　　次	2024 年 11 月第 1 版
印　　次	2024 年 11 月第 1 次印刷

ISBN 978 - 7 - 5458 - 2397 - 4/I・583
定　　价　88.00 元